LE VOYAGE DU CENTURION

LES VOIX QUI CRIENT
DANS LE DÉSERT

La collection " Les Introuvables " se propose de rééditer des ouvrages épuisés, voire inédits, d'auteurs connus ou oubliés sur différents sujets touchant les arts, l'histoire, les sciences humaines et l'ésotérisme. Son seul souci est d'offrir aux amateurs des livres curieux ou originaux que les aléas de l'édition ont rendus indisponibles.

Jean-Philippe Bouilloud et Thierry Paquot

Les textes de cette édition sont conformes à ceux des "Oeuvres complètes de Ernest Psichari" en 3 tomes, Editions Louis Conard — Librairie Jacques Lambert, Paris 1948.

ŒUVRES COMPLÈTES DE

ERNEST PSICHARI

LE VOYAGE DU CENTURION

LES VOIX QUI CRIENT DANS LE DÉSERT

LES INTROUVABLES

ISBN : 2-7384-2377-9
Editions L'Harmattan

LE VOYAGE
DU CENTURION

PREMIÈRE PARTIE

I

« INTER MUNDANAS VARIETATES »

ARGUMENT. — MAXENCE EST LIBRE. — MALÉDICTION. — TABLEAU DE MAXENCE : IL A UNE AME ET UN CŒUR. — LA FRANCE DE LA-BAS. — BONNES INTENTIONS. — PREMIÈRES ÉTAPES DANS LE DÉSERT. — L'AFRIQUE EST SÉRIEUSE. — SOUMISSION. — LA SOLITUDE.

Maxence ne put monter sur un tertre — parce qu'il n'y en avait pas — mais, voulant se rendre compte de la belle ordonnance des troupes dont il venait de prendre le commandement, il piqua son cheval de l'éperon et s'élança au galop le long de la colonne qui sinuait parmi de légers mimosas d'Afrique. Ainsi dépassa-t-il successivement l'arrière-garde qui était un petit groupe compact de méharistes noirs, puis la cohue des domestiques, cuisiniers et marmitons, puis les mitrailleuses oscillant sur l'arête aiguë des dos de mulets, puis le lourd convoi des chameaux porteurs de caisses, puis les cavaliers, de grands nègres écrasant les petits chevaux du fleuve, les méharistes maures drapés dans de larges gandourahs, puis enfin l'avant-garde, au milieu de laquelle Maxence distingua son interprète, un Toucouleur admirablement vêtu de soies brodées. Et devant, il y avait la terre, la terre scintillante, givrée de soleil, la terre sans grâce et sans honneur où errent, sous des tentes en poil de chameau, les plus misérables des hommes.

Maxence, ayant achevé sa course, respira profondément. Il se sentait libre, plus léger, plus hardi, et, bien qu'il n'eût que trente ans, plus jeune. Tout cela était à lui, ces hommes, ces animaux, ces bagages, cette terre même qu'il foulait en royal enfant gâté, impatient de tout avoir et de tout oser. La France lui avait donné, à lui, humble lieutenant des armées de la République, cette immense contrée comme un parc où il pût s'ébattre et bondir, aller et venir, selon son caprice et comme au hasard de son bon plaisir.

Mais lui, il n'avait envers sa patrie aucune reconnaissance. Et au contraire il se sentait délivré d'elle, et il la haïssait vraiment, n'en ayant connu jusqu'à ce jour que les désordres et la misère. Que ne haïssait-il pas ? Rien n'avait préparé ce cœur à l'amour et, tout au contraire, son mal profond, ses amertumes, ses tourments, l'inclinaient à la haine. Ainsi nul souvenir de noblesse ou de douceur ne le rattachait à son pays pour lequel il avait cependant, dans les marais du Tchad, versé son sang le plus pur d'adolescent.

Maxence était le fils d'un colonel lettré, voltairien et pis, traducteur d'Horace, excellent et honnête vieillard, homme enfin de belles façons. Son point de départ, il le trouvait dans ces heures de jeunesse passées en la compagnie d'Homère et de Virgile, auxquels l'initiait le colonel. Admirable coup d'archet pour débuter dans une vie qui prétende à quelque harmonie! Pendant toute son enfance, Maxence s'était habitué à la manière de penser latine, et quand il faisait son bilan intérieur, c'était là le seul souvenir qu'il pût mettre à son actif. Mais après, dans ses années d'adolescence, quelles n'avaient pas été sa misère et sa déréliction! Son père avait nourri son esprit, mais non son âme. Les premiers troubles de la jeunesse la trouvèrent démunie, sans défense contre le mal, sans protection contre les sophismes et les piperies du monde.

A vingt ans, Maxence errait sans conviction dans les jardins empoisonnés du vice, mais en malade, et poursuivi par d'obscurs remords, troublé devant la malignité du mensonge, chargé de l'affreuse dérision d'une vie engagée dans le désordre des pensées et des sentiments. Son père s'était trompé : Maxence avait une âme. Il était né pour croire, et pour aimer et pour espérer. Il avait une âme, faite à l'image de Dieu, capable de discerner le vrai du faux, le bien du mal. Il ne pouvait se résoudre à ce que la Vérité et la Pureté ne fussent que de vains mots, sans nul soutien. Il avait une âme, ô prodige, et une âme qui n'était pas faite pour le doute, ni pour le blasphème, ni pour la colère. Pourtant, cet homme droit suivait une route oblique, une route ambiguë, et rien ne l'en avertissait, si ce n'est ce battement précipité du cœur, cette inquiétude lorsque, amoncelant des ruines, l'on se retourne, et que l'on contemple l'œuvre maléfique du sacrilège.

Maxence avait été élevé loin de l'Église. Il était donc un malade qui ne pouvait en aucune façon connaître le remède. Dégoûté de tout, il ignorait la cause même de son dégoût, bien plus encore le moyen de redonner à sa vie un peu de ton. Pendant huit ans, de sa vingt-deuxième année, à sa sortie de Saint-Cyr, jusqu'à sa trentième, il avait erré à travers le monde et jeté à tous les ciels sa malédiction. Ainsi la bouche pleine d'injures, ignorant tout de l'onction chrétienne, mais pourtant reniflant, dans la France qu'il connaissait, le mensonge et la laideur, il fuyait de continent en continent, d'océan en océan, sans qu'aucune étoile le guidât à travers les variétés de la terre.

Cette fois-ci, le destin conduisait le jeune officier vers le désert. Mot prestigieux, dont on a rêvé longtemps, sur lequel on s'est égaré, dans ces heures de spleen où le bruit fait mal, où il faut de la solitude et du silence. A peine a-t-il tourné le coin, et quitté les berges du Sénégal, Maxence frissonne d'impatience à cette belle chose qui est là-bas, derrière les mimosas du pays brackna, et dont il se fait mille images étranges et magnifiques. L'air pur emplit ses poumons, il aspire les chaudes bouffées qui viennent de l'est en vagues pressées. C'est la trêve. Il n'entendra plus parler la langue de sa patrie, il n'en saura plus rien, il oubliera toutes les misères, toutes les folies dont il a été le témoin. L'espace s'ouvre devant lui, il s'y engouffre et la porte derrière lui se referme, sur un grand coup de vent nocturne.

Là, Maxence se trompait. Ce désert est plein de la France, on l'y trouve à chaque pas. Mais ce n'est plus la France que l'on voit en France, ce n'est plus la France des sophistes et des faux savants, ni des raisonneurs dénués de raison. C'est la France vertueuse, pure, simple, la France casquée de raison, cuirassée de fidélité. Nul ne la peut comprendre pleinement s'il n'est chrétien. Pourtant, sa vertu agit, pour peu que dans la fièvre on ait gardé le goût de la santé!

Une des premières étapes de Maxence était le poste d'Aleg, petit fortin crénelé qui couronne une faible hauteur rocheuse. Tout proche du fleuve, il appartient déjà au désert par l'aridité qu'il domine, par cet air de pauvreté fière qui est la marque du Sahara. De loin, le jeune officier vit le drapeau français qui flottait sur le toit le plus élevé. Devant le mur d'enceinte, alors qu'il allait pénétrer dans le réduit, le tirailleur de garde se redressa, présenta l'arme. Autrefois, à l'époque de ses premiers voyages, Maxence frémissait de joie à de tels spectacles. Il se rappelait ces surprises joyeuses quand, aux confins de la Chine, après de longs jours de route, il découvrait, dans l'ombre chaude des flamboyants, le signe bien-aimé de la fraternité française. — Mais, devant le drapeau d'Aleg, il se sentait gêné. La France qu'il symbolisait ressemblait si peu à celle qu'il venait de quitter! Et puis, dans sa sombre ardeur à s'enfouir dans le grand tombeau saharien, il s'irritait d'avoir encore à se mettre, avec des camarades, en frais de conversation.

Le soir, ayant repris la route du Nord, il se sentit plus à l'aise. Décidément la France, la France de sa misère, s'éloignait; les amarres, une à une, se rompaient. La petite colonne dépassa le puits de Tankassas, et, comme il faisait pleine lune, elle ne s'arrêta que dans le milieu de la nuit, quelque part, dans la solitude silencieuse.

Tandis que les tirailleurs s'étendaient sur le sable, enroulés dans leurs couvertures, leur jeune chef, debout au milieu du carré que formait ce camp d'un soir, saluait, le rêve au cœur, la nuit de la délivrance. Des souffles frais circulaient parmi les mimosas épineux. Tout reposait dans la pureté exquise de la lune claire, et sur le ciel blanc, les sentinelles, baïonnette au canon, faisaient de vives découpures immobiles.

Ah! il la reconnaissait enfin, Maxence, cette odeur de l'Afrique, cette odeur qu'il avait tant aimée! Il la reconnaissait, cette brise vivifiante qui exalte ce qu'il y a de meilleur en nous, et il se reconnaissait lui-même, tel qu'il avait été en ses années d'adolescence, lorsque, traversant d'autres solitudes, il les appelait auxiliatrices et voulait que leur force portât remède à sa faiblesse. O vous tous qui souffrez d'un mal inconnu, qui êtes désemparés et dégréés, faites comme Maxence, fuyez le mensonge des cités, allez vers ces terres incultes qui semblent sortir à peine, fumantes encore, des mains du Créateur, remontez à votre source, et, vous carrant solidement au sein des éléments, tâchez d'y retrouver les linéaments de l'immuable et tranquille Vérité !

Maxence avait vécu bien des nuits semblables à celle-ci. Il devait en vivre bien d'autres. Ce qu'il voulait ce soir-là, ce premier soir, c'est que l'Afrique retrouvée lui donnât d'utiles conseils. « Puisse chaque étape, se disait-il, être utile à mon cœur ! » Il n'était pas en lui de volonté plus arrêtée, de plus ferme propos que d'aller à travers le monde, tendu sur lui-même et décidé à se conquérir lui-même par la violence, que de demander sans répit à la terre de toutes les vertus la force, la droiture, la pureté du cœur, la noblesse et la candeur. Parce qu'il savait que de grandes choses se font par l'Afrique, il pouvait tout exiger d'elle, et tout, par elle, exiger de lui. Parce qu'elle est la figuration de l'éternité, il pouvait donc lui demander le vrai, le beau, le bien, et toute l'éternité véritable.

Ces longues errances, à qui Maxence allait donner trois années de sa vie, et les plus belles, commençaient bien. Déjà il connaissait la frugalité de la vie nomade. Levé avant l'aube, il parcourait plusieurs lieues le matin, à la tête de ses gens. Vers dix heures, on dressait sa tente, il mangeait son riz avec la viande des biches que l'on avait tuées le matin, puis il recevait les Maures, se renseignait sur les affaires du pays, ou bien vaquait aux mille soins qu'exige en pays désertique, le commandement d'une troupe de quelque importance. Il ne savait pas à quoi lui pourrait bien servir cette austérité. Mais il était ainsi fait de la préférer aux cornes d'abondance que lui présentait sa patrie. Il sentait qu'une vie spirituelle est parfaitement possible au Sahara et peut-être aussi, dans son obscur désir de pardon, espérait-il qu'il pourrait, par cette misère, se racheter de bien des misères.

A onze jours de marche se dresse la falaise gréseuse du Tagant, verticale, et qu'assiège, en vagues écumeuses, le sable. Au delà, le voyageur trouve des fonds d'oueds herbeux qui viennent varier la monotonie des cailloux et des rocs, des plateaux avec de petites plaques de graminées que paissent les moutons errants. Parfois, parmi les rocs, on aperçoit un baobab, ou bien l'on suit quelque champ de pastèques, — faibles notes bucoliques en plein Walpurgis. C'est là que Maxence se proposait d'organiser sa troupe, afin qu'elle fût bien sabrante et bien volante, allégée de tout ce qui est commodité matérielle, lourde seulement des vertus qu'il voulait à des gens de guerre : le courage, la gaîté, l'esprit d'entreprise, l'honneur. Il évita le poste de Moudjéria qui dort, enseveli sous ses sables, au pied de la falaise, et, fuyant déjà ses pairs, il incurva sa marche vers l'horizon oriental, pour suivre jusqu'à la source de Garaouel les deux lignes parallèles de la montagne. A Moudjéria, il se contenta d'envoyer ses impédiments, avec les tirailleurs à pied et les cavaliers. Il ne devait plus y avoir, dans ce désert, que de souples méhara, avec une seule pensée qui était la sienne, et rien d'autre.

Arrivé à Garaouel, il dit : « Me voici au pied du mur ! Je suis aux rocs qu'il faudra escalader pour entrer dans cette terre nouvelle, le Tagant. » Dans un repli de la montagne, au fond d'une gorge étroite, il y avait trois vasques, et des arbres se penchaient lourdement sur le noir miroir de l'eau. Aux flancs de la paroi, des grottes basses. Des oiseaux chantaient, invitant au lourd repos celui qui tout le jour avait marché dans l'ardent brasier de la plaine. Maxence s'étendit dans une des grottes. De là, il ne voyait qu'une vaste coupe emplie d'eau, un grand figuier poussé dans le roc. Il pensait au Tagant, car son esprit était toujours en avance, d'une étape au moins, sur son corps, et il voyait mieux les spectacles du lendemain que ceux du jour. « Derrière ceci, disait-il, il y a une vie nouvelle. » Et, se dressant gaiement sur son séant : « Vita nuova ! Vita nuova ! » répétait-il. Vie aérienne, sautillante, comme la sauterelle sautille sur l'écorce du globe, — des coups de sabre ; une action forcenée, brisant la rigidité de l'enveloppe corporelle ; un esprit souple dans un corps souple — des soirs de bataille, les musulmans poursuivis jusqu'en leurs repaires, la haine; et puis, dans ces dépressions ventilées du haut plateau, de longues stations à méditer, le doigt au front, les causes et les effets. Il oubliait son âme de France, son âme brisée, perdue, démolie, et ces claquements de dents, sur le pavé de Paris, dans l'enveloppement circulaire de la pluie.

Maxence retomba sur la natte, déroulée à même la pierre grenue. Et il s'endormit. La nuit était venue, quand une voix douce vint le tirer de sa torpeur.

— Veux-tu dîner, lieutenant?

— Oui...

Des feux piquaient l'ombre: c'étaient les cuisines des tirailleurs. Auprès de chacune, un grand noir, accroupi, chantait. Maxence fit un effort de mémoire pour se rappeler comment était le paysage, dans la nuit. Il retomba sur un coude et se sentit heureux. L'heure était douce, de renoncement total, de doux abandonnement. L'Afrique est ainsi, tout à fait semblable à cette heure. Elle est de soumission, la terre d'Afrique, et non de révolte. Il y faut obéir, et non plus se cabrer sous le joug. A tout jamais lointaines, les malédictions de l'ouvrier qui jette, harassé, sa pioche, en un coin de la mansarde. A tout jamais lointains les blasphèmes, et lointaines les imprécations, quand, la tête renversée en arrière, on assure son front par des hochements. Oui, cette heure-là était d'obéissance, de confiance éparse. D'obéissance à quoi? De confiance en quoi? Maxence l'ignorait, il était pénétré de la mansuétude de cet instant nocturne, dans le recreux du roc, près de ses gens, tandis que l'humble riz crevé bouillonnait dans les marmites, au-dessus des brindilles fumeuses.

Ainsi son cœur plein d'affection débordait. Jadis ses maîtres n'avaient point entendu que ce cœur se donnât jamais. Mais voici qu'il était tout près de s'abandonner à la Règle austère de l'Afrique, austère et suave, suave par le dedans et austère par le dehors, ainsi que toute Règle. Deux jours avant qu'elle ne trouvât à Garaouel le repos de l'ombre, la colonne avait trouvé, à l'heure où les gorges sèches ravalent la salive, une mare entre les rocs, de celles que les Maures nomment « gueltas ». L'eau était noire, et pleine d'immondices, parce que des troupeaux de chameaux y avaient bu la veille. « Je bois toutes les eaux de l'Afrique avec délices, avait dit Maxence, car c'est ici, très loin des mensonges et des capitulades, que j'ai élu ma vraie patrie. Et cette eau, telle qu'elle est, je l'aime. » Voilà ce que le persuasif désert lui sifflait déjà aux oreilles.

Le jeune homme attendit, pour quitter sa grotte, la paix du prochain soir. Alors, encore étourdi du jour trop lent à mourir, il donna l'ordre du départ. L'ascension de la montagne, presque verticale à Garaouel, fut très rude et dura longtemps. Maxence, sur le roc le plus haut, regardait simplement la plaine qui était déroulée à ses pieds, comme la feuille du livre qui a été lue et que l'on va tourner. — L'air sur tout cela était immobile, mais l'on sentait des tempêtes dans le fond, courant au-dessus du premier ciel de la basse plaine, et lui, déjà dans les étages supérieurs, devinait les remous fluant, au plus haut de l'éther, comme des courants marins.

Dans le Tagant, ils passèrent des rocs où les chameaux, malgré l'ombre venue, ne trébuchaient pas, mais, au contraire, dirigeant d'en haut leurs pieds lointains sur les arrondis, et de leurs semelles ventousant délicatement les obstacles, ne cessaient pas de se balancer harmonieusement, selon la manière accoutumée. Maxence, ivre d'espace, poursuivit la marche. Mais bientôt il dut, certains éléments traînant à l'arrière, jalonner sa route en faisant allumer de grands feux. Alors, de derrière chaque pas de la montagne surgirent de grandes flammes, comme des feux de Bengale au-dessus des buissons. Plusieurs plans apparurent et chacun avait son embrasement propre. Par derrière les promontoires des rocs, dans la nuit froide, sereine, la terre était embrasée jusqu'aux étages inférieurs de la montagne. Les hommes, silencieux, sinuaient à travers les hauts portants, découvrant à chaque détour un feu nouveau, et marchaient dans une route de flammes. Ce spectacle exalta Maxence. Il se voyait, chef d'une troupe de guerre, par ce soir sans lune, au plus épais de la terre, et seul de sa race, au nord de Garaouel, où personne ne pensait qu'il fût.

Le lendemain, ils entrèrent dans une sorte de large dépression, mal charpentée, et où le regard s'évaguait sur des touffes pâles, des sables. Elle se dirigeait vers le nord et faisait donc une bonne route pour la colonne qui tendait avec un peu de hâte vers l'Oued el Abiod et ses ruines ceinturées de tribus. Pendant plusieurs jours, Maxence suivit la molle vallée, marche monotone, que venaient pourtant ennoblir, de loin en loin, les souvenirs de la conquête : ici une motte de terre où le sang français avait coulé, là, quelques pieux commémorant la défense repliée d'une poignée de braves, là encore, quelques murs en ruine, vestiges d'un poste éphémère. Mais partout, c'était la même austérité, et le même maintien de noblesse et de dignité. Les matins surtout : ces matins sans surprises, qui ne recèlent rien, mais s'étalent en nappes de lumière tranquille, surabondent de simplicité et de vertu. Maxence ressentait jusqu'à la douleur le sérieux de ces paysages d'aurore, dont l'assemblage ne laissait plus aucune place à l'ironie, de ces aurores où le chef est soucieux, parce que la journée sera longue, pleine d'embûches, minée de soucis. Là, rien n'est donné au sourire, à la détente, à cette satisfaction du père, tendant ses bras, après la journée de labeurs, au premier-né !

Ah non ! ils ne rient pas, ces gens d'Afrique. Jamais ils ne seront des sceptiques. Ils choisiront. Ils ne seront pas avec ceux qui veulent concilier tout, le vrai avec le faux, et qui abordent toute chose la main tendue et leur sourire empoisonné sur les lèvres ! Que les délicats s'en aillent, ceux qu'effraie le poids du jour et que blessent les sentiments un peu rudes. Que ceux qui ne peuvent supporter l'éclat du soleil s'en aillent et que les hommes au cœur simple, ceux qui ne refusent pas la simplicité, restent au contraire et prennent pied dans la vertu de la terre. Que tous ceux qui hésitent avancent un pied, puis le retirent, comme l'homme de la ville sur les grèves, et tous ceux qui trembleraient devant une vérité trop forte, comme l'homme de la ville cligne des yeux devant les facettes ensoleillées de l'Océan, que ceux-là à tout jamais s'en aillent. Cette rude nourriture de l'Afrique n'est pas pour eux. Là, il faut un regard ferme sur la vie, un regard pur, allant droit devant soi, un regard de toute franchise, de toute clarté.

Maxence, après de longs jours, arriva en ce point de Ksar el Barca où il comptait asseoir son camp pour quelque temps, ayant des hommes à recruter dans les tribus, des chameaux à acheter et une troupe encore informe à mettre sur pied. Cette ville en ruine repose à côté de mols palmiers, dans le fond sableux de l'Oued el Abiod, mais adossée vers le nord aux rocs du haut Tagant. Vus des arbres de l'oued, les murs droits en pierres sèches, que nulle toiture ne surmonte, ont encore un grand air antique. Tout de suite, en Occidental, Maxence alla vers ces rudes témoins du passé. Mais sa tête bourdonna sous l'excès du soleil répercuté de mur en mur, et il revint vers la palmeraie. Il se trouvait dans une serre chaude, lumineuse et bruissante, très loin de la vie, très près des choses. Il croisa des hommes qui venaient à son camp, un vieillard à barbe blanche, des jeunes gens dont les yeux brillaient. Il dut causer avec eux quelques instants. Puis il rejoignit ses gens et tout de suite donna l'ordre d'établir tout autour du camp une forte clôture en branches épineuses. Et puis enfin, il se retira sous sa tente, un peu étourdi, mais heureux d'avoir jeté l'ancre, après avoir tant de jours marché dans le soleil et les vents brûlants du large.

Alors commence pour Maxence une vraie vie de solitude et de silence. Là, dans ce carré de trente mètres, n'ayant plus même le bourdonnement des départs et des arrivées, il apprit réellement ce qu'est la solitude, enfouie au sein même de la silencieuse nature. Car la Règle de l'Afrique est le silence. Comme le moine, dans le cloître, se tait, — ainsi le Désert, en coule blanche, se tait. Tout de suite, le jeune Français se plie à la stricte observance, il écoute pieusement les heures tomber dans l'éternité qui les encadre, il meurt au monde qui l'a déçu.

Pendant l'écrasante chaleur des jours, tandis que partisans et méharistes dormaient sous leur soleil familier, Maxence restait d'ordinaire sous son frêle abri de toile, et là, les genoux au menton, il attendait simplement, il attendait, non le soir, mais il ne savait quoi de mystérieux et de grand. Ainsi, dans cette terre morte, où jamais être humain n'a fixé sa demeure, il lui semblait sortir des limites ordinaires de la vie et s'avancer, tremblant de vertige, sur le rebord du plus haut ciel.

Le soir, il montait sur les rochers abrupts qui dominaient le camp vers le nord. Jusqu'où le regard pouvait s'étendre, il ne voyait que des arbustes rabougris aux maigres frondaisons, dispersés sur des aires désolées. Au loin, des collines gréseuses encerclaient l'horizon, mais plutôt que de s'y perdre, son regard revenait vers les palmes dont l'ombre claire abritait les tentes des soldats. Seules, elles étaient un peu de vie dans le total accablement, — un faible battement d'ailes dans l'éther.

Après la chaleur du jour, le frais crépuscule mettait en Maxence une sorte de légèreté, et comme l'exultation de l'esprit bondissant dans l'espace. Plus grand encore que durant le jour, cet espace s'ouvrait alors en abîme au-dessus du petit cercle de la terre. Et lui, l'homme lourd de pensée, au centre de ce cercle, il s'abîmait dans le rêve aigu, vraiment oublieux de ses misères particulières et emporté dans le mouvement immense de l'orbe plongeant lui-même dans l'ombre.

Telle est la figure que fait Maxence dans ce désert. Il s'allège de tout un passé de querelles, mais il ne trouve devant lui qu'une forme vide. C'est un visage glacé, le masque de la mort, que lui présente l'Afrique. Tout le sensible se résorbe dans le silence. La douce chaleur des hommes ne soutient plus l'abandonné. Et c'est pourtant de ce néant qu'il devra tirer quelque chose qui soit, de cette carence qu'il devra tirer une surabondance. Ou sinon, plus misérable que jamais, il rentrera dans sa patrie ayant consommé le total échec de sa vie, les mains vides et le front honteux.

Certes, Maxence se souciait peu de poser de tels dilemmes. Sur son rocher, la seule joie des étoiles retrouvées l'occupait. N'était-il pas leur compagnon, errant comme elles, et comme elles solitaire ? Et, perdu sur la terre, il fixait des yeux la noble Orion, qui, seule, émergeait des voiles secrets de l'horizon.

II

LA CAPTIVITÉ CHEZ LES SARRAZINS

ARGUMENT. — L'AMI DE MAXENCE POSE LA QUESTION. — MAXENCE NE LA POSE PAS. — MAIS LA VIE D'ACTION INTENSE DU HÉROS EST UNE SORTE DE VIE PURGATIVE. — SON ŒIL N'EST PAS ASSEZ FORT POUR SE TOURNER AU DEDANS DE LUI. — CAPTIF EN PAYS ÉTRANGE, IL REGARDE ALORS AUTOUR DE LUI. — DES FLEURS SPIRITUELLES DU SAHARA. — LA MORALE DU PLUS SAINT DES MAURES NE SUFFIT PAS ENCORE AU PLUS PÉCHEUR DES FRANCS. — PREMIÈRE APPARITION DE LA FRANCE DOULOUREUSE ET CHRÉTIENNE.

Maxence avait l'état d'esprit qu'il faut pour aborder le Sahara. Il était assez fort pour se laisser forger sur cette terrible enclume, comme l'épée tenue à bout de pinces, auprès du feu jaillissant droit sous la poussée du vent brûlant. Il ne tenait plus qu'à vivre immensément, dans ce brasier ouvert. La France était morte en lui.

Chaque mois, pourtant, un rapide courrier venait jeter à l'exilé des lambeaux déchirés de sa patrie. Il les rejetait avec ennui, puis se replongeait avec une joie sauvage dans sa solitude, — craignant une faiblesse peut-être, ou au contraire, se trouvant trop fort déjà pour accueillir de l'amitié, de la tendresse.

Un jour, une carte lui parvint, qu'il lut avec un plaisir étonné et de l'inquiétude. C'était une image de la Vierge en pleurs de la Salette, et au verso, il y avait ces simples lignes: « Maxence, nous avons prié pour toi du haut de la sainte montagne. Il me semble qu'elle pleure sur toi, cette Vierge si belle, et qu'elle te veut. Ne l'écouteras-tu point ? Ton frère et ton ami, Pierre-Marie. »

Pour la première fois, Maxence eut la perception qu'une brise de tendresse lui venait des Gaules lointaines. Il ne croyait nullement à la prière, et pourtant il lui semblait que celui-là l'aimait mieux que les autres, qui priait pour lui, — que seul, celui-là l'aimait. Oui, celui-là était vraiment son frère, ce Pierre-Marie. Cette face blanche qu'il revoyait, avec ses joues transparentes, sa barbe rare et mal venue, ses yeux tranquilles et sûrs, cette face blanche inclinée sur l'épaule fragile, était vraiment la face de son ami.

Maxence songeait que, sa vie durant, Pierre-Marie avait été son bon génie. Quand il venait vers lui, brisé par les ressacs et le cœur brouillé par l'Océan, il lui semblait entrer dans la demeure sereine de l'Intelligence. Ce savant avait tout pesé, tout tenu dans sa paume étroite, puis, ayant tout ordonné selon la raison juste et le parfait équilibre, il était entré en maître, et sans craindre de faux pas, dans les régions les plus hautes de l'esprit. Il était vraiment le triomphe de l'esprit discipliné sur la matière indocile.

Le jeune soldat pensait à cette belle vie courbée sur la méditation, et consumée dans la pureté. Comme il se sentait misérable en regard ! Oh ! certes, rien ne le lie, cet homme ardent, aux péchés des hommes qu'il a connus. Mais au contraire, il s'est efforcé vers eux ridiculement, il n'y tient pas, il est comme beaucoup qui se gonflent devant le mal, comme la grenouille, et se croient vraiment aussi gros que lui, et se donnent de l'importance devant lui. Comme ces gens qui ne savent quoi inventer, et qui arrachent les pattes d'un insecte une à une, pour s'amuser, ainsi, lui, il s'amuse dans ce qui est défendu, pour voir ce qui arrivera. Lui-même il se plaît à exagérer son mal, mais il n'y est pas fortement lié, il peut s'en déprendre, secouer ce manteau où il fait le magnifique.

Pourtant ce n'est pas tout, et ce n'est rien. Il reste toute la vérité à saisir. Il reste la saisie pleine d'une seule chose qui est réelle, au lieu de la dispersion dans les apparences. Comment la noble procession d'un Pierre-Marie vers la certitude invisible serait-elle possible à ce Maxence, tendu vers les contours de l'action, et affronté avec la vie comme sont deux béliers, corne à corne, sur un pont ? Lui, il veut des razzias dans le soleil, des butins précis, et obtenus de haute main, il est aux prises avec les difficultés du ravitaillement, il est en plein territoire militaire. Quand il se recueille, ayant, par exemple, poursuivi une biche et qu'il s'assoit dans le halètement de midi, il sent un grand silence qui tombe, et, au dedans de lui, un manque, une vague de sourde anxiété, mais le poids du corps et des membres gauches l'entraîne, il repart, tirant la patte, et assure sur son épaule la bretelle du fusil.

Ainsi la question posée par Pierre-Marie, Maxence ne la pose pas. Et si, d'aventure, il la posait, quel soutien trouverait-il en ce désert ? Point de livres, pour stimuler l'esprit, point d'églises pour aider le cœur. Pas le moindre vieux vitrail. Pas la moindre fumée d'encens. Maxence tâte l'ombre de ses mains, il ne trouve rien, il est véritablement seul, dans la nuit où nul rebord ne vient secourir sa défaillance.

Vaine, selon toute apparence, a été l'apparition de la Vierge en pleurs, au début de ses routes dans le désert. Vaine, cette salutation étrange de celle qui est couronnée et ceinturée de roses. Vaine, cette salutation de la rose au chardon. Mais il reste la séparation d'avec les hommes, et l'action déroulée dans le secret, et cet universel délaissement lui-même.

Il reste que la vie de Maxence ne se déroule pas dans le plan ordinaire, qu'il prend du recul, qu'il est au bout de la terre et au bout de la vie, qu'il est à l'extrême limite de la vie, là où l'on marche tout auprès de l'éternité, où l'on peut y trébucher, là où les soucis sont hauts, là où les sophismes des hommes ne jouent plus, parce qu'il faut vivre, — ou mourir, — là enfin où l'on devient sérieux, où l'on devient homme. Ainsi le Sahara a d'abord une valeur négative. Une âme vulgaire n'est pas digne d'aborder les problèmes que propose un Pierre-Marie. Que tout d'abord elle s'aille laver au grand vent des plaines, et puis nous recauserons. Que d'abord tombent tous ces beaux prestiges qui nous sont chers, et puis, s'il y a une vérité, elle saura bien jaillir de cette lutte avec la vie. Ainsi Jacob luttant avec l'Ange, qui est le vrai.

Maxence méditait encore sur les lignes de Pierre-Marie, quand un Maure entra dans sa tente, et lui dit qu'une bande de pillards, alourdie par des prises nombreuses, remontait vers le Nord et qu'elle passerait sans doute non loin du camp, à l'endroit que l'on appelle Tamra. Maxence pose sur le sable la Vierge en pleurs, que le vent emporte, il fait seller quelques méhara, il s'élance à la tête de ses hommes. Course folle! Il sent derrière lui les pas élastiques des chameaux, il sent la grande coulée vers l'avant, les cous tendus, et tous les siens se poussant, se dépassant, comme les cymbales que frotte le musicien. C'est un frémissement de joie qu'il précède. Lui-même a les dents rageuses, l'œil volontaire. Ils courent longtemps, — et puis voici les razzieurs, un point imperceptible sur une ondulation. « Ils sont arrêtés », dit un Maure. Nos gens se hâtent, le groupe des razzieurs grandit. Mais voici qu'il disparaît. Maxence a été aperçu. Les Maures, pris de panique, s'enfuient, abandonnant sur le sol un immense butin. D'abord, c'est une déception. Puis les yeux s'allument devant la prise. Les partisans de Maxence rassemblent les chameaux laissés sur le terrain et très nombreux, des noirs roulent des ballots d'étoffe et Maxence hurle des ordres, au milieu de cette indescriptible confusion.

En revenant de cette équipée, le jeune Français se sentait très près de ces Maures qu'il avait lui-même choisis dans les tribus. Déjà il se mêlait à leur vie et leurs âmes se confondaient.

Trop faible encore pour ne vivre que de lui, il se tournait vers la race étangère. Elle était curieuse. Elle était marquée d'un signe, elle portait un caractère très accentué. — Des vieillards aux traits durs venaient le matin, à la tente française. Ils avaient des regards aigus, la démarche humble, genoux ployés, de l'Hébreu. On y voyait aussi venir de jeunes hommes aux grands yeux fiers, et ils rejetaient en arrière leur tignasse annelée: douceur berbère, fierté jugurthinienne. Certains étaient de vrais aryens, et Maxence croyait retrouver quelque Français de sa connaissance. Tel guerrier se présentait, fier comme un gueux, mais le maintien sérieux, les traits fins, la draperie annonçaient l'aristocrate. Il ne venait que mendier quelques poignées de riz.

Mais ceux que Maxence recherchait d'instinct étaient les contemplatifs, les rêveurs des steppes, ceux dont le jeûne a rongé les chairs et amenuisé le cœur. Un jour qu'il s'était aventuré loin du camp, il avait entendu de grands cris, des sanglots passionnés, où il ne distinguait que le « La ila illallah » des muezzins. C'étaient des Chadelya, disciples du vieux cheik el Ghazouani, qui se livraient à leurs exercices spirituels. Ceux-là, derniers héritiers de l'école philosophique fondée au xe siècle par le cheik Djazouli, étaient de sombres fous, — les fleurs monstrueuses du désert. Mais la plupart des Maures pieux se rattachaient à la secte plus humaine des Gadria, ou à celle des Tidjania, qui nous a toujours été favorable, puisqu'un des grands mogaddems de la secte, Abd el Kader ben Hamida, accompagnait le colonel Flatters en 1880.

L'esprit habite donc ici, disait Maxence. Et n'est-ce pas grand que certains disent, comme ce grand Ali ben Abou Taleb : « Je suis ce petit point placé sous la lettre *ba* », — car la lettre *ba* est la première de la prière. Le jeune homme évoquait la figure du puissant fondateur de la secte Gadria, Sidi Abd el Kader el Djilani, qui, en plein moyen âge, avait enseigné les degrés qui mènent à la perfection mystique, depuis la pauvreté, jusqu'au *madjma el Baharim,* « le confluent des deux mers », où le croyant est si près de Dieu que pour se confondre avec lui, il ne manque que la longueur de deux arcs. Maxence démêlait dans ces hautes idées l'influence de l'alexandrinisme, puis celle des lettrés de l'Andalousie, disciples d'Avicenne et d'Averroès qui s'étaient joints aux Maures revenant d'Espagne après la conquête et qui allaient répandre leur science dans le monde berbère. Or rien n'avait changé dans le Sahara méridional, depuis ces époques lointaines, et le voyageur ressentait, en s'enfonçant dans ce désert, ce parfum des mausolées d'Égypte où l'on contemple la momie, souriante encore, derrière ses bandelettes de deux mille ans.

Tant de rêves élevés, tant de mysticisme fleurissant en plein xxe siècle, sur le sol le plus inhospitalier du monde, pouvaient très bien émouvoir Maxence. Il avait la sensation fortifiante d'aller à des excès, de s'élever au-dessus de la médiocrité quotidienne. Il était sur une haute tour où les bruits des jardins et le parfum des roses n'arrivent plus, comme Assuérus, sur la plus lointaine terrasse de Suze, est seul au milieu des étoiles.

Il y avait, dans ce désert, des prudents qui savaient éviter les tempêtes de la luxure et les récifs de l'orgueil. Il y avait des hommes qui n'étaient point des luxurieux, ni des avaricieux, ni des blasphémateurs, ni des orgueilleux, et qui disaient, comme le soufi au bon riche : « Voudrais-tu faire disparaître mon nom du nombre des pauvres, moyennant dix mille drachmes ? » Là-bas, sous les latitudes de sa naissance, Maxence voyait une plaine couleur de plomb, l'air raréfié, l'oppression d'un ciel de cuivre, l'aigre rire et le méchant lieu commun, le lourd bon sens, des voix de fausset qui discutent. Mais ici la sainte exaltation de l'esprit, le mépris des biens terrestres, la connaissance des choses essentielles, la discrimination des vrais biens et des vrais maux, la royale ivresse de l'intelligence qui a secoué ses chaînes et se connaît. Là-bas, ceux qui font profession de l'intelligence et qui en meurent, — ici, ceux qui sont doux et pauvres d'esprit. Là-bas, les rassasiés et les contents d'eux-mêmes, les sourires épanouis, les ventres larges. Ici, les fronts soucieux, la prudence devant l'ennemi, l'œil circonspect. Maxence recevait de ces misérables, de ces hérétiques, prisonniers dans leur hérésie, une véhémente leçon. Cette petite part de vérité que, sombrés à pic dans l'erreur, ils détenaient encore, Maxence la voyait trembler à son horizon de deuil, comme la faible lumière du poste de commandement émerge encore, après que les œuvres vives ont disparu.

Ses courses le menaient parfois dans la « tamourt des brebis ». Dans cette seule vallée, l'on pouvait respirer l'odeur de la terre, et des oiseaux y chantaient, dans les acacias et les amours. Heures rares au pays des Maures, que celles où l'on reçoit des choses quelques parfums et des chansons. Mais lui, déjà, n'en voulait plus. Il passait dans la tamourt des heures légères, un peu amollissantes qui l'accablaient. Cette large coulée de verdure, tout unie et drapée, où il voyait de loin en loin s'arrondir des fonds craquelés d'étangs, et les lignes de l'horizon pétré, lui semblaient d'une grâce maladroite. Il n'y trouvait pas son compte. Il voulait le vrai désert, la vraie plénitude du désert, où vivaient ces vrais hommes qu'il avait entrevus, au seuil des tribus, les yeux baissés sur le chapelet. Il songeait à l'austère Tiris, aux grandes lignes dévastées du Nord.

Revenu à son camp, il allait prolonger sa mélancolie dans le ksar en ruine, et là, parfois, un jeune Maure l'accompagnait, Ahmed, le fils du chef des Kounta.

— Voici la ville, lui avait dit Ahmed, où est mort le père de mon père et où mes ancêtres ont vécu.

— Oui, je sais, avait dit Maxence, et cette ville a été saccagée au cours de la guerre que les gens de ta tribu soutinrent jadis contre les Idouaïch. Je serai content de la visiter avec toi.

Et ils étaient entrés dans les décombres, tremblants sous le soleil. Sur les murs larges et bas en pierres sèches, les lézards semblaient d'autres pierres vivantes, des gemmes mobiles. De grandes cours s'ouvraient. Des ruelles sinueuses longeaient les murs découronnés des façades. Partout le silence, cette vague oppression des choses mortes, des choses très vieilles, spiritualisées par le temps.

Ils marchaient entre les parois resserrées, ne disant rien, écoutant des bruissements qui étaient sous la pierre, imperceptibles...

— Voici, dit Ahmed, la maison qu'habitait mon père.

Ils entraient dans une cour, semblable aux autres qu'ils avaient vues. Dans un coin, il y avait un terre-plein peu élevé.

— C'est ici, continua le Maure, que le cheik Sidi Mohammed avait coutume de faire son salam. Et ces murs que tu vois sur la droite, c'est la maison de mon grand-père, Sidi Mohammed el Kounti.

Maxence connaissait ces grands noms de l'Islam; ils appartenaient à la glorieuse famille des Bekkaïa, dont on retrouve des membres dans le Touat, dans l'Azouad, au nord de Tombouctou, à Oualata, dans le Hodh, dans l'Haribinda, — aux quatre coins de l'immense Sahara. Étonnante dispersion qui laissait rêveur le jeune Français! Sa pensée, un moment, s'égara vers ces terres lointaines qu'il ne verrait jamais, l'Azaouad, le Tafilalet, l'Iguidi, là-bas, dans les profondeurs roses du désert, et les beaux noms chantaient fiévreusement à son oreille. Ainsi, peu à peu, par des touches légères, son âme plongeait au recreux de la terre, s'enfonçant dans la matière impondérable du sable.

Ils arrivèrent aux ruines de la mosquée. Des blocs de pierre débités en barraient le seuil, mais de l'autre côté, on voyait une sorte de colonnade à ciel ouvert, très nue, sans l'ombre d'un ornement. Ce pauvre spectacle donnait pourtant une joie précise. Les larges assises, les soubassements épais semblaient une affirmation. Les lignes, nettes comme des fils d'acier, ne faisaient pas d'ombres. Une lumière égale s'épandait dans le désordre des lourds piliers, mais telle qu'il ne restait qu'une grêle délinéation dans la clarté.

Tandis que Maxence revenait, précédé par la robe flottante du guide, il pensait : « Ces grandes facilités de méditation que nous consent cette terre spirituelle, les Maures les utilisent, et ils font, à cette aridité, d'admirables ornements. Pourquoi, transformant à notre mesure de semblables forces, et les employant à notre bien propre, n'essayons-nous pas aussi de nous enrichir, ou plutôt de reconquérir nos richesses perdues ? »

Et de nouveau, il pensait à ces hommes de prières, à telle vieille barbe blanche qu'il connaissait. Ils cherchent Dieu et ils sont humbles. Ainsi, du même mouvement, ils s'élèvent et ils s'abaissent, et d'autant ils s'élèvent, d'autant ils s'abaissent. Voyez leur démarche, comme elle est prudente et précautionneuse. C'est que la route est pleine de serpents et de bêtes immondes. Aussi faut-il veiller et prendre garde, et n'avoir nulle distraction sur cette aride route qui monte.

L'hivernage s'avançait, traversé d'immenses rafales de vent qui poussaient devant elles les nuages, et ils ne crevaient pas. Parfois, du côté de l'est, une brume épaisse s'élevait, et si rouge qu'on eût pu jurer le Tagant en feu, par derrière. C'était le début des grandes tornades sèches de juillet. En efforts désespérés, elles se vrillaient vers le ciel, et sifflaient, lugubres, comme un serpent se dresse verticalement et crache aux étoiles son impuissance. Et parfois, l'immense chevauchée semblait hésiter. Venue de si loin, des fonds du Sahara oriental, elle cherchait sa route dans la plaine sans bords et se balançait en une incertitude gémissante. Un large remous circulaire se produisait, mais aussitôt la course folle recommençait, avec des arrachements subits, des embardées vers le ciel bas où se boulaient d'immenses flocons.

Mais ces vaines tempêtes ne valaient pas ces heures du lourd accablement méridien. Alors un silence de plomb engourdissait les membres recrus de fatigue, et le corps prostré haletait, crucifié sur le sol, qui est son père, et dont il ne peut se déprendre. Et il fallait que la tête aussi se courbât vers la terre métallique, aux reflets de cristal, et qu'elle attendît, baignée dans sa sueur, un autre temps.

Maxence connut le supplice des heures. Il sut que chaque minute pouvait souffleter un homme, à droite, à gauche, jusqu'à crier merci, aveuglé et voyant les trente-six chandelles du soleil. Il connut, l'une après l'autre, chaque minute piquante de chaque jour, l'un après l'un. Et aussi les transes des nuits sans sommeil, alors que, tourné et retourné sur sa natte comme une crêpe sur la poêle, il poussait un gémissement qui ne dépassait même pas la paroi flottante et claquante au vent nocturne. Car le vent était la vraie muraille, le séparant même de ses hommes qui étaient là, à deux pas, roulés, tête à genoux, dans la couverture de campement. En sorte que, perdu très loin du tout, sur un de ces cercles que trace le géographe sur la mappemonde et ne sachant même plus à quelle latitude il en était, sentant toute la dérision de cette mort africaine où l'on souffrait, de ce néant d'où émergeait le seul lotus de la souffrance, de ce néant où l'âme n'est plus étourdie par le bruit du monde et se mesure pour ce qu'elle vaut, défaillant sous la longue patience de la nuit, il était tout près de la grande et salutaire désespérance.

Ces épreuves n'étaient pas inutiles, — et quelle est l'épreuve qui n'est pas utile ? Maxence sortit d'elles plus fier et mieux campé dans son désert, plus digne. Il assura son casque sur le côté, se drapa dans ses voiles arabes où il faisait figure de jeune Romain, vêtu de la robe prétexte, et il fixa mieux devant lui les hommes et les choses.

Au reste, la fin de septembre approchait; l'air s'allégeait et reprenait sa fluidité. Les milans noirs volaient plus haut, et de plus haut prenaient leur élan, lorsqu'ils fonçaient droit sur les viscères abandonnés des moutons. C'était le signe que l'hivernage, la saison torride allait finir et que donc, l'on pourrait partir, s'aventurer à nouveau dans les routes sans bords et sur les plages abandonnées du Nord. Maxence défigurait, impavide, ces prochaines équipées. Il connaissait la part que lui-même s'était choisie. Comme Pizarre, au seuil des hautes terres du Mexique, trace sur le sable, du bout de son bâton, la ligne qui sépare la vie facile de la peineuse, puis se retourne vers ses compagnons, ainsi le génie de l'Afrique s'arrête et mesure la terre. Ici, au delà de cette ligne même, dit-il, le souci et la tribulation avec la certitude de grandir, — et là, en deçà de la ligne, la vie molle et facile avec la certitude de diminuer, — mais Maxence n'hésite pas, et le prédestiné de la grandeur se rejette vers la grandeur qu'il a choisie. Par là, il commence de se connaître, se pose comme un élément de l'équation, et juge mieux du signe qu'il faut affecter aux rêveries sahariennes dont il a été le témoin curieux.

— Quel est donc, selon toi, l'emploi de la vie? dit-il un jour à ce jeune Maure qui l'avait guidé dans les ruines du ksar.

— Copier le Livre diligemment, et méditer les hadits, car il est écrit: « L'encre des savants est précieuse, et plus précieuse encore que le sang des martyrs. »

Est-ce admirable, cette fièvre d'intelligence divine? se dit Maxence. Le mot de son compagnon le révoltait. Il touchait le point faible, apercevait l'émoussement de la pointe. Toute sa vie n'était-elle pas basée sur le sacrifice, dont il ignorait, certes, la surnaturelle vertu, et qui pourtant éclairait tous ses actes des reflets de sa mystérieuse clarté? Si misérable qu'il se connût, il se connaissait pourtant supérieur à ceux-là qui avaient préféré la plume d'oie de l'écrivain à la palme du martyr. Car dans sa misère la plus grande, il portait encore le germe de la vie, au lieu que les autres, dans leur grandeur, portaient le germe de la mort.

Que seraient devenues nos civilisations d'Occident, disait encore Maxence, si elles s'étaient édifiées sur une semblable morale ? — si la souveraineté du cœur n'y avait été proclamée ? — si le théologien, du fond de sa cellule, avec ses in-folio autour de lui, n'eût envoyé le Croisé, avec sa croix sur la poitrine, sur les routes en feu de l'Orient ? Et lui, il se connaissait l'héritier de ces civilisations, et l'envoyé, le signifère de la puissance occidentale. Ainsi, les jours de la probation étant accomplis, le jeune voyageur commençait à mesurer la grandeur de sa mission et la douce domination de sa loi.

Il valait mieux que les Maures. Il valait mieux que lui-même. Lui, le misérable homme sans nulle étoile, ce dérisoire Maxence, il valait mieux que le Djilani lui-même, avec toute sa vertu. Et voici qu'un jeune Maure l'avertissait de sa grandeur, et, d'un mot, dénouait les chaînes de la captivité !

« L'encre des savants est plus agréable à Dieu que le sang des martyrs. » Il faut que l'abaissement du voisin nous avertisse de notre propre élévation. Alors touchant certains bas-fonds, nous faisons comme le plongeur pris dans les algues, et qui donne un vigoureux coup de pied pour remonter, vertical, les bras tendus, vers la lumière du monde. Tel Maxence : il a bien pu les admirer, ces Maures, dont la vie intérieure a la saveur étrange et douce d'un fruit sauvage. Mais aujourd'hui, il n'a plus qu'une grande pitié et ce sont de lamentables victimes qui l'entourent : les victimes d'une civilisation qui n'a pas su s'orienter.

Qu'importe que Maxence soit triste, ou qu'il soit mauvais ? Il est l'envoyé de la puissance occidentale. Il faut donc bien qu'il reste pur et sans mélange, et qu'il soit séparé de tous les autres. Au fond, rien n'y peut faire : ce sont vingt siècles de chrétienté qui le séparent des Maures. Cette puissance, dont il porte le signe, c'est celle qui a repris les sables au croissant d'Islam, et c'est celle qui traîne l'immense croix sur ses épaules. Celle même qui a conquis la terre, à cet endroit précis où Maxence se tient debout, là même, elle traîne sa croix, qui est la croix de JÉSUS-CHRIST; tout au long de sa peineuse existence, elle-même est chargée du poids de ses péchés. Elle est la puissance de sa chrétienté, elle est triomphante et douloureuse. Comment ne l'a-t-il pas reconnue ? Pourquoi donc ne la salue-t-il pas, celle qui est souffrante comme lui, celle qui gémit dans le vent des malédictions, comme lui-même il a gémi dans le vent de la douleur? Elle a dit : « Cette terre d'Afrique est à moi, et je la donne à mes enfants. Elle n'est pas à ces pauvres gens, à ces bergers, à ces gardeurs de chameaux. Elle est à moi, elle n'est pas à ces esclaves, elle est à mes fils, afin qu'ils m'honorent davantage. »

« Elle est à moi. » — Maxence sait entendre ce langage. Il est le maître. Il sait bien qu'il ne doit pas laisser trop de lui-même dans ces parages. Celui qui est riche emprunte-t-il à celui qui n'a pour toute fortune qu'un petit mouton? Il est le maître de la terre. Le maître va-t-il demander des conseils au domestique? Il est l'envoyé d'un peuple qui sait bien ce que vaut le sang des martyrs. Il sait bien ce que c'est que de mourir pour une idée. Il a derrière lui vingt mille croisés, — tout un peuple qui est mort l'épée dressée, la prière clouée sur les lèvres. Il est l'enfant de ce sang-là. Ce n'est pas en vain qu'il a souffert les premières heures de l'exil, ni que le soleil l'a brûlé, ni que la solitude l'a enseveli sous ses grands voiles de silence. Il est l'enfant de la souffrance.

« Tu n'es pas le premier, dit une voix qu'il ne connaissait pas — et c'est celle de la mère qu'il a maudite — tu n'es pas le premier que j'envoie sur cette terre infidèle. J'en ai envoyé d'autres avant toi. Car cette terre est à moi et je la donne à mes fils pour qu'ils y souffrent et qu'ils apprennent la souffrance. D'autres sont morts avant toi. Et ils ne demandaient pas à ces esclaves de leur apprendre à vivre. Mais ils portaient devant eux leur cœur, entre leurs mains. Regarde, ô mon fils, comme ils se comportaient en cette grande affaire, en cette grande aventure française, qui était l'aventure du pèlerinage de la croix. »

III

« PER SPECULUM IN ÆNIGMATE »

ARGUMENT. — DÉPART. — CALME DE MAXENCE. — INSISTANCE. — GRANDEUR DE ZLI. — MOUVEMENTS DU CŒUR, BATTEMENTS D'AILES DANS LA NUIT. — DE L'AME FIDÈLE DES SOLDATS. — CE QUI SE PASSE AU CIEL. — LES COORDONNÉES DE ZLI : LE CHAMP D'AMATIL. — DOUBLE ASPECT DE L'AME DE MAXENCE ET SON UNITÉ RÉELLE. — L'ÉNIGME DU MIROIR QUE NOUS SOMMES.

Un jour, dans ce transport héroïque qui laisse pourtant à l'esprit toute son agilité, tandis que l'heure clairvoyante du matin l'inondait, Maxence se leva, secoua son poil, et, solidement balancé sur ses deux jambes écartées, il attendit les caporaux et les sergents. Comme le clairon, au moment du ralliement, remplit exactement tous les recoins de la plaine et jusqu'au cornes de bois les plus secrètes, ainsi la joie le remplissait de toute sa plénitude victorieuse et ailée. La rumeur du camp se propageait dans la masse noire des mercenaires et répondait au chef impatient. C'est que l'ordre, la veille au soir, était venu de partir pour l'Adrar lointain, et que cette heure était l'heure, semblable à la jeunesse, d'un départ. Donc Maxence a reçu un ordre, et voici que lui-même donne des ordres et que d'autres les reçoivent, car son métier est essentiellement d'obéir et de commander. La tâche est mesurée à chacun selon son rang. Les prescriptions, allant jusqu'au détail de la gamelle de riz à donner ou du bât à réparer, s'échelonnent dans leur ordre, d'après le plan que détient seule la tête principale. — Jusqu'à ce que, toutes prévisions faites, la colonne, parée pour toute éventualité, s'ébranle et se propage dans l'espace, semblable au vaisseau bien gréé qui prend le large. Mais alors, chacun n'a plus qu'à marcher sur son étroit ruban de sable, en suivant celui qui est devant lui, sur cet étroit ruban de sable qui est la vie, flanqué de part et d'autre par le désert, où est la mort par la soif. Le guide fonce droit sur le puits, puisqu'il n'y a pas d'autre chemin que celui qu'il fait. Aux autres de le suivre et de se coller à son ombre. Maxence, lui, se repose. Tout est déclenché, il n'a plus rien à faire, sinon à regarder ce beau monde qui s'écoule à ses pieds en grandes vagues profondes et sérieuses.

Singulièrement calme et sûr de lui est Maxence dans cette plaine qui se consume sous l'étreinte majestueuse des flammes solaires. Le voici maintenant, couché sur sa natte et fumant sa pipe en silence, au premier soir. Il goûte à plein le vertige de la nuit qui ne retranche à ses yeux que le pur néant du désert. Les tirailleurs forment sur le sol une figure géométrique qui ne respire plus ni ne bouge plus. Il y a seulement quelques Maures qui causent autour d'un feu, et la sentinelle qui se profile des pieds à la tête sur le ciel, comme une image. Près de lui, il entend le bruit des chameaux qui ruminent, et parfois l'un d'eux s'arrête, et il allonge, en un mouvement de lassitude, son long col sur la terre refroidie. Tableau commun et familier ! Il avait vingt-deux ans, Maxence, quand, pour la première fois, il connut l'amère douceur de ces campements d'un soir, dont on est sûr que rien, dans la mémoire fragile, ne subsistera, et dont pourtant le charme replié finit par obséder toute la vie. Et voici que cette halte à la vesprée est toute semblable à la première halte. Tout paraît charmant à cette tête jeune. Il caresse sa chienne. Il sent la vie, qui est là, réelle, qui est certaine, qui n'est pas une fiction, mais une profonde réalité qu'il peut envelopper et mesurer. Voici apparaître au ciel le beau scorpion qui commence, du fond de l'horizon, sa marche oblique. « Demain matin, dit Maxence, vers la deuxième heure, l'aile marchante de cette harka céleste aura gagné les trois quarts du ciel. Mais la terre n'est-elle pas aussi à sa place exacte, dans les routes libres du firmament ? »

Il se sent dans le jeu céleste en pleine sécurité. Et il ne ressent nulle inquiétude, parce que cet aiguillon ne l'a pas encore piqué de se dire : « Mais où suis-je ? Où vais-je ? Quel est donc le sens de cette énigme que je suis ? », parce que cette morsure ne l'a pas encore mordu d'entendre : « Mais quelle est donc cette plaisanterie affreuse ? Et quel est ce théâtre où je pleure sous le masque qui rit ? » Non, il ne l'a pas, cette immortelle inquiétude du cœur qui sait s'entendre. Mais au contraire, le jeu de sa pensée est si paisible, si semblable à ces grandes fleuves qu'il a oubliés, sa rêverie s'écoule si puissamment qu'il ne lui souvient pas d'avoir ressenti depuis longtemps une telle félicité. Et en effet, pendant son séjour à Ksar el Barka, n'a-t-il pas fait à Dieu de larges concessions, n'a-t-il pas été à la limite de ce que l'on peut accorder ? En toute justice, il faut bien que tant de condescendance lui procure quelques satisfactions. Les Maures lui ont fait comprendre combien il était pur et salubre, cet air chrétien que l'on respire en France, dans cette France qu'il avait maudite au moment même qu'il la quittait, à tout jamais peut-être. Ils lui ont fait entrevoir la France cachée qu'il a méconnue, et ils ont mis la filiale action de grâce sur ses lèvres, au lieu de l'infâme reniement. Il est heureux comme l'enfant perdu qui retrouve sa mère. Pourquoi donc l'esprit lassé continuerait-il ses démarches inquiètes ? Pourquoi ne jetterait-il pas l'ancre dans ces beaux ports terrestres qui s'ouvrent à la fatigue de vivre ?

Dans son noble détachement, Maxence recevait pourtant des avertissements. Tout conspirait contre cette quiétude où il se croyait en sûreté, sans compter qu'au désert la pensée va plus en profondeur qu'en étendue.

Le guide de la colonne s'appelait Mohammed Fadel ben Mohammed Routam : ce nom en dit assez. C'était le petit neveu de Ma el Aïnin, le grand savant, l'irréductible adversaire de la France, c'était le propre neveu de Taquialla, le mogaddem des Fadelya de l'Adrar, qui conduisait le jeune officier dans les sombres replis pierreux de ces terres mortes. Cet homme était vraiment notre ami. Son esprit était charmant, sa culture aussi vaste que peut l'être celle d'un Maure. Maxence causait volontiers avec lui, le soir, sous le ciel immense où le cercle étroit de la terre disparaissait. Ce soir-là :

— Comment nommez-vous, dit le Maure, ces quatre grandes étoiles et ces trois petites qui marchent dans le ciel comme les cavaliers d'une avant-garde dans le désert ?

— Nous les nommons Orion. Mais dis-moi le nom que vous leur donnez dans votre langue.

— Cette constellation, lieutenant, s'appelle le « medjbour », et non loin, tu vois cette grande route poudreuse : c'est le « chemin de Bourak », car Bourak était le cheval de l'envoyé, et ce chemin est celui qu'il traça dans l'espace éblouissant, lorsque son maître eut résolu de quitter cette basse terre. Gloire à Dieu seul !

Un lourd silence retombe, creuse l'abîme entre les deux hommes. Puis Mohammed Fadel :

— Est-il vrai que vous, les Nazaréens, vous croyiez en trois dieux et non en un seul ?

Maxence chasse l'importune question, comme une mouche insistante, du revers de la main :

— Quant à moi, cheik... (Puis, il se ravise) : C'est-à-dire que... Il m'est difficile de t'expliquer cela en arabe... Mais certes nous ne croyons pas en plusieurs dieux, comme les Bambaras, mais en un Dieu...

Mille traits de ce genre le ramenaient à son insu vers le point central... Pourtant les étapes continuaient de figurer la préparation, de moins en moins éloignée, de l'Adrar. A Hassi el Argoub, les voyageurs trouvèrent quelques tentes d'Ouled Selmoun. Jusqu'au terme du voyage, ils ne devaient plus rencontrer de figure humaine. Le pays n'en souffre pas. Il ne souffre que de hautes pensées, des pensées de gloire, d'héroïque vertu, de mâle fierté, et intolérables y seraient les faces mêmes de nos frères. Et ces pensées mêmes ne sont pas assez pures. Il faudrait une musique qui fût céleste. — Et plus la route s'étirait vers le Nord, plus l'oppression grandissait de tous les cercles descendants de cet enfer, avec une hâte étrange d'être au plus bas de la spirale allongée de l'abîme. Maxence marchait dans le vertige de ces horizons singuliers, la sueur aux tempes, avec des battements d'impatience.

Le point médian de l'immense parcours est la source de Zli. A la veille d'y arriver, la colonne fut enveloppée dans une de ces tourmentes de sable si fréquentes au désert. Alors se précipitent les coups de béliers rageurs du vent qui s'excite à battre son propre record. Alors, pelotonné dans la laine torride des haïks, on assiste à la mort du ciel, on est dans la nue bondissante où toute forme a disparu, on est dans le principe essentiel de la Force. Mais Maxence, lui, il se dresse dans la flamme agile, les bras croisés, tandis que des paquets de sable le bombardent. « Lave, ô vent — dit-il — tout ce qui n'est pas la pure grandeur. Arrache, arrache l'humus des montagnes et tout ce qui est accessoire et ajouté. Que seule subsiste la forme minérale ! Et que de notre cœur aussi, les angles apparaissent et qu'il soit nu comme la pierre ronde que, depuis l'origine des âges, tu roules ! »

Grandeur de Zli !... On monte insensiblement dans des dunes blanches emmêlées où de maigres titariks ont réussi à prendre pied. Puis le sable cesse, et toute végétation. Puis on franchit un col mal dessiné, et la pierre — la pierre noire comme charbon, la pierre rugueuse et mortifiante de l'Adrar — vous enveloppe de tous côtés. Voici, en effet, la porte de l'Adrar, l'entrée du cœur même, l'accès au plus intime du soulèvement granitique. Alors l'on est dans le silence et dans la mort. Dans les cirques sombres, semblables aux « bolges » de Dante, pas un arbre, pas un brin d'herbe. Or, Zli est la plus basse fosse, le lieu par excellence du désespoir et de la terreur. De tous côtés, de noires murailles aux replis vierges bornent l'horizon, et parfois, une grande masse isolée, comme ces tas de charbon pulvérulent que l'on voit aux approches des gares et des usines, se dresse aux sombres carrefours. Tout se tait, — sinon le vent, car on est à l'origine du vent, et dans l'atelier même où il s'élabore, dans le principal magasin.

Seul au centre du système, mais pris de la grande fureur poétique et de l'ivre exaltation, Maxence se sent réellement le centre du système. Il est l'esprit central qui anime la masse inerte, il est l'intelligence de toute cette lourde et immense matière...

La terre est battue de tous les vents, balayée de souffles mortels. Voyez-la, elle est un perpétuel gémissement, elle est une lamentation captive. Elle est pelée, nettoyée, lavée et relavée, grattée jusqu'à l'os par ces souffles du large qui lèchent, comme des langues de feu, sa vieille peau ridée et tuent la plante, et la pierre même, et tout l'ordre de la nature. Et pourtant cette terre est *sa* terre, à lui, elle est la terre d'un homme, — cette misérable écorce pelée qui a chassé toute vie de son sein. Et comme il va vers des terres qu'il ne sait pas, de même le voyageur, lorsqu'il s'arrête ici, découvre dans son cœur de grands espaces inexplorés. Toute cette misère — celle de la terre et la sienne propre — il s'y sent à l'aise, il y est chez lui, il est le maître de son domaine. Très naturellement à lui est cette misère et ce sont au contraire les torchis des cités, ces avenues populeuses au long des fleuves, et c'est la ville moderne qui n'est pas à lui.

Mais encore cette matière exigeante ne souffre-t-elle que des soldats, et c'est là, loin des usines et des entrepôts des marchands, qu'il se reconnaîtront les uns les autres, et que, s'étant reconnus, ils chanteront la joie immense de la délivrance. Alors, dans l'immobilité crucifiée de la terre, ce sont les vertus qu'ils aiment, c'est la simplicité, c'est la pure rudesse qu'ils revoient et qu'ils bénissent. Magnifique reconnaissance! Loin du progrès et de l'illusoire changement, Maxence se retrouve un homme de fidélité. Il ne sait rien en lui qui ressemble à la révolte, mais, bien lié aux grandeurs du monde, il aime au contraire ces chaînes coutumières. Il est dans la gravitation du système moral, et il se soumet à sa loi sans plus de peine que les astres suivent, dans les champs du ciel, la route tracée. Rien ne paraît beau à ce vrai soldat que la fidélité. Elle seule est la paix et la consolation. Elle seule console de cet amer breuvage, la solitude. Elle seule est plus haute. La fidélité est le sûr abri. Elle est une pensée douce qui s'offre au voyageur. Et elle est ce parfum que l'on ne peut pas dire, cet incomparable parfum que respirent les âmes des soldats. La fidélité est comme cette épouse qui attend son mari engagé dans la croisade : jamais elle ne désespère, ni jamais elle n'oublie. Jamais elle ne doute de l'avenir, ni jamais du passé. Elle est cette petite lampe à la flamme toujours égale, que tient l'épouse.

Mais voici qu'une pensée lui vient, à ce fidèle chevalier qu'est Maxence. Ne sait-il pas ce que c'est que Servir, et qu'être l'homme sur qui le chef compte, et le loyal serviteur, qui garde exactement le précepte et observe le mandat ? Une pensée, de très loin, vient à lui, — ou plutôt c'est une gêne qu'il éprouve, et qui est celle-ci : pourquoi donc, s'il est un soldat de fidélité, pourquoi tant d'abandons qu'il a consentis, tant de reniements dont il est coupable ? Pourquoi, s'il déteste le progrès, rejette-t-il Rome, qui est la pierre de toute fidélité ? Et s'il regarde l'épée immuable avec amour, pourquoi donc détourne-t-il ses yeux de l'immuable Croix ? « Si absurde est cette infidélité, s'avouait Maxence, que je n'ose même le confesser devant les Maures, et je leur dis : « Nous croyons !... » Ah ! oui, ma lâcheté devant eux me fait comprendre combien, malgré moi et à mon insu, JÉSUS me lie ! »

Maxence arrive au point où les expédients apparaissent misérables et où il faut choisir. Il rejettera l'autorité, et le fondement de l'autorité qui est l'armée. Ou bien, il acceptera toute l'autorité, l'humaine et la divine. Homme de fidélité, il ne restera pas hors de la fidélité. Dans le système de l'ordre, il y a le prêtre et il y a le soldat. Dans le système du désordre, il n'y a plus ni prêtre ni soldat. Il choisira donc l'un ou l'autre ordre. Mais tout est lié dans le système de l'ordre. Comme la France ne peut rejeter la Croix de JÉSUS-CHRIST, de même l'armée ne peut rejeter la France. Et le prêtre ne peut pas plus renier le soldat que le soldat le prêtre. Et le centurion ne reconnaît pas moins JÉSUS-CHRIST sur l'arbre de la Croix, que JÉSUS-CHRIST ne reconnaît le centurion. De même que tout est lié dans le système du désordre. Donc, dit Maxence, il faut être un homme de reniement ou un homme de fidélité. Il faut être avec ceux qui se révoltent ou contre eux. Mais que faire si l'objet de la fidélité ne peut être saisi, et si l'esprit reste impuissant ?

Ainsi songeait le jeune homme, perdu dans la plus lointaine terre, tandis que, couché sur un coude, il considérait le tremblement de l'air au-dessus de la plaine immobile. Or, à ce moment précis, que se passait-il dans le haut du ciel, dans la demeure de Celui qui scrute les plus secrets mouvements des âmes ? Tandis que Maxence reportait sa pensée, vacillante encore, vers le Fils qu'il avait renié, que se passait-il donc dans la demeure du Père ?

Ah ! certes, c'est un mystère défendu que celui-là, et la pensée, prise de vertige, défaille, si elle veut pénétrer dans la scène véritable du drame, dans ce lieu de rafraîchissement éternel où réside l'unique et substantielle Réalité. Que cette pauvre pensée humaine ose pourtant s'aventurer sur le rebord de l'abîme, et elle verra le Maître des mondes innombrables pensé sur cette terre qu'Il a voulue belle et dont Il se réjouit dans l'éternité. Car, entre toutes, Il l'a choisie, et en elle, plus que dans les milliards d'astres qui L'entourent, Il se complaît, et c'est en elle qu'Il se repose, en elle à qui son Fils fut envoyé. Or voici que, penché sur notre terre, entre toutes, le Maître se recueille et qu'Il observe ces âmes qu'Il a faites selon Lui. Dans sa soif ardente de se donner, dans ce désir ineffable d'être aux hommes, Il s'impatiente, Il épie la moindre bonne volonté, tout prêt, étant l'Amour même, à prévenir l'âme la plus lointaine, si toutefois elle est digne de sa compassion. Cependant, les prières des saints montent vers Lui, et L'entourent et Le pressent, selon qu'Il le veut lui-même, et elles Lui font cette violence qu'Il aime par-dessus tout qu'on lui fasse. Et parfois le regard de miséricorde s'abaisse vers la sombre terre, — ce regard qui est la joie des Anges et l'indicible béatitude des Hiérarchies célestes !

« J'ai été trouvé, dit Dieu, par ceux qui ne me cherchaient pas. Je me suis montré à ceux qui ne pensaient pas à moi. Et c'est moi, ô jeune soldat, qui ferai le premier pas. Cette humble soumission, ce goût de fidélité me suffisent. Je n'en demande pas plus. Je te ferai venir de loin et je t'aimerai de mon amour éternel. Je te marquerai du signe de mon élection. Il ne m'en faut pas davantage — en vérité, cet imperceptible mouvement d'un cœur honnête me suffit. Ne suis-je pas le Père, et qui peut mesurer la tendresse du Père ? Un père, quand il écoute les balbutiements de son enfant, il se récrie sur son intelligence, et la moindre action, il la tourne à la louange de son enfant. Je suis ce Père, et toutes ces âmes-là, qui sont droites et pauvres, et qui sont solitaires et misérables, je suis leur Père, et elles sont mes préférées. »

Oh! que cette adoption serait douce à Maxence, s'il la savait! Mais il est sur les routes du monde, la tête baissée contre les vents contraires, et il ne songe même pas à demander au ciel un secours, que Dieu, dans le secret de ses desseins, lui a déjà promis.

Le désert ceignait ses reins. C'est en lui qu'il puisait toute sa force, c'est à lui qu'il demandait la vertu. Et certes quand il se voyait protégé par l'immense épaisseur des sables, de tout son cœur, il bénissait sa destinée. « J'aurais pu être semblable, se disait-il, à ces mondains, si jolis dans leurs vêtements selon la mode, à ces élégants dont j'ai admiré autrefois le langage artiste, à ces raffinés plus grossiers que des porcs, sous leurs masques de politesse. J'aurais pu être un homme de salon, un homme d'esprit, un délicat. Oh! bénie soit l'Afrique qui m'a sauvé d'une telle destinée! Bénie soit la terre qui est vraie, la terre qui est vraiment délicate, la terre qui protège les siens contre les contacts vulgaires! Bénie soit la délivrance à tout jamais des hommes de mensonge et d'iniquité! Du matin jusqu'au soir, je te bénirai, ô Afrique, vierge vénérable, toi sur qui nul n'a porté la main, et qui seule es restée pure... »

Maxence sentait qu'aucune de ses heures n'était perdue. Il n'en était pas une qui ne portât son fruit, qui ne fût lourde de quelque méditation ou de quelque fructueux travail. Et rien en effet ne venait troubler cet admirable déroulement de vie intérieure que l'Afrique réserve à ses élus.

Comme la colonne n'était plus qu'à quelques étapes d'Atar, les pensées de Maxence prirent un cours nouveau. L'on s'était arrêté à Djouali, à Chommat, à Tifoujar, — lieux obscurs et tous marqués, pourtant, de quelques gouttes de sang français. Enfin, dans les premiers jours de mars, on arrivait aux dunes d'Amatil, où l'on dressa les tentes pour quelques jours. C'est dans ces dunes que, les 30 et 31 décembre 1908, les disciples de Ma el Aïnin, inquiets de notre marche vers l'Adrar, donnèrent contre nos troupes leur premier effort sérieux.

Dans la splendeur véhémente de midi, Maxence salue avec emphase le lieu où fut cette grande cohue de 1909, aujourd'hui plus silencieux que le pôle. L'abri où il va s'étendre est proche du bastion où nos mitrailleuses furent placées et il ne reste de ce bastion que de larges haies en branches épineuses, plus qu'à moitié recouvertes par le sable. Tout alentour est suspendu dans l'arrêt de la mort, tout est noyé immensément dans le passé. Un tirailleur, un jeune Samoko, est avec Maxence. Il a assisté au combat, enterré nos morts sous le feu de l'ennemi et il a été nommé pour ce haut fait tirailleur de première classe. Ses souvenirs sont confus. Il parle des morts jaillissant dans le bastion, le sergent français emportant les mitrailleuses sur son dos; encore étourdi par la mêlée hurlante, il dit les cris des femmes qui étaient venues trépignantes d'Atar, et, du rebord médian de la montagne, excitaient leurs maris au combat... C'en est assez, Maxence connaît ce langage. Il sait ce que sont ces combats africains, ces deux lignes affrontées qui se voient et se jettent des insultes, au milieu des rafales formidables du feu, la joie, la haine, visibles sur tous les fronts, la lumière royalement épandue, et le chef à la poitrine nue dont la voix s'essaie à dominer le tumulte, — pour tout dire, cette haute couleur militaire, cette grande allure tout engagée dans la beauté épique. Il sait tout cela, et il préfère à ces souvenirs brûlants l'humble cimetière où reposent les siens. Là, des croix rustiques, avec des noms, marquent la place de ceux qui sont tombés, d'autres tombes — sans croix et sans nom — sont celles des Sénégalais, pressées et alignées comme au moment du défilé. Et Maxence, dans l'attitude de la méditation, se tait devant la poussière anonyme du passé, dont il voudrait scruter d'un esprit sûr, la signification. Il lit les noms de ses camarades, il sent le grand souffle de la fraternité. Cette heure non plus n'est pas perdue pour lui, et plus avant elle l'engage dans l'antique alliance, dans la mystérieuse communion du sang versé. Dans la paix magnifique, chargée de tumulte intérieur, qui enveloppe le paysage élémentaire, Maxence, seul avec lui-même, renouvelle le pacte mémorable qui le lie. Il se proclame soldat dans l'éternité, et il promet que dans la commune aventure où tous — morts ou vivants — sont engagés, il sera le plus brave, le plus ardent dans la mêlée, le plus généreux de son corps. Avec ceux-ci, dont l'esprit demeure et dont la chair a été consumée par le soleil, il a même pensée, même volonté.

Il confirme solennellement qu'il sera loyal et véridique, qu'il abandonnera tout, la richesse, la famille et la vie même, pour cette tâche qui lui a été départie, et à ces ombres, fixées au plus secret repli de la terre, il montre enfin son âme, toute pauvre et nue, son âme qui a déjà vaincu le monde.

Le galop de la conquête, la pressante réalité l'étouffent, lui font mordre les lèvres... 10 décembre 1908, à Moudjéria. Les Maures disent : « Jamais les Français n'entreront dans l'Adrar. » Le 5 janvier, cinq cents Sénégalais sous nos ordres entrent à Atar après une marche de cent lieues, hérissée de difficultés. Quelques jours avant, la résistance avait été brisée à Amatil, puis à Hamdoun où la canonnade avait promptement déblayé le terrain. Puis, pendant dix mois, ce sont nos colonnes volant aux quatre coins du désert, les tribus venant jeter leurs armes à Atar, l'établissement méthodique de la paix française, l'imprudence folle dans l'offensive, la sage prudence dans l'organisation du territoire, le souci constant de montrer notre justice après avoir montré notre force. Pages romaines, dignes de César. Magnifique histoire, trop peu connue. Mais la France est si riche en gloire qu'elle néglige cette monnaie.

Voilà l'action que Maxence prolonge. Voilà la vivante réalité où il s'ingère, comme un coureur prend sa place sur la piste et se met dans le train. Le labeur s'offre à lui, nettement délimité, clairement tracé selon l'ordre français. Le travail est là, tel que, transmis par la hiérarchie, il reste à accomplir dans la limite des instructions supérieures. Le terrain s'ouvre, posant lui-même ses conditions dès l'entrée : l'abnégation de soi et la ferme application, des bras vigoureux, un esprit sain.

Ainsi, dans les champs d'Amatil, les intentions du jeune soldat sont simples. Que s'il avait le loisir de s'y rappeler les ardentes journées de Zli, il s'étonnerait peut-être de ce que la pensée, évaguée un moment vers l'azur, revînt si vite dans ce champ clos où il a mission de combattre ; de ce que, ayant entrevu le sens de la soumission et de l'obédience véritable, il se contentât, peu de temps après, de l'image de la soumission et du seul symbole de l'obédience ; de ce que, cherchant une loi à Zli, il se soumît si aisément à celle que lui proposait Amatil. Mais Maxence est soldat avant tout. Son point de départ n'est pas ailleurs que dans cette tâche humaine qui lui a été assignée. Au reste, dans l'itinéraire du Tagant à l'Adrar, ce sont les deux visages de l'Afrique qui se sont offerts à lui, et l'un est celui de la Prière et l'autre est celui de l'Action. Ici, vêtue de lin, et là ceinte d'une armure, ici auréolée de rayons et là casquée de fer, telle apparaît au jeune soldat son antique conseillère, — et lui-même, tantôt humble devant le ciel et tantôt orgueilleux devant la terre, tantôt inquiet de la déficience de l'azur et tantôt rassuré par l'immense possession terrestre, tantôt très petit devant ce qu'il n'a pas et tantôt très grand devant ce qu'il a, c'est un double cœur qu'il promène dans la duplicité de l'Afrique.

Pourtant, *in medio leporum,* du sein même de la félicité terrestre, naît une mortelle inquiétude. « Certes, dit l'âme inquiète, ce devoir est bien tracé, qui guide mes pas et ordonne mes démarches. Et pourtant il me semble que mes pas ne sont guère assurés et que mes démarches sont celles du rêve. Je suis ce poisson qui se gouverne habilement dans l'élément de l'eau et qui pourtant jamais ne connaîtra la mer, faute de la pouvoir contempler du rivage. Je ne défaillirais pas, si je n'avais la hantise de l'harmonie totale et ne voulais dominer l'élément où se meut le corps que je supporte. Mais je suis pensante autant qu'agissante. L'intelligence survient, qui veut savoir, et misérable apparaît l'itinéraire du soldat. »

Mais encore est-il grand par la réalité dont il est l'image. Maxence, près des tombes d'Amatil, est l'image très lointaine de la Fidélité. Et c'est pourquoi la participation à laquelle il a été admis est agréable à Dieu. Son ignorance même est son bien le plus précieux. Car l'intelligence qui s'est asservie au mensonge a porté sa propre condamnation. Mais au contraire, elle reste digne de la vérité, cette intelligence qui sommeille sous le fardeau du devoir humain, et à qui une action déroulée dans la pureté ne permet pas de s'exercer. Il y a moins loin de l'ignorance à la science que de la fausse science à la vraie science. La loyauté devant la France mène vite à la loyauté devant le CHRIST, mais la déloyauté ne mène qu'à la déloyauté. De même ce Maxence qui est bon et véridique, ce qui est bon et véridique est donc sa part, mais au contraire l'iniquité appartient à l'homme d'iniquité. Et quand, son épée nue fichée en terre, il jure sur les cendres de ses compagnons d'être un bon serviteur, déjà il est chrétien et déjà il est participant à la grâce de la sainte Église.

IV

L'ESPRIT DES TEMPÊTES

ARGUMENT. — TABLEAU D'ATAR. — LA SOURATE DES INFIDÈLES ET LA RÉPONSE DE L'ÉGLISE. — MAIS CETTE RÉPONSE NE SUFFIT PAS. — INVASION DE L'INTELLIGENCE. — MAXENCE VEUT AVANT TOUT LA VÉRITÉ. — DÉSORDRE, D'OÙ IL FAUT UNE RÈGLE OPÉRANTE, ET PORTANT EN MÊME TEMPS LE GAGE DE LA CERTITUDE. — MAXENCE TROUVE DANS L'OPPIDUM D'ATAR LES RAISONS DE SON ÉTAT D'AME. — LA MAJESTÉ LATINE ET LA DIGNITÉ CHRÉTIENNE.

Des femmes dans la palmeraie, par deux, par trois... Leurs regards, cernés de kohl, se posent languissamment sur l'ombre bleue. Des esclaves noirs, auprès des puits, font grincer le lourd balancier de bois, l'eau remonte et se disperse dans le rond du bassin. Des rires jaillissent, aussi clairs qu'en une grande verrière, un jour d'été. Tout le parfum des terrasses de la Perse se résout dans l'oasis, — point imperceptible dans l'espace, comme le plaisir est le point imperceptible dans le temps. Et voici rompu le cercle où se tenait Maxence. Maintenant ce jeune soldat n'est plus celui qui, sous le double airain de la solitude et du silence, marche avec certitude vers son but, et progresse en ligne droite sur le diamètre de l'horizon circulaire, mais au contraire il est le promeneur qui a brisé la règle et s'abandonne à son caprice. D'autres jeunes hommes sont avec lui, et la causerie vaine s'étale, tout au long des heures vides et lâches. A son abandon, à cette détente qui survient, Maxence mesure l'excès de sa fatigue. Il sent la trêve, ce moment redoutable où l'âme va se démettre de son empire, renoncer à sa domination, ce glissement vers l'inévitable catastrophe, cette démission de soi-même qu'il connaît bien et qui produit ceci, que nul dégoût, nulle rancœur ne viendra plus combler le trou immense et noir de la chute. Ainsi, trois jours durant, Maxence est une ombre marchant dans le sommeil et dans l'apparence de la mort.

Au dernier soir pourtant, désemparé, il quitte les camarades et, sauvage, il tend vers la ville où la misère surabonde. C'est l'heure où rentrent, en troupeaux pressés, les moutons; où les enfants, fiers et charmants, poussent ces derniers cris qui précèdent immédiatement le silence de la nuit. Des murs en ruine limitent le cercle étroit au dedans duquel les maisons égales se pressent et les ruelles s'enfoncent avec peine dans la masse compacte des pierres. Sur sa droite, Maxence regarde les derniers jeux du soleil sur la haute paroi de l'Adrar, il s'arrête, respire fortement, et constate l'éphémère envahissement de la couleur, succédant à l'incolore domination du soleil. Voici les rocs rouges, les palmes vertes intensément, les sables ocrés de la batha. Et seules, chargées de poussière et de siècles, les pierres du ksar demeurent dans l'indistincte grisaille. C'est le soir, où chaque minute compte, où chaque seconde rend un son que l'on voudrait éterniser. L'homme est en plein contact avec le monde, il est comme un gong où le temps frappe à petits coups et les ondes du métal s'élargissent et s'amplifient, selon des lois mathématiques.

Déjà plus fort, pénétré d'harmonies sereines, Maxence s'enfonce dans une des venelles qui s'offrent à sa flânerie. Au-dessus de lui, les terrasses sont ceintes d'épines, toutes dressées à la même hauteur du sol, et entre les lignes de branchages desséchées, un étroit ruban de ciel sinue et marque seul l'itinéraire. Mais une âcre odeur prend à la gorge le voyageur. Derrière les portes basses, il aperçoit de petites cours où mille mouches dévorantes assaillent les femmes indifférentes et les enfants, au milieu des calebasses. Au vrai, il se trouve dans un ghetto et, pris d'une vague inquiétude, il hâte le pas vers l'espace libre. Parfois, le passage d'une lente beauté, à demi voilée, achève l'illusion. Maxence est bien décidément dans une juiverie. Au reste, les habitants d'Atar, Smassides pour la plupart, sont les plus vils des Maures, et ne peuvent se comparer aux vrais et libres Berbères qui habitent, au plus loin du désert, dans les tentes en poil de chameau.

Aucune lumière ne vient percer l'ombre; nulle porte fraternelle ne s'ouvrira. Nulle main ne se tendra... Mais Maxence frissonne; son cœur, frappé de terreur, s'arrête de battre : n'est-il pas, sur toute la terre, un étranger, et non point ici seulement, mais partout ? Est-il un seul lieu dans le monde où il puisse dire : « Voici le terme du voyage, voici le sol où tout est mien et voici les frères de ma pensée et de ma prière ? » En quelque point du globe qu'il aille, il est seul, il tourne sur ses péchés cachés au monde, il est le maudit qui rejette la douce communauté humaine. Mais tandis que l'infortuné sent tout sombrer autour de lui, des voix sortent des murs épais d'une mosquée. C'est l'heure où tout l'Islam psalmodie la Sourate des Infidèles, et Maxence répète lentement la sompre prière, qu'il a lue dans le Livre: « *Souratoul el koufar*. Dis : O infidèles ! Je n'adorerai point ce que vous adorez. Vous n'adorerez point ce que j'adore. J'abhorre votre culte. Vous avez votre religion, et moi la mienne. »

Une douleur mystérieuse étreint Maxence. Ce cri d'orgueil et de solitude résonne en lui. Il sent que cette force domine toute misère, que cette beauté est la plus forte. Mais les paroles de ces gens ne sont pas à lui. Que ne peut-il leur dire, dans l'exultation de la certitude:

« Ce n'est pas vous, ô voix menteuses, qui avez les paroles de la vie. Vous avez votre religion. Mais moi, j'ai la mienne. Vous avez votre prophète, mais j'ai mon Dieu, qui est le CHRIST JÉSUS. Vous avez votre livre, mais j'ai le mien... »

Mais quoi ? Il le dit déjà et, dans le péril, oublie les querelles intérieures de l'école. Devant l'Arabe, il est un Franc, tenant la certitude de sa race à tout jamais consacrée et, sous l'aiguillon de la honte, il se dit l'enfant, combien prodigue, de son Église. Car son nom est lié à tout jamais au nom chrétien. Et que serait sa fierté devant le Maure, — sinon une fierté catholique ?

Ainsi dans son geste de défense, voit-il l'Église de Dieu, sur la France penchée pendant des siècles, et il lui faut maintenant considérer ce qu'elles ont fait ensemble, dans la grande partie engagée en commun, Or, dans le fond des temps, il voit la procession de paix qui franchit le portail et le geste de la bénédiction sur le monde épouvantable. Au milieu du crime et de l'iniquité, dans les grandes guerres dévastatrices, l'évêque est debout, sur la pierre inébranlable, arrêtant, de ses deux doigts levés, la foule hurlante et l'invasion de la barbarie. Dans les sombres campagnes au-dessus des ruines amoncelées, seul, le monastère garde l'impérissable dépôt, afin que la petite lampe vaillante de l'esprit ne s'éteigne pas et que la justice ne soit point abolie. La parole infaillible de Latran plane au-dessus du monde, comme une blanche colombe au-dessus d'un charnier. Les empereurs et les rois féroces sont vaincus par la voix seule du vieillard blanc au fond de Rome, et le moine, dans sa cellule, veille à la justification du peuple de Dieu. Oui, tout au long des âges, l'Église est penchée sur la France, et elle pleure avec elle et elle se réjouit avec elle. Or voici que grandit ce peuple et qu'il apparaît entre tous les peuples de la fidélité. Voici les hommes de votre droite, ô Seigneur, — voici le déroulement de la plus noble histoire que les temps aient inscrite. Le plus beau royaume du monde, — et il est aussi le royaume de la fidélité. La plus glorieuse puissance du monde, — et elle est une puissance de chrétienté. Vos fils, ô Seigneur, les plus braves et les plus fiers, — mais ce sont les fils de la juste observance et ils sont les enfants de votre amour. Maxence la connaît bien, la merveilleuse histoire, dont toute page, jusqu'à la plus sombre, porte encore témoignage de la grandeur.

Or, où est la France, se dit le jeune soldat : sinon dans Reims, où le triple portail semble s'ouvrir encore à la procession royale, et dans Saint-Denis, avec les tombeaux de notre gloire, — et encore dans cette joie pascale de Chartres, et dans la nef protectrice où l'on dit que se plaît la Reine du Ciel, — et même, dans ces clochers des campagnes, qui seuls ont vu l'immense déroulement des générations ? Car c'est peu d'affirmer que la flèche, au-dessus des campagnes, commande à l'étendue et qu'elle est comme le centre de l'espace. Elle apparaît surtout comme l'organisatrice du temps, et les siècles se rangent autour d'elle mieux que les paysages terrestres, et les toits innombrables de la ville. Elle est le présent, entre le passé et l'avenir, plus encore que ce point de l'espace où convergent toutes les lignes de l'horizon. C'est donc vers elle qu'iront les âmes qui veulent se pénétrer de la patrie. Mais que diront-elles, ces âmes de sincérité, quand, dans la plus sombre chapelle du chœur, juste derrière le maître autel, elles auront découvert l'authentique héritière du Royaume, et que renier la Chrétienté, c'est en quelque manière renier la France ? Alors les portes de l'histoire s'ouvriront, et le miracle très replié qu'est cette France apparaîtra à ces êtres dans son adorable clarté.

L'apparition des plus royales demeures de Notre-Dame, dans cette fétide embuscade d'Atar, peut bien consoler Maxence. Mais non ! Il reste au fond de lui un sombre tourment. Que les faibles se nourrissent des plus nobles rêves ! Lui, il veut la vérité avec violence. Il est saisi par la noble ivresse de l'intelligence, et cette fièvre d'esprit le travaille, d'aller à la véritable raison, à cette assurance très sereine de la raison bien assise. Il demande d'abord que Jésus-Christ soit vraiment le verbe de Dieu, que l'Église soit de toute certitude la gardienne infaillible de la vérité, que Marie soit en toute réalité la reine du ciel. Et telle est sa première exigence avant que de considérer cette vocation et merveilleuse élection de la France. Jamais le ciel d'Afrique, jamais ce sol militaire ne conseilleront la lâcheté ni la prudence. Ils sont l'exaltation de la certitude, la glorification de l'Absolu. Et c'est la leçon même que peut donner à un passant la voix impérieuse de la mosquée : O « Infidèles ! vous avez votre religion et moi la mienne et je n'adorerai point ce que vous adorez. » C'est-à-dire : rien n'est beau que le vrai. Rien n'est digne d'un homme libre que l'amour, ou que la haine de l'amour. Et encore : Que cette nef elle-même de Notre-Dame soit rasée à tout jamais, si Marie n'est pas vraiment Notre-Dame et notre très véritable Impératrice. Que cette France périsse, que ces vingt siècles de chrétienté soient à tout jamais rayés de l'histoire, si cette chrétienté est mensonge. Que cette France chrétienne soit maudite, si elle a été édifiée sur l'erreur et l'iniquité. « Je n'adorerai point ce que vous adorez. » Toute la question est donc d'adorer ou de ne pas adorer, mais adorer n'est pas autre chose que connaître. La considération de la France, elle-même, s'efface devant la certitude œcuménique.

Que l'on se figure, sur ces joyeux sommets et dans cet air purifié, l'apparition du grand-prêtre Antistius. Amère dérision! Et que nous voici loin de la fierté et des paroles de la solitude! C'est en vain que le révolté mesurera les effets de la désobéissance, ou que le rite, l'usage seront invoqués. Si le temple qui a su créer l'union des peuples du Latium est mensonge, son œuvre ne sera pas durable. Car le mensonge ne fonde rien, et les œuvres de mensonge portent en elles leur condamnation. Mais la querelle est misérable de savoir si telle illusion est nécessaire.

Maxence se détourne : c'est l'immense nuit tropicale qui est devant lui, la nuit sérieuse dans l'achèvement du silence. Le contour de toute chose a disparu, les misérables paroles humaines sont tombées. Rien ne peut plus le tourmenter, ce pèlerin attardé, que le désir de la connaissance essentielle. Le plus beau des poèmes n'étanchera pas la soif immense de cette âme. Nulle musique n'endormira plus ce malade, que la misère du monde à circonvenu. Il lui faut le pain de la substantielle réalité, afin que ces mirages, dont il meurt, s'évanouissent, — et non pas les douces rêveries du cœur, mais le vol sévère de l'esprit tendu vers la possession éternelle. Il vomit, ce violent, les consolations d'un soir religieux, car il n'est pas de consolation hors de la clarté de midi et de l'étincelante certitude. Il maudit la paix du cœur, car il n'est de paix que de la raison. Et toute illusion est du diable mais toute réalité est de Dieu...

L'homme, assoiffé de lumière, s'enfonce dans les ténèbres. Au silence des rues endormies, succède le frissonnement des lattes, au plus haut sommet des palmiers, et là où la rumeur des hommes fut la plus vive, plus faible et plus mystérieuse est la parole de la nuit. Bientôt, derrière l'épais rideau d'ombre, l'étendue du sable apparaît, blanchie elle-même par l'étendue sidérale qui lui fait face. Et Maxence, dans cette heure si douce, si confidente, s'anéantit. Faire un pas de plus, remuer seulement un de ses membres, lui serait absolument impossible. Subitement, le ressort intérieur se brise, le sommeil renverse par terre l'énorme soldat, tout son être disparaît dans un dernier et immense soupir, chassant l'esprit au dehors.

Le premier rayon du soleil, balayant la plaine avec le rêve nocturne, soulève doucement la lourde paupière. L'homme nouveau se dresse, et, tandis que le regard prend possession du monde et rentre dans la grande amitié des choses créées, tout ce qui fut d'hier est aboli et le trait noir de la nuit a été tiré au bas d'une page finie...

Des femmes vinrent à passer dans la palmeraie. Maxence se dit que c'étaient celles-là qui, en 1909, allaient sur la montagne d'Amatil pour exciter leurs hommes au combat. Elles s'approchèrent, et doucement saluèrent le maître de l'heure. Maxence les regardait curieusement, un peu écœuré par l'atroce odeur du musc, — mais tout l'Orient soudain se dressait devant lui. Une langueur sauvage s'ajoutait à la beauté de ces visages ardents, et c'était l'Orient encore que rappelaient les coiffures compliquées, — ces tresses noires alourdies par les boules d'ambre, les bijoux de nacre et les péridots. Et, tandis qu'elles jouaient avec son haïk de soie blanche : « Comme elles sont bien, pensait-il, les amies du guerrier, et comme l'on voit qu'elles sont habituées à recevoir ceux qui longtemps ont couru le désert, ceux qui rentrent dans la ville, harassés, couverts de poussière, le front brûlant ! » Brusquement, mais sans l'ombre de fièvre, il les renvoya et commanda à la plus jeune de rester auprès de lui. Il semblait qu'il se conformât simplement à un usage des vainqueurs. Nulle flamme ne dévorait son cœur. Elle, presque une enfant, attendait, résignée, les caprices du chef. D'un mouvement charmant, elle ramena son grand voile bleu par devant son visage. Alors Maxence, devant cette forme immobile, devant cette chose à lui, fut pris d'une immense pitié. Un moment, il songea à la renvoyer, honteux devant ce pauvre butin. Mais déjà son âme n'était plus à lui. Le jeune Français se leva, et frémissant dans la douce chaleur du matin, il emporta sa proie à travers l'ombre bleue des palmiers et les bruissements du jour victorieux.

Un sombre délire l'avait saisi. Trois jours durant, il fut l'esclave de cette esclave. Il avait retardé son départ d'Atar, et ce retard pouvait avoir pour sa troupe les plus fâcheuses conséquences. Ce n'était rien, auprès de l'avilissement de cette âme livrée tout entière au démon. Enfin, cet homme fier finit par se révolter. Il secoua ses membres engourdis, se reconnut au milieu du monde, et courut tout d'un trait vers les siens qui l'attendaient.

Comme il rentrait sous sa tente, brusquement il songea à son ami Pierre-Marie et l'image de cette Vierge en pleurs lui apparut, qu'il avait reçue jadis et que le vent du désert avait emportée loin de lui. Il ressentait une douleur affreuse, une douleur qu'il ne connaissait pas. Ce cœur, depuis toujours voué au remords, apprenait une souffrance nouvelle, — souffrance mystérieuse, indicible, où, dans un unique sanglot, la terre et le ciel étaient mêlés. Maxence avait beaucoup pleuré sur lui-même. Mais voici qu'en ce jour, son regard ne pouvait se détourner de la Dame très lointaine que les péchés des hommes faisaient pleurer.

Toute la misère de sa vie s'était ramassée dans cette sombre équipée d'Atar : d'abord, sa fièvre ardente du vrai, l'impuissance de sa pensée, et puis, devant le plaisir qui s'offrait, son indigne faiblesse, et tout le désordre d'un cœur qui, soumis à lui seul, reste impuissant devant son mal. Lorsqu'il avait entendu ces voix si bien assurées de la mosquée d'Atar, il avait éprouvé le goût violent de l'absolu. Mais maintenant, après le clair regard intérieur, il songe à la pureté — apercevant de tous côtés l'abîme et le manque total de Dieu. « Non, dit-il, rien de ce que je trouve en moi n'est la grandeur, et rien n'est la beauté. Mais au contraire, je me découvre semblable à ces médiocres, qui ne peuvent concevoir une pensée forte et dont le cœur est incapable de violence, — semblable à l'immense multitude des impurs et des méchants, à l'innombrable bétail de la réprobation. Sinon que je me connais et crie, de mes lèvres pénitentes, miséricorde ! » — Et réduisant tous ses désirs égaux dans une même supplication, il s'écriait :

« O Dieu du Ciel, si vraiment vous êtes, voyez la misère où me tient ma conscience. Voyez cet extrême désordre où je suis. Considérez d'une part l'immense désir que j'ai de posséder une règle qui me préserve du péché, et de l'autre ma ferme volonté que cette règle soit selon la vérité, supérieure aux besoins des hommes. Voici mon cœur, Seigneur, qui veut votre paix, et voici mon esprit qui ne veut pas de cette paix, si elle est mensongère. Ô Père céleste, vous le comprenez, ce n'est pas une ombre qu'il me faut, et ce ne sont pas des rêves qui me consoleront dans cette grande bataille terrestre où je suis engagé. Car je suis un homme réel dans le monde réel, et je suis un soldat engagé dans la vraie bataille du monde, et non pas un chimérique, ni un fantaisiste. Donnez-moi donc, Seigneur, un esprit impitoyable pour scruter la loi et le témoignage, comme votre saint Prophète, et pour confondre enfin, s'il le faut, les mensonges des mauvais et des impies ! »

Admirable simplicité ! Honnête et lourde naïveté ! On la comprendra mieux, si l'on pose avant tout que Maxence est un soldat, c'est-à-dire un homme de réalité, un homme de froide logique, — en un mot, le contraire d'un romantique. Dira-t-on qu'il a l'âme indigente et que sa mathématique va tuer le libre génie, la fluidité ? Ce serait croire que la richesse de la vie est en extension, — au lieu qu'elle est en approfondissement. Avec les deux ou trois principes qu'il recherche, Maxence sera plus riche que le dilettante qui butine toutes les fleurs et n'en épuise aucune. Et, d'ailleurs, s'il n'avait la volonté d'être vrai, que ferait-il dans ce poste d'Atar, dans ce réduit aux angles droits, à la double enceinte de murs, que des soldats ont construit ?

Au seuil, pour la dernière fois, les mouvements secs de la sentinelle qui rend les honneurs accueillent Maxence. L'officier traverse vivement le large chemin de ronde où s'entassent les approvisionnements militaires. La deuxième porte franchie, il se trouve dans une cour carrée qu'occupent de toute part des bâtiments sévères dont deux, se faisant face, ont un étage. Deux escaliers extérieurs mènent à la terrasse, flanquée de bastions et crénelée sur tout son pourtour. Deux grandes vérandas y dispensent une ombre épaisse et chaude : c'est là que Maxence retrouve, pour l'adieu, ses camarades.

Entre les deux vérandas, le soleil s'étale sur l'argamasse. De là, un coup d'œil circulaire peut embrasser l'ensemble du dispositif. Tout, dans l'ordonnance carrée, dans l'unité de la matière, — car les murs et les toits sont pareils, —

dans le système symétrique, indique l'ordre, la mesure dans la force, la règle harmonieuse. L'architecte, l'entrepreneur, les maçons furent tous des soldats. Mais ces constructeurs improvisés ont fait une œuvre chargée d'une signification singulière. La demeure qu'il se sont donnée à eux-mêmes est, en quelque manière, la demeure de l'absolu. Maxence, devant ces pierres superposées sans art, éprouvait une sorte d'enthousiasme. C'est là, sur cette terrasse bastionnée, qu'il trouvait son point de départ. « Nous sommes ici, disait-il, à la borne septentrionale de notre empire. Au delà est l'inoccupé, le pur espace inemployé. Mais comment arrêtera-t-on ce large mouvement que nous y décrivons de proche en proche ? La force qui nous pousse est invincible, parce qu'elle est ordonnée comme ces réduits mêmes où nous sommes, et qui portent, sans le vouloir, tout le sens de notre action. Que faire contre la force, unie à la raison ? C'est un flot discipliné qui roule d'un bord à l'autre du Sahara et non la masse brutale qu'aucune pensée n'anime. Quelle puissance humaine pourrait donc arrêter ceux qui donnent un monde à la France ? »

Du haut de la véranda du nord, on est presque dans le balancement des palmes. Au pied des fûts graciles des chevaux hennissent. Des hommes, des enfants passent. Et derrière ce jeu d'ombres qui tremblent, la vue reprend possession de l'étendue sans contours. Mais si l'on passe du côté du sud, alors il faut fermer les yeux dans l'éblouissement : au pied même de la muraille, commence la plaine. Et parfois, en son centre, s'élève la flamme d'une blanche colonne de poussière qui monte en vrille, aspirée par le vide de la région supérieure. Au fond est assise la muraille de l'Adrar, solitaire à l'extrémité du tableau, très loin de l'homme impur...

Qu'il est noble, au milieu d'un tel paysage, le petit *oppidum* d'Atar ! Enveloppé une dernière fois par le regard du voyageur qui s'éloigne, il apparaît alors comme le dé, jeté au travers de la table, sur qui se joue le destin de la France. Encore le franchissement d'une des ondulations du terrain, et dans un détour, s'abolit le signe salué une dernière fois, et le dernier témoin de la dignité latine.

« Ayant établi son camp vers ce côté de l'*oppidum* qui, séparé du fleuve et des marais, présentait un étroit passage, César entreprit de préparer les matériaux nécessaires à la construction de la terrasse — *aggerem apparare,* — de pousser des baraques d'approche, — *vineas agere,* — enfin d'élever deux tours, — *turres duas constituere...* Quant au ravitaillement en blé, — *de re frumentaria,* — il ne cessait de presser les Boïens et les Éduens... Mais l'armée ne laissait pas de souffrir de l'extrême difficulté du ravitaillement, due à la pauvreté des Boïens, à l'indiligence des Éduens, et aux incendies des magasins. Ce fut au point que très souvent les soldats manquèrent de grain et souffrirent d'une grande famine. Néanmoins, aucune parole ne fut entendue de leur part, qui fût indigne de la majesté du peuple romain et de la supériorité des vainqueurs : *nulla tamen vox ab iis audita* POPULI ROMANI MAJESTATE *et superioribus victoriis indigna...* »

En relisant sous sa tente les phrases ternes et sévères du conquérant, Maxence comprenait mieux la suite de l'entreprise où il était engagé. Oui, il les connaissait bien ces murs carrés, ces nobles tracés, ces pures lignes des *oppida* et des voies romaines. Et aussi ces difficultés de ravitaillement et des inquiétudes au sujet de la *res frumentaria* et ces démêlés avec les tribus. — Mais surtout, ce qu'il reconnaissait, n'était-ce pas cette *populi romani majestas,* cette sereine et rectiligne souveraineté, cette majestueuse et souveraine dignité française ?

Et pourtant, il n'avait pas la paisible assurance du conquérant. Depuis longtemps, depuis sa longue station à Atar surtout, il lui manquait d'être pleinement d'accord avec son peuple. Il sentait qu'il ne participait pas à sa vie. Il avait la certitude de n'être pas le véritable héritier de cette dignité française qu'il savait être surtout une dignité chrétienne. Étranger parmi les renégats et les blasphémateurs, étranger parmi les fidèles et les pacifiques, il ne pouvait en aucune façon parler pour la France dont il portait le nom jusqu'aux extrémités de la terre. Heureux ceux qui n'ont pas la charge d'être les envoyés de toute une nation! Heureux ceux qui ne portent pas le poids d'une patrie sur leurs épaules! Lui, il ne connaîtra pas de repos qu'il n'ait retrouvé le visage de la terre natale et la signification de son nom béni.

Car, voici que depuis l'invasion des Césars, vingt siècles de Rédemption sont venus, et quelle que soit notre volonté mauvaise, nous sommes encore les héritiers de Dieu et les cohéritiers du Christ. Et Maxence lui-même, qui n'a jamais connu son Dieu descendant pour lui sur l'autel, à l'heure du soleil levant, — il n'est pas parti avec les mains vides, mais il a emporté avec lui la croix de son Sauveur qu'il ne voit pas. Poids sans nulle mesure, fardeau indéposable, puisqu'il n'est connu que par cette mystérieuse oppression du cœur et par son seul silence.

Ainsi le voyageur, sur la terre d'Afrique, quoi qu'il fasse et quoi qu'il veuille, est toujours Christophe avec son long bâton, portant, auprès de sa tête inclinée, l'Enfant avec le globe et l'auréole de la lumière invisible.

V

« A FINIBUS TERRÆ AD TE CLAMAVI »

ARGUMENT. — LA VIE DES CAMPS. — S'ADONNER A LA CONTEMPLATION. — LE RETOUR A LA COMPLEXITÉ. — VERS LA MER. — IL N'Y A PLUS MOYEN D'ÉVITER LE COMBAT. — CONDITIONS DE LA LUTTE. — ÉLOGE DE LA PAUVRETÉ. — L'ARME DU SILENCE.

Voici à peu près ce qu'un étranger aurait pu voir du camp des méharistes : un désordre de petits abris en paille, de tentes basses, bariolées et rapiécées, où semble grouiller une vie confuse; la tente du chef ni plus haute ni plus luxueuse que celle des soldats; ici, une femme bleue allaitant un bébé nu, là, de petits enfants jouant sur des nattes en paille de palmier; des hommes de toutes races, venus de quatre coins de l'Afrique; le grouillement d'une banlieue; tout l'espace habité, resserré sur le faîte d'une petite colline de sable surplombant à peine l'immense mer des dunes comme une barque basse sur le clapotis de l'eau illuminée. On est à Zoug. Et voici, au plus lointain horizon, tous les points donnant l'azimuth et la latitude : au sud les dômes granitiques de Ben Ameïra et d'Aïcha; au sud-ouest, le piton d'Adekmar et le Gelb Azfar; au nord, Kneïfissah, comme un rongeur sur la table de bois blanc; à l'ouest, la chaîne de Zoug, aussi mince et nette que la sépia sur une toile peinte de la Chine. C'est tout. Hors ces témoins, prêts à répondre de l'emplacement, rien qui attire le regard, ou qui l'amuse. Ni formes, ni couleurs. De la lumière sans couleur. Un seul Personnage compte, et c'est le Ciel immense, fait d'une belle matière d'azur profond, occupant toute la place, il apparaît comme la plus certaine des choses créées.

Parfois, un flocon effilé le traverse de part en part, sur le plus grand diamètre, — mais bien en vain, car nulle pluie ne surviendra de toute l'année. La terre, elle, visiblement ne sert que de support à ce ciel, et, par ce rôle d'esclave qu'elle assume, elle conduit aussi à la dilatation du cœur, et à la contemplation silencieuse.

Mais, pendant la sieste, l'homme doit interposer entre la nue et lui l'épaisseur de la toile de tente. C'est sous une ombre légère que Maxence attend, dans la grande suspension méridienne, le réveil de la vie. Et parfois il sursaute : il a entendu le subit vagissement d'un enfant et la voix de la mère qui le calme. Ce bruit en a éveillé quelques autres : deux tirailleurs échangent quelques mots rauques. Deux appels éclatent : « Ali !... Ali !... » Puis tout retombe dans le silence, la tête lourde se penche sur la poitrine, les paupières se ferment pour la profonde méditation.

Nul nuage, nul obstacle terrestre ne s'oppose à ce qu'on suive la marche du soleil. L'homme est placé en face du jour, et il n'est pas d'autres ombres sur la terre que la sienne propre et celle de sa demeure incertaine. Quand les rayons devenant obliques, viennent agacer les yeux, l'on peut sortir et Maxence s'en va parmi les chameaux qui ruminent dans l'immobile chaleur. Parfois ils allongent le cou vers les petites tiges métalliques de hâd, seule plante de ce désert, — ou bien ils aiment mieux ne rien faire et simplement abaisser les longs cils de leurs yeux paisibles. Le berger aux cheveux annelés s'empresse auprès du chef.

Maxence revient lentement, car il n'y a pas d'utilité à aller vite. Des Maures déjà sont accroupis en cercle, au seuil de la tente. Il rentre, et, les dévisageant d'un regard aigu, il s'assoit sur la natte. Puis il les écoute, et il parle avec mesure, selon l'équité et la raison, rendant à chacun son dû et disant ce qu'il est utile de dire... Un nouveau soir est descendu. Une nouvelle nuit est venue, la même nuit est venue, si pure, si sauvage, que toute voix se fait douce devant elle, et bientôt cède et se résout dans l'universelle attention...

Toute chose est simple et bien en place. La vie profonde a rejailli du bourgeon primitif. Toutes les branches mortes, toutes les feuilles jaunies sont tombées, et il ne reste plus que la grande poussée intérieure de la sève, et le travail mystérieux de l'éclosion. Goûte, ô exilé, la joie d'être vrai! Le monde occidental n'est plus. Les mensonges, les vains discours, les sophismes sont pour toi comme s'ils n'avaient jamais été. Te voici seul dans la douce pensée de la nuit, et demain, dans le matin frugal, tu seras un homme aux prises avec la terre, un homme primitif sur la planète primitive, un homme libre dans l'espace libre. Car tu es délivré de tout ce que les hommes ont élevé de leurs mains contre Dieu et tu ne vois plus rien, jusqu'au plus lointain horizon, que l'œuvre même de la Création!

Tout est simple et visible. Et pourtant ce n'est pas un retour à la simplicité que veut dire Maxence. L'âme, livrée à elle seule, découvre des trésors qu'elle ne soupçonnait pas et c'est dans l'élémentaire que se posent les problèmes, avec l'équation de la substantielle vérité. L'homme ne reçoit nul soutien de l'art ou de la nature. Donc il aperçoit mieux la complexe constitution de lui-même. L'esprit le presse de toutes parts, et tous les désirs insatisfaits, que la servitude du corps avait fait taire, rejaillissent dans le fond obscur de la conscience. Ainsi Maxence considère-t-il le champ de bataille intérieur et la défection de tout le visible. Il est seul dans la rose des vents, mais, s'il est seul, c'est encore en compagnie de lui-même, en compagnie de sa misère qu'il connaît bien et du « pourquoi » se dressant à chaque pas avec le « comment ». Tout ici le proclame : une certaine simplicité du corps est en raison inverse de la simplicité de l'esprit, et plus rudes deviennent les mœurs, plus fine et plus ailée se fait l'intelligence, s'efforçant sur les choses difficiles, et sur cela même qui paraissait simple dans l'armature occidentale. D'où : ce qui est important dans le monde civilisé, c'est de vivre.

Mais ici ce qui est important, c'est de penser. Et le jeune homme qui, dans son pays, n'a jamais entendu parler que d'un monde sans Dieu, s'il reste auprès des siens, il suivra cette route facile où on l'a engagé, mais s'il vient dans les thébaïdes d'Afrique, rendu à lui-même, il remettra tout en question, il demandera le contrôle et la vérification.

Maxence, malgré les aspects toujours changeants de la vie nomade, ne pouvait détacher sa pensée de cet unique point où il sentait que sa destinée était en jeu. Vers la fin d'avril, laissant le camp sous la garde d'un sergent, il partit avec quelques méhara dans la direction de l'ouest. Il voulait atteindre en ligne droite le petit poste de Port-Étienne, sur les bords de l'Atlantique, à quatre-vingts lieues de Zoug. Les longues heures à chameau, devant le déroulement monotone de l'espace vierge, les haltes dans le silence infini des hommes et des choses, les veilles solitaires sous les étoiles, ou la longue patience des routes nocturnes, tout devait ramener Maxence à cette lutte ardente, à ce corps à corps de l'homme avec lui-même, dans l'azur de l'espace intérieur.

Mais si, d'aventure, la loi du silence est transgressée, c'est pour qu'une parole plus profonde monte aux lèvres de cette demeure qui est dans l'âme inquiète celle de Dieu. Un matin, le jour après qu'ils eurent franchi le désert Tiris, Maxence et ses compagnons se réveillèrent au puits de Bou Gouffa. Minute impérissable! C'était au milieu d'une lande qu'ils reposaient, et des touffes de plantes y poussaient à l'envi, dont le vert pâle était celui des bruyères du pays de Galles. Une rosée abondante couvrait le sol, car déjà l'influence de la mer amollissante se faisait sentir. Vers l'est, les sombres dentelures de l'Adrar Souttouf apparaissaient, couronnées de brumes légères. L'air était allégé, décanté dans les laboratoires du matin, et il apportait, en brises tièdes, des parfums de terres mouillées. Quelques gouttes de pluie tombèrent dans le silence. Maxence, debout vers l'Orient, saluait la naissance du monde. Alors Sidia, un Maure de l'escorte, s'approcha de lui, et, faisant un grand geste du bras droit vers l'horizon :

— Dieu est grand! dit-il.

Sa voix tremblait un peu... Il n'y eut pas d'autres paroles de dites ce matin-là.

On repartit. Un nouveau désert s'ouvrit alors, l'Aguerguer, c'est-à-dire un immense développement de cailloux blancs et de sable blanc, parsemé de dômes de sable étincelants. Et parfois on s'arrêtait, parce que quelques pieds d'usid desséché avaient réussi à se fixer dans le grand mouvement des sables. Les dromadaires pouvaient manger...

— « O pays de clarté, disait Maxence, pays faits à l'intention du soleil, solitudes de loin en loin troublées par le passage de quelque medjbour ou la fuite de quelque campement... quelle figure faisons-nous parmi toi ? Nous nous retournons, nous constatons notre présence, et presque, nous demandons pardon d'être là... »

Cependant, à mesure que ces hommes se rapprochaient de l'Océan, grandissait en eux l'exaltation d'une certaine allégresse. Il n'était pas rare qu'ils chantassent et, quant à Maxence, il poussait avec plus de fièvre sa fine monture, lui caressant les flancs de son bâton noueux. Bientôt, le pays se fit semblable à ces terrains de démolitions que l'on voit aux faubourgs des villes, terrains vagues, chargés de gravats blancs, hachés de fossés et d'excavations. Dans les aires de sables, au pied des soulèvements calcaires, des gazelles fuyaient, en détournant la tête vers les voyageurs étonnés...

Puis, un soir, Maxence se trouva sur le bord de quelque chose qui ressemblait au fond d'un lac desséché. Le guide s'était arrêté, surpris. Il revint sur ses pas. Maxence sentait en lui le froid d'une nuit marine, et la pénétration jusqu'aux os de la grande inquiétude d'une navigation transie. Il s'orienta, montra du geste la nuit, où l'on s'enfonça en un dernier effort crispé. Mais la marche était incertaine. Il fallut s'arrêter, attendre que le jour nouveau fixât l'itinéraire.

Le lendemain, peu de temps après le départ, le guide apercevait à l'horizon de ce lac entrevu la veille une ligne sombre. C'était la mer ! Maxence prit le trot, réveillé par les odeurs salines qui déjà affluaient du fond du golfe. Une heure après, les contours vagues d'une grève immense se dessinaient. Tout au fond, la mer scintillait. Elle semblait s'étaler en des formes qu'on ne comprenait pas. La ligne du rivage, mal dessinée, elle-même achevait de donner à ce spectacle l'aspect de la confusion.

Enfin les hommes du fond des terres arrivèrent à ce point précis où la nappe liquide, dans la dernière vague expirante, prend contact avec l'élément minéral, et à l'extrémité même du continent. Alors, s'étant arrêtés, ils mirent le pied dans l'eau, afin de constater la réalité de cette chose immensément vivante devant eux. Au contraire des tristesses molles de la lagune, c'était la joie achevée d'un golfe aux lignes pures qui les accueillait, et la courbe harmonieuse de ce rivage remplissait tous les cœurs de paix heureuse. Maxence ne disait rien, ne ressentant au dedans de lui qu'une immense libération du passé. Il était comme un homme ayant beaucoup pleuré, et qui sent une brusque détente, après le naufrage de tout dans le débordement des larmes.

Si loin qu'il aille en lui, il ne découvre en lui que le sentiment de la sécurité et l'assurance d'une félicité sans trouble. Le désert est derrière lui, mais il en a détourné son regard, comme si jamais plus il ne devait y vivre, et dans la joie du beau spectacle nouveau, il se donne à l'Atlantique retrouvé. Voici la satisfaction profonde du flot remplissant exactement la coupe. Quelle est l'âme dolente que la vague océane ne libérera pas, portée par le rythme de la respiration marine ? Maxence, lui, les pieds sur la terre ferme, pose son regard candide sur le gouffre. Et parfois il épie le marsouin bondissant au-dessus de l'écume, — ou bien il suit le vol des immenses cormorans fonçant du fond du ciel sur l'arête aiguë de la lame...

Courte trêve ! Brève diversion à ces heures pesantes où l'homme, perdu au plus profond de la terre, est le prisonnier de son horizon scellé ! Encore une fois, un Maure, — le même Sidia, — devait ramener Maxence à l'objet de son intérieure négociation, et le mot tomba comme l'allumette sur la meule, un jour d'été.

A Port-Étienne, le jeune officier aimait à quitter le poste et à venir, avec quelques-uns de ses compagnons, sur la plage étroite qui s'enfonce vers le sud comme un coin entre deux masses d'azur. Là, des barques de pêche se balançaient mollement, et plus loin une grande carène gisait, à moitié recouverte par le flot. Maxence s'amusait à suivre des yeux les pêcheurs espagnols des Canaries qui halaient sur le sable de lourds filets chargés de poissons. Il était comme dans l'immense repos d'un rêve étoilé de soleils. Seuls, les cris gutturaux des pêcheurs rythmaient le silence... « A la ! A la ! A la riva ! » Mais lui se taisait, ne pensant à rien, et il ne restait dans tout son être que cette sensation persistante : le balancement égal et monotone du chameau avec la détente mesurée des quatre membres, l'un après l'autre, sur le sable...

Ce jour-là, en revenant vers le poste, Maxence admirait, au-dessus des gravats desséchés de la presqu'île, les quatre grands pylônes de la télégraphie sans fil. Il se considérait, Français, hautement possesseur de ce sol, et, au delà, par ces mâtures métalliques recueillant les nouvelles du monde, il prenait mesure de toute la terre. Et, dans l'enivrement de cette incomparable royauté : « Venez... » dit-il aux Maures. Des étincelles remplissaient l'espace d'une petite pièce vitrée où l'on apercevait la confusion ordonnée des fils dans des tremblements de cuivre. Sous un hangar voisin, un moteur battait le sol, et le bruit sourd parti de là se mêlait aux détonations formidables de la lumière.

— Voyez, disait Maxence aux soldats, quelle est la folie des Maures qui veulent résister aux Français. Est-il, à travers le monde, une puissance comparable à la nôtre ?...

Et c'est alors que fut dite — d'une voix douce et lointaine — la conclusion :

— Oui, vous autres Français, vous avez le royaume de la terre, mais nous, les Maures, nous avons le royaume du ciel...

Maxence regarde Sidia, la souffrance aiguë le saisit, un « oh ! » s'étouffe sur ses lèvres. Mais à quoi bon répondre, et que répondre ? Il n'est pas autre chose en lui que l'explosion silencieuse de la tristesse... O Maxence ! cette parole ne s'effacera plus et ce regard hautain ne cessera pas de peser sur toi, qui baisses les yeux et qui te tais. En vain tu balbutieras : « Ce n'est pas vrai... » Où que tu ailles désormais sur la terre des vivants, la voix intérieure te répondra : « Oui, le royaume de la terre est à toi. Toute la science humaine est à toi. Toute la pensée humaine est là, dans le creux de ta main et il n'est point de système que tu n'aies pesé, point de cité dont tu n'aies fait le tour. Tout ce qui peut être mesuré dans la nature a été mesuré par toi. Tout ce qui peut être réduit sous la puissance de l'homme, tu l'as fait tien et tu lui as imposé la marque de la servitude. Mais le royaume céleste qui ne se pèse ni ne se mesure, ce royaume-là ne t'appartient pas. La cité de Dieu, qui n'est pas faite avec des pierres, mais avec les mérites de tous les saints, cette Jérusalem du ciel t'est fermée. Tu es limité dans la proportion humaine, et de l'homme à l'homme, tu sais tout. Mais de l'homme à Dieu, de l'ordre visible à l'invisible, du naturel au surnaturel, de l'accident visible à la substance invisible, c'est à peine si tu as posé la mystérieuse équation, et le terme connu à côté de l'inconnu... »

O Maxence! cette parole ne s'effacera plus! En vain, tu diras : « Ce n'est pas vrai. Et de toutes parts, sur le sol chrétien se lèvent des hommes qui portent témoignage pour moi, et je les reconnais comme les frères bien-aimés de mon sang. Voici pour te confondre, Sidia, les ascètes chargés d'œuvres devant Dieu, voici les contemplateurs en qui rien d'humain ne subsiste plus, et déjà leurs visages ont la couleur des corps glorieux, voici les explicateurs des mystères, ceux qui, au delà de l'effet, ont saisi la cause, et nul ne peut les suivre, dans les limbes de leur pensée, s'il n'a déjà en lui la grâce de l'Esprit; voici les bénis de Dieu, par qui les miracles de l'amour se sont accomplis; voici les saints semant les prodiges sous leurs pas, et les Docteurs en qui la Parole a pénétré jusque dans les jointures et dans les os, et voici la divine folie des martyrs. Et voici, dans le fond de nos campagnes, les plus humbles de mes frères, voici les plus obscurs et les plus courbés. Mais ceux-là même, ils sont dans la possession du ciel, et, si attachés que soient leurs pas à la terre, encore vivent-ils dans l'esprit et entrent-ils dans la participation du divin. Et ce sont eux, ô Maures, ce sont eux avant tout qui viennent vous confondre et redresser votre offense... »

En vain ces paroles-là seront dites. Car ces témoins que Maxence invoque, ils se retournent contre lui, ils portent condamnation contre lui, et eux-mêmes, plus encore que Sidia, ils le confondent. Eux-mêmes se dressent en accusateurs, et ils se tiennent devant lui avec le vivant reproche de leur visage de douleur...

Maxence quitta Port-Étienne avec la conviction qu'il était un très pauvre homme, — mais riche de cette certitude, il se replongeait dans le désert avec la sombre ivresse du chercheur d'or, aux plus profondes forêts de la Guyane. Rien de ce qu'il savait n'était la satisfaction profonde de l'esprit se retrouvant tout entier, et s'épuisant dans la plénitude de l'embrasement victorieux. Nul maître n'était pour lui le maître incontestable. Nulle parole, de toutes celles qu'il avait reçues, n'était la parole de la vie. Et pourtant, il sentait confusément que ce serait là, dans le silence des sables éternels, que se dresserait le Bon Pasteur, tendant à la brebis nouvelle ses mains sanglantes. Les cercles de feu s'ouvraient, l'un après l'autre, pour le geste de la délivrance, et déjà, à l'extrémité de la terre altérée, apparaissait le ciel du rafraîchissement éternel...

Le temps des épreuves n'était pas fini, mais la bénédiction de Dieu était sur elles. Maxence connut la soif, l'attente amère de la mort, la sueur de sang, l'immense fatigue semblable à l'agonie, tout — sauf le désespoir qu'une force mystérieuse lui interdisait. Et parfois la peur immense se mettait dans la petite troupe, la peur hideuse courant de proche en proche, claquant comme le vent du nord dans la nuit sans lune. Alors il fallait que le taciturne trouvât un sourire, avec la douce parole du père à ses enfants, et il était, devant la masse humaine serrée derrière lui, comme la petite lampe de l'espérance qui brille au bout de la plage abandonnée.

Au puits de Bir Guendouze, les vivres étaient à peu près épuisés. Maxence hâta la marche sur Bou Gouffa. L'air était si pesant que l'on entrait dedans comme un nageur faisant effort pour fendre une eau morte. Le ciel se chargea d'une fine poussière jaune, pénétrée de lumière diffuse. Des chameaux tombèrent morts d'épuisement. Le météore était comparable à une cloche de cuivre ayant perdu la propriété de la résonance, et s'abattant sur le monde frappé de stupeur. Maxence craignait de perdre tous ses animaux et il voulut marcher la nuit. Mais la lune et les étoiles étaient cachées par la brume, ce qui rendait la direction impossible.

Le troisième jour, on était parti avant l'aube. Lorsqu'elle parut, Maxence arrêta sa troupe pour la prière du matin. L'immense plaine se taisait, comme si la respiration du monde eût été suspendue. Bientôt, le gros disque fuligineux du soleil sortit des brumes de l'horizon, et déjà, au bas de sa course, il répandait d'immenses nappes de lumière métallique recouvrant la masse, radiante elle-même, de la terre. On repartit. Bientôt les premières hauteurs de l'Adrar Souttouf apparurent, mais toutes proches, car la caractéristique du phénomène était que le monde avait perdu sa profondeur et tout l'ordre que donne aux choses l'atmosphère. Enfin, vers midi, Maxence mit pied à terre au puits de Bou Gouffa, à l'endroit même où, quelques jours avant, un Maure, et non lui, avait confessé la gloire de Dieu. Le premier bolge était franchi.

Or les pensées de ces hommes qui étaient là se taisant et se recueillant en eux-mêmes, n'étaient pas complexes et diverses, mais au contraire leurs esprits étaient tendus vers le but qu'ils poursuivaient dans l'espace, comme des cordes prêtes à se rompre. Le soir même, l'on repartit pour franchir l'Adrar Souttouf. Vers dix heures, Maxence se trouvait entre deux parois de pierre qui devaient être l'entrée dans le massif. Les chameaux n'avançaient plus qu'avec peine. Le fond des monts apparut, derrière les décombres du couloir, et parfois, aux épines d'un arbre suspendu aux flancs des rocs, le burnous du jeune chef se déchirait. On était perdu dans les rocs de l'Adrar Souttouf, là où sans doute aucun être humain n'avait encore passé, dans les solitudes sauvages que trouble seul, de loin en loin, le passage d'un mouflon solitaire. Cette pensée, un peu grisante, arrachait Maxence à son souci et détournait son regard de la voûte obstinément fixée. Pourtant une échappée apparut sur la droite : c'était une pente très raide, mais sablonneuse. Au bas se trouvait un fond d'oued étroitement resserré entre des rochers abrupts. Il y avait là assez de sable pour que tout le monde pût reposer. Alors on s'arrêta, et Maxence, debout et frissonnant sous les étoiles invisibles, considéra autour de lui le deuxième cercle.

Mais le troisième cercle fut le Tiris, avec la faim, l'extrême pauvreté, l'immense abandon. Maxence s'éloignait de la terre. Sa vie ralentie n'avait plus qu'une faible pulsation. Et déjà plus rien d'humain ne restait en lui, qui s'avançait dans le rêve sans fin de la lumière surnaturelle. Parfois, se ressaisissant, il disait, les poings sous le menton : « Voyons, où en sommes-nous ?... Réfléchissons... » Mais les poings retombaient, et la voix intérieure disait : « Plus tard... Maintenant, laissons agir le silence, qui est le maître... » Et vraiment qu'étaient les épreuves et tous les cercles de la douleur, en regard de ce bien immense qu'il possédait ?... Malheur à ceux qui n'ont pas connu le silence ! Le silence est un peu de ciel qui descend vers l'homme. Il vient de si loin qu'on ne sait pas, il vient des grands espaces interstellaires, des parages sans remous de la lune froide. Il vient de derrière les espaces, de par delà les temps, — d'avant que furent les mondes et de là où les mondes ne sont plus. Que le silence est beau !... C'est une grande plaine d'Afrique, où l'aigre vent tournoie. C'est l'océan Indien, la nuit, sous les étoiles... Maxence les connaissait bien, ces vastes espaces semblables aux fleuves sans bords du Paradis. Et cette grande descente, au fil du temps, quand d'abord le silence clôt les lèvres, et puis pénètre jusqu'à la division de l'âme, dans les régions inaccessibles où Dieu repose en nous.

Et quand il sortait de cette retraite, comme le solitaire quitte sa cabane pour admirer l'ouvrage de la création, déjà c'était pour dire : « Tout Vous confirme, ô Père céleste. Il n'est point une heure qui ne soit votre preuve, il n'est point une heure, si sombre qu'elle soit, où Vous ne soyez présent, il n'est point une épreuve qui ne soit une preuve de Vous. Que je meure de soif dans ce désert, et je dirai encore que ce jour est béni — car je Vous ai vu présent dans votre justice comme je Vous ai vu présent dans votre miséricorde, et je n'ai pas préoccupation des apparences, qui sont la soif et la faim et la fatigue, mais de Vous, qui êtes la réalité. O mon Dieu, aidez-moi à marcher sur la route où Vous-même m'avez engagé, vous souvenant de la Parole de votre Fils qui a dit : « *Ce n'est pas vous qui M'avez choisi, mais c'est Moi qui vous ai choisi.* »

DEUXIÈME PARTIE

I

« DÉJA, LES CHAMPS SONT BLANCS POUR LA MOISSON »

ARGUMENT. — MAXENCE RECONNAÎT CET AUTRE CENTURION QUI VIT LE SAUVEUR SUR LA CROIX ET QUI CRUT. — LUI, IL N'A QUE LE CIEL A REGARDER, MAIS C'EST LE CIEL D'AFRIQUE, LE CIEL DU REJAILLISSEMENT INTÉRIEUR. — IL NE MANQUE A MAXENCE QUE LA GRACE. — LE COMBAT DANS LA NUIT. — LE HÉROS DÉVISAGE LA MORT. — MAIS LE JOUR RAMÈNE L'ACTION DES GRACES. — GRANDEUR ET SERVITUDE DE L'AME CHRÉTIENNE FIGURÉE PAR LE SOLDAT.

Le sable est l'élément primitif et cette matière même qui, à l'origine, fut séparée d'avec les eaux. On à peine à croire qu'il vienne de la désagrégation des rocs, mais au contraire les nappes qu'il forme sont à peine distinctes de la substance fluide d'une nébuleuse. Il est le mouvement, antérieur à la fixité, le pur mouvement originel, et l'impondérable où n'a pu s'accrocher la vie. Que de fois Maxence, devant la morne étendue, se trouva reporté à ces vastes tableaux de la Genèse, alors que le temps lui-même venait d'être créé, avec le premier jour et la première nuit! Que de fois il se vit transporté à ces heures, qui furent les premières, pour la constitution de cette chose nouvelle : le présent joint au passé! Que de fois il fut pris de vertige devant ce noyau en ignition de la planète, que pourtant il dominait de toute la hauteur de la pensée humaine!... — « L'Esprit de Dieu était porté sur les eaux. » Si l'on essaie de se représenter la troisième Personne planant sur les eaux qu'animent de grands remous paisibles, tandis que les armées innombrables des Anges viennent d'apparaître dans le Ciel, on sera sur cette plus haute plate-forme de la rêverie humaine, comme le voyageur penché sur le pur espace et sur la forme impénétrable du Désert... L'esprit de Dieu est porté sur les sables.

Mais le plus souvent, surtout aux heures clémentes du matin, et quand il a devant lui la perspective d'une longue journée de route, Maxence se limite à la chose humaine et il attache son regard sur le cercle vivant inscrit dans le cercle de l'horizon, et circonscrit autour de lui. Il connaît ses hommes et ils le connaissent. Ils sont liés par la vie allant de l'un à l'autre. Il est leur chef et ils sont ses hommes. Et à eux tous, ils sont un petit système complet, un système de gravitation morale, roulant dans l'immensité sans rivage, et de toutes parts, battu par l'ouragan des sables. Maxence commande et ils obéissent. Et il est tel que le Centurion, ayant la centurie derrière lui, et disant à l'un : Va-t'en, et il s'en va, et à l'autre : Viens, et il vient. — Le voici semblable à ces humbles officiers des cohortes romaines qui apparaissent de loin en loin dans l'Évangile, afin que la préférence de Dieu soit manifeste. Et ce fut l'un d'eux qu'admira le Seigneur Jésus, le jour même qu'il entra dans Capharnaüm, car Il n'avait point trouvé une telle foi en Israël. O reconnaissance lointaine! Douce et pénétrante salutation! Un soldat a été proclamé le premier dans l'ordre chrétien, et un autre est au pied de la Croix, qui se découvre devant la Face misérable, et qui dit : « Cet homme était vraiment le fils de Dieu! » Et un autre encore s'appelle Corneille qui était centenier dans une cohorte de la légion nommée l'Italienne et celui-là fut le premier parmi les gentils qui reçut le Saint-Esprit avec la Parole de Jésus-Christ. Voici maintenant Maxence, qui est aussi un soldat entre beaucoup, un soldat semblable à ces soldats, car les soldats de tous les temps sont semblables, et tous ils sont rentrés dans l'amitié du Seigneur, un honnête soldat qui ne demande qu'à savoir et à obéir, et qui attend dans la soumission véritable, l'ordre du Général.

« O mon Dieu! disait ce dernier venu, comme le lieutenant de Capharnaüm, son aîné — dites seulement une parole et mon âme sera guérie! » Mais cette parole, et ce signe véritable, et cette réponse authentique, il les exigeait, et, comme le chef de guerre rassemble les matériaux de l'expédition avant le départ, il ne voulait rien entreprendre avant que les armes de la vérité ne fussent prêtes. « Je le sais, disait-il encore, il est des hommes qui prétendent aimer le vrai. Mais si une vérité vient de Dieu, ils la rejettent et se voilent la face comme des hypocrites et pharisiens. Ils veulent bien tout peser et tout contrôler, hormis ce qui dépasse l'apparence et la confabulation humaine. Ils admettent la vérité, à condition qu'elle rentre dans les cadres qu'ils lui ont préparés. Ceux-là verraient à Lourdes les mourants se redresser et les boiteux marcher droit, qu'ils diraient : Non, encore, dans leur malice infernale. Et ils mettraient leur bras dans la plaie ouverte qui est au flanc du Sauveur, comme fit Thomas Didyme, qu'ils diraient encore : « Je ne crois pas! » Oh! non, je ne suis pas comme ces hommes vraiment maudits. Il est vrai, mon cœur est fermé à Vous, ô mon Dieu, il est tardif et obstiné, il est lent à Vous accueillir. Mais montrez-moi seulement les plaies de Vos mains et de Vos pieds, et je dirai comme Votre Apôtre : « Mon Seigneur et mon Dieu! Je ne résisterai pas à la vérité, quand même elle viendrait de Vous, et si Vous avez dit : Cela est, je ne dirai pas : Cela n'est pas, si cela est. »

Ainsi pensait Maxence vers la seconde année de ses voyages sahariens, sentant s'agrandir en lui sa capacité intérieure et le cercle de la possibilité spirituelle. Comme il était dans la plaine rocheuse du Tijirit, une pluie tomba, et ce soir-là, un ciel de merveille l'accueillit au sortir de sa tente. Il était peint de couleurs inaccoutumées, et sa teinte translucide était faite de vert d'eau très pâle, dans des profondeurs liquides. Elle rappelait aussi certaines roses délicates que Maxence avait vues en Chine, ou bien certains fonds de mer, dans les golfes de Bretagne. Vers le zénith, le tableau se fondait en rose, insensiblement, tandis que vers l'horizon, quelques nuages s'allongeaient, légers, et proches de l'éther glacé. Le soleil venait de disparaître, et des rayons divergents, semblables à de vastes plissements, partaient du point où il était tombé. Mais ces rayons n'étaient pas faits de lumière. Ils n'étaient que des traînées obliques d'un rose vert, un peu plus pâle que le reste du ciel. A ce moment, la plaine parut au voyageur d'une immensité prodigieuse. La chaîne de Tahament, vers laquelle il marchait depuis trois jours, était d'un gris très pâle et pourtant elle faisait une vive découpure sur l'infinie profondeur du couchant. Rien, hors d'elle, dans la plaine, n'attirait le regard, sinon une faible ligne argentée, — et c'était un de ces lacs éphémères de l'hivernage qui, après quelques jours, disparaissent, parfois pour plusieurs années.

De grandes choses peuvent assurément se faire par ce ciel-là. Son silence et sa profondeur pressent Maxence et le projettent hors de lui-même, dans cette région qui n'est plus donnée par le témoignage du corps, et qui s'étend au delà du cercle étroit de l'égoïsme. « Je sens qu'il y a, dit-il, par delà les dernières lumières de l'horizon, toutes les âmes des apôtres, des vierges et des martyrs, avec l'innombrable armée des témoins et des confesseurs. Tous me font violence, m'enlèvent par la force vers le ciel supérieur, et je veux, je veux de tout mon cœur leur pureté, je veux leur humilité et leur pitié, je veux la chasteté qui les ceint, et la piété qui les couronne, je veux leur grâce et leur force. Je ne m'arrêterai pas, je m'avancerai vers la plus haute humanité, vers ce grand peuple qui est là-bas, derrière le dernier étage de l'horizon, entraîné dans le sillage immense du souffle divin. »

Ainsi son cœur était-il aspiré vers la perfection, et vers ce point, objet de toutes ses recherches, qui est la conjonction du beau avec le vrai. Le beau, il l'apercevait déjà, et par là, il s'approchait de la connaissance de Dieu. N'est-il pas chrétien en quelque manière cet homme-là, qui désire un certain rejaillissement de l'âme en lui, qui a soif de la vertu surnaturelle, qui désire de vivre avec les anges, et non plus avec les bêtes, qui a la volonté de s'élever, de se spiritualiser sans cesse, et dont le cœur est si vaste qu'il déborde les limites de la terre ? N'est-il pas digne, en quelque manière, de la nourriture catholique, celui qui a cette angoisse d'être meilleur, celui qui a ce goût, de s'organiser dans l'absolu, celui qui a cette finesse de dire : « La morale des hommes, c'est bien, mais la morale de Dieu, c'est mieux... » ? Et n'appartient-il pas déjà au Ciel, celui qui en a le désir et la mystérieuse préférence ?

« Mais c'est peu, s'écrie Maxence. Je suis ici, où les misérables discussions sont mortes, et en cet endroit de l'espace où les voix aigres des docteurs dans le temple ne parviennent plus. Je suis ici, tendant mon cou vers le soir incomparable, tandis que les hommes de mensonge, penchés sur la glose et la leçon, se réjouissent là-bas, à cause de la subtilité de Satan qui est en eux. Rien ne m'arrive plus de la mauvaise querelle, ni cet éclat de rire de celui qui, du coin de la porte, se réjouit du bon tour qu'il a joué, ni cette clameur du juge infâme qui a tué Dieu avec la lettre. Tout cela est mort, comme le cri d'oiseau des grèves ne dépasse pas, dans la nuit profonde, la dixième vague. Tout ce bruit s'est noyé dans ce silence. Tout ce bruit mortel s'est résorbé dans le silence immortel. Toutes ces voix périssables se sont tues, devant le silence de l'Esprit. Que dis-je ? Tandis que je suis seul et lointain, le fait éclate immensément de toutes parts. Les évangélistes ont parlé, le témoignage a été porté, et la quadruple affirmation est si forte et si nue qu'elle suffit, et donne à tout, réponse. L'Église de Pierre la perpétue, portant elle-même par l'accomplissement de sa promesse le gage de sa vérité. Et parfois des signes formidables font trembler le monde. Les morts ressuscitent sous le baiser des saints, et dans une piscine, plus précieuse encore que celle de Bethsaïda, les ulcères horribles sont guéris et les écailles tombent des yeux aveugles, pour la confusion des faux savants. De toutes parts, le fait surgit, avec l'appareil de la certitude et l'indubitable constatation. Le monde est troublé jusque dans sa profondeur. Les méchants sont pris de tremblement et les hommes véridiques courbent la tête, parce qu'ils ont reconnu la présence de Dieu.

« Mais moi, je n'ai pas besoin de ces signes et de ces prodiges, parce que je suis ici et que je considère ce monde, et mon âme au milieu de ce monde. Ce miracle me suffit, d'être là, et de me connaître moi-même comme inconnaissable. Ce miracle me suffit, que j'aie une âme au milieu de ce monde, et si profonde que je reste tremblant au-dessus d'elle, comme l'oiseau immobile, les deux ailes déployées, au-dessus de l'abîme. Il ne m'a pas été donné de contempler la terre secouée par la face du Seigneur, je n'ai pas vu les rivières remonter vers leur source, ni les montagnes sauter comme des béliers. L'ordre de la nature n'a point été suspendu devant mes yeux. Mais j'ai assisté à ce miracle, de l'ordre de la nature se perpétuant. J'ai vu Dieu laissant toute chose en sa place, selon l'ordonnance primitive. J'ai vu le monde prodigieux, et rien ne manque à l'ensemble. Tout est plein jusqu'au bord, et pourtant il n'y a rien de trop. La matière remplit exactement la forme, et mon âme, c'est-à-dire ce que je sens en moi de non mortel, est à la capacité de ce monde. O merveille! J'ai contemplé le système des choses invisibles, manifestées visiblement, et l'adaptation de la chose à l'intelligence! »

Que manquait-il donc à Maxence ? Quelle force l'arrêtait au seuil des joyeuses demeures de l'Absolu, et quelle était cette angoisse mystérieuse qui se mêlait à l'ivresse exultante de la conquête du monde ? C'est que sa voix était seule dans le désert. C'est que ce Dieu qu'il appelait n'était pas venu. C'est qu'il sentait que rien de ce qui était en lui n'était le ciel. Dans l'angélique dialogue qui s'était institué, sur ce coin perdu de la terre, entre une âme et son créateur, la voix principale n'avait pas encore parlé. Les mots de la libération n'avaient pas retenti, et Maxence sentait bien qu'il n'avancerait plus, si le Maître ne venait à lui et ne lui disait : « Lève-toi et marche! »

Considérons pourtant cet homme, en plein désert, avec son travail humain et l'accomplissement de sa mission sur la terre. Il a la charge d'imposer la France partout où il passe. A chaque jour de sa vie, il engage le nom français. Toute défaillance lui est interdite. Il a le devoir de vaincre, il a l'obligation de réussir. Ce n'est pas un rêveur, c'est un homme de réalités. Il est l'artisan de la souveraineté française. Cette tâche lui a été mesurée, d'être avec les hommes, pour la paix ou pour la guerre, afin que les bons rentrent dans son amitié et que les mauvais soient châtiés. Toute la trame de sa vie tend à lui donner une magnifique idée de l'effort humain.

Maxence est depuis quelques jours dans le Tassarat, quand il apprend par ses goumiers que le campement de Sidina ben Aïllal, récemment soumis à Atar, est proche, et ces gens n'ont pas encore payé leur amende de guerre. Le jeune Français s'élance, et trente Maures, pris parmi les meilleurs, suivent ses traces... Voici le campement du chef, vingt-trois tentes misérables, que la plaine n'a pu dissimuler... Vingt-trois tentes ? Qu'importe à Maxence ? Il a derrière lui tout un peuple. Tandis qu'il prélève sur les troupeaux de la tribu le nombre d'animaux qui est dû à la France, le vieux cheik le regarde d'un air sombre et il contient difficilement sa fureur. Pourtant, quand l'opération est achevée, il se ressaisit, il discute, il implore, il proteste même de son désir de vivre en bonne intelligence avec les vainqueurs. On cause longtemps sous la tente. Sidina semble s'adoucir. Et comme l'eau manque dans la région, on décide que tout le monde partira le lendemain, les Français vers l'ouest et Sidina vers l'est. La nuit se passe, Maxence va lever le camp.

Mais qu'est-ce à dire ? Les Maures ont déjà décampé, et il n'y a nulle trace vers l'est. Sidina est parti vers le nord. « Tenons-nous sur nos gardes, se dit Maxence. Ce vieux prépare un mauvais coup. » On repart, la marche est lente à cause de la fatigue des chameaux. Vers le soir, on s'arrête au puits de Bir Igni. Nul souffle humain. La terre est immensément abandonnée... « Mes amis, dit Maxence, je crois que nous seront attaqués cette nuit. Tenez-vous prêts, et surtout, que personne ne tire sans mon ordre... A tout à l'heure... » Un vent froid s'est levé. Maxence se promène de long en large. Il pense au bruit de l'Europe, au son des cloches sur les villages, à la chanson d'un pauvre qui passe, aux échos d'une forge que l'on ne voit pas.

Et soudain il s'arrête, car il a perçu, au fond de l'ombre froide, toute la douce musique de la patrie. Puis, brusquement : « Oh ! que je voudrais tuer ce chien-là ! » Il suppute la direction de l'attaque, mais ces combats de nuit sont traîtres : il ne les aime pas. La promenade reprend, monotone, interminable. A mesure que l'heure approche, il sent mieux l'immense présence de la mort, et il se considère avec gravité en face d'elle. « N'est-ce donc rien, dit-il, que de mourir ? N'est-ce donc rien que ceci, qui n'est pas en moi le corps périssable, soit fixé pour l'éternité dans l'arrêt instantané de la vie ? Je ne sais, mais on voudrait, à cette heure, que l'âme fût claire et sans tache. On voudrait dépouiller toute la misère humaine, et que la laideur du péché fût effacée. Voici devant moi le champ de la Mort, et il est beau comme la Terre de la Promesse. Voici l'ange tenant le Livre, la nuit est tout illuminée sous son aile, nous sommes dans le reflet de l'éternité. N'est-ce donc rien, ô mon Dieu, que cette heure qui est seule, entre toutes, cette heure qui n'est semblable à aucune autre, car aucune autre ne la suivra ? Oh ! comme l'on voudrait être propre, pour cette libération à tout jamais de la chose terrestre. Me voici pourtant devant toi, ô Mort, tel que je suis, et sans que je puisse changer un iota à ce qui a été. Me voici avec toute ma vie, telle que je l'ai vécue, ayant fait beaucoup de mal et peu de bien. De tout le mal que j'ai commis, j'ai une sincère contrition, et le peu de bien, je ne m'en prévaux pas, mais je demande simplement qu'il ne meure pas et qu'il porte des fruits d'éternité... » Et, ayant trouvé ces paroles en son cœur, il se renferme en elles, et oublie l'aventure humaine où il se trouve engagé... Tout à coup, la commotion violente, comme d'une déchirure soudaine de la nuit. Maxence a bondi près des siens :

« On ne voit rien, ne tirez pas ! » La suspension de l'attente silencieuse, puis le crépitement des coups de feu perçant l'ombre de toutes parts. Le bruit dessine dans l'invisible la ligne sinueuse de l'enveloppement. « Seule, la confusion pourrait nous perdre, raisonne Maxence dans un éclair ; si ces enfants terribles restent calmes, je suis sûr de mon affaire. » Car sa troupe est placée sur un terre-plein, avec la défense naturelle de rocs amoncelés. L'ennemi se trouble devant l'obscurité qui ne donne pas réponse. Les coups de feu s'égrènent, puis, dans un sursaut, se resserrent. On sent des larves humaines qui progressent dans la matière épaisse de la nuit. « Ah ! les voici, dit Maxence... Deux cartouches seulement... Feu !... » L'immense détonation couronne le faîte, le cercle de la flamme est autour de Maxence, et l'absence de bruit succède aussitôt à la rafale aiguë de la mousqueterie. « Le jour ne se lèvera-t-il pas ? » pense le chef, dilatant sa pupille sur l'abîme. Soudain, une clameur, la mêlée épouvantable, des cris de rage!... L'ennemi s'est glissé par le joint et a pénétré, par le défaut du roc, jusqu'au camp. Maxence, ivre de colère, se précipite, la pointe du sabre en avant. Il fonce, il a au bout de son bras la sensation de la graisse humaine transpercée. Tous les siens, dans l'effort désespéré, frappent tête baissée, et le sang coule immensément de toutes parts. Enfin le jour paraît, il envahit la scène : le désert indifférent et le petit cercle de la passion humaine exaspérée. Partout où était l'ombre sinistre est le soleil, illuminant le carnage et la folie sinistre des hommes... Les Maures ont fui. C'est fini. On est comme à la fin d'un rêve, quand l'homme, après les phantasmes de la nuit, salue les choses existantes dans le doux rayonnement de la lumière...

Un nouveau soir est venu. On a marché tout le jour, et voici une plaine blanche, poudrée de clartés, et nul ne sait son nom. Il y a des dunes faites d'un sable si léger que nulle herbe n'a pu s'y fixer. Le monde est dans l'attente de la nuit. Le soleil lui-même s'est tu. Et plus grand, plus lourd encore est le silence de la fatigue humaine. Maxence veille, étant celui qui est toujours debout, et que toujours l'on voit dressé comme un pilier puissant au-dessus de la terre. Alors l'immense action de grâces s'échappe de sa poitrine : « Je suis content, ô terre, de me retrouver parmi toi. Qu'il est beau de baigner dans la vie, et d'être parmi elle, comme la barque, sur un fleuve débordé, lutte contre le courant, et chante! Qu'il est beau, le ciel, vu du rivage de la terre! O grâce mystérieuse de la vie, je te bénis ; ô source profonde, ô principe essentiel, je te loue, je t'exalte et je te loue! Je suis, je respire profondément tout ce sol, j'ai ma place sous le soleil! O miracle! J'ai la permission formidable d'être un homme! »

A qui parle donc ce Maxence, ce grand abandonné? Il parle à son Père, à son Dieu qu'il ne connaît pas, et lui-même, il ne cesse d'être le lutteur qui a sa place marquée dans la mêlée. Il parle à son Père, mais il sait ce que peut son bras. Sa place n'est pas parmi les pacifiques, mais au contraire il a l'audace et toute la mâle vertu de la jeunesse.

Il est celui qui forcera le ciel, il est ce violent qui ravira de haute main l'éternité. Il est celui à qui tout est permis. Ne s'est-il donc pas affronté avec la mort ? Tous ses soirs ne sont-ils pas des soirs de bataille ?

Mais il parle à son Père, il sait qu'il a un maître, et que ce maître peut tout, et que lui ne peut rien. Adorable contradiction ! L'effort de cette âme est vain, s'il n'y a pas la soumission, mais qu'est-ce qu'une soumission qui ne laisserait pas de place à l'effort ? Maxence entrevoit que le plus haut état de la conscience humaine est là, dans cet accord suprême de l'effort avec la soumission, de la liberté avec la servitude, et que cet accord ne se fait nulle part ailleurs qu'en Jésus-Christ. En effet, on peut avoir le désir d'élargir sa vie morale en dehors de Dieu. Ainsi les stoïciens, les huguenots. Mais alors vient l'orgueil qui gâte tout, et qui est mensonge. Car nous savons bien au dedans de nous que cette voix sonne faux et que cette pourpre de l'orgueilleux est le vêtement de la plus affreuse misère. Au lieu qu'en Jésus-Christ, l'homme désire monter infiniment haut, tout en se sachant infiniment bas. Et cela est vrai, puisque nous sommes dans la liberté, autant que dans la servitude : « La misère se concluant de la grandeur, dit Pascal, est la grandeur de la misère. » Et : « Malgré la vue de toutes nos misères qui nous touchent, qui nous prennent à la gorge, nous avons un instinct que nous ne pouvons réprimer, qui nous élève. » Et encore : « La grandeur de l'homme est grande en ce qu'il se connaît misérable. » Ainsi nos misères ne cessent de nous toucher, elles sont présentes, il suffit d'ouvrir les yeux. Mais en même temps, un instinct est en nous, qui nous avertit de notre dignité et de la place privilégiée que nous tenons dans le monde. Car, jusqu'au plus profond de notre corps, il y a la nature, et il y a la grâce.

O la douce, la pénétrante lumière ! Qu'il est heureux, l'inquiet soldat, quand il aperçoit ce bel équilibre de la raison chrétienne, cette mesure suprême où tout a été pesé, cette tranquille harmonie où toute chose en nous a été envisagée selon la juste élévation et la règle exacte ! Tout est lié désormais en lui, et hors de lui. Il se connaît et il connaît Dieu. Il s'est taillé sa part dans l'héritage de la Croix, et ce champ où il se promène, il est sa possession dans l'éternité.

LE VOYAGE DU CENTURION

Le centurion de César, s'il commande à ses hommes, il obéit à César. Et certes la puissance est en lui de commander et d'inventer ce qui est utile dans le moment opportun, et il a la signature dans la portion humaine où il a été délégué. Mais en même temps, il est le serviteur sous les yeux du maître, et l'esclave de la plus étroite dépendance. Or Maxence est exactement ce centurion de César, connaissant la puissance de sa parole sur les hommes, et l'immense impuissance de la servitude. Qu'il considère pourtant, non plus le centurion de César, mais le centurion du CHRIST JÉSUS, et il reconnaîtra, non pas un autre homme, mais le même exactement. Car le Maître lui a donné la volonté puissante et le cep de vigne de la domination sur la matière, et il l'a envoyé pour combattre avec les armes de l'esprit intérieur. Mais en même temps sa main n'a pas cessé d'être au-dessus de lui pour la bénédiction des travaux de la terre. Il s'est manifesté dans sa puissance, afin que l'homme connût sa place, et il a fait sentir sa douce présence dans les batailles amères de la vie. Mais entre tous les hommes, c'est le soldat qu'il a choisi, afin que la grandeur et la servitude du soldat fussent la figuration, sur la terre, de la grandeur et de la servitude du chrétien.

II

« BEATI IMMACULATI IN VIA »

ARGUMENT. — L'IMPATIENCE DE CONNAÎTRE GRANDIT EN MAXENCE. — MAIS LE SECRET DES CHOSES ESSENTIELLES APPARTIENT AUX CŒURS PURS ET LA SÛRE MÉTHODE POUR CONNAÎTRE LE VRAI EST D'ÊTRE MEILLEUR. — LIBÉRATION DU PASSÉ QUI ENTRAVE LE LIBRE ESSOR DE MAXENCE. — LA MAISON EN ORDRE. — SIGNE DE LA CONTRADICTION DANS LA LIBERTÉ HUMAINE ET LA GRACE DIVINE.

Parfois, vers le déclin du jour, la cloche d'un village lointain se fait entendre jusque dans les vallées les plus secrètes. Alors le laboureur s'arrête et, considérant l'immensité, il sent un froid mortel glacer son cœur. Car ce ne sont pas les lents coups d'encensoir de l'Angélus qu'il a perçus et l'airain a perdu cette longue vibration épandue en nappes sereines au-dessus des campagnes. Mais la cloche, au contraire, frappe à coups pressés et à chaque coup, retenant son élan, suspend le son bref, martelé dans l'espace immobile. La peur est suspendue au-dessus du monde, les voiles du soir se font plus lourds, la lugubre cadence ne cesse pas : c'est le tocsin. Et voici que tous les hommes de la terre fouillent du regard le sombre horizon, afin d'y reconnaître la lueur de quelque sinistre. Une ferme brûle dans un bourg, la flamme est quelque part, dans la nuit... Levons-nous, allons vers la douleur et vers la mort...

O Maxence, quel est donc en toi cet appel qui te glace ? Je t'ai vu frissonner dans la nuit. Je t'ai vu dans les veillées sanglantes, tandis que la mort te frôlait. Je t'ai vu parmi les décombres de ton âme, et ton cœur s'est arrêté de battre dans ta poitrine. O mon frère, cesse de pleurer devant l'horizon qui se tait. Le tocsin a retenti au fond de toi. Prends ton bâton et marche vers ta douleur...

Une heure du matin. Maxence se dresse, à même le bain lunaire. La molle clarté ne suffit pas. Le paysage est incompréhensible, car l'on est arrivé là, à la nuit tombée, et la disposition même du camp reste mystérieuse. D'ailleurs, où sont ces hommes ? Nul ne le sait... Quelque part, en Adrar, très loin peut-être de ce Nijan, au nom tant désiré... Le chef a donné l'éveil. Encore ensommeillé, il titube au milieu des chameaux, agenouillés de tous côtés, et parfois l'un d'eux, qu'il a dérangé dans son rêve sans fin, gargarise un long cri lamentable... Combien n'en a-t-il pas vécu, Maxence, de ces heures incertaines de la nuit, où le cœur est vide, et ne souhaite plus qu'un éternel repos ? Alors, on se sent lâche et courbé, le traître désir survient, de quelque douceur en la vie... Mais non! la flamme dans cet homme n'est pas morte, le dur aiguillon de la fièvre n'a pas encore cessé de le mordre. A peine le départ est-il donné, c'est fini. Maxence hume l'espace endormi, toute la profondeur éventée le pénètre, son esprit s'ouvre immensément devant la nuit.

Ils vont tout droit, sur les plaines sans routes, l'avant-garde, en pointe, avec les guides. Puis le chef, seul, est signalé par la hauteur prodigieuse de son dromadaire blanc. Et parfois, du claquement de langue qu'il faut, il met au trot le monstre glissant bien sur le tapis des herbes jaunes. Les étoiles, une à une, se lèvent vers l'horizon oriental, tandis qu'à l'autre bord, la lune s'enveloppe dans les brumes du couchant. Ils vont tout droit, dans le vent froid, dont le frissonnement s'est levé en même temps que les ténèbres totales descendaient sur la terre. Et c'est l'heure mortelle où la lune est couchée, tandis que tarde encore le soleil... Voici l'aube enfin, et voici la lumière victorieuse et l'embrasement, en un instant, de toute la terre. Autour des voyageurs, il y a des nappes de petites graminées dont les chameaux sont gourmands. Les peaux de bouc sont pleines d'eau. On s'arrêtera donc ici, en attendant que de nouveau la nocturne fraîcheur ouvre la route.

La journée, comme un fruit tardif, sera lente à mûrir. Ah! que cette longue patience s'accorde mal avec l'ardeur d'une âme qui ne peut plus attendre! Que Maxence se recueille dans l'ombre chaude de sa tente, qu'il promène son ennui sur la terre tremblante de lumière, il a la certitude que l'effort de sa méditation sera stérile, et déjà l'amer regret est en lui de ces heures qu'il ne saura pas employer. O Dieu! voyez-le : il étouffe, il va mourir, il brise contre l'obstacle son effort impuissant, comme une guêpe en été s'acharne sur les vitres de sa prison. Il voudrait... Mais non! Plus rien à faire, il est au bout de sa pensée, il est au bout de l'espérance, dans la sueur de l'interminable agonie. Voici le terme du voyage, et l'échec, à tout jamais consommé, de cet esprit!

A tout jamais ? Peut-être non! Mais que Maxence n'espère rien de lui tant que les souffles du ciel ne l'auront pas lavé de toute l'impureté des hommes. Aussi longue sera la séparation d'avec les purs, aussi longue sera en lui l'agonie de l'esprit circonscrit dans l'espace étroit. Il est au seuil de ces royaumes réservés à ceux-là dont le cœur est intact et que la laideur du monde n'atteint plus. O beaux royaumes de l'Intelligence, qui ne souffrez que les âmes transparentes des saints, belles régions que ne connaîtront même point ceux qui sont purs et sages selon le monde, et qui ne voulez que les purs et les sages selon le Ciel, jardins sublimes dont les bons sont chassés et qui n'accueillent que les parfaits, heureux sont les hommes qui vous ont aperçus de cette vallée profonde où nous pleurons, heureux et bienheureux, ceux qui vous ont désirés dans l'innocence et dans la force de leur âge!

Maxence à cette heure le savait : il y a une hiérarchie entre les âmes. Et d'abord il y a des pensées viles — pour les cœurs mauvais. Et puis il y a des pensées belles, mais faciles, il y a de pauvres, de misérables satisfactions spirituelles pour ces cœurs qui ignorent profondément le mal, mais ne se nourrissent que de vertus ordinaires. Mais quels sont ceux-ci qui s'avancent, portant leurs cœurs au-devant d'eux, comme des flambeaux ? Ce sont les héroïques, les affamés de la vertu, les assoiffés de la justice. Certes, ils se sont gardés des chutes grossières. Mais ils jugent que c'est peu. Ils veulent cette pureté essentielle qui est l'entrée dans l'intelligence supérieure. Car tout est lié dans le système intérieur de l'homme, et la lumière profonde de ce qui est vrai manquera toujours à qui ne se sera point fait un cœur de cristal. Et Maxence lui-même, où est-il ? Hélas ! qu'il se sent loin de la Sagesse ! Qu'il se sent séparé de ces guides célestes de la connaissance unique ! Qu'il trouve aride et désolée la route de son exil et de sa peine !

Il est trois heures. Le soleil est haut encore, il accable de ses feux la terre calcinée, et l'air de la fournaise consomme tout ce qui est liquide, la salive avec la sueur humaine, et l'huile intérieure dans les jointures des membres. N'importe ! on partira. Maxence ne peut plus attendre. C'est une grande affaire qui l'appelle là-bas. Debout, les amis ! Suivez cet homme que ronge un amer souci, et ne vous plaignez pas ! Si vous saviez la flamme qui dévore sa poitrine, c'est de lui et non de vous que vous auriez pitié !

On marche, on marche longtemps... La nuit se passe... On marche toujours... Le soleil de nouveau jaillit de la terre lointaine... Mais des arbres apparaissent. Une molle dépression a rompu la monotonie du désert. De très vieilles ruines sont à la lisière d'un bois. Est-ce un rêve ou bien l'un de ces mirages qui déçoivent si souvent les coureurs des sables ? Non, Maxence est simplement à Douerat, où ses chameaux pourront à l'aise remplir leur panse et boire, plusieurs jours durant, une ombre bienfaisante.

A peine les ordres sont-ils donnés pour l'installation du camp, le chef s'éloigne et il va s'asseoir sur les ruines, à la lisière du bois. De sombres légendes, qu'il connaît bien, se rattachent à cette ville très ancienne. Mais il n'a pas le goût d'y songer. Car une autre légende vient de s'éveiller au plus profond de lui-même, une autre histoire, si belle qu'elle ne peut pas être...

Là-bas, dans le pays de cet homme, il y a des maisons de paix et de prière, et dans ces maisons, à tout jamais fermées au bruit du monde, s'écoulent des vies humbles et silencieuses. Des gens vont et viennent, occupés à d'honnêtes travaux, et leurs calmes regards reflètent des consciences sans tache. A les voir, on reconnaît tout de suite de bons travailleurs, penchés tout au long du jour sur la tâche humaine que Dieu leur a mesurée. Mais regardez-les mieux : ces gens sont des chrétiens. On les croit sur la terre, mais leur conversation est dans les cieux. On les croit parmi les hommes, mais ils ont société avec leur Dieu. Si humbles soient-ils, ils sont pourtant dans la douce intimité des Anges, et plus grands que les Anges, puisqu'ils peuvent à chaque jour aimer mieux, puisqu'ils peuvent monter sans cesse dans la Foi et dans l'Espérance. Leurs âmes sont des lacs tranquilles où les Personnes divines aiment à se pencher. Et l'on voit sur le front la Colombe de l'Esprit, parce qu'ils ont su se garder dans l'innocence et dans la paix. Ceux-là ne cherchent plus la griserie du voyage, parce que cette terre est trop parfumée, où ils se sont arrêtés. Ceux-là ne navigueront plus sur les mers mauvaises, parce qu'ils ont trouvé le port et que l'ancre a été jetée dans l'incomparable béatitude. O merveilleuse apparition ! Cela est-il possible ? Cela peut-il se dire dans la langue des mortels ?

Mais voici maintenant le voyageur. Le voici, lancé à travers le monde, à travers le péché. Il est avide des choses nouvelles. Il rôde en cercle, autour des champs de la terre, le regard oblique, la bouche amère. Il fuit ! Il fuit son âme, l'âme immortelle et divine qui est en lui, il fuit son âme, créée pour l'amour, son âme plus belle que le septième empyrée... Cependant, dans cette course affreuse, il s'arrête, il considère la route de sa condamnation, il a peur...

« Non, dit une voix obscure au fond de lui, il n'est pas possible que la vie soit là, dans cette rancœur, dans cette amertume immense de la conscience mauvaise. Il n'est pas possible que la vraie route soit celle-ci qui ne mène nulle part, ni que les saints ne prévalent pas contre nous...

Heureux, dit encore cette voix, heureux ceux qui sont immaculés dans la voie, — dans la voie qui est droite, et oblique, dans la voie qui est la plus courte, et non dans celle-ci qui sinue à travers les apparences et qui ramène éternellement au même point. »

— Assez ! répond le voyageur. Je souffre sur la terre ennemie, mais je ne veux pas de vos consolations. Car je suis avec les hommes et non avec les Anges, et je n'ai de désir que de ce qui respire à mon image. »

— Ce n'est pas vrai, reprend la voix, tu n'as de désir

que de Dieu, car la connaissance de Dieu est ta part, et, comme l'abeille, dans l'été, distille le miel, comme la fleur secrète en elle le parfum qui lui est propre, ainsi ta fonction est de contempler, avec des yeux d'amour, l'impérissable.

— Laissez-moi. Je suis bien ainsi. Les larmes des hommes sont belles, et leurs paroles suffisent à mon amour.

— Les larmes, ô voyageur!... Mais non pas toutes les larmes. Les larmes qui sont belles, tu ne les connais pas, parce que ce sont les larmes de l'espérance. Vois cet homme qui soupire aux pieds de son Dieu. Lui aussi, il est inquiet, mais c'est de la perfection; lui aussi, il gémit, mais c'est de son exil. Lui aussi, il porte sa peine, mais c'est de ne pouvoir atteindre la plénitude de la beauté intérieure. Aussi sa vie est-elle comme le rejaillissement perpétuel de la sève dans le bourgeon multiplié, et la glorieuse ascension vers le plus haut ciel.

— Oui, cet homme est le plus grand des hommes et misérable auprès de lui est le stoïcien, à tout jamais enfermé dans cette prison qui est lui-même. Mais que ferai-je pour sortir de cette mortelle langueur où je suis, et pour m'élever au-dessus des campagnes de la terre?

Et la voix dit :

— Rien par toi-même. Tes pieds sont rivés au sol. Ce n'est pas toi qui te donneras des ailes, et tu es enfermé de toutes parts par la terre finie, dans le chiffre de la connaissance élémentaire. Mais voici venir Celui qui t'a promis la vie, il arrive pour dénouer les liens de ta captivité. Écoute, ô malheureux, les paroles de la délivrance. Envole-toi, fière colombe, rendue à son azur, envole-toi vers ce cœur percé de la lance, qui a saigné pour toi. Veille et prie...

Alors le voyageur s'arrête. La peine l'étouffe, le regret, il ne sait quelle vague nostalgie, l'obscur remords. Et la même plainte monte à ses lèvres, la même plainte, inlassable et monotone, remonte en lui :

« O mon Dieu, puisque Vous m'avez mené jusqu'ici pour me faire entrevoir Votre visage, ne m'abandonnez plus. Manifestez-Vous enfin, puisque Vous seul pouvez le faire et que je ne suis rien. Comme Vous avez montré à Thomas Vos plaies sanglantes, envoyez-moi, mon Dieu, le signe de Votre présence... »

Or, voici ce que répond le Maître du Ciel et de la Terre: « Tu me cherches, et Je suis là, pourtant, dans ce dégoût de toi-même qui t'est venu, dans cette lourdeur de ton âme captive, et jusque dans le cauchemar affreux de tes péchés. Mais comment me reconnaîtrais-tu, moi qui suis vrai, au milieu de tant de mensonges où tu te complais encore ? Comment comprendrais-tu mes Paroles, qui sont la Paix, toi qui vis dans l'aigre dispute, et dans la discorde et dans la révolte de ton corps, dressé contre ton âme, dans le sifflement de la rage impuissante ? Rappelle-toi, pauvre enfant, cette ville où tu vivais, rappelle-toi... »

Maxence cache son visage entre ses mains. Il revoit le carrefour auprès des portes, et les globes de lumière, et le Prince du monde, qui était là, avec sa figure verte, grimaçant derrière les tilleuls. Lui-même, il parlait, il parlait intarissablement, comme un homme saoul, et des gens parlaient aussi, qui avaient mis de beaux habits propres sur leur immense saleté, de faux élégants, de faux joyeux, de faux intelligents, des demi-malins qu'on aurait crevés avec une parole forte, des messieurs très contents d'eux-mêmes, mais qui se seraient effrités instantanément, et volatilisés sur l'heure, si l'on avait dit auprès d'eux un seul petit mot qui fût vrai. Et la jouissance était la divinité de ce carrefour, la jouissance acharnée, la jouissance plein la gueule, jusqu'à étouffer, par devoir...

« J'aime, dit Dieu, la maison qui est en ordre. J'aime que toute chose soit en sa place et je n'entrerai pas sous ce toit, avant que tout n'y ait été préparé pour ma venue. Un homme, dit mon Fils, fit un grand souper et invita de nombreux convives. Et à l'heure du souper, il envoya son serviteur dire aux invités de venir, *parce que tout était prêt.* — Mais dit-on à l'hôte de venir avant que tout ne soit prêt ? »

Quia parata sunt omnia... Maxence, les larmes aux yeux, entrevoit ce juste, qui est simple et vrai devant son Dieu. Rien n'est caché en cet homme. Il n'est point une heure de sa vie qui soit impure, parce que son Maître l'a reconnu et qu'il l'a fait sortir des langueurs du péché. Et lui, il dort tranquille, sous la protection des Anges du Ciel. Et s'il vient à s'éveiller, il est joyeux encore, parce que déjà l'action de grâces est sur ses lèvres et que les paroles de la prière lui sont plus douces que le miel. Le voici au matin : il ouvre ses yeux à la lumière créée, et comme toutes les choses créées autour de lui, il a confiance et il sait que la bénédiction du Créateur est sur son front. O joie! O sereine et bienheureuse harmonie! Il glorifie Dieu dans l'exultation de l'éveil universel. Parce que ce corps lui a été donné, afin qu'il fût le temple de l'esprit, et que lui-même, il ressuscitera dans la gloire promise par le Sauveur. Parce que cet esprit lui a été donné, afin qu'il eût le commandement sur la matière organisée. Tout est un en cet homme. Chaque chose est en sa place; ses membres, sa chair et son sang sont sous la dépendance de la pensée, et la pensée elle-même est sous la dépendance de Dieu, s'élevant vers lui avec une grande facilité, — car tout ce qui est visible appartient à la bête, mais à l'homme il est donné de dépasser le cercle des apparences et de déchirer l'azur du ciel fini.

Mais au contraire, voici le blasphémateur. Il est semblable à ces réprouvés que Dante condamne au supplice de la poix :

Non far sopra la pegola soperchio...

lui crient terriblement les démons. « Tâche de ne pas t'élever au-dessus de ce bitume... Reste dans la matière pesante, dans cette boue inerte qui t'étouffera... Reste dans cette chose qui n'a plus nom de vie, mais au contraire elle a déjà l'horreur de la mort éternelle! » Le malheureux a peur, il fait des rêves de démence, il est traqué de tous côtés par l'épouvante et la fureur. Son sort sera de s'agiter désespérément dans son bourbier. Il ne saura plus quoi inventer, il ira de mensonge en mensonge, toujours plus assuré de lui-même aux yeux du monde, toujours plus lâche et plus tremblant au regard de lui-même. Et quand l'heure sera venue de rendre compte au Juge, on le verra se tordre sur son grabat, en criant immensément : « J'ai peur... j'ai peur... » Mais il sera trop tard, et l'arrêt sera prononcé pour l'éternité.

« Je veux, dit Dieu, que ta maison soit en ordre, et que d'abord tu fasses le premier pas. Je ne me donne pas à celui qui est impur, mais à celui qui fait pénitence de ses fautes, je me donne tout entier, comme mon Fils s'est donné tout entier.

— C'est une dure exigence que la vôtre, ô Seigneur. Ne pouvez-vous d'abord toucher mes yeux ?

— Ne peux-tu donc me faire crédit un seul jour ?

— Vous pouvez tout, Seigneur !

— Tu peux tout, ô Maxence. Voici que, dans tes mains mortelles, tu tiens la balance, avec le poids juste et le contrôle infaillible. Je t'ai libéré du joug et de l'aiguillon. Je t'ai fait plus grand que les mondes, puisque je t'ai donné commandement sur le Paradis qui est plus grand que les mondes. Or, tu me remercies de la lumière du soleil que je t'ai donnée. Mais tu ne me remercies pas de ce don plus précieux que le soleil et tout le tableau de la nature. Tu ne me sais pas gré de cette immense dignité où je t'ai mis. Et pourtant il n'est rien que j'aime comme de voir cette tête libre et fièrement secouée devant le ciel. O Maxence, il n'est pas de bornes à ta liberté que mon amour. »

Et le soldat, descendant en lui-même, écoute la voix du Seigneur dans le désert. O abîmes de la contradiction ! Royaumes mystérieux de la sagesse ! Le Fils de Dieu a répandu son sang pour ce Maxence. Pour lui, Il a été flagellé et couronné d'épines. Il a porté la Croix immense de ses péchés. Pour lui, son cœur a été percé de la lance. Un jour, pour ce pauvre voyageur, et pour tous les voyageurs sur cette terre, Il est descendu du septième ciel, Il a quitté le trône de lumière où Il reposait avec le Père, Il a montré à cet homme Ses Mains sanglantes, Il a été le médiateur, l'anneau divin entre le ciel et la terre. Il a été le gage de la nouvelle et de l'éternelle alliance. Et cependant les cieux sont fermés pour Maxence. Il n'a pas la possession du royaume de la Grâce qui est à lui, et c'est en vain que le sacrifice a été consommé sur le Calvaire ! Mais quoi ? ce JÉSUS, qui a fait les mondes et la terre avec les campagnes, et ses fleuves et ses forêts, et la lumière et le déroulement des saisons, certes, Il est venu parmi nous, mais Il ne nous a pas convertis. Des hommes ont vu le tombeau de Lazare ouvert, et ils ne sont pas rendus. Des hommes ont vu Dieu, et ils n'ont pas cru ! Et certes, Il a multiplié les pains et Il a donné à manger aux multitudes. Mais quand Il a dit :

« Celui qui mange ma chair et boit mon sang demeure en moi et moi en lui », ses disciples ont haussé les épaules, et ils se sont détournés de Lui, disant: « Cette parole est bien dure, et qui peut l'écouter ? » O mon Dieu, ceux qui ont bu Vos paroles, ceux qui ont touché Votre robe, ceux qui, en un jour réel, entre un matin et un soir, ont entendu dans le temps ces paroles-là, ils n'ont pas été enchaînés, et ils se sont retirés de Vous, qui disiez ces mots seuls qui ne passeront jamais! Des hommes ont vu le Corps divin qui allait ressusciter dans la gloire et remonter au ciel pour l'éternité, des hommes vivaient et respiraient, pendant ce jour entre tous les jours, où les mondes tremblaient dans l'attente de la Rédemption. Et Celui que les siècles païens avaient désiré ne cessait pas d'être le signe de contradiction dont parle l'Évangile. Car il fallait que « le monde fût divisé à son sujet ».

Oui, Seigneur, Votre disciple bien-aimé avait raison: il faut que le monde soit divisé à Votre sujet, et que l'esprit ne soit point asservi, mais libre et profond et tout entier donné. Il faut que le don de nous-mêmes soit entier. Il faut que l'amour soit en nous, pour que nous recevions l'Amour. Certes, ce que Vous demandez est difficile, ô mon Dieu, et Vos exigences sont bien lourdes. Et il y en a beaucoup qui ne demandent pas mieux que de Vous suivre et qui sont tout prêts à Vous faire des concessions. Mais enfin c'en est trop : il vient une heure où la raison se révolte, et nous-mêmes qui Vous avions écouté avec patience, nous sommes forcés de nous retirer: ces paroles sont trop dures et nous ne pouvons les supporter.

Nous retirer? Mais non! Nous ne le pouvons pas. Où irions-nous, Seigneur? Vous seul avez les paroles de la vie éternelle. C'est donc que notre cœur est encore trop petit. C'est donc que nous n'avons pas encore mérité de Vous connaître. C'est donc que notre don n'est pas encore sans partage. C'est donc que nous ne sommes pas prêts...

Maxence, après la longue journée, se dresse dans le soir. Au ciel est l'océan bleu de la miséricorde. A l'Occident est la lumière naissant d'en haut. A l'Orient est la Promesse de la résurrection d'entre les morts: Entre l'Orient et l'Occident est l'homme, l'homme de douleur et de désir, entre aujourd'hui et demain, entre la lumière qui est et la lumière qui sera... Ah! tout ceci est trop beau! « J'ai soif du renouveau, dit cet homme, j'ai soif de vivre enfin. Voici! L'heure est venue de revêtir l'habit des noces, et de rentrer dans la maison, parce que je sais qu'il y a autre chose que moi-même et que toi-même, parce que je sais qu'il y a Lui, et que Lui ne peut pas se tromper. Il y a Lui, qui n'est ni moi, ni cet homme, ni cet autre, et qui est pourtant une Personne, une Personne infinie, mais différenciée, une Personne invisible et pourtant réelle, et la seule en vérité qui soit réelle. L'heure est venue d'ouvrir immensément notre cœur, parce que le Seigneur Jésus a parlé, et quel homme a jamais dit ce qu'Il a dit? J'entends les paroles étonnantes, j'entends le Verbe éternel. Comment y croire, et comment n'y pas croire? Le oui est difficile, mais le non l'est bien plus... Le oui est difficile? Mais c'est Vous-même, Seigneur, qui l'avez dit. Vous avez prévu ma faiblesse. Ah non! Rien n'entrera dans ce cœur dur, tant que le mal du monde sera en lui, — et peut-on, en vérité, servir deux maîtres à la fois? Je me laverai, Seigneur, aux sources du salut, et je croirai. Je serai vrai, et j'aurai le vrai. Je détesterai ce passé qui me brûle, je le déteste déjà de tout mon cœur, ô mon Dieu, puisqu'il le faut pour Vous connaître. O joie! Je sens déjà le rafraîchissement de la vie nouvelle. L'esprit qui est en moi s'est échappé des lacs du chasseur. Il est libre, il remonte facilement à la surface, comme le liège, qu'une main libère au fond du vase, et qui flotte avec aisance au milieu des bulles légères. Il est libre d'être à Vous, s'il Vous plaît de le prendre. Il est libre sur les eaux supérieures, sur les eaux éternelles qui ont été séparées de la corruption terrestre. O joie! ô paix, ô fraîcheur délicieuse! »

Ainsi chantait Maxence, en revenant vers les hommes noirs qui le servaient. — Ah! si un prêtre s'était dressé devant lui avec le geste qui pardonne, peut-être ce soir-là... Mais non! Les mots de la rémission ne seront pas dits. Maxence est seul, nulle aide ne lui viendra des hommes.

« Veux-tu être guéri? » demande Jésus à l'homme qui est malade depuis trente-huit ans. — « Oui, Seigneur, répond-il, mais je n'ai personne qui, lorsque l'eau s'agite, me jette à la piscine. » — Je n'ai personne! Et certes, je veux guérir, — mais je n'ai personne, et ma voix s'est perdue dans le désert. — Que fais-tu, infortuné, près de la fontaine de Bethsaïda? N'as-tu pas reconnu le Maître? Vois donc : ton aveu, ton regret lui suffisent, et déjà la parole qui sauve est prononcée : « Lève-toi et marche!... »

O mon Dieu, daignez voir cette misère et cette confiance. Ayez pitié de l'homme qui est malade depuis trente ans!

III

LE TEMPS DES LIS

ARGUMENT. — MAXENCE RETROUVE LES MAURES. — TABLEAU DE SA VIE A OUADDAN. — LES VAINQUEURS ET LES VAINCUS. — « NOTRE PÈRE ». — VERS LE SACRÉ-CŒUR DE JÉSUS. — LE DÉSIR D'UNE NOURRITURE SUBSTANTIELLE. — LA FOI ET LES ŒUVRES. — LE SOLDAT S'AGENOUILLE.

Cependant, les courriers ne cessaient pas d'annoncer que d'importantes opérations de guerre auraient lieu vers la fin de l'année. « Mettez vos animaux en état, écrivait à Maxence le gouverneur de l'Adrar. La rentrée de l'impôt s'est normalement effectuée, mais après les fatigues qu'ont imposées à votre troupe la mauvaise volonté de Sidina et la recherche des pâturages dans la zone désertique, où il vous avait entraîné, j'estime que votre unique préoccupation doit être de donner à vos chameaux le maximum de repos et le maximum de nourriture. D'ailleurs, la saison est trop avancée pour que vous puissiez songer... » Un jour, Maxence fit appeler les guides et ceux des chefs de goums qui connaissaient le mieux la région. On causa. Sur la natte s'étalaient les grandes feuilles blanches où étaient inscrits au crayon les noms des puits et les lignes rouges des itinéraires... « J'irai à Ouaddan », dit Maxence, et il donna les ordres pour le départ du lendemain...

La distance n'est pas grande de Douerat à Ouaddan. Maxence met cinq jours à la franchir. Le sixième jour, il fait installer son camp, il jette l'ancre pour deux mois. Le voici parvenu à l'une des bornes du désert. Ici, il y a encore les immenses champs de hâd où les chameaux boivent le soleil. Au delà, les sables vierges, les immensités sans eau, les plaines de l'interdiction, la mort. « Cet endroit me plaît, dit le chef, c'est la terre de midi, c'est la terre qui convient à l'août altéré. Elle est conservée sous sa cloche de verre. Et certes, rien n'est plus desséché que ces curieuses fleurs du désert. Mais on sent qu'un peu d'eau les tuerait. Il faut qu'elles craquent sous la poussière du jour... Salut, ô terre de ma maturité, terre de l'été et de la plénitude intérieure! Salut, herbes du promontoire le plus extrême de la vie! Salut, derniers témoins de la respiration de la terre! Salut, sables de l'Occident que nous ne connaîtrons jamais!... »

De longues journées de paix commencèrent pour Maxence. Depuis qu'à Douerat il avait entrevu la loi de son progrès intérieur, une confiance sereine était en lui, une surabondance de joie mystérieuse gonflait son cœur. Le matin, de bonne heure, il quittait sa tente, il marchait longtemps dans l'espace libre, ne ressentant que la force de sa jeunesse et la pleine possession de lui-même. Et parfois, avant de regagner le camp, il s'arrêtait auprès des puits. Trois ou quatre Maures tiraient de l'eau en poussant des cris rauques. Des chameaux étaient là, qui buvaient, et l'on n'entendait plus que les appels des bergers. Maxence fermait les yeux, étourdi par la marche et le soleil, par toute la vie profonde et pure et sérieuse qui le ceignait. Il oubliait en un instant toute la laideur du monde qu'il avait connu. Rien n'était plus autour de lui que la noble simplicité des nomades, une parfaite distinction, une douceur pastorale, ce jaillissement original de la vie que tous les intimes de l'Afrique ont connu...

Rentré sous sa tente, le jeune chef se livrait aux travaux de son commandement, soit qu'il rédigeât quelque rapport, soit qu'il tînt audience, soit qu'il administrât en quelque manière le territoire sur lequel il avait délégation de l'autorité. Mais les heures de l'après-midi étaient les plus douces! Alors il buvait le long silence des siestes, et la Parole de Dieu inscrite dans l'ostensoir du ciel. Quelle force pourrait donc empêcher la réalisation de la promesse? Pauvre de toute pauvreté, plus nu qu'un ver, Maxence ressentait pourtant, il ressentait déjà le riche plaisir de la possession, dans la mesure, par exemple, où les âmes du Purgatoire possèdent Dieu, par le désir torride qu'elles en ont. Et certes toutes les peines et toutes les joies du Purgatoire étaient celles de cette âme consumée dans le bienheureux tourment de Dieu. Tout le feu qu'elle endurait, ce mal horrible de la terre qui seul la séparait du Ciel, et tout le poids de son exil, et toutes les flammes de l'Afrique, c'était le lieu de son attente et de sa purification. Mais déjà un certain bonheur était en lui, parce qu'il s'était détourné des voies communes, des voies sans nul espoir où gémissent les lâches et les médiocres, et qu'il voyait JÉSUS du fond de ses ténèbres, JÉSUS non possédé, mais désiré.

Et parfois, il prenait dans ses mains de fièvre les Évangiles. Alors cette clarté de JÉSUS se rapprochait. Il lisait, il ne voyait que le doute et la contradiction. Et puis, à point nommé, le mot divin éclatait, si fort, si serré, si net que Maxence en tremblait de tous ses membres, — si *dur* parfois aussi, ô mon Dieu, puisqu'il faut bien redire encore le mot de Vos disciples, oui, si dur et si dru, si vrai et si profond, qu'il emporte à tout jamais la misérable discussion humaine, — si dur, parce qu'un Dieu parle, si doux, parce qu'un Homme parle, si dur et si doux, d'un si ferme et flexible acier, d'une matière si forte et si simple, que rien ne peut plus satisfaire après lui... « Ah! la beauté n'est rien, disait Maxence, mais qu'elle vienne de si loin, qu'elle soit si étonnante, qu'elle porte à tel point en elle l'empire des choses célestes, c'est cela qui est tout. Je crois que c'est mon frère qui me parle, et c'est JÉSUS transfiguré qui vient de quitter Élie sur le Thabor. Je crois que c'est un pauvre, couvert de boue et de crachats, qui paraît, et c'est le Roi du Ciel dans toute sa pompe incomparable; que c'est mon ami qui est là, qu'il est semblable à moi, — et c'est Celui qui a fait les mondes et tous les Anges du Ciel viennent Le servir. »

Cette histoire incomparable qu'il lisait, Maxence comprenait qu'elle achevait toute l'histoire humaine, qu'elle fermait le cycle, qu'elle disait tout, depuis la naissance de l'homme jusqu'à sa mort et jusqu'à l'avènement définitif de JÉSUS dans la gloire, — histoire qui a été dans le temps par l'humanité de JÉSUS et qui est en dehors de tous les temps par sa divinité. Là il se semait dans le centre, dans l'unique articulation du monde, au nœud même du drame, entre la chute et le Jugement. Tout est arrêté, tout est clos, les comptes sont faits et bien faits. La justice s'achève dans la miséricorde. A l'homme, il faut Dieu : JÉSUS le donne en se donnant. A l'humanité sainte, il faut la sainteté : JÉSUS la donne en paraissant. Toute continuité est rétablie. JÉSUS est l'équilibre du monde. Il est l'accomplissement de tout ce qui est humain et de tout ce qui est divin, Il est l'anneau qui manquait, l'anneau de l'ancienne et de la nouvelle alliance, Il est la rencontre de l'homme avec Dieu, la rencontre unique d'où a jailli l'étincelle de la charité. Car sans JÉSUS, c'est-à-dire sans médiateur, il n'y a pas de mouvement de l'homme à Dieu, donc pas de charité. Et avant JÉSUS, il y a les corps et il y a les esprits, mais il n'y a pas la charité. Et depuis JÉSUS, il y a les corps et il y a les esprits qui sont infiniment loin des corps, et il y a la charité qui est infiniment loin des esprits. JÉSUS, étant la possibilité de Dieu pour l'homme, a donné tout ce qui était nécessaire. Il a été la satisfaction totale, parce qu'Il a satisfait à Dieu et qu'il a satisfait à l'homme. JÉSUS est tout ce qui manquait.

Parvenu en ce point, Maxence laissait retomber le livre. « Ah ! qu'il doit être doux, s'écriait-il, de lire l'Évangile en chrétien ! » Cri profond, le plus sincère, le plus douloureux qu'il ait poussé ! Lire en chrétien, c'est-à-dire tout autrement qu'il ne lit, connaître en chrétien, c'est-à-dire connaître tout autrement qu'il ne connaît. Il est passé de l'ordre du corps à l'ordre de l'esprit, il reste encore l'ordre de la charité, — mais là il faut JÉSUS lui-même, non plus dans Sa Parole, mais dans Sa Chair, non plus dans Son Souvenir, mais dans Sa Présence. Il est passé de l'obscurité de la matière à la clarté de l'esprit, clarté grande et magnifique, assurément. Mais il est une clarté d'une autre sorte, bien que le langage humain ne puisse le distinguer, et c'est la clarté de la charité. Maxence voit des choses saintes dans l'esprit, mais, dans la charité, on voit tout autrement. Alors il n'y a plus la moindre petite arrière-pensée, la moindre inquiétude, ni cette sournoise hésitation de l'homme inquiet, mais seulement la pleine connaissance pacifique, la possession sereine, la certitude béatifique. La connaissance dans l'esprit n'est pas réservée, elle est la lumière qui « éclaire tout homme venant en ce monde ». Mais la connaissance dans la charité est infiniment réservée, ce qui la met infiniment plus loin de l'esprit que l'esprit n'est loin du corps. Et Maxence lui-même était infiniment plus loin de la charité que du corps et toutes les clartés de son esprit ne valaient pas le plus petit mouvement de charité... Ah! heureux et bienheureux ceux qui, par la grâce des sacrements, ont pénétré dans les jardins de l'intelligence surnaturelle, heureux et bienheureux ceux qui reposent dans le cœur de leur Dieu et qui se réchauffent à sa vivante chaleur, heureux, à jamais heureux ceux pour qui tout le ciel est dans la petite hostie, à la contenance exacte de Jésus-Christ!...

Un matin, avec quelques compagnons, Maxence s'aventura dans ces dunes du Ouaran qui sont au seuil du grand désert. Les pieds des chameaux enfonçaient dans le sol mouvant. Une imperceptible couronne de sable que soulevait, en caressant la dune, le vent d'est flottait sur l'horizon vague. Maxence se sentait loin, très loin, dans un endroit qui ne pouvait pas être et qui était pourtant. Ils marchèrent une heure. Des têtes chevelues de palmiers apparurent au-dessus d'une coupole de sable. C'était une très petite palmeraie, étrangement blottie entre des murailles croulantes...

— El Hassen! dit le guide.

Surprise! Un vieillard était là, gardien de ces palmiers inattendus. Ce vieux captif, complètement sourd et très impotent, apporta aux voyageurs des dattes exquises et de l'eau fraîche, mais salée. Maxence, ayant mangé et bu, s'élança sur sa selle et partit droit dans l'espace déchiré devant lui. Comme un enfant qui s'aventurerait, sur une coque de noix, au bord d'une mer dangereuse, ainsi il flaire l'étendue dangereuse, fait un bond, puis, dans le vent brûlant, s'arrête. Devant lui se déploie un immense tableau d'Afrique. Vers le nord-est, le guide nomme encore Touijinit. Mais vers l'ouest, c'est l'immense déroulement sans nom, c'est la portion blanche des cartes, c'est la géographie impossible du Sahara! L'imagination bondit de dune en dune. Elle vole, sur de rapides dromadaires, pendant des jours et des nuits sans fin, et toujours c'est pareil, et c'est le même sable et le même ciel... La gorge est altérée, on défaille de soif... Marche encore, le puits est là-bas, là-bas... de l'autre côté de l'Afrique. — Mais du moins, ô Maxence, rien n'est capable ici de détourner ton cœur de sa patrie, et rien n'arrête ce céleste regard qui se repose amoureusement au delà des mondes...

Le guide montrait une ligne de rochers noirs :

— C'est là, dit-il, que se trouve la maison du cheik Mohammed Fadel. Elle est abandonnée aujourd'hui, à cause des guerriers du Nord qui venaient la piller.

Pauvre retraite de philosophes inoffensifs ! Maxence y court, il s'arrête avec ivresse dans la demeure des hommes, il prend pied sur le rivage de la terre. Une aire abandonnée, que protège mal une muraille basse. Au fond, dans l'angle du mur, la maison ruinée, très basse et très large, — et c'est là où des hommes ont rêvé de leur Dieu intensément ! Maxence, sur les ruines, s'assoit. Mais soudain une étrange oppression l'accable. Tout l'ennui de l'Islam est devant lui, et la servitude, et l'immense découragement, et le morne « A quoi bon ? » de ces esclaves ! Il pense :

« Je sens mieux que nous sommes les vainqueurs et qu'ils sont les vaincus. Qu'avons-nous donc de plus ? Je ne sais... Quelque chose de plus riche et de plus vrai, — la conscience de notre dignité et de notre indignité. Ces deux sentiments sont en nous, ils ne peuvent pas nous tromper et ils ne s'accordent que dans le mystère chrétien. La connaissance du prix que nous valons et de l'ordure que nous sommes, deux certitudes égales et contraires qui ne s'accordent que par Jésus. Le sentiment de notre puissance et celui de notre impuissance, l'expérience intérieure de notre force et de notre faiblesse, de notre dépendance et de notre indépendance, mais tout s'accorde dans la Grâce. Le sentiment de notre liberté et celui de notre servitude, — deux joies infinies, deux pôles de béatitude infinie entre lesquels oscille toute notre action. D'où la force du chrétien : tout compte en lui. Tous les éléments qui composent son âme s'orientent dans le sens de l'action victorieuse. — Qu'ai-je donc de commun avec vous, pauvres gens ? Que me fait votre foi, puisque vous n'avez pas la charité? Puisque la libre explosion de l'amour n'est pas en vous et que vous n'êtes que de pauvres esclaves tremblants. Et certes vous connaissez Dieu, le Tout-Puissant et l'Unique, mais vous ne le connaissez pas dans la charité. Vous êtes dans le monde des pures idées, vous n'êtes pas dans l'esclavage de la chair, mais vous êtes dans l'esclavage de l'esprit. Que me fait donc votre louange, puisque ce vrai Dieu que vous servez n'est pas votre Père, puisque votre monde est ouvert à l'image de ce désert, et que chaque homme y est seul et désert, et que les hommes ne sont pas vos frères. Mais voici que vous faites éclater votre grandeur. Car nous, nous sommes dans la douce amitié catholique, et nous sommes dans le monde comme dans un monde fermé, parce que tous les hommes sont nos frères bien-aimés et qu'ils sont avec nous une même famille. Et lorsque nous prions, nous prions Notre Père, parce qu'il est vrai que nous sommes les enfants du même Père... O joie, ô grandeur infinie!... Dieu tout-puissant, Dieu saint, Dieu juste, — mais il est aussi le Père, il est Notre Père, il est le Père qui nous aime, qui a confiance en nous, qui nous veut libres et joyeux. Qui n'est pas seulement un principe, ou une idée, ou un dogme, mais qui est notre Père et notre Ami, que nous voyons et qui nous est familier, qui est Notre Père et Notre Ami et Notre Frère tout ensemble. Qui n'est pas un mot, ou une chimère, mais qui est une nourriture. Qui n'est pas le Bien, ou la Raison, ou l'Idéal, mais qui est une Personne, c'est-à-dire JÉSUS-CHRIST, le médiateur, JÉSUS-CHRIST, la Deuxième Personne, mais Dieu tout entier, JÉSUS-CHRIST, vrai homme et vrai Dieu, JÉSUS-CHRIST, Dieu de miséricorde et d'amour!...

Cris de victoire, où se mêle, au dedans de Maxence, une secrète mélancolie. Jamais le solitaire n'a mieux connu les frères de sa pensée, et jamais il n'a plus souffert d'être séparé d'eux. Il est abandonné et il les voit dans l'humble amitié de leur Dieu. Il est au plus profond de la terre réprouvée, et il songe à l'heureuse contrée où est la bénédiction du Seigneur, Il connaît le vrai temple et il ne peut pas y rentrer; la vraie loi, et il ne peut s'y soumettre; le vrai sacrifice, et il ne peut y participer.

Maxence est triste de n'être pas avec ses frères, et il les considère avec amour. Voici qu'ils entrent dans l'église et qu'ils se signent, et qu'ils s'avancent avec franchise jusqu'au plus profond de la nef, car ils ont vu dans l'ombre trembler la petite lampe qui ne s'éteindra pas. O mystère! Ils ne sont pas seuls, le Bien-Aimé est là, au milieu d'eux, Jésus est là, non point en image ou en symbole, mais dans son corps et dans sa chair, le Maître est là, réellement présent, qui les a reconnus et qu'ils ont reconnu. Il est là, dans l'hostie vivante, le même qui est ressuscité le troisième jour et qui est monté aux cieux où Il est assis à la droite du Père. C'est le Dieu vivant que Maxence adorera, c'est le Dieu de sa délivrance et de son amour, c'est le Dieu de son introduction dans la vie.

Maxence a le désir d'une nourriture substantielle. C'est ce pain qu'il demande. C'est de cette vérité qu'il veut se saoûler. Car pour lui, il n'est pas d'autre chemin pour aller à Dieu que Jésus. Il dit que Dieu n'est pas, ou qu'il est Jésus. Il dit que Dieu n'est rien, ou qu'Il est le Dieu des chrétiens, — parce que beaucoup ont porté témoignage de Lui, mais qu'il n'y a pas témoignage des philosophes et des savants. — Mais quel est-il, ce Dieu des chrétiens? C'est Jésus, qui s'est fait connaître à nous, qui nous a tant aimés et qui a souffert pour nous jusqu'à la Croix, Jésus, fournaise ardente de charité, Jésus, qui nous a dévoilé avec amour tous les secrets de son cœur, qui est notre réconciliation avec le ciel, qui est la Preuve unique du Très-Haut, Jésus, qui est la source vraie des vertus et l'objet de la dilection de tous les saints, Jésus, qui s'est donné à nous depuis l'origine du monde et qui ne cesse pas de s'offrir en victime pour nos péchés, qui est notre raison d'être bons et d'être purs, Jésus, qui a créé le ciel et la terre et qui nous a livré son corps, Jésus, porte du ciel et désir des collines éternelles.

Maxence n'a pas d'autre raison pour aller à Dieu que Jésus, — ni d'autre raison, ni d'autre moyen. Il ne peut avoir aucune certitude en dehors de Jésus, ni d'autre désir que de Jésus. Et il ne peut avoir d'autre accès à Dieu que

JÉSUS, Dieu lui-même, et Homme en même temps... Que cherche-t-il donc, les yeux au ciel, ce voyageur? De belles idées? — Toute sa vie, on lui en a servi à profusion. C'est un Maître qu'il cherche, un Maître de vérité, et pour ce Maître il changera sa vie, mais non pas pour un système ni pour l'airain retentissant des paroles. Si donc il rejette le témoignage de l'ancienne loi, le témoignage de l'Évangile, le témoignage de Paul et celui de Pierre, le témoignage des confesseurs et des martyrs, il renoncera du même coup à la possession de Dieu et il se donnera aux bavardages du monde. Mais, s'il ne rejette pas le témoignage et qu'il reçoive la Parole, c'est donc à JÉSUS qu'il ira, c'est donc à JÉSUS qu'il se donnera...

O Dieu, ayez pitié de ce cœur encore fragile! Seigneur, ayez miséricorde de ce pauvre! Et certes ce n'est pas Vous qui le détournerez de la lumière. — Non! Ce n'est pas JÉSUS qui détourne de JÉSUS, mais c'est le mal, mais c'est la chair, mais c'est la misérable attache avec le monde, mais c'est tout ce qui n'est pas JÉSUS. C'est tout ce qui n'est pas Vous, ô mon Dieu, qui pourra le détourner. Voyez! Nous avons peur, parce que l'esprit est faible, parce que Vous êtes difficile, parce que les yeux mortels ont peine à soutenir Votre lumière. — Mais c'est Vous qui aurez pitié de cet errant, et c'est Vous qui le conduirez dans le sein bienheureux de l'éternelle béatitude!...

La nuit est tombée sur l'Afrique, — nuit légère, nuit sans rêves. Des hommes sont dans la nuit, qui se serrent au trot puissant des chameaux. Nul bruit, car les pieds enfoncent sourdement dans la matière ouatée du sable. Nulle parole, car la fatigue se tait avec délices. Le chef est devant, il se penche sur le cou de sa bête dont il aspire avec contentement la fauve odeur... La journée a été bonne, il a fait chaud, on a marché, on a rêvé... Mais quoi! Cette douceur terrible, qui est venue, ce Nom béni qu'il a redit, cette bonté en lui, ce cœur nouveau qu'il a senti battre dans sa poitrine, — ce n'est pas vrai, c'est un mirage qui tente et qui fait peur! Et voici que Maxence ne sait plus; il est là comme un pauvre homme tremblant; il est là comme un mendiant qui a longtemps prié et qui n'espère plus... Cet homme ne croit pas. C'est dur de ne pas croire, quand on a tout appris. C'est dur, Seigneur, quand Vous avez parlé, de ne pas croire. Mais c'est ainsi : cet homme ne croit pas, il a lassé Dieu, il n'y a rien à faire avec lui. C'est en vain qu'il élève ses yeux vers la montagne, puisqu'il ne sait ce qu'est la belle audace d'un don généreux de soi-même. Il n'y a rien à faire avec ce lâche!

La veille s'achève, et Maxence tremble...

Il advint que, vers le même temps, ce soldat eut la fantaisie de visiter le puits de Meïateg, car nul Français n'avait poussé jusque-là et le nom même manquait sur les cartes. Un matin donc, vers dix heures, il arrivait dans un vaste espace dépouillé, et une sorte de pellicule sur le sol craquait sous les pas des chameaux. Sur la gauche était une dune, un vague buisson. Lieu tragique, nature ennemie! Les ouvertures noires des puits disposées en demi-cercle étaient proches. Maxence sentait l'inquiétude d'un de ces éternels recommencements, — recommencements des choses et recommencements de nous-mêmes — et il vivait ce drame d'être dans l'exacte répétition, dans l'implacable restitution des heures semblables. Il bâilla. Le guide l'entraîna vers les puits. Tous étaient à sec, sauf un seul, où croupissait, à une faible profondeur, une eau noire. Il faisait lourd, la chaleur avait une exhalaison sauvage...

— J'ai soif, dit Maxence, tire-moi de l'eau.

Il se retourna, vit le guide qui faisait une grimace et montrait quelque chose, tout près du puits. C'était, à demi enfoui dans le sable, un cadavre. La chair décomposée était arrachée par endroits. Des lambeaux d'étoffe traînaient sur le sol.

— Voici, dit le guide. Cet inconnu a été trouvé dans le fond du puits, il y a quelques jours. On croit qu'il venait du Regueïba. Sans doute, il était épuisé par la soif. Pour boire plus vite, il est descendu au fond du puits et il y est mort. Des gens de Ouaddan qui passaient par ici ont retiré son cadavre et l'ont enfoui en hâte dans une fosse peu profonde. Aussi les chacals sont-ils venus le déterrer et le déchirer, comme tu le vois à présent.

Surprenante apparition! Pauvre homme, pauvre voyageur aux jambes nues! Il a marché pendant des jours et des jours dans le désert mauvais, le solitaire et l'obstiné; Il a franchi les cercles sans cesse renaissants de l'horizon, dune après dune, et toute sa pensée s'est tendue vers ce puits qu'il fallait atteindre. Enfin, dans la lutte géante avec le sable, il a vaincu, il a touché la source tant convoitée, il va revivre! Mais non, il est trop tard! C'est le désert maudit qui le prendra!

Et voici que Maxence, debout dans l'air irrespirable, et les bras étendus, le contemple : « O terre de mort! gémit-il. — Peuple esclave! Race de douleur! » Puis, se tournant vers l'Arabe : « Allons! Quittons ce lieu. Je veux être à Ouaddan avant que le soleil soit tombé. »

... Dans les palmiers de Ouaddan, l'ombre est humaine et douce. Maxence voudrait y reposer, y reposer jusqu'à la mort. Mais une flèche dure l'a transpercé, la pointe aiguë de la pitié l'a blessé. Il reste immensément dressé au-dessus de la peine du monde, la bouche amère, les yeux fixés dans sa douleur. Aussi loin que son regard s'étende, il ne voit que la mort et la défaite. Dans les ruines du Ouaran, dans le charnier de Meïateg, partout la sombre et stérile folie de l'Islam l'a poursuivi. — Mais lui-même, quel est-il, sinon le vaincu et le maudit, quel est-il, sinon cet homme même qui avait soif ayant traversé le désert, sinon ce pauvre mort qui avait trop tardé? Et la voix intérieure jaillit en lui avec les larmes :

« Ah! oui, j'ai compassion de ceux-là qui sont abandonnés et qui sont tristes... Mais nous, qu'avons-nous fait, nous, les bénis du Père, nous, les enfants de l'élection? Et que répondrons-nous, quand le Juge nous dira : « Je vous avais donné la plus douce terre et vous avez été mes préférés. Je vous avais donné ma France bien-aimée et je vous avais faits les héritiers de ma parole. C'est à vous que je pensais, dans la sueur de Gethsémani et c'est vous que j'ai nommés les premiers. — Il n'est rien que je n'aie fait pour vous, parce qu'il n'en est pas que j'aie désirés plus que vous. Et c'est vous que j'avais choisis entre beaucoup... » Hélas! qu'avons-nous fait? Quel désir nous a saisis? Quelle lèpre est donc venue nous ronger? — C'est vrai, Seigneur, nous n'avons pas été fidèles à la promesse, nous ne vous avons pas veillé pendant que Vous entriez dans l'agonie. Mais voyez : nous gémissons dans la honte et dans la contrition, et nous venons à Vous tels que nous sommes, pleins de larmes et de souillures. — Nous avons tout perdu, nous n'avons rien, mais tout ce qui reste, ô mon Dieu, nous vous le donnons ; tout ce qui reste, c'est-à-dire notre cœur brisé et humilié. — Vous êtes plus fort que nous Seigneur, nous nous rendons. Nous Vous prions humblement, comme nos pères vous ont prié. Nous vous mendions très misérablement votre grâce, parce que nous ne pouvons Vous tenir que de Vous seul... »

C'est tout. Maxence ne pense plus. Sa tête se penche sur sa poitrine. Comme la mer descendante se recule jusqu'au plus lointain de la plage, ainsi tout a fui devant cet homme, et il ne sent plus que l'espace de son âme démesurément agrandi. Tout a fui, rien n'est plus, l'attente immense est sur le monde. Alors le vieux lutteur s'abandonne, il tombe à genoux, il prend sa tête entre ses mains, il dit doucement, comme un marcheur très las après le jour :

— Mon Dieu, je vous parle, écoutez-moi ! Je ferai tout pour vous gagner. Ayez pitié de moi, mon Dieu, vous savez qu'on ne m'a pas appris à vous prier. Mais je vous dis, comme votre Fils nous a dit de vous dire, je vous dis de tout mon amour, comme mes pères vous l'ont dit autrefois : « Notre Père, qui êtes aux cieux, que Votre Nom soit sanctifié... Que Votre Règne arrive... Que Votre Volonté soit faite sur la terre comme au ciel... »

O larmes, qui êtes la troisième Béatitude, larmes de joie et de paix, larmes des retrouvailles et du recommencement, coulez sur cette face de douleur ! Aidez cette voix qui tremble et ces lèvres qui hésitent ! Elles ne savent pas — ces mots sont si nouveaux pour elles ! — et pourtant la merveilleuse Parole accourt du fond des âges, du fond de l'éternité, portée sur la colombe de l'Esprit. Alors, la voix se fait plus forte et plus pressante :

« Donnez-nous aujourd'hui notre pain de chaque jour ; pardonnez-nous nos offenses comme nous pardonnons à ceux qui nous ont offensés... et ne nous laissez pas succomber à la tentation, mais délivrez-nous du mal. Ainsi soit-il ! »

Qu'elle est belle, la première prière ! Qu'elle est bénie et précieuse au Seigneur ! Que les Anges du ciel l'écoutent avec joie ! Allons ! pauvre homme, relève-toi ! Voici que Jésus n'est pas loin, et qu'Il va venir et qu'Il ne peut tarder ! Déjà tu regardes avec tranquillité la terre de la réconciliation et le soir de ta consolation. Reprends ta route. Espère la plénitude de ton cœur, et dans la force de ton âge nouveau, — et le reste te sera donné par surcroît...

— Mais quoi ! Seigneur, est-ce donc si simple de vous aimer ?

LES VOIX QUI CRIENT DANS LE DÉSERT

CHAPITRE PREMIER.

BRACKNA — TAGANT — GORGOL.

Après avoir longé la berge du Sénégal de Podor à Boghi, le Commissaire du Gouvernement en Mauritanie, que j'avais l'honneur d'accompagner, se prépara à quitter les rives du fleuve, pour s'enfoncer dans les immenses territoires dont il avait le commandement. Le 17 février 1910, au lever du jour, une petite caravane se mettait donc en route, après avoir dit adieu aux flots paisibles du Sénégal. En tête, marchait l'avant-garde, composée de six tirailleurs sénégalais sous la conduite d'un sergent indigène. Puis venait le colonel, suivi de son interprète, le toucouleur Baïla Biram, et de quelques cavaliers noirs. Enfin, une section de tirailleurs précédait le convoi composé de seize voitures Lefèvre traînées à mulet. A l'arrière, marchait le palefrenier du colonel, fièrement campé sur un bœuf, affublé pour la circonstance d'une selle anglaise, puis la longue suite des domestiques, cuisiniers et marmitons, et enfin, l'arrière-garde composée d'un sergent européen et de douze tirailleurs sénégalais. Sur les flancs, la marche était gardée par une douzaine de partisans maures appartenant à la tribu des Ouled Biri, tous montés sur de magnifiques chameaux qui les berçaient indolemment.

Notre première étape était le poste d'Aleg. Une sorte d'avenue bordée d'arbres y conduit — mais nous savons qu'il y a le désert au bout de cette allée rectiligne, et cette pensée nous fait frissonner d'impatience. Le 18, à 10 heures, nous arrivons au poste; c'est un petit fortin crénelé, qui couronne une faible hauteur rocheuse. Le drapeau français flotte sur le toit le plus élevé. Devant le mur d'enceinte, les tirailleurs sont rangés pour rendre les honneurs : tableau magnifique, dans sa pure simplicité, et qui, dès l'abord, nous donne la clef de l'Afrique. Nous apprenons que c'est à notre âme qu'elle parlera, plus qu'à nos sens, et nous voici engagés, par le pur symbole de ce qu'il y a de plus noble sous les cieux, dans la plus noble vie spirituelle.

Nous quittons Aleg le 19, après avoir renforcé l'escorte d'une trentaine de fusils. À 9 heures du soir, nous passons à hauteur du puits de Tankassas, mais la lune éclaire notre route, et nous ne nous arrêtons qu'au milieu de la nuit, quelque part, dans la solitude silencieuse. Tandis que les tirailleurs s'étendent sur la sable, enroulés dans leurs couvertures, je me promène de long en large, étant de veille, dans le carré que forme notre camp d'un soir. Des souffles frais circulent parmi les mimosas épineux. Tout repose dans la pureté exquise de la lune claire, et sur le ciel blanc, les sentinelles, baïonnette au canon, font de vives découpures immobiles...

Ah! je la reconnais, ce soir, cette odeur de l'Afrique que j'ai tant aimée! Je reconnais cette brise vivifiante qui exalte ce que nous avons de meilleur en nous, et je me reconnais moi-même, tel que j'étais en mes années d'adolescence, lorsque je traversais d'autres solitudes, si loin d'ici et si près.

J'ai vécu bien des nuits semblables à celle-ci. Combien en vivrai-je encore? Combien d'années marcherai-je sous le soleil de la force et sous la lune de la douceur? Je l'ignore, mais ce qu'il faut — de toute nécessité — c'est que l'Afrique retrouvée me donne d'utiles conseils. Si longtemps que nous devions voyager, nous ne voyagerons pas comme des touristes. Il faudra — de toute nécessité — que chaque étape soit utile à nos cœurs. Il n'est pas en moi de volonté plus arrêtée, de plus ferme propos, que d'aller maintenant à travers le monde, tendu sur moi-même, décidé à me conquérir moi-même par la violence. Je ne traverserai pas en amateur la terre de toutes les vertus, mais à toute heure je lui demanderai la force, la droiture, la pureté du cœur, la noblesse et la candeur. Parce que je sais que de grandes choses se font par l'Afrique, je peux tout exiger d'elle, et je peux tout, par elle, exiger de moi. Parce qu'elle est la figuration de l'éternité, j'exige qu'elle me donne le vrai, le bien, le beau, et rien moins...

Onze jours après notre départ de Boghé, nous voici au pied de la haute falaise du Tagant. La paroi verticale nous écrase. Le terrible vent d'est fait rage, nous enveloppe dans un nuage de sable. Il pousse, comme des vagues écumeuses, de blanches dunes qui risquent de submerger les cases du poste de Moudjéria. Pendant trois jours, nous avons presque une vision de l'enfer, et c'est un sentiment de délivrance que nous éprouvons lorsque, contournant la falaise, nous entrons de plain-pied, par le col du Toum el Batha, dans le montagneux Tagant. Là, des fonds d'oueds herbeux viennent varier la monotonie des cailloux et des rocs. Des plateaux, où poussent de petites graminées, offrent de maigres pâturages aux moutons des tribus. Parfois, parmi les rocs, on aperçoit un baobab monstrueux, ou bien l'on suit quelque champ de pastèques qui, seuls, attestent la vie humaine dans ces parages désolés.

De Moudjéria à Tidjikdja, pendant la traversée du Tagant, on trouve de l'eau à toutes les étapes. A Tin Ouadin et à Taorta, nous nous sommes arrêtés près des sources qui jaillissent du roc et que l'on nomme « guelta » en maure. Bien que l'eau y fût mauvaise, à cause des troupeaux de chameaux qui nous avaient précédés, nous étions heureux qu'un peu de pittoresque vînt rompre la monotonie des étapes. Les vasques rocheuses ont un grand parfum d'hébraïsme. Sans doute sont-elles semblables à ces sources d'eau vive que la baguette de Moïse fit sortir du sol, dans une autre Thébaïde.

A Niémelane, en plein Tagant, nous nous sommes arrêtés près de la stèle de pierre élevée à la mémoire des lieutenants Andrieux et de Frausser. Elle s'élève non loin de l'éperon rocheux où ces deux officiers trouvèrent la mort, en octobre 1906. Nous étions alors tout au début de la conquête. Quinze mois auparavant, M. Coppolani qui, le premier, s'était avancé dans le haut pays, avait été assassiné à Tidjikdja. Inquiets de nos entreprises, les ennemis de la paix française avaient résolu de tenter un gros effort. Le vieux cheik Ma el Aïnin, le chef spirituel de tout l'Adrar jusqu'au Sud marocain, s'était rendu à Fez et avait sollicité contre nous l'appui du sultan Abd el Aziz, à qui le cheik avait donné sa « baraka ». Le sultan avait répondu en envoyant à l'aide des Maures son cousin Moulay Idriss. En octobre 1906, ce fanatique envahissait le Tagant à la tête d'une bande de 600 fusils, recrutés pour la plupart dans l'Adrar. Il rencontrait, dans le cirque aride de Biémelane, le détachement Andrieux-de Frausser qui se faisait écraser sous le nombre.

Il reste de cette journée de sang l'humble monument que de bien rares passants viennent saluer. Mais ceux-là, du moins, y viennent demander un secours. Ces pèlerins-là ont des âmes tremblantes devant la France. Accablés d'amour au souvenir de la patrie, ils murmurent : « Oh ! être digne d'elle ! » — et c'est l'ardente supplication qu'ils traînent éternellement avec eux.

9 mars, Tidjikdja. — Ici, un peu de vie nous accueille. La palmeraie bruit doucement et son inexprimable douceur convie au repos, à l'apaisement. Mais il faut que le poste, rectangulaire, massif, vienne encore, avec ses arêtes droites, mettre de l'austérité où l'on craignait trop de mièvrerie. Le lieutenant de F... nous accueille, et tout de suite, il nous mène au tombeau de Coppolani qui se dresse au bout du camp des tirailleurs. La touchante inscription, en arabe, rappelle que Coppolani fut l'« ami des musulmans ». Et nous voici reportés en cette année 1905, où le grand homme résolut de s'avancer dans les sables de la Mauritanie. Quelle grande aventure ! Pendant deux ans, M. Coppolani reste impuissant sur les berges du Sénégal, les yeux fixés sur les immenses territoires du Nord dont la possession devait assurer la paix du Sénégal. Le représentant de la France n'a pas de bagages, son escorte se compose d'une poignée d'hommes ; l'argent fait défaut. Mais l'on travaille tout de même, Coppolani demande des renforts. Il gagne l'amitié du cheik Sidïa, le maître spirituel de la plus grande partie du Sahara méridional. Enfin, en 1905, il prend la route du Tagant. Sur son chemin, il montre aux Maures ce qu'est notre patrie. « Nul comme lui, me disait plus tard le capitaine A..., qui fut son compagnon, ne connaissait l'âme des musulmans. En une heure de conversation, il retournait complètement les Maures les plus mal disposés à notre endroit. Aussi avait-il dans le pays une réputation extraordinaire. J'ai vu des hommes qui faisaient des lieues pour lui apporter un mouton, engraissé à son intention et qu'ils transportaient à dos de chameau pour que la viande en fût meilleure. J'ai vu des marabouts conduire vers lui des troupeaux de vaches entiers, pour qu'il ne vînt pas à manquer de lait. »

Coppolani continue sa route jusqu'à Tidjikdja qui est encore aujourd'hui la sentinelle avancée du désert. Mais là, le fanatique Moulay Idriss l'assassine, au moment même où il songe à partir pour l'Adrar et à rejoindre, par delà les solitudes, nos possessions du Sud algérien.

Il me semble qu'il reste quelque chose encore des combats d'autrefois, et je crois le percevoir dans la gravité sereine de ce premier soir, où nous revenons vers le poste, après avoir été prendre le thé dans la maison du vieux médecin maure Mohammed el Brahim. Pendant deux heures, nous sommes restés dans une pièce sombre, où s'entassent des peaux de bouc emplies de livres et de manuscrits. Le maître de la maison, assis sur une sorte de lit en pierre, le nez chaussé de grandes lunettes, parlait du passé, de son pays, de la France. Quand nous eûmes quitté la soupente et retraversé la large cour, le vestibule désert aux massifs piliers carrés, ce fut avec joie que nous aspirâmes les larges souffles du soir. Des enfants nus longeaient les murs des rues étroites. Devant le ksar, nous nous arrêtâmes près du cimetière, vers qui se courbe un grand nété. Nous avions devant nous le lit sablonneux de l'oued, et, sur la colline, le poste dédié à la mémoire de Coppolani. Je ressentais jusqu'à la douleur le sérieux de ce paysage crépusculaire. Là, d'austères souvenirs nous assiègent. Nous sentons que rien n'est pour l'ironie dans un tel assemblage, qu'aucune place n'y est faite au sourire. Ah! non, nous ne rions pas en Afrique. Je sais bien que nous n'y serons pas des sceptiques, que nous *choisirons,* que toujours nous voudrons choisir. Nous ne sommes pas de ceux qui veulent tout concilier, tout aimer. Que les délicats s'en aillent donc! Que ceux qu'effrayent les sentiments un peu rudes, que ceux que froisse une trop grande simplicité du cœur, quittent à tout jamais la terre de la force et de la vertu! Que tous ceux qui hésitent, tous ceux qui trembleraient devant une vérité trop forte, ne viennent pas prendre la rude nourriture de l'Afrique! Il faut ici un regard ferme sur la vie, un regard pur, allant droit devant soi, un regard jeune, de toute franchise, de toute clarté.

Nous sommes revenus à Moudjéria par la route du nord, c'est-à-dire en longeant l'oued el Abiod, dépression boisée où les tribus viennent chercher un peu d'ombre. C'est sur cette route que l'on rencontre l'ancienne ville de Ksar el Barka, aujourd'hui en ruine. Vus des arbres de l'oued où l'on repose à l'aise, ces murs droits en pierres sèches, que ne surmonte plus aucune toiture, ont encore un grand air antique. Nous étions là, sous des palmiers, dans une serre chaude, lumineuse et brillante, très loin de la vie, très près des choses... Des Maures arrivèrent, d'abord un vieillard à barbe blanche, puis des hommes dont les yeux étaient beaux, des enfants enfin. Ils venaient de voir le colonel. Le bruit de la machine à écrire, sous une tente, troublait le silence; il me rappelait que nous étions ici pour une grande œuvre pratique, et que l'impressionnisme, dans l'état où nous étions, eût été insupportable. C'était un moment de sincérité.

Du Tagant, nous devions rejoindre le fleuve par le poste de M'Bout qui se trouve à deux cents kilomètres au sud de Moudjéria. Nous partîmes de ce dernier point le 24 mars. Les deux jours suivants, nous longeâmes du dehors la haute paroi du Tagant, dont nous étions enfin sortis. Le 26, nous étions à Touizigdjiguit, petit puits dans le roc où l'on parvient après avoir franchi une pente assez dure. De là, nous pouvions voir la plaine du Gorgol où nous allions nous enfoncer. A 3 heures du soir, nous nous mîmes en route et nous commençâmes à cheminer lentement dans l'espace indéfini qui s'ouvrait devant nous. Le soir, nous longeâmes quelques faibles hauteurs rocheuses, puis tout devint imprécis, infiniment pâle et déteint. Nous entrions dans la clarté lunaire, encore étourdis du jour trop long qui venait de mourir. A 3 heures du matin, nous nous arrêtions, en attendant le lever du soleil.

Les étapes suivantes nous rapprochèrent très visiblement du fleuve. La plaine se couvrait de hautes herbes, d'arbustes épineux de plus en plus denses. Le pays se faisait plus aimable. Le 1er avril, avant l'aube, nous traversâmes le lit du Gorgol. Il est bordé d'arbres magnifiques, sous l'ombre desquels des nuées de sauterelles nous accueillirent. Quand le jour parut, nous aperçûmes à l'horizon une faible hauteur que surmontait une sorte de tour assez élevée. C'était le poste de M'Bout. Nous allions y parvenir, lorsque nous vîmes se ruer sur nous une horde de Maures montés sur des chameaux. Ils passèrent devant nous en hurlant, puis ralentirent leur allure, après nous avoir dépassés. Des cavaliers les suivaient, accourant à bride abattue, tout en déchargeant en l'air leurs longs fusils à pierre. Enfin nous vîmes une centaine de femmes qui s'avançaient vers nous en battant des mains et en criant. Arrivées à notre hauteur, elles repartirent devant nos chevaux, et c'est dans cet étrange appareil que nous atteignîmes les murs du poste, au pied desquels nous attendaient les tirailleurs sénégalais, correctement alignés.

Je ne tenais pas à rentrer à Saint-Louis. Aussi fut-ce avec joie que je reçus l'ordre de reprendre la route du Tagant, en qualité d'officier-adjoint au commandant F... Nous partîmes de M'Bout, le commandant et moi, le 6 avril, et, piquant vers le nord-est, nous allâmes rejoindre la chaîne de l'Assaba. C'est un petit massif montagneux allongé du sud au nord, qui sépare de ses hauteurs abruptes les plaines du Fgeïba et du Gorgol. Nous en suivîmes le pied jusqu'à la source d'Aïn el Raïra, qui en marque l'extrémité nord. Nous avons trouvé le long de cette falaise de charmantes sources dont le murmure inattendu nous ravissait.

Le 15 avril, nous nous reposâmes à Garavuel. Nous étions de nouveau à la limite du Tagant. Dans un repli de la montagne, au fond d'une gorge étroite, ou trouve une série de vasques. Des arbres se penchent lourdement sur le noir miroir de l'eau. Sur la paroi s'ouvrent des grottes profondes. Des oiseaux chantent, invitant au lourd repos. Je me suis étendu dans l'une de ces grottes. De là, je ne voyais qu'une vaste coupe emplie d'eau, un grand figuier poussé dans le roc et qui s'inclinait gracieusement. Heure douce, heure de renoncement total, d'abandonnement. Heure de soumission, non de révolte. Heure d'obéissance, de confiance — on ne sait trop à quoi ni en quoi, mais simplement d'obéissance.

Le 16, nous faisons l'ascension de la montagne, cent-vingt mètres de hauteur, tombant à pic sur la plaine noire qui déjà s'emplit des brumes du soir. Une fois dans le Tagant, nous continuons notre route jusque vers le milieu de la nuit. Nous marchons dans un décor étrange de rocs enchevêtrés. Nous sommes forcés de jalonner notre route avec de grands feux qui font, dans ce décor de Walkyrie, le plus magnifique effet. Par derrière les promontoires des rocs, dans la nuit froide, sereine, la terre semble embrasée jusqu'aux étages inférieurs de la montagne.

Deux jours après, nous nous arrêtions à Foum Hajar, avec l'intention d'y organiser un peu la horde de partisans, qui nous servait d'escorte depuis M'Bout. Mais, le lendemain de notre arrivée, nous dûmes nous mettre à la recherche d'un campement de Torch, dont on nous avait annoncé le départ vers le nord du Tagant. Ces guerriers, assez rudes et très indépendants, se refusaient depuis longtemps à nous laisser recenser leurs chameaux. Le 20, à 1 heure du matin, nous partîmes à grande allure, et nous longeâmes la grande dépression de la Tamourt en Naje. A l'aube, un enfant nous indiqua sans difficulté l'emplacement du campement. Vers 8 heures, nous apercevions en effet les tentes, disséminées dans des bouquets d'acacias. Nous les entourâmes rapidement, nous ramassâmes les fusils, tandis que les partisans partaient à la recherche des troupeaux. Quand ils les eurent trouvés, nous en fîmes le recensement et, deux heures après, nous reprenions la route de Foum Hajar.

Le 22 avril, le commandant F... quittait Foum Hajar pour rejoindre Moudjéria, où l'appelaient des affaires politiques importantes, et il me confiait le commandement de notre escorte dont nous avions porté l'effectif à quarante fusils. Je n'avais donc avec moi que des Maures, bien recrutés, mais encore fort indisciplinés et nullement au courant de nos habitudes militaires. Tous étaient montés à chameau.

Le 24, je recevais l'ordre d'aller m'installer à l'est de la guelta de Moudjéria, en une bonne position militaire. L'ordre fut exécuté le jour même. Je me transportai au bord de la falaise qui domine le poste de Moudjéria, et, après avoir fait choix d'un emplacement convenable, je fis établir, sur un carré de trente mètres environ, une forte clôture en branches épineuses, de celles qu'on nomme communément « zériba » dans nos troupes d'Afrique. Je devais rester jusqu'au 12 juin.

C'est là que j'ai connu mes premières heures de vraie solitude, là que j'ai, pour la première fois, écouté pieusement les heures tomber dans l'éternel silence du désert. Dans cette terre morte, où jamais un homme n'a fixé sa demeure, il me semblait sortir des limites ordinaires de la vie, m'avancer, tremblant de vertige, sur le rebord de l'éternité. Pendant l'écrasante chaleur des jours, tandis que les partisans dormaient sous leur soleil familier, je restais sous ma tente, les genoux au menton, ayant, avec un battement de cœur, comme le sentiment d'une mystérieuse attente.

Le soir, je montais généralement en haut des rochers abrupts qui dominaient le camp vers l'est. Jusqu'où le regard pouvait s'étendre, je ne voyais que des arbustes rabougris aux maigres frondaisons, dispersés sur des aires désolées. Au loin, des collines gréseuses encerclaient l'horizon, mais mon regard allait plutôt se reposer sur la petite grève de sable où se dressaient nos tentes en poil de chameau. Seules, elles étaient un peu de vie dans la morne sérénité des choses, comme un faible battement d'ailes dans l'éther.

Après la chaleur accablante du jour, le frais crépuscule mettait en moi je ne sais quelle légèreté, et il me semblait percevoir comme une ascension de mon âme dans l'espace. Alors, perdu sur la terre, je m'abîmais dans le mystère du monde, les yeux fixés sur Orion qui, solitaire, émergeait des voiles secrets de l'horizon.

Chapitre II.

MOUDJÉRIA.

12 juin 1910-16 février 1911.

Le 12 juin 1910, je descendis de la montagne et commençai de m'installer à Moudjéria. Je devais y rester huit mois. Rien de plus monotone que la vie dans ces postes qui sont comme les sentinelles avancées du désert. Pourtant, c'est à Moudjéria et pendant mes promenades dans le Tagant que j'ai appris à connaître les Maures. Cette étude m'a fait passer de charmantes heures. Mais elle ne m'a pas mené à grand'chose et je ne crois pas qu'elle ait beaucoup servi à m'améliorer. Ce que j'ai vu de plus beau dans le Tagant, ce sont les traces de notre conquête : le mausolée d'Andrieux et de Frausser à Niémelane, le tombeau de M. Coppolani à Tidjikdja, et aussi ces quelques piquets qui marquent au sommet de la dune d'El Beyyedh l'emplacement du camp de Rey.

Il y aurait un noble livre à écrire sur les débuts de la Mauritanie française. Et il s'ouvrirait sur une belle page : M. Coppolani se promenait en 1903 sur la rive droite du Sénégal, dans l'appareil le plus modeste qu'ait jamais eu le représentant d'une grande puissance, et le regard tourné vers le nord où mille difficultés l'empêchaient de s'aventurer.

Le capitaine A... me disait encore : « J'ai vu des assemblées de notables qui venaient à M. Coppolani avec des intentions peu amicales, et que quelques heures de conversation patiente transformaient complètement. Les nomades de l'Aftouth étaient absolument dans sa main. Aussi la légende s'établit-elle vite, dans les tribus hostiles, que Coppolani devait ses succès à certains pouvoirs mystérieux qu'il possédait... » Il n'en fallait pas plus pour déchaîner le fanatisme et provoquer le drame de juillet 1905.

Voilà la grande figure à laquelle nous pensons à Moudjéria. Mais à cette pensée se mêle une sorte de malaise. Il me semble que je ressens encore l'offense faite à mon nom. Eh quoi? Oublions-nous donc si facilement que nous sommes une puissance de chrétienté? N'allons-nous pas laisser un peu trop de nous-mêmes dans ces parages? Quand je repense à l'inscription arabe de Tidjikdja : « Ci-gît Coppolani, l'ami des musulmans », je ressens un respect mêlé d'inquiétude. Et il me prend alors le désir de relire les histoires du sire de Joinville et de réapprendre comme il se comportait « en l'aventure dou pelerinaige de la croiz ». Voilà peut-être la drogue qu'il faudrait prendre en Mauritanie.

Sur beaucoup de Français qui n'ont plus la foi, mais qui en ont gardé le regret, l'islam exerce une puissante attraction. Il ne faut pas trop s'en plaindre. Ce goût nous a donné une habileté extraordinaire dans la conduite et le maniement des musulmans. Mais de combien d'inquiétudes, de tristes retours sur nous-mêmes payons-nous ce résultat!

Je faisais tous les matins une grande promenade à cheval. Le plus souvent, je longeais vers le sud la haute paroi rocheuse du Tagant, jusqu'à la large trouée de Foum el Batha. Je prenais grand plaisir à galoper sur le sable fin, dans l'ombre que faisait la montagne, jusqu'à une heure assez avancée. Au retour, tout était baigné de soleil, mais le paysage, protégé par la forte assise du Tagant, gardait, avec ses acacias nains et son sol blanc, un air de finesse assez noble. Il avait une légèreté exquise, celle d'une miniature faite de teintes délicates, en même temps que la majesté ennuyée des choses inutiles. Terre métallique, avec des transparences et des reflets de cristaux...

En rentrant au poste, je trouvais généralement plusieurs Maures qui m'attendaient. Vieillards aux traits durs, aux regards aigus, dont l'attitude, et jusqu'au vêtement, faisaient penser à quelque Hébreu de l'Ecriture. Il y avait aussi de jeunes hommes aux grands yeux fiers, avec de belles chevelures longues et annelées. On peut dire que le sang arabe a prédominé en eux. Pour moi, ils me figurent plutôt les vrais descendants des premiers Zenata : la douceur berbère, avec la fierté jugurthinienne. A côté de quelques types sémitiques, j'ai trouvé de vrais aryens. Il me semblait parfois reconnaître quelque Français de ma connaissance.

Dans une société aussi hiérarchisée que la société maure, on ne s'étonne pas que les différences de castes apparaissent nettement dans l'attitude, les gestes, la démarche, jusque dans les regards. Nous voyions souvent arriver de jeunes guerriers, fiers comme des gueux, dont le maintien sérieux, les poses harmonieuses, les traits fins annonçaient de vrais aristocrates. Et l'on restait étonné, quand ils ouvraient la bouche pour mendier un morceau de sucre, quelques poignées de thé ou de riz.

Ici, le plus grand chef est vêtu comme le dernier de ses captifs. C'est encore un trait qui prouve que ces Berbères ne sont pas des Arabes. La simplicité des mœurs est grande, telle exactement que nous la décrit le vieil Ibn Khaldoun, quand il nous fait le tableau de la vie berbère. La vie rude des coureurs de brousse, la vie austère des contemplatifs, voilà les deux aspects de l'âme maure. Ils ne nous éloignent pas tant de nous que l'on serait tenté de le penser.

Un matin de ce mois de juin, je suis allé dans l'Aftouth, de l'autre côté de la dune. Comme je trottais sur le terrain mou tapissé d'herbes pâles, j'entendis de grands cris, des sanglots passionnés où je distinguais l'appel des « muezzins » : « La ila illallah ! » Je m'approchai et je vis des tentes, des hommes rassemblés qui gesticulaient. Dès que je fus aperçu, les cris cessèrent. Je descendis de cheval près des tentes. Les hommes me reçurent bien et m'offrirent du lait de chèvre, de l'air le plus naturel du monde. C'étaient des Ghoudzf, disciples de Cheik el Ghazwani, le grand savant chadelya.

Ces Chadelya forment une vaste confrérie religieuse qui n'a que peu d'adeptes en Mauritanie. Sortie, au xe siècle, de l'école philosophique du cheik Djazouli, elle se distingue aujourd'hui par un mysticisme exalté dont les pratiques touchent d'assez près à l'hystérie. Je venais d'interrompre les exercices spirituels de ces ascètes, en quête du « fena », de l'union mystique rêvée. Le lendemain matin, je voulus aller les revoir. Mais les tentes avaient disparu, s'étaient enfoncées dans le désert, loin de nos regards indiscrets.

Ces pratiques ne sont pas fréquentes chez les Maures. Tous se rattachent à la grande école, plus théologique, des qadryya, ou à celle des tidjania qui nous a toujours été favorable, puisqu'un des grands moquaddems de la secte, Abd-el-Kader ben Hamida accompagnait le colonel Flatters en 1880. M. Coppolani, dans son ouvrage sur les confréries religieuses de l'islam, nous renseigne admirablement sur ces sectes quelque peu fermées aux profanes. Celle des qadryya, répandue dans le Sahara tout entier, fut fondée par Sidi Abd-el-Kader el Djeilani, originaire de Bagdad, le plus grand saint de l'islam, et le plus populaire. M. Coppolani nous apprend que les adeptes doivent réciter jusqu'à la congestion cérébro-spinale le « dikr el hadra » : « Allah! Allahou! Allahi! », en penchant la tête en avant, à droite et à gauche. Je n'ai jamais vu de telles folies en pays maure. Mais les principes d'Abd-el-Kader sont toujours vivants dans l'islam, et ses vertus morales, qui furent grandes, n'ont jamais cessé d'être honorées.

Coppolani nous cite le mot du saint Ali ben Abou Taleb : « Je suis le petit point placé sous la lettre *bâ*. » Il faut savoir que la lettre *bâ* est la première de la « fatiha », le chapitre initial du coran, qui est en même temps la prière par excellence des musulmans. Cet Ali avait certainement atteint la dernière hypostase. Rien n'est plus intéressant que de suivre dans Coppolani les différents degrés qui mènent à cette perfection mystique, depuis la pauvreté qui est l'état initial, jusqu'au « Madjma el Baharim », le « confluent des deux mers », où le croyant est si près de Dieu que, pour se confondre avec lui, il ne manque que la longueur de deux arcs. On croit reconnaître ici les différentes stations de l'extase néo-platonicienne, telles que nous les décrivent les Ennéades.

C'est ici que Coppolani nous ouvre des horizons surprenants. Il nous montre l'influence profonde de l'alexandrinisme, de Porphyre, de Jamblique, de Plotin, sur la théologie islamique. Ailleurs, il nous explique comment les *fakih,* les lettrés de l'Andalousie, disciples d'Avicenne et d'Averroès, se joignirent aux Maures qui revenaient d'Espagne, après la conquête, et qui allaient répandre leur science dans le monde berbère. Et il nous place ainsi au point de jonction de deux grands courants mystiques qui tous les deux nous touchent nous-mêmes d'extrêmement près.

Il faut lire ces belles études dans le décor d'une dune de Mauritanie. Elles y gardent une actualité saisissante. C'est que, depuis Abd-el-Kader el Djeilani, rien n'a changé dans le Sahara méridional. Ayant échappé jusque dans ces dernières années à l'influence européenne, et par nature très attachés à leurs traditions, les Maures n'ont pas bougé. Ici nous ressentons l'impression du voyageur qui descend dans les mausolées d'Egypte et contemple la momie, souriante encore, derrière des bandelettes de deux mille ans.

Tant de rêves élevés, tant de mysticisme florissant en plein vingtième siècle sur le sol le plus inhospitalier du monde, peuvent très bien nous émouvoir. Nous avons la sensation fortifiante d'aller à des excès, de nous élever au-dessus de la médiocrité quotidienne. Nous sommes sur une haute tour, où les bruits des jardins et les parfums des roses n'arrivent plus, comme nous imaginons Assuérus sur la plus lointaine terrasse de Suse, et tout seul au milieu des étoiles.

Mais c'est encore nous-mêmes que nous retrouvons en dernière analyse. Ainsi, nous dressons l'oreille quand Coppolani nous cite la réponse d'un soufi à un riche qui lui offrait de l'argent : « Voudrais-tu faire disparaître mon nom du nombre des pauvres moyennant dix mille drachmes ? » et qu'il la rapproche du mot de sainte Thérèse : « On nous ravit la pauvreté qui était notre trésor. »

Nous sommes ici sur une terre connue. Nous sommes chez nous. Autrefois, je me suis amusé à noter les coutumes étranges des peuples que je visitais. Mais ce bibelotage ne m'a laissé qu'une sensation pénible d'ennui. Ici, nous ne ferons pas d'archéologie. Nous ne ramasserons pas de vieilles poteries. Nous ramasserons quelques débris de notre cœur, que vingt siècles de civilisation intense ont effrité.

Vers le milieu de juillet, je retournai à Ksar el Barca. Le jour de mon départ et le lendemain, il tomba quelques bonnes averses. Le troisième jour, quand j'arrivai dans la « tamourt des brebis », il me sembla que j'entrais dans une serre chaude. Une odeur de terre mouillée montait vers nous, et j'entendais des oiseaux chanter dans les acacias. Heures rares, au pays des Maures, que celles où nous recevons des choses quelques parfums et des chansons ! Je passai dans cette tamourt des heures légères, un peu amollissantes, comme celles que l'on passe dans les boudoirs trop chauds, auprès des dames. Cette large coulée de verdure, tout unie et solitaire, trop large, où nous voyions de loin s'arrondir des étangs desséchés, depuis toujours desséchés, et les lignes basses de son horizon pétré, me semblait en définitive un médiocre paradis — comme un essai malheureux de grâce française. Je n'y trouvais pas mon compte. Combien plus tard je devais prendre goût à l'austérité saharienne du Tiris, aux grandes lignes dévastées du Nord !

J'avais avec moi le fils du chef des Kounta du Tagant, un grand jeune homme nommé Ahmed, qui souvent à Moudjéria était venu boire le thé sur ma natte. En arrivant à Ksar el Barca, il me désigna du doigt les ruines de la cité maure.

— Voilà le ksar, me dit-il, où est mort mon grand-père et où mes ancêtres ont vécu.

— Oui, lui dis-je, je sais que le ksar a été détruit, au cours de la guerre que les gens de ta tribu soutinrent jadis contre les Idonaïch. Je serais content de le visiter avec toi.

Et nous nous dirigeons vers les ruines qui tremblent sous le soleil, vers les murs larges et bas en pierres sèches, qui semblent aussi des pierres, mais précieuses. Nous entrons dans de grandes cours, puis dans des salles étroites dont les toitures ont disparus. Partout le silence, cette vague oppression des choses très vieilles qui ne sont plus que de l'histoire.

Nous revenons vers la rue et marchons en silence entre les parois resserrées des murailles. Ahmed s'arrête :

— Voilà, me dit-il, la maison qu'habitait mon père.

Nous entrons dans une cour semblable aux autres. Dans un coin, un terre-plein peu élevé.

— C'est ici, continue Ahmed, que le grand cheik Sidi Mohammed avait coutume de faire son salam. Et ces murs que tu vois sur la droite, c'est la maison de mon grand-père, Sidi Mohammed el Kounti.

Sidi Mohammed el Kounti, cheik Sidi Mohammed, voilà encore de grands noms de l'islam. Ils évoquent la glorieuse famille des Bekkaïa qui sont, dit M. Arnaud, les vrais directeurs de conscience du Sahara. La dispersion de ces Bekkaïa me laisse rêveur. On les trouve dans le Touat, dans l'Azaouad, au nord de Tombouctou, à Oualata, dans le Hodh, dans l'Haribiuda, en Mauritanie. Et ces distances prodigieuses ne semblent pas les étonner. Ahmed me parle de l'Haribiuda, comme un Parisien parle de Bruxelles.

J'ai vu dans un campement du Tagant un neveu du fameux Abiddine el Kounti, le guerrier fanatique qui depuis près de cinquante ans sillonne de ses rezzous le Sahara central. Ce vieillard est un fils de Sidi Mohammed el Kounti, dont je visite en ce moment la maison. Ainsi souvent, dans mes promenades avec les Maures, mon imagination est reportée vers d'autres horizons plus lointains que sans doute je ne verrai jamais : l'Azouad, le Tafilalet, le Macina, l'Iguidi, qui sont là-bas, dans les profondeurs roses du désert et dont les noms chantent si fièvreusement à mon oreille.

Mon guide m'entraîne vers la mosquée qui se trouve tout à l'ouest du ksar. Nous franchissons des blocs de pierre délités et nous voici dans une sorte de colonnade à ciel ouvert, très nue, sans l'ombre d'ornements... Surprise ! Les piliers sont ronds, et derrière, sur le mur du fond, j'aperçois des essais d'ogives. Dans ce pays de nomades, où la demeure en pierre est si rare, et où l'architecture n'existe pas, c'est une grande curiosité que de voir apparaître l'ogive. Je n'ai jamais vu d'autre essai du même genre en Mauritanie.

Enfin, voici un tableau harmonieux, une joie précise. Les larges assises de la mosquée donnent une impression de solidité. Et aussi les lignes nettes comme des fils d'acier et qui ne font point d'ombres. Je vois la lumière qui s'étend dans le désordre des lourds piliers, mais elle ne joue pas sur plusieurs plans.

J'observe mon cicerone. Il sourit finement et semble me dire : « Tu vois, voilà ce qu'ils étaient capables de faire, mes ancêtres ! »

Dans mon voyage de retour vers Moudjéria, ce charmant Ahmed s'est définitivement acquis ma sympathie. Tout près de Ksar el Barca, à Tamra, nous avons reçu le renseignement qu'un petit medjbour, alourdi par des prises nombreuses, remontait vers le nord et qu'il passerait sans doute non loin de nous. B..., qui venait d'arriver de l'Adrar avec ses méharistes, s'élance avec quelques hommes. Au bout d'une heure, j'entends des coups de fusil. Je fais seller mon cheval. Ahmed et les quelques Kounta qui l'accompagnent sont déjà prêts, impatients de sauter sur leurs chameaux. Nous partons, et c'est une course folle sur les traces de B... Je sens derrière moi les grands pas élastiques des chameaux, je sens ma petite troupe ramassée dans un mouvement serré et tendu vers l'avant, un uniforme mouvement de grande coulée vers l'avant, les cous tendus. Heure exquise ! Déjà mille imaginations guerrières nous éblouissent. Je précède un frémissement de joie — cette griserie qui secoue vite les Maures quand le vent de la plaine leur coupe le visage et qu'ils reniflent un peu de poudre.

Tout à coup, nous apercevons un grand désordre : des chameaux, des hommes à pied — sur le sol, des ballots d'étoffe, et, au milieu de tout cela, B... qui donne des ordres. Les razzieurs, surpris pendant la sieste, ont fui, abandonnant leurs prises; une centaine de chameaux, des étoffes, du thé, des pains de sucre.

Ici, c'est le mouvement humain qui donne toute sa valeur aux teintes plates, amiantines de la terre. Nous sommes sur une petite hauteur éventée. La plaine sans accidents se déroule jusqu'aux fils fins, entremêlés, de l'horizon. Notre clair après-midi s'enveloppe dans le plus sobre des décors, et ainsi je sens mieux le prix de ce tableau : les mouvements des chameaux que des Maures rassemblent, les ballots que roulent des noirs, et B..., jeune guerrier français, qui crie au milieu de cette confusion. Une joie naïve et saine de conquérants devant ce butin obtenu de haute main.

J'ai retrouvé Moudjéria sans grande joie. Quel abandon! Quelle tristesse! Le sable envahit le petit fortin battu des vents, et il grimpe à l'assaut des murailles. Vers le sud, la dune; vers le nord, l'immense paroi verticale du Tagant. Entre la dune et la roche, seul, le grand couloir triste où dort le poste. Rien qui serve à la joie des yeux, au repos du cœur. On est embouteillé dans une immense désolation...

L'hivernage s'avançait, traversé d'immenses rafales de vent qui chassaient les nuages, avant qu'ils eussent le temps de crever. Parfois, nous voyions s'élever vers l'est une brume épaisse et si rouge qu'on aurait juré le Tagant en feu, par derrière. C'était le début de ces grandes tornades sèches de juillet. Que de fois je les ai vues se vriller vers le ciel en efforts désespérés, siffler, lugubres, comme un serpent se dresse verticalement et crache vers le ciel son impuissance! A certains moments, l'immense chevauchée semblait hésiter. Venue de si loin, des fonds du Sahara, on aurait cru qu'elle cherchait sa route dans la plaine sans bords. Un large remous se produisait, puis aussitôt la course folle recommençait, avec des arrachements subits, des embardées vers le ciel bas où se boulaient d'immenses flocons.

Mais les sensations qu'éveillait en nous tout ce bruit ne valaient pas en intensité le lourd accablement des après-midi. Là, un silence de plomb nous engourdissait. Couché sur la natte, dans l'ombre de la case, que barrait vers la porte un grand rais de lumière, je reprenais, déprenais le livre, doucement oppressé, insoucieux, revenu de toute curiosité.

Il me semble maintenant que ces heures-là m'ont aidé à comprendre certains aspects de l'âme maure. Peut-être aurais-je pu les utiliser à mon profit. Mais le courant à remonter était si fort, que je ne me sentais pas capable de lutter. A cette époque, je me disais seulement : « Ces grandes facilités de méditations que nous consent cette terre spirituelle, les Maures les utilisent et ils font, à cette aridité, d'admirables ornements. Pourquoi, transformant à notre mesure de semblables forces et les employant à notre bien propre, n'essayons-nous pas aussi de nous enrichir, ou plutôt de reconquérir nos richesses perdues ? »

... Vers la fin de septembre, il me sembla que l'air s'allégeait, reprenait sa fluidité. Les milans noirs volaient plus haut. C'est le signe que l'hivernage va finir.

J'ai revu au poste une figure singulière : celle du vieil Alsman, le fils aîné de Bakar, qui est venu faire sa soumission il y a quelques mois, au moment de mon arrivée à Moudjéria. Le grand Bakar avait réussi à grouper et à maintenir sous son autorité tous les Idouaïch qui sont aujourd'hui, avec les Reïan, les seuls guerriers du Tagant. Pendant son long règne, il battit les Mechdouf et les Kounta, poussa vers l'Adrar une pointe audacieuse, tint même Faidherbe en échec. Alors qu'il était presque centenaire, il fut tué en 1906 par le commandant Frèrejean, au combat de Bou Gadoum. Il laissait d'innombrables fils, qui tous firent assez vite leur soumission, sauf l'aîné, Alsman, qui réussit à tenir le haut pays jusqu'au début de cette année, où son grand âge, la défection des siens le contraignaient à venir à son tour nous demander l'aman. Je prends une vive curiosité à contempler ce vieillard aux cheveux blancs comme la neige, au regard perçant, au verbe rare et fier. Quelles peuvent être ses pensées, pendant qu'il nous regarde, nous, les ennemis de toute sa vie qui avons tué son père, vaincu les siens ? Il semble nous dire : « Vous avez la force, et je sais bien qu'il faut plier tôt ou tard, mais vous n'aurez pas mon cœur. Jusqu'à ma mort je resterai Alsman, le fils de Bakar, qui était le fils de Soueïd Ahmed. »

Fanatisme ? Non. L'idée de la guerre sainte contre l'infidèle apparaît bien rarement en Mauritanie. Haine du « Roumi » ? Non. Mais amour de la liberté, des grandes razzias ensoleillées. Et aussi, fierté d'une grande race qui se rappelle obscurément qu'elle conquit l'Espagne et le Moghreb. C'est encore du rêve. Sont-ce donc des fanatiques ? Non, ce sont des rêveurs.

M. de Gobineau nous rappelle un des mots essentiels de l'islam : « L'encre des savants est plus précieuse que le sang des martyrs. » Et il nous montre à quel point l'islam est une religion d'intellectuels. L'encre des savants ! J'y pensais en voyant au poste le vieux cheik El Ghazwani, chaussé de bésicles, et en train de psalmodier un traité de la prédestination que venait de lui prêter le capitaine G... Ici, nous touchons le point faible de l'islamisme, et surtout du plus pur de tous, celui des Maures. Nous apercevons l'émoussement de la pointe.

Est-ce admirable, cette fièvre d'intelligence divine ? Peut-être, mais un Français sera toujours révolté par le propos que nous rapporte M. de Gobineau. Quand de jeunes hommes aujourd'hui dénoncent l'intolérable domination intellectuelle de nos modernes savants, ils font l'œuvre la plus belle, la plus salutaire. Mais ce qui nous empêche de douter de nous-mêmes, ce qui nous console, c'est le cri du cœur, ce « Oh ! » d'indignation qui jaillit spontanément, quand nous entendons comparer la plume d'oie de l'écrivain à la palme du martyr. On frémit d'imaginer ce que nous serions, ce que serait la France, si les théologiens d'Occident avaient proclamé une semblable vérité.

Nous valons mieux que les Maures. Nous valons mieux que nous-mêmes. Mais il nous faut des avertissements. Il faut que l'abaissement du voisin nous avertisse de notre propre grandeur. Alors, touchant certains bas-fonds, nous faisons comme le plongeur pris dans les algues, et qui donne un vigoureux coup de pied pour remonter, vertical, les bras tendu, vers la lumière du monde.

Ainsi ce vieil Alsman qui est là, tout tremblant de vieillesse, j'ai admiré sa vie sauvage de bandit traqué, mais maintenant je n'ai plus pour lui qu'une grande pitié, et il m'apparaît comme la victime lamentable d'une civilisation qui n'a pas su s'orienter.

CHAPITRE III.

TAGANT — ADRAR, ROUTE DE L'OUEST.

I. — LE VESTIBULE DE L'ADRAR.

Couché sur ma natte et fumant ma pipe en silence, je goûtais à plein le vertige frissonnant de la nuit. Les tirailleurs, disposés en carré, dormaient déjà. Quelques Maures causaient, assis autour d'un feu, et la sentinelle, dans la plaine immense, se profilait tout entière sur le ciel, comme dans un chromo militaire. Près de moi, j'entendais le bruit des chameaux qui ruminaient et parfois, en un mouvement de lassitude, je les voyais étendre sur le sol leurs longs cous. C'était vraiment un tableau commun et familier que j'avais devant moi. Et pourtant, ce soir-là, je me livrais tout entier à son charme connu.

J'avais vingt-deux ans quand je connus pour la première fois la douceur de ces campements éphémères, perdus dans le silence des forêts ou des plaines. Depuis, leur charme replié m'obsède toujours. Et déjà, il s'alourdit de souvenirs de beauté... Ce soir-là, tout me paraissait charmant, me pénétrait d'onction. Je caressais ma chienne qui s'étirait frileusement sur ma couverture. Mon regard s'attachait avec amour au beau Scorpion qui, tout là-haut, commençait son cycle immense. Demain matin, me disais-je devant cette armée céleste, l'aile marchante aura franchi les trois quarts du ciel. Et il me semblait que la terre roulait aussi, jeune et légère, et bondissait, à sa place exacte, dans les routes libres du firmament.

Quelques jours auparavant, le 16 février, j'avais reçu l'ordre de partir pour l'Adrar; et le lendemain, avec un lourd convoi organisé en hâte, je m'étais mis en route pour la jeune province française, dont je rêvais déjà depuis un an. Maintenant, j'étais arrivé aux confins du Tagant. Du haut de ses derniers cailloux, j'avais aperçu l'immense plaine, semée d'écueils rocheux, qui mène en Adrar. Au seuil des terres nouvelles, je me sentais un cœur gonflé d'aurore et, comme le claquement d'un large coup d'aile, j'entendais toute l'envolée de la vie.

J'ai eu avec moi, pendant cette longue route, un compagnon charmant, un jeune Maure d'une trentaine d'années souple et mince comme un palmier, et qui porte un des plus beaux noms de l'islam : Mohammed Fadel Ould Mohammed Roulam. Oh! le charmant esprit, cultivé et avide de culture, aimable et raffiné, fleur d'une très vieille civilisation, tout entière tournée vers l'intelligence pure. Mais Mohammed Fadel est déjà plus moderne. Pendant nos longues causeries, il s'informe des événements du Maroc sur lesquels, d'ailleurs, il est mieux renseigné que moi. Il me pose des questions sur la Turquie, l'Angleterre et même l'Amérique. Nous effleurions mille sujets, mais la conversation, avec un homme comme Mohammed Fadel, revient toujours assez vite à la religion. La nôtre le préoccupait vivement. Il estimait, je crois — comme beaucoup de Maures éclairés — que les « Nazaréens » ont eu un grand « prophète », sans doute inférieur à Mahomet, mais venant immédiatement après lui et digne de tout le respect des musulmans. Pourtant certains points le troublaient. Ainsi, un jour, il me demanda, avec une véritable anxiété, si les Français « croyaient en un seul Dieu ou en trois ».

Il est le petit-neveu de Ma el Aïnin et le neveu de Taqiallah, le moquaddem actuel des Fadelya de l'Adrar. Quand je l'ai vu à Moudjéria, il dirigeait tout simplement un convoi dont l'avait chargé le résident de Chingueti. J'ai su depuis que les chefs de la tribu, et notamment Taqiallah, avaient trouvé indigne qu'un cheik des Fadelya fît un convoi pour les chrétiens. Mohammed Fadel, plus dégagé de préjugés, n'avait pas hésité à venir nous offrir ses services.

Tous ces gens ont d'ailleurs bien des raisons de nous être attachés. Lorsque nos armes ont chassé Ma el Aïnin de l'Adrar, les Ahel Cheik Mohammed Fadel ont recueilli toute la clientèle religieuse du vieux thaumaturge. C'est donc à nous qu'ils doivent la situation florissante où ils sont aujourd'hui. J'ai vu plusieurs représentants de cette grande famille dont beaucoup de membres sont morts, en ne laissant pas moins de soixante à quatre-vingts fils, sans compter les filles — que l'on ne compte pas. Les Fadelya que j'ai connus avaient tous une grande culture islamique, mais aucun n'avait le charme, la simplicité aimable, la grâce tout aryenne de mon ami.

Nous passions ensemble de longues soirées. Une fois, nous nous attardâmes longtemps à contempler les étoiles. Je lui disais le nom des constellations, tandis qu'il m'en donnait les appellations arabes. D'autres fois, prenant un livre, il me faisait épeler sa langue, peut-être la plus belle de toutes, plus riche, plus souple, plus nuancée encore que le grec. J'aimais à l'entendre lire les lignes mystérieuses, et je me rappelle la joie qu'il y avait dans sa voix chaude qui modulait les phrases, les chantait presque.

La compagnie de cet honnête homme m'inclina vers certaines pensées qui m'étaient déjà familières. Nos propos tiraient leur valeur de ce que nous ne faisions aucune concession. Il restait Maure, je restais Français.

Tous les deux, nous prenions position. Mais j'admirais comme il se maintenait facilement dans une certaine donnée, comme il suivait sa ligne avec fermeté. Nulle trace en lui de « dilettantisme ». Par là, il nous arrivait de nous rejoindre. D'ailleurs, comment sourire dans ce pays ?

Nos étapes nous préparaient peu à peu à l'Adrar. Le 24, à Hassi el Argoub, je trouvai quelques tentes d'Ouled Selmoun. Jusqu'au ksar d'Oujeff, près d'Atar, nous ne devions plus rencontrer figure humaine. Déjà à El Argoub, la terre se fait si rude qu'elle ne saurait plus s'accorder avec la figure humaine. On n'y souffre plus que de hautes pensées, celles de la gloire, de la vertu, de la fierté. Et même, elles ne sont pas encore assez épurées. Il faudrait une musique, et venue du ciel plutôt que de la terre.

A Aouinet es Sbel, nous avons campé en plein rochers. Vers l'est, nous étions dominés par une sombre chaîne, et, à nos pieds, nous avions une immense plaine dénudée, sans une herbe, sans un arbre. Le vent la balayait et sa musique était la seule qui nous vînt dans cet empire du silence. Mais déjà une oppression singulière m'envahissait. J'eusse rêvé de franchir tous les cercles de cet enfer, d'être le prisonnier de ces abîmes. Je marchais dans le vertige de ces horizons singuliers, tous les jours plus troublé, avec un peu de sueur aux tempes, des battements d'impatience.

Des soirs sans amour, mais plus grands que l'amour... Des jours sans hâte, mais où on met à vivre plus d'attention. Une vie retranchée du monde, retranchée dans le monde. Et quels retranchements ! Quelles forteresses ! Quels *oppida !*

C'est le pays de l'égoïsme. Ce pèlerinage en vaut bien d'autres, plus classiques : Athènes, Rome ou Bayreuth. Ici ce n'est que nous-mêmes que nous cherchons. Et trouverons-nous quelque chose ?

A Hassi el Motleh, avant d'arriver au puits, on rencontre des dunes isolées que le vent d'est s'est amusé à modeler en forme d'anses. D'ailleurs, depuis notre arrivée, vers midi, jusqu'au soir, nous avons été enveloppés dans une tourmente de sable qui, définitivement, nous a séparés du monde. Rien n'est désagréable et rien n'est beau comme ces coups de béliers rageurs du vent, qui semble s'exciter lui-même, veut battre son propre record. Ce n'est point encore une image de douceur. Mais où trouverait-on des images de la force, si ce n'est ici ? Nous voilà donc préparés à franchir le seuil de ce canton de la pure grandeur qu'est l'Adrar. Il fallait cette tourmente de sable pour nous laver. Le vent arrache l'humus des montagnes et tout ce qui est accessoire. Il ne reste plus d'elles que leur forme minérale. Le vent fait aussi apparaître les angles de notre cœur, ses saillants, ses rentrants. D'un jardin anglais, il fait un bastion à la Vauban, nu comme la pierre, rectiligne et rectangle, à l'ordonnance géométrique.

II. — GRANDEUR DE ZLI.

Le 27 au matin, nous montons insensiblement dans des dunes blanches enchevêtrées où de maigres titariks ont réussi à prendre pied. Deux heures après le départ, le sable cesse, et toute végétation en même temps. Nous franchissons un col mal dessiné. Déjà, de tous côtés, la pierre nous enveloppe, la pierre noire, rugueuse, la pierre morte de l'Adrar. Nous entrons en effet dans le massif de l'Adrar proprement dit, au cœur même de cet étrange soulèvement granitique, où règnent en maîtres le silence et la mort. Dans les cirques sombres que nous franchissons, pas un arbre, par un brin d'herbe ne pousse. Dans cet excès de dénuement, rien ne vient amuser le regard ou l'adoucir.

Zli, où nous dressons nos tentes vers 10 heures, est le point culminant de ce voyage. Nulle part la pierre ne sera plus tragique qu'ici. Le cœur se serre, se noie de tristesse devant ces masses brutales d'où la vie s'est à jamais enfuie. De tous côtés, elles bornent notre horizon, immenses murailles aux replis vierges. Parfois une grande muraille isolée, semblable à ces tas de charbon pulvérulent que l'on voit aux approches des gares ou des usines : Et tout se tait — sinon le vent qui souffle ici d'un bout de l'année à l'autre.

Près du camp, un couloir étroit entre les caillasses mène à une sorte de grotte. Là, au sein des rochers, dort une eau profonde, comme en une vasque. Il faut encore longer les bords de ce sombre miroir. Alors, du haut d'un dernier étage de rocs, un spectacle surprenant apparaît. La muraille tombe verticale sur une hauteur d'une vingtaine de mètres, et au bas, un lac, un vrai lac d'une centaine de mètres de diamètre, dort son éternel sommeil, que rien ne vient jamais troubler. Vers l'est et vers le sud, la paroi tombe à même dans l'eau profonde. Vers le nord, au contraire, la rive est en pente douce, et quelques herbes, un arbre ont poussé là. L'après-midi, nous sommes allés, F... et moi, nager dans ce lac, unique dans tout l'Adrar. L'eau était glacée. Nous sommes rentrés au camp par un raccourci, en nous accrochant de roc en roc, et cette escalade nous a réchauffés.

Au camp, tout reposait. Des hommes, assis près des feux, chantaient doucement. Nous avons mangé notre riz en silence, dans le calme du soir. Peu à peu, les replis de la montagne sont tombés dans l'ombre. L'horizon clos a reculé, laissant plus de solitude encore et plus de désolation entre nous et lui Et puis, les étoiles ont piqué le ciel, toutes les étoiles, tremblantes dans la froide nuit d'hiver. C'est une heure exquise, avant que la fatigue du jour ne nous terrasse, que de se laisser tenter par l'inconnaissable inconnu de ces lointains scellés. Mais, même à cette heure déclive, nos muscles jouent, nous sentons toute notre force. Cette terre misérable, où nous sommes nous-mêmes si misérables, elle a une singulière vertu d'excitation. L'on sent que l'on s'y élève au-dessus de soi-même.

La terre est battue de tous les vents, balayée de souffles mortels. Voyez-là : elle est un perpétuel gémissement, elle est une lamentation. Elle est pelée, nettoyée, lavée et relavée, grattée jusqu'à l'os par le vent — les vents du large qui glissent lèchent sa peau comme des langues de feu, tuent la plante, la pierre même et tout l'ordre de la nature. Elle est la terre de l'*aura* mystique qui nous fait trembler un peu, tant elle vient de loin, on ne sait d'où...

C'est pourtant *notre* terre, cette misérable écorce nue, et c'est notre amie, et elle sourit pour nous, cette sombre écorce pelée, ridée de vieillesse et de misère. C'est que rien n'a changé ici, ni les hommes, ni les choses. Aujourd'hui, c'est comme il y a deux mille ans et demain sera encore comme aujourd'hui.

Comme nous allons vers des terres que nous ne connaissions pas, voici que nous découvrons dans notre cœur de grands espaces inexplorés. Toute cette misère, celle de la terre et la nôtre propre, nous nous y sentons si à l'aise, nous y sommes tellement chez nous! D'abord quelques singularités nous étonnent. Et puis, après, nous sommes forcés de reconnaître que toute cette misère est très naturellement à nous, et que c'est au contraire la cité moderne qui n'est pas à nous et où nous sommes des étrangers. Cette pure simplicité de la vie nomade, cette pure rudesse, voilà les vertus que nous aimons et celles où nous aimons à nous mouvoir.

Oh! comme elle est bien à nous, cette terre sans nom que nos Foncin colorent comme négligemment en bleu! Loin des usines et des boutiques et des gares, comme nous nous reconnaissons les uns les autres, nous les soldats, avec, au cœur, toute la joie de la délivrance!

Si loin du progrès, nous sentons que nous sommes des hommes de fidélité, et qu'au fond le progrès nous est égal. Nous ne sommes pas des révoltés, nous aimons même ces douces chaînes coutumières qui nous lient aux grandeurs du monde.

Mais alors, une pensée nous vient. Pourquoi tant d'abandons que nous avons consentis, tant de reniements dont nous sommes coupables, tant de dérélictions qui sont les nôtres? — Pourquoi, parmi ces forces qui s'opposent au progrès abhorré, garder l'armée et rejeter l'église?

Quand je causais avec Mohammed Fadel, je tenais à rester « Français ». Mais alors, tout naturellement, du même mouvement, je lui parlais du Christ en chrétien, et j'eusse éprouvé la plus grande honte à ne pas le faire.

Je me rappelle ces conversations comme la chose la plus étrange du monde. Je n'avais pas la foi et je parlais en croyant, et pourtant je n'avais pas le sentiment de manquer de sincérité. Alors pour la première fois, j'ai compris combien le Christ me liait, comme malgré moi et à mon insu.

Mais alors, quels sont ces détours, ces chemins de traverse? Quels sont ces compromis? Il faut pourtant choisir: si l'on rejette l'autorité, quitter l'armée dont elle est le fondement mystique; si on l'accepte, accepter toute autorité, l'humaine comme la divine. Nous sommes des hommes de fidélité, et voici que pourtant nous sommes hors de la fidélité. Nous ne sommes pas des hommes de reniement, et pourtant nous renions. Nous ne sommes pas des hommes de blasphème, et du soir au matin, du matin au soir, nous jetons au ciel nos blasphèmes.

Que nous reste-t-il donc? Il nous reste notre solitude, notre fierté devant les hommes, et, devant nous, cette petite honte, ce petit regret, cette inquiétude. Il nous reste que nous traînons jusqu'au sein même de l'infidélité le goût ardent de la fidélité.

Ici, l'on sait que la place d'un soldat est dans la solitude, à regarder passer les nuages, les étoiles. Et nous sommes seuls en effet, dans ce monde affreux, qui regardons les étoiles.

Une heure après le départ de Zli, le 1er mars, nous avons rencontré une tombe isolée dans la plaine. Elle doit être de quelque marabout vénéré, car les Fadelya se sont arrêtés et ont prié longuement. Puis la marche a repris, monotone, au pas régulier des chameaux. Un moment, comme nous marchions depuis longtemps dans un grand rag, nous nous sommes trouvés devant une forte ondulation rocheuse qui présentait une pente abrupte. Nos chameaux l'ont gravie lentement, nullement étonnés et toujours flegmatiques. Du haut de la pente, l'horizon est immense. Jusqu'aux lointains où dort la brume solaire, de noires collines ondulent, rayées parfois de lignes blanches qui sont des sables. Plus près de nous, une tache verte. C'est Daï el Tofla, où nous devons nous arrêter aujourd'hui. Ce qui, décidément, caractérise ce pays, c'est qu'il n'y a pas de nuances. A peine de la couleur : du noir, du blanc. C'est ainsi que je voudrais écrire.

« Pas la couleur... Rien que la nuance... », dit Verlaine. Mais Verlaine, ici, nous fait horreur.

A Daï el Tofla déjà le paysage s'adoucit. Nous campons dans le sable fin d'une rivière morte, l'oued N'Beïka. L'horizon s'est élargi. Ce n'est plus l'écorce rugueuse de Zli. Et bientôt les douces palmeraies d'Adrar vont nous accueillir. Heureuses stations, chères aux Maures, dans la chaleur bleue des palmes et la lourdeur des longues siestes !...

Ouakchedda, le 3. — La lumière joue entre les palmiers. Une brise douce agite leurs cimes, tout là-haut. Les troncs écailleux, colonnes graciles, laissent circuler de grandes clartés. Des taches de soleil tremblent sur le sol dur où craquent des palmes mortes.

III. — LES COORDONNÉES DE ZLI.

Nous suivons avec amour la route sur laquelle s'est avancé, il y a juste deux ans, un soldat magnifique. Préparés, épurés par Zli, lavés par les grands courants d'air de l'Adrar, nous pouvions donner tout notre cœur à ces tableaux militaires qui marquent, de loin en loin, le sentier de la conquête. Voici Djouali, Choummat, Tifoujar — tous marqués de quelques gouttes de sang français.

Enfin, le 4 mars, dans les dunes d'Amatil, nous nous arrêtons plus longtemps. C'est là que, les 30 et 31 décembre 1908, les disciples de Ma el Aïnin donnèrent contre nos troupes leur premier effort. Je dresse ma tente près des deux bastions improvisés que le capitaine Bablon avait fait établir à l'est de son camp et dans un desquels il avait placé ses mitrailleuses. De ces bastions, il reste encore de larges haies en branches épineuses, qui bientôt seront envahies par les sables.

Mon cicerone est un jeune Samoko qui, le lendemain du combat, fut nommé tirailleur de première classe, pour avoir enterré nos morts sous le feu de l'ennemi. Son récit est un peu confus. Ce qui l'a le plus frappé, ce sont les cris des femmes maures qui, perchées sur un rebord de la montagne, excitaient leurs maris au combat. Détail digne de l'antiquité! Ces combats africains, pleins de cris, de soleil et de tumultes, ne se peuvent évidemment comparer à ces vastes boucheries que sont les champs de bataille des grandes guerres modernes. Mais ils gardent une allure, une haute couleur militaire et, jusque dans les plus petits engagements, quelque chose de vraiment épique. De chaque côté de la ligne de feu, on crie, on s'interpelle, les insultes se croisent tandis qu'au loin des femmes mêlent leurs sauvages « you you » aux sifflements des balles. Ainsi Achille hurlait de rage avant la lutte : « Fils de chiens! Cœurs de cerfs! »

A Amatil, le 30 décembre, le contact fut rude. Telle fut l'ardeur de l'ennemi qu'il réussit à pénétrer dans l'un des bastions, et que le sergent Jéhin ne sauva sa mitrailleuse qu'en l'emportant sur son dos! La journée fut très meurtrière. Dans ce champ de silence qu'est maintenant Amatil, je me suis arrêté auprès de nos tombes : voici l'adjudant Vix, le sergent Moricard et d'autres tombes, anonymes celles-là, celles des tirailleurs qu'enterra le jour même mon brave Samoko. Station profitable! Partout où du sang a été versé pour la France, que ce soit Champaubert ou Amatil, nous

nous arrêtons avec la même piété. Entre Champaubert et Amatil, la différence est de quantité, non de qualité.

Le 10 décembre 1908, à Moudjéria, les Maures disaient : « Jamais les Français ne pourront pénétrer dans l'Adrar. » Le 5 janvier suivant, une poignée de Français, que suivaient cinq cents Sénégalais, entrait à Atar, après une marche de quatre cents kilomètres, dans un pays nouveau où le sol, à chaque pas, se dresse contre l'homme. Je ne dis pas que ce soit la folle chevauchée de Murat depuis Iéna jusqu'à la Baltique. Cependant, c'étaient les mêmes hommes, les mêmes mobiles chez les mêmes hommes.

Dans cet ordre, toutes nos stations seront profitables. Partout nous chercherons les lieux où nous pourrons établir une continuité, retrouver le lien du passé avec le présent, renouer les anneaux de la chaîne. Telle sera notre inquiétude. Nous ferons des comparaisons — qui seront des raisons — des recoupements, des approximations. A Amatil, nous posons un jalon. Nos routes modernes manquent de jalons. Nous les rétablirons, partout où nous pourrons. Nous utiliserons le moindre souvenir, la moindre association d'idées. Nous ferons, enfin, « jalon de tout bois ».

Le lendemain d'Amatil, Hamdoun. Nous sommes dans le long défilé qui, par le lit même du Seguedil, mène jusqu'à Atar. Là, en 1909, l'action fut brève, mais décisive. Deux colonnes parallèles. Au centre, du haut des rochers qui dominent l'oued, une canonnade, tout simplement comme à Valmy. Celle-ci nous livrait la route d'Atar où notre domination, patiemment, méthodiquement, allait s'établir.

Magnifique histoire, trop peu connue ! Mais la France est si riche en gloire qu'elle néglige cette monnaie. Nos colonnes volant aux quatre coins du désert, les tribus venant jeter leurs armes aux pieds de notre chef à Atar, mille faits qui prouvent le souci que nous avions de montrer notre justice, après avoir montré notre force, ce sont là des pages romaines qu'il faudra écrire, des « commentaires » aussi beaux, aussi sévères que ceux de César.

Jusqu'à Atar, on revit des heures de cette grande cohue de 1909. Mais si l'on fait la route aux côtés d'un Mohammed Fadel, ce sont aussi des rêveries religieuses qui vous assiègent. Il me semble que, de Zli à Atar, j'ai vu les deux visages de la Mauritanie. Dans le désert, ce sont des imaginations religieuses ou des rêves guerriers qui nous assiègent. Mais ne sont-ce pas là le revers et l'avers d'une même médaille ?

Zli m'a préparé à comprendre Amatil, comme Amatil m'eût aidé à goûter Zli. Dans l'une et l'autre de ces stations, nous restons dans le passé... Mais il est pour nous le présent réel. Réfugions-nous ici ou là, peu importe. Il ne nous suffit que d'avoir un refuge. Nous laisserons dire aux positivistes que le Sahara est le pays des mirages; mirages peut-être, mais qui nous aident à vivre et à mieux saisir la réalité.

Chapitre IV.

ATAR.

Des femmes dans la palmeraie !... De loin, à voir leurs longs péplums, leur lente démarche onduleuse, on s'imaginerait presque des choéphores et l'on souhaiterait sur leurs épaules quelque cratère. Mais non ! A les mieux voir, ce sont des Rebecca défaillantes sous leurs voiles qui recèlent en leurs plis toute la langueur de l'Orient. Il en est dont les yeux ardents, cernés de kohl, semblent promettre quelque plaisir. Quelques-unes essaient un geste, comme pour se voiler. Hélas ! Elles continuent à me regarder sournoisement, et les voilà même qui m'adressent la parole, trop peu sauvages. Pourtant, je leur sais gré de n'être pas ces beautés de bazar, ces bayadères d'exposition universelle qui empoisonnent, de leur fade odeur, l'Afrique du Nord. Et puis, tous ces palmiers, mols et graciles, font un décor de plaisir où le cœur s'alanguit, s'abandonne vite... Vais-je donc trouver, après les cercles de Dante, les terrasses de la Perse, et les roses de Chiraz, après l'Arabie pétrée ?

Ces belles esclaves m'ont accueilli à Atar. Partout je les rencontrais, dans la chaude ville, des petites — déjà coquettes — de frêles adolescentes, des matrones drapées, comme les muses de Puvis — toutes ardentes comme les fruits des îles et bien faites pour verser l'oubli. Cette ville semble avoir été abandonnée par les hommes, partis pour quelque aventure, et livrée tout entière aux jacassements des gynécées. Quelle différence avec l'austère Chingueti qui bientôt m'accueillera, la ville des vieux docteurs où les seuls bruits sont ceux du muezzin, les seuls murmures, des prières !

Soumettons-nous aux influences du lieu et entrons, en conquérants, dans ces palais sordides...

Pourtant, quelques heures d'oubli valent-elles qu'on s'y attarde ? La volupté est l'accident, et pour l'amour, qu'a-t-il à faire avec les soldats ?

C'est toujours à la façon de Napoléon que nous comprendrons l'amour : « Une nuit de Paris réparera tout cela », disait-il après Friedland. Et c'est de cette façon-là, en effet, que l'amour est l'âme du monde.

L'amour ne saurait être qu'une machine à fabriquer des soldats. C'est un service militaire, comme l'intendance ou le génie. Mais là, le règlement est inutile. Et pourtant que de gloses, que de commentaires sur ce vain sujet, depuis que les hommes écrivent !

C'est un fait digne de remarque qu'aucun soldat n'ait parlé de l'amour avec bonheur. Xénophon, César sont muets sur ce sujet. Courier n'en dit mot, bien qu'il ait traduit Longus. Vigny n'a même pas pour la femme la galanterie traditionnelle de l'officier français. Il reste *L'Amour* de Stendhal. Mais est-il un livre plus dépourvu d'amour, plus cruel pour l'amour ?

Possible que ces beaux lieutenants aient les moustaches retroussées. Au fond, je les crois inaptes à l'amour et peu habiles dans le déduit. Voilà le signe de la grandeur, et qui prouve que le soldat, de par sa vocation, est réservé à des destins supérieurs à ceux de la moyenne humanité.

... Ce qui manque ici, c'est la musique. Cette nostalgie, parfois, va jusqu'à la douleur. C'est que la musique est un ordre surnaturel que rien, dans l'ordre naturel, ne saurait remplacer. Ce pays nous apprend le mépris des formes sensibles, et voilà bien sa plus grande leçon. Seulement, il ne nous livre pas ces paradis artificiels, dont nos nerfs de civilisés ne peuvent plus se passer. Il est vrai qu'il nous délivre du papier imprimé. Mais comment s'habituer à ce silence ? C'est lorsqu'il était sourd que Beethoven entendit ses plus beaux accords. Mais il avait le génie.

Rien, dans l'ordre de la nature, ne peut remplacer la neuvième symphonie. Au lieu que le plus beau des Parthénons ne vaut pas un moutonnement de dunes dorées par le soleil. La peinture, les chants même des poètes sont de l'ordre de la nature. Au lieu que la musique est d'un autre ordre et d'un ordre qui dépasse tous les autres, de la distance, par exemple, qui nous sépare des étoiles.

L'art et la nature sont un ordre, et la musique est un autre ordre. L'art et la nature sont un monde, mais la peinture, par exemple, n'est pas un monde. Au lieu que la musique est un monde, et elle est un ordre, à elle toute seule. L'art et la nature sont *notre* monde. La musique, à elle seule, est l'autre monde. Comment le nierait-on parmi ces beautés si épurées, si transcendantes du Sahara ? Et pourtant, l'affreux silence de la mort y règne en maître. — Oui, mais, déjà ici, nous commençons à nous élever au-dessus de l'ordre de la nature. Et par là, nous nous rapprochons de l'ordre de la musique. Ainsi le désert est-il presque une musique...

Comme je me promenais dans le ksar et que j'entendais les murmures des voix dans la mosquée, j'imaginais avec quelque gaieté Antistius à Atar. Ce prêtre moderniste y eût été vite mis à la raison. Pourtant, devons-nous le blâmer de ne pas s'être conformé à la tradition et de n'avoir pas souillé de sang ses mains sacerdotales ? Ou bien dire qu'il eut tort dans sa grandeur, parce que « la religion est bonne pour le peuple » ? Affreuse tristesse ! Cet Antistius qui veut faire figure de grand intellectuel nous fait horreur. C'est donc pour quelques chimères métaphysiques qu'il va saper le temple qui avait su créer l'union des peuples du Latium ? Est-il donc si assuré de la vérité ? Qu'on lui donne, comme à l'abbé Loisy, une chaire au Collège de France, mais qu'on lui défende le Forum !

Hélas ! Antistius a triomphé. Ses dissertations, qui eussent été excellentes à l'Académie, sont devenues la règle du monde et son sourire a perdu la France, qui a fait pourtant sa grandeur dans le sang et dans les larmes.

Brave pédagogue ! Honnête professeur de philosophie, qui nous prépare le progrès en formules ! Il parle de la Raison comme Robespierre en parlera, et il se croit son prêtre infaillible. Pourtant, quand il mesure le mal qu'il a fait à son peuple, il nous donne une grande leçon. Nous savons alors que le sort de la patrie est lié à celui des rites.

Il sourit; les rites, la patrie, illusions nécessaires qu'il ne faut pas enlever au peuple! Lui, il voit plus loin que les rites et que la patrie. Ma foi! Tant mieux pour lui! Il suffit qu'il nous ait montré leur union.

Toute tradition est-elle donc forcément bonne? dira Liberalis. — Elle est une des formes du divin, Liberalis! Elle échappe à notre raison. Elle plonge si loin, si loin que, devant elle, nous sommes saisis de vertige et nous taisons, comme nous le faisons maintenant devant les voix qui sortent des murs épais de cette mosquée. La tradition se fait tous les jours. De nouvelles branches poussent au vieil arbre. Mais, ce mouvement mystérieux de la sève qui monte et qui descend et qui remonte, il échappe à nos regards et pourtant fait vivre l'arbre. Ainsi le passé inconnu nous mène et nous vivons dans le présent connu. Effroyable antinomie que les philosophes ne résoudront pas!

Souratoul el Koufar. Ils disaient, ces Maures, la « Sourate des Infidèles ».

« Dis: ô Infidèles! je n'adorerai point ce que vous adorez. Vous n'adorerez point ce que j'adore. J'abhorre votre culte. Vous avez votre religion, et moi la mienne. »

Ainsi parle le coran et ainsi chantent-ils encore, prisonniers dans leur mosquée. Admirable psalmodie qui les met tout de suite dans la fierté, dans la noblesse. Dans la ville ruinée et dévêtue, il ne reste plus que ce cri d'orgueil et de solitude.

Tous les jours, ils disent cette « Sourate des Infidèles ». Et nous, pouvons-nous dire comme eux : « J'abhorre votre culte. Vous avez votre religion et moi la mienne »? Il ne tiendrait qu'à nous pourtant — et les Croisés ne le disaient-ils point?

Au Sahara, dans toutes les terres qui sentent l'Orient, on pense aux Croisés. C'est un des pôles de notre méditation.

On regrette de n'avoir pas plus de détails sur les émirs de l'Adrar. Les traditions locales, si pauvres, laissent pourtant entrevoir des histoires dignes des temps mérovingiens. Si l'on en avait la matière, il faudrait la plume d'Augustin Thierry pour les écrire.

Au XVIIe siècle et au XVIIIe, tandis que les fils du conquérant Maghfar, Terrouze et Barkani se partageaient les pays qui sont devenus, depuis, le Trarza et le Brackna, l'Adrar n'était habité que par les Ideïchilli guerriers et diverses tribus maraboutiques : Smassides d'Atar, Idaouli de Chingueti, Amgaridj d'Ouadan. Vers la fin du XVIIIe siècle, un des petits-fils de Barkani, Boubba ben Ammoni ben Akchar, entreprit de faire la conquête de l'Adrar. Les Ideïchilli, à son approche, s'étaient retirés sur le faîte des monts Tegguel qui forment, vers l'ouest d'Atar, la lisière de l'Adrar. C'est là que les Ouled Jaffria, conduits par Boubba, les rencontrèrent et leur infligèrent une défaite sanglante. Le fils de Boubba, Cheunan, et son petit-fils, Lefsdil, s'installèrent définitivement dans le pays où leurs gens fondaient les groupements actuels des Ouled Ammoni, Ouled Akchar, Ouled el Lobd. Ils faisaient leurs vassaux des tribus autochtones, Ideïchilli et Marabouts. Pourtant, ce n'est que vers 1859 que le fils de Lefsdil, Lasra, imposa sa domination à tout l'Adrar et s'intitula émir du pays. Il régna sept ans et fut tué par les Ouled Bou Sba, venus de l'oued Noun, pour piller les palmeraies de cette contrée favorisée. Son successeur Azman, second fils de Lefsdil, garda l'émirat onze ans, mais son fils Sidi, qui lui succéda vers 1878, fut destitué au bout de deux ans et dut se retirer chez les savants de Chingueti. Les gens de l'Adrar mirent à sa place son neveu M'Hamed ben Ahmed Aïda. Au bout de dix ans, ce jeune homme se fit tuer par les Ouled Gheïlan, tribu qui dépendait de son émirat. Son successeur, Chaudzora, fut chassé par les gens de l'Adrar au bout de deux ans et, dit-on, en mourut de rage. Ce fut son neveu, Ahmed ben M'Hamed, petit-fils d'Ahmed Aïda, qui lui succéda vers 1890. Après un court règne, il fut assassiné par un de ses vassaux, Salem Ould Bouchama, des Ideïchilli Ouled Heunoun. Ahmed, fils de Sid Ahmed, un autre fils d'Ahmed Aïda, fut émir jusqu'à l'arrivée dans l'Adrar de la mission Blanchet, en 1900. A cette époque, il mourut par accident de la chute d'une poutre de sa maison. Ahmed ben Moktar, fils d'un troisième fils d'Ahmed Aïda, se conduisit bien à l'égard de la mission Blanchet.

Les Oulad Bou Sba le tuèrent en 1901. Depuis cette époque jusqu'à notre arrivée en 1909, Sid Ahmed, fils de Moktar, deuxième fils d'Ahmed Aïda, était émir de nom, mais ne possédait aucune autorité. L'héritier de l'émirat, Sid Ahmed, le fils de l'émir mort en 1900 et arrière-petit-fils d'Ahmed Aïda, s'était, malgré son jeune âge, débarrassé de son frère aîné M'Hamed et il allait prendre le pouvoir, lorsque les Français arrivèrent dans l'Adrar. Plutôt que de se soumettre, il préféra partir dans la région de Tichitt. C'est là qu'il tomba entre nos mains, le 16 janvier 1912.

J'écoutais avidement mon fidèle compagnon Sidïa, fils d'Aleïa, lorsqu'il me contait, sous la tente, ces rudes histoires. Il me semble qu'elles précisent le caractère d'Atar, la résidence des émirs. C'est la ville du mouvement, de la haine et de l'amour, la cité terrestre où se brassent les passions, et toute baignée dans la lumière de la vie. Tandis que Chingueti, la vieille cité, repose assoupie sur la dune et regarde le ciel en priant.

Les Maures disent qu'il faut faire remonter la construction de Chingueti avant l'hégire, au lieu qu'Atar serait de date relativement récente. C'est peut-être à son antiquité que la calme cité doit sa parure de méditations monacales. Au lieu qu'Atar, plus jeune, frémit encore au souffle des passions humaines et préfère, à l'encre, le sang.

Il faut que je revienne encore à ces jolies filles qui, un jour, m'ont souri. Elles sont là pour délasser des guerriers. Leur valeur, c'est qu'elles se rendent un compte exact du rôle qui leur est assigné dans la société humaine. Elles sont habituées à recevoir ceux qui ont longtemps couru le désert et rentrent dans la ville, harassés, couverts de poussière, le front brûlant. Elles savent les remèdes qu'il leur faut et ont pour eux des baisers plus frais que l'eau des sources. Voilà donc celles qui étaient à Amatil, il y a deux ans, et, à l'heure du combat, excitaient leurs hommes de la voix. J'imagine que c'étaient des cris de passion qu'elles poussaient, et que déjà elles pensaient aux enlacements qui suivent la victoire. Mais, au fond, peu leur importe le vainqueur. Il suffit qu'il ait la force et parle en maître. Aussi sont-elles rieuses et dévoilées.

Elles ne déparent pas ce cercle d'ombre bleue perdu dans le feu du soleil. Mais, le ceinturant de cris, elles en rendent la fraîcheur irritante. Leur odeur est du musc, du benjoin, mais cet écœurement procure encore un bien-être sauvage et oriental. Et c'est encore l'Orient que rappellent leurs coiffures compliquées, ces tresses noires qu'alourdissent des pierres, de l'ambre, de la nacre, des péridots — bijoux sauvages de Salomé.

Et, en effet, nous sommes les maîtres. Nous les sommes, et nous ne nous en trouvons pas. Ivresse nouvelle qui nous rejette en nous-mêmes et nous commande de nous suffire. Nul autre n'y résisterait qu'un soldat. Il faut la froide logique des conquérants pour supporter cet abandon. Ceux-là ont un système de la vie, des principes et des formules d'application qui valent pour tous les cas. Et c'est pourquoi l'art fait horreur aux soldats. Il ne sert pas à la force et les signes de l'algèbre n'y opèrent plus. Par contre, les soldats sont armés pour la vie et pour la solitude.

Ils ont un système qui vaut ce qu'il vaut, mais où ils se tiennent. Ah! ils savent bien pourquoi ils vivent. Ainsi peuvent-ils rejeter les maîtres et être les maîtres. Dira-t-on qu'ils ont l'âme indigente et que leur mathématique a tué le libre génie, la fluidité ? C'est croire que la richesse de la vie est en extension — au lieu qu'elle est en approfondissement. Le dilettante qui butine toutes les fleurs n'est pas plus riche que le conquérant avec ses deux ou trois principes assurés. Le moindre capital vaut mieux que mille possibilités de fortune; car, mille possibilités équivalent ici à l'impossibilité...

Voilà encore pourquoi ils s'éloignent du romantisme qui est un retour vers la vie, un effort vers sa mobilité. L'ordonnance classique, si loin qu'elle semble de la réalité, leur sert davantage.

Décidément, nous rejetons Antistius. Celui-là aussi, trop riche, mais désordonné, était un romantique. Que fera-t-il dans ce réduit aux angles droits, à la double enceinte de murs que des soldats ont construits ?

Au seuil, les mouvements secs de la sentinelle qui rend les honneurs vous accueillent. Un large chemin, entre deux murs crénelés. Des caisses de riz, de farine, s'y entassent. La deuxième porte franchie, vous vous trouvez dans une cour carrée qu'occupent de toutes parts des bâtiments sévères, dont deux, se faisant face, sont à étage. Deux escaliers de pierre mènent à la terrasse supérieure, flanquée de bastions et crénelée sur tout son pourtour. Deux grandes vérandas y dispensent une ombre épaisse et chaude. Tout ici respire l'ordre, la mesure dans la force, la règle harmonieuse. Chaque pierre a sa raison, et rien n'est inutile.

Nous sommes ici à la borne septentrionale de notre empire. Mais comment arrêtera-t-on ce large mouvement, auquel l'océan peut seul mettre un terme ? La force qui nous pousse est invincible, parce qu'elle est ordonnée, comme ces réduits mêmes où nous sommes et qui portent, sans le vouloir, toute la signification de notre action. Que faire contre la force, unie à la raison ? C'est un flot discipliné qui roule d'un bord à l'autre du Sahara, et non la masse brutale qu'aucune pensée n'anime. Nos maîtres — les maîtres de la France — s'inquiètent : « Arrêtez ! N'allez pas plus loin ! » Mais ils ne sont pas aussi forts que cette force-là.

Du haut de la véranda du nord, on est presque dans le balancement des palmes. Au pied des fûts graciles, des chevaux hennissent. Des hommes, des enfants passent. Et derrière ce jeu d'ombres qui tremblent, c'est le grand étincellement immobile des sables, c'est le lit toujours à sec de l'oued, que borne sur l'autre rive un paysage indéfini de cailloux et de molles ondulations.

Je suis descendu vers le jardin potager. Sur la terre ingrate, voici pourtant des tomates éclatantes, des navets, des carottes, des betteraves. Il semble que de la chaleur monte de cette terre remuée et se mêle aux rayons verticaux du soleil tombant d'en haut. Je ferme les yeux, ébloui. Rien ne bouge que les lourdes flèches des palmiers. Elles font à peu près ce bruit auquel s'amuse le vent du large, lorsqu'il agite, aux bords de nos mers du nord, les cimes des pins. Je vois un autre jardin, aux allées droites plantées de poiriers, un vieux jardin cerclé de folle verdure — et ces longs après-midi d'été, où, comme ici, le moindre bruit se répercute, ébranle l'âme. Il y avait aussi des peupliers d'Italie qui faisaient cette même musique.

Il faudra contourner le poste, et s'arrêter à la lisière des palmiers, pour retrouver le cours ordinaire de nos impressions. Là s'étend une plaine noire, où parfois s'élèvent en tourbillons de blanches colonnes qui montent vers le ciel, tordues, arrachées — puis disparaissent. De hautes masses dominent la plaine; c'est la muraille de l'Adrar, abrupte et verticale, fortement assise, accrochée au sol, unie aussi, mais avec de larges plissements, et qui s'estompe vers le nord-est en lointaines grisailles. Nous la reconnaissons bien, cette aridité. Mais ici, elle donne toute leur valeur aux lignes droites et simples du poste, et plus que la gracilité des palmiers ou la douce exhalaison des jardins.

La musique est donc le seul art qui puisse retenir un soldat, puisque, justement, elle dérive de la mathématique.

Mais c'est à peine un art et c'est beaucoup plus. Les combinaisons harmonieuses du nombre, voilà qui plaît à l'intelligence éprise de logique. Une partition d'orchestre aussi est un système, et construit si serré qu'on se demande par quelles mailles il laisse filtrer le rêve. Elle fait rêver à la façon dont les fameuses propriétés de l'asymptote font rêver. Et les seules rêveries qui vaillent viennent des nombres. C'est Platon qui a donné la théorie de la musique...

Il n'est point de musique romantique, malgré les apparences. C'est par une extension qu'on dit Berlioz romantique. Simple association d'idées — à moins qu'un gilet rouge ne constitue le romantisme. Les règles de la musique sont immuables. Nul n'y saurait toucher. Au lieu que les autres arts sont libres à l'excès et que toutes les folies y sont permises. L'histoire de la musique n'offre pas ce désordre qui marque l'histoire des autres arts. C'est, si j'ose dire sans rire, l'art de la mesure.

La musique trouve son emploi dans une vie basée sur quelques abstractions. Alors le rythme est tout. Mais, si l'on reste dans le diversité de la vie terrestre, il faut se condamner à des suites d'images d'où l'unité profonde est absente. C'est dans la musique que l'effort vers l'unité est porté au plus haut point. Donc, c'est la patrie des mystiques, qui s'efforcent en désespérés vers l'unité — et des conquérants, ces mystiques de l'action. — Il y a aussi dans la nature une unité profonde; mais l'art justement la brise, la fragmente. De même, une aile de papillon tombe en poussière dès qu'on la touche.

Ces vieilles pierres du ksar, délitées par le temps, ont bien encore leur grandeur. Tous les soirs, j'allais m'y perdre, attendant l'heure où rentrent les moutons, en troupeaux pressés, tandis que des nuées d'enfants, fiers et charmants, s'amusent en poussant des cris. J'aimais surtout longer ces murailles en ruine, qui font à la ville une ceinture de misère et d'abandon. Je voyais ainsi les derniers reflets du soleil couchant sur la haute paroi granitique de l'Adrar. Parfois, ces sombres rocs se coloraient en rouge garance, et il semblait alors que toutes les couleurs devenaient plus intenses. Les palmiers d'un vert cru se détachaient sur les sables ocrés de la batha. Seules les pierres du ksar restaient dans la grisaille, chargées de poussière et de siècles.

Les terrasses sont couronnées d'épines. Aucune ne dépasse les autres. Ainsi elles s'isolent, mais aucune ne prétend s'imposer. Ce n'est point par une vaine bâtisse que la race affirme son orgueil. Au reste, les habitants d'Atar, Smassides pour la plupart ou simples captifs, sont les plus bas des Maures. Les vrais Maures n'habitent pas dans des maisons de pierre, mais sous des tentes en poil de chameau, perdues dans les replis du désert. C'est ainsi qu'ils entendent la fierté.

Vers le soir, chaque minute compte, chaque seconde rend un son que l'on voudrait éterniser et fait vibrer notre sensibilité décuplée. Nous sommes comme un gong où le temps frappe : de petits coups et les ondes du métal s'élargissent, se chevauchent, s'amplifient, mais selon un certain ordre mathématique. Je rentrais, ivre de bruits et de couleurs, par la palmeraie qui déjà reposait dans le silence.

Là, il faut franchir des enclos de palmes sèches, suivre d'étroits sentiers entre les carrés de blé ou de maïs. Mille petits canaux s'entre-croisent, et, près des puits, des bassins circulaires brillent encore aux dernières lueurs du jour. Mais ici, le travail des hommes étonne. On ne veut que la paresse, l'abandon de la nuit, le mystère que fait l'ombre.

Vu à la lumière de midi, ce ksar n'est au vrai qu'un ghetto. Rien n'est plus sordide que ces voies étroites, où une âcre odeur vous prend à la gorge, où, depuis des siècles, la saleté s'accumule. Parfois le passage d'une lente beauté, demi-voilée, achève l'illusion; nous sommes décidément dans une juiverie. Pour reprendre pied, il faut voir des hommes; dans leurs traits fiers et doux, on retrouve le vieux sang berbère, si près du nôtre...

J'ai pénétré dans quelques taudis de ce misérable bourg. Dès l'entrée, on est assailli par des nuées de mouches. Au centre du bouge, dans une cour étroite, des femmes chantent ou bercent des bambins crasseux, tandis que mille odeurs violentes se mêlent dans l'air et font chavirer le cœur.

Chez le père de l'émir, vieillard souriant et aimable, c'est la même misère, le même abandon. Pourtant, les cours sont plus vastes et mieux tenues. J'ai passé des heures sur la terrasse où poussent des plants de henné, mais mes regards se tournaient toujours vers nos murs de briques et cette forte assise quadrangulaire, dont la masse rose s'élevait parmi les doux ploiements des palmiers. Ainsi, l'ordre latin reposait ma vue qu'offensaient les replis malodorants de ce labyrinthe d'Orient.

Les palmiers semblent de grands jeunes hommes, courbés et graciles, aux fronts trop lourds. A voir leur compagnie pressée harmonieusement autour de nos bastions, déjà envahis de soleil, j'éprouvais je ne sais quel sentiment de plénitude, une grande joie sérieuse où l'on se noie...

Ici, nous sommes plus absolument qu'ailleurs des Latins, je veux dire que, mieux qu'ailleurs, nous y connaissons notre dignité latine.

« Ayant établi son camp vers ce côté de l'*oppidum* qui, séparé du fleuve et des marais, présentait un étroit passage, César entreprit de préparer les matériaux nécessaires à la construction de la terrasse — *aggerem apparare;* de pousser des baraques d'approche — *vineas agere;* enfin d'élever deux tours — *turres duas constituere.* Car, la nature du lieu empêchait de faire des circonvallations, *prohibebat circumvallare.* Pour ce qui est du ravitaillement en blé — *de re frumentaria* — il ne cessa de presser les Boïens et les Eduens. Ces derniers, qui n'avaient aucun zèle, ne nous étaient guère utiles. Les premiers n'avaient pas grandes ressources et le peu qu'ils avaient servit à leur propre nourriture. L'armée ne laissait pas de souffrir de l'extrême difficulté du ravitaillement, due à la pauvreté des Boïens, à l'indiligence des Eduens, et aux incendies des magasins. Ce fut même au point — *usque eo ut* — que, de nombreux jours, les soldats manquèrent de grain, et, le bétail venant de villages très éloignés, souffrirent d'une grande famine — *extremam famem sustentarent*. Néanmoins, aucune parole ne fut entendue de leur part, qui fût indigne de la majesté du peuple romain et de la supériorité des vainqueurs — *nulla tamen vox ab iis audita, populi Romani majestate et superioribus victoriis indigna...* »

Cela se passait dans une rude colonie et pendant une des plus dures campagnes coloniales de l'histoire. On pataugeait dans des marécages. On souffrait du froid et de la faim, et l'on avait affaire à de fiers gars qui ne vous laissaient pas une minute de repos. C'était justement au siège d'Avaricum, où les Gaulois d'aujourd'hui fabriquent des canons et des cartouches. Dans ce temps-là, l'Yèvre, l'Yèvrette, l'Auron, les paisibles rivières qui font un fin collier à la Bourges moderne, n'étaient qu'un vaste marais. C'est là que César se mit à construire ses tours, ses remparts bastionnés, ses cavaliers.

Il me semble que nous les connaissons, ces murs carrés, ces nobles tracés, les pures lignes droites des *oppida* et des voies romaines. Et aussi ces difficultés de ravitaillement et ces inquiétudes au sujet de la *res frumentaria*. Demandez-le aux conquérants de l'Adrar — mille neuf cent soixante-trois ans après la guerre des Gaules. Et aussi, et surtout, ce que nous reconnaissons, c'est cette *populi romani majestas*, cette sereine et rectiligne souveraineté, ce tranquille orgueil qui, joint à la fierté gauloise, devait faire beaucoup mieux que la *populi romani majestas* : la dignité française.

Chapitre V.

RECONNAISSANCE VERS BIR IGNI.

Je me retrouve dans mon désert et tout entier à lui, si loin des demeures des hommes. Dans les contrées sans nom où je m'en vais, l'immensité est traversée de souffles unis. Tous veulent m'apprendre ce que, sur la terre, on peut savoir de l'infini. « L'esprit de Dieu était porté sur les eaux. » Voilà le mot qui me revenait sans cesse, tandis que je traversais l'Akchar, balancé monotonement sur mon chameau pendant les longues heures du jour. Le paysage élémentaire nous reporte à la nébuleuse primitive.

Que l'on essaie de se représenter, selon la Genèse, le Saint-Esprit, la Troisième Personne, planant sur les eaux qu'animent de grands remous paisibles, alors que les armées innombrables des Anges venaient d'être créées dans le ciel... L'on aura alors une idée du vertige qui vous prend devant ces ouragans de sable, que nous dominons pourtant de toute la hauteur de la pensée humaine. L'esprit de Dieu est porté sur les sables...

Parfois, surtout aux heures paisibles du matin, et quand on a devant soi la perspective d'une grande matinée de route, on ressent un apaisement indicible. Mes hommes marchent derrière moi. Je les connais et ils me connaissent. Ce qui nous lie, c'est que nous sommes la vie de ce désert.

A Atar, je pensais à l'ordre latin. Mais cet ordre n'était-il pas la figure d'un autre ordre, la pierre angulaire d'un autre ordre ?

Sur ces routes du Tidjirit, je pense à un centurion de Rome que nous connaissons bien, et c'est celui qu'*admira* Jésus-Christ, le jour même qu'il entra à Capharnaüm. Faveur unique! Nous pouvons dire, après cela, que l'armée a une place éminente dans l'ordre chrétien, puisque c'est un soldat qui a été proclamé le premier par la foi. *Nec in Israël tantam fidem inveni*. Un humble lieutenant des cohortes romaines a surpassé en amour ceux même de la race élue, de la race choisie entre toutes! Un humble officier subalterne, comme nous sommes tous, a été jugé plus digne que tous les docteurs d'Israël!

Nous aussi, nous sommes des centurions. Nous avons cent hommes sous nos ordres et nous disons à l'un : « Va-t-en », et il s'en va; à l'autre : « Viens », et il vient. Nous aussi nous commandons et nous obéissons. Rien n'est changé — sinon la soumission véritable, que nous n'avons pas, sinon la modestie et l'amour.

Les centurions de l'Evangile sont comme nous de braves gens, d'honnêtes soldats qui ne demandent qu'à savoir — et à obéir, des simples comme nous, des hommes de bonne volonté. Car les soldats de tous les temps sont pareils. Les centurions de l'Evangile, quand ils ont *vu*, ne se voilent pas la face, mais ils disent : « Cet homme était vraiment le fils de Dieu. »

Car l'honnêteté des soldats est quelque chose de surprenant. Elle n'est pas l'honnêteté de tout le monde. Elle est une candide bonne fois, une sincérité naïve, une enfantine naïveté. Elle est une honnêteté courageuse comme celle de l'enfant, hardie avec placidité. Une honnêteté qui n'a peur de rien, pas même de la vérité.

Peut-être ne connaîtrons-nous jamais le bonheur du centurion de Capharnaüm. Mais nous savons que nous ne résisterons pas et que le bon Dieu entrera sous notre toit, quand il lui plaira. Voilà la base : ne pas résister à la vérité quelle qu'elle soit, attendre, attendre patiemment, sans nervosité, sans inquiétude, attendre l'hôte que l'on désire, et dont, pourtant, on ne sait rien.

J'étais à Capharnaüm avec le centurion... Quand je sortis de ma tente, vers 6 heures, je fus saisi d'un vertige.

L'immense étendue horizontale du Tidjirit semblait déjà de velours noir, mais le ciel jusqu'au zénith était encore d'une clarté merveilleuse. Nous avions reçu, la veille, une forte pluie — la première depuis plus d'un an. Aussi le ciel se peignait-il de couleurs inaccoutumées. Sa teinte translucide était faite de vert d'eau très pâle, ou d'un rose déteint, vieillot, ou plutôt elle ne pouvait se nommer en aucune langue humaine. Seules, certaines roses délicates que j'ai vues en Brie pourraient rappeler cette pureté de ton, ou encore certains fonds de la mer, dans les golfes de Bretagne. Vers le zénith, le tableau se fondait en rose, insensiblement, tandis que, vers l'horizon, quelques nuages s'allongeaient, très légers, très lointains, tout proches de l'éther glacé... Le soleil venait de disparaître. D'immenses rayons divergents, qui semblaient de vastes plissements du ciel, partaient du point où il venait de tomber. Mais ces rayons n'étaient pas faits de lumière. Ils n'étaient que des traînées obliques d'un rose vert, plus pâle encore que le reste du ciel. À ce moment, la plaine me parut d'une immensité prodigieuse. La chaîne de Tahament, vers laquelle nous marchions depuis trois jours, était d'un gris très pâle et pourtant elle faisait une vive découpure sur l'infinie profondeur du couchant. Rien, hors d'elle, dans la plaine, n'attirait le regard, sinon une faible ligne argentée : c'était un de ces lacs éphémères de l'hivernage, qui, dans quelques jours, vont disparaître, pour plusieurs années peut-être...

De grandes choses peuvent assurément se faire, par ce ciel-là. Son silence même nous presse. L'heure vespérale nous talonne. Elle nous enjoint de revenir en nous-mêmes, je veux dire dans cette partie de nous-mêmes qui est le pur esprit et où nous retrouverons *cela même qui n'est pas nous*. Elle nous dégage des bassesses de l'égoïsme, et pourtant elle nous demande de prendre la pleine possession de nous-mêmes. Elle nous projette hors du temps, hors de l'espace, dans une région où l'expérience humaine apparaît misérable, et où pourtant ce que nous découvrons en nous est indiciblement beau.

Je sens qu'il y a, par delà les dernières lumières de l'horizon, toutes les âmes des apôtres, des vierges et des martyrs, l'innombrable armée des témoins et des confesseurs. Tous me font violence, m'enlèvent par la force vers une région morale plus élevée que celle où je vis aujourd'hui. Ce soir, nous désirons de tout notre amour leur pureté, leur humilité, leur pitié, leur chasteté, leur sagesse, leur force, leur science, leur piété. Nous concevons que l'on puisse aspirer à la perfection.

Quand je pense au problème de la foi, aucune des difficultés soulevées par l'exégèse moderne n'arrive à m'émouvoir. Les prétendues « contradictions des synoptiques » ne servent qu'à ceux qui sont, dès l'abord et avant tout examen, décidés à nier le surnaturel. Si ignorant que je sois, je sens bien que d'aussi misérables discussions ne sauraient entraîner une conviction, quelle qu'elle soit. En fait — toute la question est là — il s'agit de savoir si l'on désire un certain fond moral, un certain rejaillissement de l'âme, une sorte d'innocente pureté. Il s'agit de savoir si l'on a le goût du ciel, ou non; si l'on désire de vivre avec les anges, ou avec les bêtes; si l'on a la volonté de s'élever, de se spiritualiser sans cesse. Là est toute la question. A tout argument l'on peut opposer un argument, et ainsi apparaît la vanité de l'argumentation. Si donc ce désir d'agrandir son cœur, si donc ce goût de Dieu n'existe pas, nulle preuve ne peut être administrée utilement, nul argument n'est efficace. Mais si l'on aime à s'attarder à cette angoisse du chrétien qui n'est que le désir de la perfection, si l'on ne redoute pas l'absolu, mais qu'au contraire on se sente un cœur assez vaste pour le contenir, si l'on a assez de finesse pour désirer autre chose que la morale naturelle, si bienfaisante fût-elle — alors l'on n'est pas loin de dire, comme saint Paul foudroyé : « Seigneur, que voulez-vous que je fasse ? »

Dans notre vie peineuse, soucieuse, nous sentons bien que nous ne pouvons pas nous en remettre uniquement à nous-mêmes. Nous savons ce que nous sommes. Nous connaissons la tâche qui nous a été mesurée. Nous sommes pénétrés de l'idée que la France, c'est nous. Nous savons qu'un seul homme représente, pour des milliers d'êtres, la France tout entière. — En particulier, je sais qui je suis, ce qu'on attend de moi. — Nous savons que nous sommes ici des hommes considérables. Nous sommes obligés de réussir. Si nous nous faisons battre, nous aurons tort. Si nous nous faisons battre moralement, c'est-à-dire si nous fondons l'injustice là où il faut fonder la justice, nous aurons tort bien davantage. Si humbles que nous soyons, nous avons pourtant une mission. Et quelle mission! Celle d'imposer la France. A chaque jour de notre vie, nous engageons le nom français. Une défaillance nous est interdite, autant qu'elle est impossible à la France.

Le 7 juin, lorsque je tombai, à Medenet Haouat, sur le campement de Mohammed ben Breika, je sentais violemment tout ceci; car, pour la première fois, le vieux chef, récemment soumis à Atar, allait voir jouer l'« Administration française ». Il s'agissait de recenser la tribu et d'y percevoir l'amende de guerre sous forme de chameaux... Misérable campement! J'ai compté tout juste huit tentes de la famille des Beni Aïllal, rattachée à la tribu des Souaad, huit tentes des Beni Tidrarim, cinq tentes de Larousseyn, une tente d'Ouled Delim, une tente de Skarna [1]. Qu'importe? La majesté de la fonction l'emporte, et si je n'ai devant moi que vingt-trois tentes misérables, j'ai derrière moi tout un peuple.

Tandis que je prélevais sur les troupeaux de la tribu une dizaine d'animaux de selle, le vieux cheik me regardait d'un œil sombre. Je sentais qu'il contenait difficilement sa fureur. Pourtant, quand l'opération fut achevée, il se ressaisit, discuta, implora, protesta même de son désir de vivre en bonne intelligence avec nous. Après une longue palabre sous ma tente, il parut s'adoucir. Nous devions tous repartir le lendemain, car nous prenions de l'eau dans une mare qui commençait à s'épuiser. Il me dit qu'il allait partir vers l'est. Mais je devais constater le lendemain qu'il m'avait menti. J'avais pris parmi les chameaux d'amende un bel « azouzel » blanc, que je montais pendant plusieurs mois. Je perdis plus tard ce bel animal dans la mare de Toumgad, où il se cassa l'épaule. Cet accident me fut très sensible.

[1] Tous ces gens devaient repartir en dissidence quelques mois plus tard.

Après notre séjour à Medenet Haouat, nous partîmes vers le sud-est. Nous marchions lentement, pour ne pas fatiguer nos animaux. Au puits de Birtgui, le 12, nous rencontrâmes encore trois Maures. Puis ce fut tout. Pendant des jours, les sables et les cailloux alternèrent, sans qu'aucun souffle humain vînt en atténuer l'épouvante.

Depuis tant de temps, depuis tant de routes, nous avons oublié les villages de la patrie. Nous avons oublié la famille, toutes les joies de la vie. — Dans notre solitude peineuse, il ne nous reste que quelques rêves. Dans notre solitude, il ne nous reste que de n'être plus seuls tout à fait.

Dans notre déréliction, nous cherchons un maître, car nous sommes de ceux qui brûlent de se soumettre, pour être libres. Et quel maître ne nous faut-il pas maintenant ? C'est le Maître du Ciel et de la Terre que nous appelons. — Nous savons ce qu'est la soumission du soldat. Nous savons sa grandeur. Mais nous savons aussi qu'elle n'est qu'une figure d'une soumission plus haute. (Tout n'est qu'image et figuration.)

Je discerne, dans ma vie intérieure, deux éléments :

1° Je dois m'efforcer de toutes mes forces de mériter Dieu, de me perfectionner jusqu'à forcer la grâce. *Violenti rapiunt illud*... Car je sais que tout m'est permis. *Je sais qui je suis*. Je sais ce que peut faire l'effort humain.

2° Je sais pourtant que j'ai un maître; que tout, en définitive, dépend de lui. J'affirme que Dieu est tout, que je ne peux rien, absolument rien devant Lui.

Mais il me semble, par cette apparente contradiction, que je rentre dans l'ordre. Car, qu'est-ce que l'effort humain, sans la soumission — et qu'est-ce qu'une soumission qui ne laisserait plus de place à l'effort humain ? Effort et soumission, liberté et servitude, voilà le plus haut état de la conscience humaine. Car il est une raison de progrès et un motf d'humilité. La grâce est la part de Dieu. Le désir de la grâce est ma part.

On peut avoir le désir d'élargir sa vie morale en dehors de Dieu. Ainsi les stoïciens, les protestants. Mais alors vient l'orgueil qui gâte tout. Et avec l'orgueil, la sécheresse du cœur, l'égoïsme. Cette sécheresse, cette dureté apparaissent bien chez les huguenots.

Désirer de monter infiniment haut, tout en se sachant infiniment bas, voilà ce que peut donner Jésus-Christ.

« La misère se concluant de la grandeur, et la grandeur de la misère... »

« Malgré la vue de toutes nos misères, qui nous touchent, qui nous tiennent à la gorge, nous avons un instinct que nous ne pouvons réprimer, qui nous élève... »

« La grandeur de l'homme est grande en ce qu'il se connaît misérable... »

« Le christianisme est étrange! Il ordonne à l'homme de reconnaître qu'il est vil, et même abominable, et lui ordonne de vouloir être semblable à Dieu... »

« La misère persuade le désespoir, l'orgueil persuade la présomption... »

Dans plus de cent passages, Pascal montre cet équilibre parfait du christianisme qui tient compte de tout, pèse tout, fait à tout sa part. Et quelle autre religion, en effet, pourrait expliquer l'homme tel qu'il est, dans sa servitude et dans sa liberté? Les protestants ne voient que la grandeur infinie. Les musulmans ne voient que la misère infinie. Dieu est tout, l'homme n'est rien. Ni les uns ni les autres ne me rendent compte de tout ce complexe que je sens pourtant bien en moi. Et, en effet, sans la rédemption, tout est inexplicable.

En arrivant à Labbé, j'ai vu une immense plaine blanche, poudrée de clartés, et que ne revêtait nulle parure. Autour, il y avait des dunes de sable si fin, si fluide, qu'aucune herbe n'avait pu y pousser. Pourtant, il me sembla que, sur les pentes de l'est, quelques plants d'« alfa » avaient réussi à s'accrocher. Il était 2 heures de l'après-midi et nous marchions depuis le jour. Tandis que mes partisans montaient ma tente, dans ce grand silence que fait la fatigue humaine, il me sembla apercevoir, tout au fond de l'horizon, un chameau qui marchait vers nous. J'envoyai deux hommes. Au bout d'un instant, ils revinrent avec un méhariste du poste d'Atar qui m'apportait, dans cet enfer, des nouvelles de mon pays. Je passai donc mon après-midi à lire le paquet de lettres si longtemps attendu. Mais je n'éprouvai pas le plaisir que j'en escomptais...

Il faut venir ici pour pleurer au doux nom de la France. Les malheureux! Ont-ils quelque sombre passion qui les guide dans la vie? Vivent-ils seulement? Pensent-ils aux grandes choses du monde, à la mort, au paradis? Pensent-ils aux anges du ciel, à ces armées si nombreuses que nulle image humaine n'en peut donner l'idée, et qui viennent, par vagues pressées, contempler tour à tour le visage de Dieu? Pensent-ils à l'enfer, à ces cercles enroulés jusqu'au plus profond de la terre, que déchirent d'indicibles sanglots? Pensent-ils à autre chose qu'à ce que voient leurs yeux, qu'à ce que sent leur cœur? Mais ce sont d'honnêtes gens. Ils ont le goût délicat, l'esprit orné, l'amour des choses de l'intelligence... Oui, mais est-ce tout? J'étais comme cela autrefois, et il me semble que ma vie était un désert, bien plus aride que celui que je traverse en ce moment.

Agoatim, 19 juin. — Ici, l'on suivrait assez volontiers ceux des maîtres de la vie spirituelle, qui nous assurent que rien n'est Dieu de ce qui est douceur, soupir d'amour, agrément du cœur. La vie dépouillée, immobilisée dans l'attente, dégagée de tout le sensible, même le sensible du cœur, voilà ce qui conviendrait ici. Ah! comme j'aurais su utiliser cette terre, si j'y étais venu en chrétien!

Nous longeons la faible dépression du Tassarat, qui coupe du sud-ouest au nord-est les dunes de l'Akchar. Le 22, à 5 heures du matin, je retrouve le capitaine B... Mais je n'ai pas le temps de jeter l'ancre. Nous repartons aussitôt pour la passe de Toudjounin. Notre but est d'atteindre par petites étapes, et en utilisant les pâturages de passage, la grande dépression de Ouadan qui se trouve à l'extrémité est des territoires reconnus, et où nos chameaux pourront se refaire pendant les mois chauds.

Le 23, à une heure, nous atteignons Toudjounin. Nous sommes alors au pied d'une haute falaise, semblable à la falaise de l'Adrar qu'elle prolonge vers le nord, et qui n'est coupée que de quelques cols praticables. Six jours après, le capitaine B. partait en reconnaissance, et je me préparais moi-même à lever le camp, nos voraces chameaux ayant déjà tondu les maigres espaces verts du bas de la passe.

Le col de Toudjounin est une coupure abrupte dont le fond est encombré de dunes à pic assez longues à franchir. Un étroit sentier sinue à travers les pans du roc. Il est, du côté de la plaine, encombré d'éboulis que les chameaux du Tiris, inaccoutumés aux cailloux, traversent difficilement.

Le 30, du haut de la falaise verticale, je suivais des yeux ma petite colonne qui s'égrenait au bas de la pente et ce spectacle familier me reposait de l'immense horizon du Tiris, développé par delà les portants de ce décor fantastique et noyé dans la lumière de midi. Le jour même, j'arrivai au puits de Tengharada, d'où j'envoyai chercher le chef de la petite ville de Teurchane. Je lui faisais donner l'ordre d'amener avec lui un guide qui me pût conduire dans les pâturages de Jraïf. Le chef arriva vers le soir, accompagné d'une suite nombreuse. Après les salutations d'usage, je lui demandai de me présenter le guide qu'il me destinait. Il me montra un enfant d'une huitaine d'années, à moitié nu, ayant la mine éveillée, et qui ne semblait nullement effrayé de la responsabilité qui allait peser sur lui. Le vieux Maure m'affirma impudemment que cet enfant était le seul qui connût la route de Jraïf. Je lui dis aussitôt que je n'étais pas dupe de ce mensonge; j'exigeai qu'il donnât au jeune guide un compagnon plus âgé, lequel aurait ainsi l'occasion de faire connaissance avec Jraïf. Le gamin me conduisit très heureusement jusqu'au terme du voyage. Son compagnon avait l'air d'ignorer réellement la route, et il écoutait de l'air le plus intéressé du monde les explications que lui donnait le jeune guide. Je ne saurai jamais s'il jouait la comédie, pour ne pas démentir son chef, ou s'il était sincère. Le jeune guide était étonnant. Il courait à pied devant la colonne, sans manifester la moindre fatigue et tout plein, au contraire, de son importance. Lorsque nous arrivâmes à Jraïf, il me demanda de le garder avec moi et déclara qu'il ne voulait plus retourner dans son ksar. Je lui accordai cette faveur, mais son père vint le rechercher quelques jours après, et le jeune aventureux quitta notre camp, non sans verser d'abondantes larmes.

Sur la route de Jraïf, j'ai rencontré le touabir Ahmed Ould er Rmaza. Il dépend du chef des Kounta de Ouadan,

Sidi Ould Sidati. Mais il vit seul, avec sa femme, son âne et ses vingt-cinq moutons. Quand j'arrivai dans l'oued caillouteux où il avait planté sa tente, son misérable bagage était chargé sur le petit âne et il s'apprêtait à décamper. Sa femme tenait un poupon dans ses bras. Avant de partir, il me conduisit obligeamment à Ouarouar, où se trouvent des oglats que je savais tout proches de mon campement. Il y avait là quelques Ouled Silla qui venaient de déplier leurs tentes. Je vis un vieillard qui grattait paisiblement la terre, entouré de jeunes enfants, pour tâcher de trouver un peu d'eau.

Les palmiers de Jraïf, ses buissons de tarefas odoriférants, ses dunes ombreuses m'accueillirent aimablement. Je comptais passer là quelques jours dans la tranquillité, mais, le 12, le capitaine B... m'apprenait par courrier rapide que le spahi Abdoulaye Faye et deux partisans de son escorte avaient déserté, et il me donnait l'ordre de le rejoindre pour renforcer son effectif. Le capitaine ne se trouvait qu'à 28 kilomètres de Jraïf, dans la petite vallée boisée où sont les puits de Utid. Je m'y rendis aussitôt, mais, à peine arrivé, je dus repartir pour Atar où j'avais quelques documents importants à consulter. Je laissai donc ma section à Utid et, dans la nuit du 13 au 14, je franchis, avec une petite escorte, les 60 kilomètres qui me séparaient de la capitale de l'Adrar.

La vue du drapeau français qui flottait sur la plus haute case du poste, en l'honneur de la fête nationale, suffit à me reposer de la longue marche nocturne que j'avais dû fournir. Les tirailleurs dans leurs plus beaux habits allaient et venaient devant la porte, naïvement décorée de papiers découpés. Cette touchante évocation de la patrie, à l'extrême limite des terres françaises, me parut infiniment douce. Tout de suite, malgré la simplicité du décor, je me trouvais rattaché à la civilisation, à la plus douce, à la plus humaine, à la plus harmonieuse de toutes. Certes, ce ne sera pas à Atar que je tiédirai et m'affaiblirai. Ici plus qu'ailleurs, je veux être tout entier à cette France qui est la France de Jeanne d'Arc, de Pascal et de Bossuet, qui est avant tout la France militaire et chrétienne. Singulière chose que cette liaison éternelle à laquelle je reviens obstinément! On peut le dire sans paradoxe : nul n'est pleinement Français, s'il n'est avant tout catholique (sans que cette idée enlève rien à la grandeur de la « catholicité », de l'universalité). Ce qui est requis pour la qualité de Français, c'est la foi de saint Louis et de Jeanne d'Arc, sinon leur sainteté. Combien pensent comme moi et n'osent pas le dire, en ce jour qui commémore l'acte le plus bassement démagogique qu'ait conservé l'histoire!

Je retrouvai le capitaine B..., le 18. Nous partîmes trois jours après pour Ouadan, où nous arrivâmes le 1er août. Notre route nous avait contraints de passer à Chingueti qui est, avec Atar, l'un des deux grands ksour de l'Adrar. Chingueti est la ville des savants et des prêtres. Ses maisons en pierres sèches, sans fenêtres, et surmontées de terrasses, s'échelonnent sur les dunes éclatantes qui dominent le lit sablonneux de l'oued. Sur la rive adverse, s'élèvent les palmiers touffus au milieu desquels on a construit le poste français. Tout un matin, j'ai erré sous l'ombre légère de la palmeraie. De loin en loin, j'entendais les voix des enfants qui récitaient le coran, assis en cercle autour de quelque maître d'école. Quelques oiseaux, dans les plus hautes palmes, chantaient. On se sentait alangui par je ne sais quelle nonchalance, le doux bruissement des oasis d'Afrique. J'étais avec B..., un camarade du poste. Nous marchions l'un derrière l'autre entre des clôtures de paille, sans presque parler. Tous deux, nous goûtions cette détente que fait un doux tableau d'été. Nous étions au moment où l'on touche en soi la plus vieille humanité, la plus élémentaire et la plus inexprimable en même temps. Ce clair apaisement, ces voix enfantines qui psalmodiaient dans l'innocent matin, il n'en fallait pas plus pour faire lever en nous toute la tendresse humaine, cette douce affection universelle qui nous est interdite dans les lourdes heures de nos exils...

Les rues du ksar sont chargées de dévotion. On y voit passer de grands vieillards amaigris par les jeûnes et dont les yeux ardents ne daignent même pas s'abaisser vers nous. Un moment, j'ai entendu un bourdonnement de prières : nous étions devant la mosquée. Elle est le centre, l'âme véritable de ce petit bourg que noient de toutes parts les sables les plus arides de la Mauritanie. Ainsi, dans le fond du désert, en pleine désolation, s'élève une ville de prières, une cité de Dieu battue de tous les vents, et qui, rejetée des jardins de la terre, est allée rejoindre le ciel.

Ce qui étonne, c'est la pesante tristesse des visages, je ne sais quelle barre d'ennui inscrite sur les fronts. Lorsqu'on a connu des moines ou que l'on a vu simplement les fresques de l'Angelico, l'affreux souci de ces autres hommes de Dieu apparaît mieux. Il vient de ce qu'ils adorent Dieu, mais ne lui demandent rien. Or, d'où vient le bonheur des chrétiens ? De demander, de demander beaucoup, et de recevoir davantage encore; de demander tout et de recevoir plus encore que tout. Mais comment seraient-ils comblés, eux qui ne demandent rien et qui pensent que le Ciel est fermé à leurs prières ?

Ils meurent de n'avoir pas entendu la phrase adorable, d'où seule peut découler sur terre un peu de joie : *Petite et accipietis, pulsate et aperietur vobis.*

Et pourtant, à cause du grand oubli où nous sommes nous-mêmes, Chingueti est encore une station profitable. Sur ce petit îlot de vie spirituelle, nous pouvons pleurer sur nous-mêmes et battre nos poitrines. Nous ne valons même plus ces grands rêveurs qui adorent du moins le vrai Dieu, s'ils ne l'adorent pas en vérité. Eux, du moins, ils se sont évadés du cercle où nous nous consumons; privés de la vision de Dieu, ils ne sont plus dans ces basses terres où nos forces s'épuisent sans gloire. Je les vois dans ces régions obscures, et pourtant célestes, où l'appel de Dieu est perçu, mais non compris, dans ces limites éthérées où le Tabernacle, éternellement clos, est pourtant entrevu, objet d'un désir infini et qui jamais ne s'assouvit.

Chapitre VI.

OUADAN.

Nous voici parvenus à l'une des bornes du désert. Au delà, les sables vierges, les immensités sans eau, la mort. Tout de suite, nous sommes jetés dans cette implacable solitude, plus imprenable assurément que les forteresses les mieux assises.

Nous nous arrêtons d'abord au ksar. Il domine de sa masse épaisse la chaude palmeraie où courent des enfants nus, où, tout le jour, bourdonnent des chansons, des appels... Quand, ayant gravi la pente de roc en roc, nous nous apprêtons à entrer dans ses rues tortueuses et immondes, nous voyons à hauteur de nos pieds les têtes des palmiers agitées d'un perpétuel frisson et qui tremblent avec des bruits secs de lattes. Vers la gauche, le long de la pente, une grande coulée de ruines qui se teintent à certaines heures du rose le plus tendre.

Non plus que dans les autres ksour, nul essai, nulle trace de fortification. Pourtant, on respire ici un air plus militaire qu'à Chingueti, et la ville, perchée sur son roc sauvage, fait tout de même un peu figure de citadelle. Les gens de Ouadan — Idaou el Hadj el Kounta — accueillent tous les medjbours qui passent, et il n'en manque pas, car le ksar est placé sur l'une des principales routes qui relient aujourd'hui la Mauritanie au Sud marocain. Route militaire. Ksar militaire d'ailleurs tout déchiré de luttes intestines, à qui notre éloignement permet de s'épanouir librement. Des gens de toutes les tribus passent à Ouadan : Chorfas du Hodh, Aït Toussa du Maroc, Regueïbat. J'y vis un jour un jeune homme qui appartenait à cette sauvage tribu des Némadis, propriétaires de chiens, que je devais rencontrer plus tard dans la région de Tichitt.

Nous avons passé un jour à Ouadan, dans l'animation pittoresque de la palmeraie. Des chefs venaient nous raconter leurs vieilles querelles et chacun implorait notre appui contre son ennemi. Que de fièvres, que de passions resserrées dans ce coin perdu du désert! Déjà, nous voyons plus de flamme aux yeux que dans la paisible et universitaire Chingueti. Quand nous sommes arrivés, les Ouadaniens ont tiré des coups de fusil en notre honneur. C'est la première fois que je recevais en Mauritanie un tel accueil. Ici, le geste naturel est de sauter sur son fusil, que ce soit pour la paix ou pour la guerre.

Mais poussons un peu plus loin. Ouadan est à la porte d'une immense cuvette, étirée vers le nord-est, et tapissée d'herbes chères aux chameaux. C'est là, près du puits de Bou Tellis, à 18 kilomètres du ksar, que nous allons dresser nos tentes pour l'août... Longues journées, mais toujours avec ces mouvements de fièvre, ces désirs d'essor, de mouvements libres qui parent les solitudes africaines.

Souvent, pendant ce mois, j'allais au puits, dont nous étions à une demi-heure de marche. C'était toujours dans le feu ardent de midi. Trois ou quatre Maures tiraient de l'eau en poussant des cris rauques, et les bêtes, par trois ou quatre, venaient boire longuement l'eau qui tremblait dans les toiles des tentes. On entendait les appels des bergers qui rassemblaient leurs animaux. Je fermais les yeux, étourdi par le soleil, par la vie éparse, incertaine. Quand je les rouvrais, je frissonnais de plaisir devant ce tableau nomade, si simple et pur et primitif. Parfois, j'allais flatter de la voix un beau méhari que je connaissais. J'étais heureux. Il me semblait que je ramassais mes forces dans le soleil.

Ce sont les bonnes heures qui me sont restées de cette période. Aux autres moments, j'éprouvais une sorte de malaise qui venait de mille pensées confuses, de sentiments mystérieux qu'encourageait la solitude et que, avec l'instinct d'ordre des aryens, j'aurais voulu préciser et cataloguer. Peut-être s'y joignait-il aussi l'amertume d'être arrivé au but de ma course, et de savoir que je ne pourrais plus que revenir sur mes pas. Dans les premiers jours du mois, je fus très occupé à recevoir l'impôt qui se paie dans l'Adrar, en chameaux. Mais, dès que les tribus furent parties, ma première idée fut de m'avancer au bord de l'abîme, et d'aller voir ces sables de l'ouest où jamais je ne pourrais m'aventurer.

Un matin, je partis. Sur un tertre dénudé, à quelques centaines de mètres du camp, je vis quelques maisons en ruine. Ma journée commençait sur un chant de mort et d'abandon. Au bout de quelques instants, j'entrai dans les dunes de Ouaran. Mon guide me racontait des histoires, il m'exaspérait. Ces dunes sont si fières dans leur stérile ennui, que la parole humaine y rend un son analogue à celui que ferait, je pense, un pipeau de berger près de la basilique de Saint-Pierre. Nos chameaux enfonçaient dans le sol mouvant, aux lignes vagues et molles. L'horizon se noyait dans l'imperceptible couronne de sable que soulevait, en caressant la dune, le vent d'est. Tout à coup, je vis des têtes de palmiers. Nous franchîmes une, deux ondulations, et nous fûmes dans une très petite palmeraie, blottie entre les sables :

— El Hassen, me dit mon guide.

Surprise! Un vieillard était là, gardien de ces palmiers perdus au fond des sables. Ce vieux captif, complètement sourd et très impotent, nous apporta des dattes exquises et de l'eau fraîche, mais salée. Je ne m'attardai pas; je recherchais une émotion précise, celle d'un enfant qui, sur une barque légère, s'aventurerait au bord d'une mer dangereuse et défendue. Je remontai la pente sablonneuse et là, dans le vent brûlant, je m'arrêtai. J'avais devant moi un immense tableau d'Afrique. Vers le nord-est, mon guide me montra la passe de Touijnit. Elle mène aux derniers puits de la barrière de l'Adrar : Bir Ziri, Ghalaouya. Mais vers l'ouest, c'était l'immense déroulement du Sahara, le royaume inviolé du silence. L'imagination bondit de dune en dune. Elle part sur de rapides chameaux, elle vole pendant des jours et des jours et pendant des nuits sans fin, et toujours c'est pareil, et toujours c'est le même sable et le même ciel. La gorge est altérée; on défaille de soif, on marche encore, le puits est là-bas, là-bas... de l'autre côté de l'Afrique.

Mon guide me tira de ma rêverie. Il me montrait vers le nord une ligne de rochers noirs :

— C'est là, me disait-il, que se trouve la case du cheik Mohammed Fadel. Mais elle est aujourd'hui abandonnée, parce que les guerriers du Nord la visitaient trop souvent.

Pauvre retraite de philosophes inoffensifs ! Je me devais d'y aller, ne fût-ce qu'en souvenir de mon ancien compagnon, le fils de Mohammed Roulam. Une petite heure de trot m'y eut vite conduit. J'entrai dans la cour que protège mal une longue muraille carrée. Au fond, en angle, la maison, très simple, construite, à la manière des Maures, toute en largeur. Par terre, il y avait un bassour démoli, des fragments de calebasse. La maison semblait abandonnée de la veille.

Jusqu'à ce que le soleil fût tombé, je restai là, perdu dans un songe intense. Mon guide était parti pour entraver nos montures dans un maigre champ d'herbes. Devant la demeure où tant de Fadelya avaient rêvé de leur dieu, je ressentais une sorte d'exaltation : elle faisait lever en moi des pensées nombreuses, mais toutes ordonnées les unes par rapport aux autres. J'avais soif de précision.

C'était une bonne fortune qui m'avait conduit à la demeure des hommes, après ces heures de langueur dans le mystère des sables. Nous sortions de l'Océan et nous prenions pied sur un rivage connu. Ce bienfait sensible, il ne fallait pas le perdre en imitant cet Alexandre Sévère qui, au IIe siècle, accueillait tous les dieux dans son laraire, depuis Orphée jusqu'à Jésus. Nous, plus prudents, nous n'accueillerons les visiteurs de notre route que sous bénéfice d'inventaire...

« Allons-nous donc, me disais-je, comparer nos prières à leurs prières, mesurer nos pensées à leurs pensées, soupeser nos mérites, établir la balance ? Ce serait une vanité, et, plus, une indécence. Aussi ne cherchons-nous pas une discrimination morale, mais à nous éclairer un peu à leur lumière. Telle sera ici notre méthode. »

Chaque siècle a sa façon de voyager. Nous ne voyageons pas comme Jules César, ni comme les Croisés, ni comme les romantiques. Nous ne voyageons pas comme voyageait Chateaubriand ou Fromentin. Nous ne voyageons même plus comme voyageait M. Pierre Loti.

Nous vivons dans une sombre époque. Nous avons des soucis qu'ils n'avaient pas. Nous vivons dans une fièvre, avec des sursauts de doute et de haine et d'amour, dans le souci et dans la tribulation. Un beau tableau d'Afrique, par ses seules lignes et ses seules nuances, n'emploie plus suffisamment notre activité sentimentale.

Au travers, c'est à notre âme que nous songeons, à la parer, à l'ennoblir. Car nous avons le sentiment d'une effroyable responsabilité, la certitude pesante, traînée partout, rivée à nous, d'une accablante responsabilité. Nous tous, qui sommes nés avec le siècle, avons le sentiment de notre importance. C'est en nous que sont remis tous les espoirs — et nous le savons. C'est de nous que dépend le salut de la France, donc celui du monde et de la civilisation. Tout se joue sur nos têtes. Nous savons bien que nous verrons de grandes choses, que de grandes choses se feront par nous — et que ce n'est pas le moment d'aller prendre un pinceau et une boîte à aquarelles. Nous ne sommes pas des amateurs, ni des touristes — sachant ce qu'on attend de nous. Nous ne sommes pas des gens spirituels, et nous contestons même leur esprit aux « spirituels », aux « fins causeurs », à tous les pantins peinturlurés de couleurs brillantes, et qui prétendent encore maintenir la « vraie tradition française ». Nous ne sommes pas des hommes de salon, ni de boudoir, ni de fumoir. Nous sommes de bons ouvriers — et nous, en particulier, nous sommes les ardents compagnons du tour d'Afrique.

Nous aussi, nous pourrions « faire de la littérature », si le cœur nous en disait. Mais nous avons dans la bouche un goût si amer, nous ressentons si fort la honte de l'infidélité, de l'abandon, de la défection à tout ce qui est français, que non, vraiment, *le cœur ne nous dit pas*. Notre méthode ne peut pas être leur méthode.

On dit que l'on aime mieux la France quand on revient de l'étranger, que rien ne sert l'amour de la patrie comme les lointains exils. Pourtant, je le sens bien, jamais je n'aimerai la France davantage qu'en ces jours où notre commandant des batteries à cheval nous emmenait manœuvrer vers Issy, Vanves, Asnières, Clamart, Châtillon — vieux forts, communes tragiques dont les seuls noms, si loin, si loin, nous font encore passer des frissons sacrés. Ces heures-là resteront toujours inégalées. Mais peut-être de loin connaît-on mieux sa patrie, si l'on ne l'aime pas plus. Ce n'est pas de l'amour que nous gagnons, c'est de la connaissance. Ainsi Maurice Vincent, ce n'est pas l'amour qu'il apprend aux tropiques, c'est la connaissance du sol natal.

Allons-nous donc, pendant ces arrêts-là, où, jetant le bâton, nous mettons la main en visière au-dessus des yeux, et assurons notre regard — allons-nous donc nous épuiser en d'énervantes analyses ? Nous n'en avons pas le loisir. *Magnum opus facio,* disent quelques jeunes hommes qui m'attendent là-bas. Et comme celui qui, pierre à pierre, reconstruisait les murailles de Jérusalem : « Je ne peux pas descendre... *et non possum descendere.* »

Lorsque je la vis, cette case du cheik Mohammed Fadel me sembla porter toutes les marques de la servitude : ennui, morne résignation, découragement. Une grande foi, mais une foi d'esclaves. « A quoi bon ? dit l'islam, Dieu fait tout et nous ne pesons rien dans sa main. » Presque toutes nos grandes connaissances, ils les ont eues, mais frappées de stérilité, dépouillées de leur vie. Et même cette grande idée de la Résurrection des Morts et du Jugement, elle est chez eux décolorée, écrasée par ce poids qui pèse sur le monde. Qu'avons-nous donc de plus que les Maures ?

La conscience de notre dignité et de notre indignité. (Nous sommes, au dedans de nous, aussi sûrs de l'une que de l'autre, mais tout s'accorde par la Chute et par la Rédemption.) La connaissance du prix que nous valons, et du vil prix que nous valons. (Nous le sentons de nous-mêmes, mais tout s'accorde encore par l'Incarnation.) Le sentiment de notre puissance, et celui de notre impuissance. (Nous savons très bien, par les lumières naturelles, que nous sommes libres, et nous sentons très bien aussi que nous ne sommes pas libres — accord qui se fait dans la grâce.)

Ainsi sommes-nous riches, d'une richesse infinie. Toutes les forces qui sont en nous s'équilibrent, se balancent et finalement s'orientent dans le sens de l'action la plus pleine, la plus sereine. Tous les champs de notre âme sont des champs du bon Dieu, tous peuvent promettre une admirable récolte.

Le sentiment de notre liberté et celui de notre servitude : deux joies infinies. Toute notre action oscille entre ces deux pôles de béatitude. Mais comment agirons-nous donc, si nous sommes dans les fers ?

« Notre Père », disent les Français. Parce que Dieu, c'est le Père, c'est notre Père. C'est le Père qui nous aime, qui a confiance en nous, qui nous laisse les coudées franches, qui nous veut libres et joyeux. Ainsi toute notre force est-elle dans ce « Notre Père ».

Tel est le secret de ce que nous valons. (Comme s'éclaire bien ici l'affreuse hérésie janséniste — double hérésie, donc : dogmatique et nationale.)

Mais comme d'ici, en effet, nous connaissons mieux notre France ! Je vois tomber les murs du vieux cheik. C'est un grand souffle qui passe. Le voici qui accourt du fond des sables et qui transfigure le désert. Voici que maintenant nous y faisons figure de grands seigneurs. Nous savons qui nous sommes, ce que nous faisons. Si petits dans cette solitude, nous connaissons notre grandeur.

Et, en même temps, nous connaissons l'affreuse dégradation de la pensée moderne. Comment, quand je suis ivre de ma force, et que je contemple la faiblesse d'une race asservie, n'irai-je pas penser à nos philosophes et à nos savants ? Ceux-là, tandis que mon cœur, grisé d'espace, bénit les richesses que plusieurs générations de catholiques ont mises en moi, dans leurs cabinets et leurs bibliothèques, ils proclament un froid mécanisme d'où la vie, le mouvement, toute la réalité du monde, toute l'unité du monde sont vidées. Toute notre dignité, la grandeur morale qui a présidé à vingt siècles d'histoire n'existent plus, noyées dans l'immense médiocrité qui nous submerge. La vie intellectuelle appauvrie et languissante, la vie morale irrémédiablement abaissée, tel est l'aspect que présente d'ici cet autre désert, mais combien plus morne et désolé, qu'est la France des modernes.

Ces penseurs — nos maîtres — voici ce que Jacques Maritain en disait, en 1910 :

« Ce n'est pas la vérité, c'est la manière dont elle nous parvient qui leur importe. Et comme ce n'est pas la vérité qu'ils cherchent, mais eux-mêmes, ils n'acceptent de vérité que celle qui passe par eux. Qu'on lise, par exemple, les spéculations des biologistes sur l'origine de la vie, on verra avec quelle douce assurance ils écartent l'idée d'une création, parce qu'elle est « théologique », et y substituent les hypothèses les plus absurdes, comme de supposer que les germes vivants sont tombés du ciel ou qu'une substance inorganique, pâteuse de préférence, s'est mise un beau jour à respirer, se nourrir et produire une monstrueuse progéniture, et l'on s'assurera sans peine que les « penseurs » modernes préfèrent, *a priori* et sans aucune hésitation, dix erreurs venant de l'homme à une vérité venant de Dieu. »

Et ce misérable abaissement de la science, qu'est-il auprès de l'ennui pesant qui écrase toute la cité : pourriture de la politique, désordre de l'art, pauvreté de la morale ?

Ainsi donc ce fier lys de France qui veut vivre, cette fine fleur chrétienne, c'est elle que je sens maintenant refleurir au fond de moi, et c'est elle qu'ils veulent arracher, ces fossoyeurs ! Qu'ils viennent ici, par toute l'Afrique, apprendre ce que c'est qu'une race élue, et ce que c'est qu'une race qui ne l'est pas. Qu'ils viennent voir ces grands rêveurs d'islam — auprès desquels ils sont encore de bien misérables chiens — et qu'ils apprennent d'eux, non de nous, ce que nous devons à la pensée chrétienne.

Ce mécanisme unique de la grâce, cette fierté d'homme, et ces lettres de noblesse qui nous ont été données, cette libre allure dégagée, hardie, la tête haute, cette gentillesse et cette bonhomie, toute notre force et toute notre vertu, voilà ce que les malheureux veulent avilir, toute cette force que les Maures eux-mêmes sentent en nous confusément, et devant laquelle, éblouis et tremblants, ils baissent les yeux.

« La tête haute et droite sans être gênée, les yeux fixés devant soi », dit le Règlement. Voilà qui nous permet de traverser le désert, d'un pas mieux assuré, et nous fait, dans le froid déroulement des sables, une personnalité.

Nous ne sommes pas des touristes, ni des machines à enregistrer des sensations, ni des collectionneurs d'« états d'âme ». Il me semble que nous valons mieux, que notre action a une raison, qu'elle est un grand déroulement. C'est aux Croisades que je remonte si je veux, trop isolé dans la dune de Ouaran, insérer mon action particulière dans un grand mouvement d'humanité. Vingt siècles d'histoire — et toute une éternité préalable — pèsent sur nous. Si nous ne servons pas à l'exécution d'un plan prodigieux, que faisons-nous ici ?

J'ai souvent pensé, dans d'autres ruines, à ces ruines que sont nos âmes. Mais enfin, la diminution de nos croyances importe-t-elle réellement devant cette grande élection du peuple français ? Si loin que nous soyons de la foi, il est une marque divine en nos actions. Je le sens bien, moi qui n'ai jamais vécu que devant les portiques de nos temples. Qu'importe une vocation particulière devant l'élection de tout un peuple ? Si je ne marche pas dans les sentiers de la grâce, je sais pourtant bien que j'agis dans un certain sens, que je continue une grande action chrétienne passée et que je participe à une grande action chrétienne présente. Je suis embarqué dans une voie dont je ne puis pas m'écarter. Nullement élu moi-même, je participe néanmoins à la grande élection du peuple français. Et c'est comme serait un jeune garçon enrôlé dans l'armée : il ne sait où le mène son chef, mais il marche sur la route avec confiance. Il « marche sa route » allégrement, car il sait ce qu'il a à faire, s'il ne sait pourquoi il le fait. Ainsi va l'histoire de France, ainsi vont, sur la grande route droite, les millions de Français qui font l'histoire de France. Qu'est la vocation devant l'élection ? Qu'est un salut particulier devant le salut éternel de la France ? Nous agissons de même. Supposons donc le problème résolu.

Je suis retourné, un jour, dans cette dune de Ouaran, la grande Tentatrice, l'Ennuyée. Quel aimant m'attirait encore vers son horizon sans grâce et sans honneur ? « Nous aussi, me disais-je, nous pourrions imaginer dans cette mer une autre Lorelei. Au lieu de la chevelure d'algues et des yeux glauques, elle aurait la tête couronnée de lumière, le regard apitoyé d'un ange bleu... »

Cette fois-là, ma curiosité m'appelait vers le sud de la dune, au puits de Meïateg.

Vers 10 heures, j'arrivai à un vaste espace dépouillé, dont la pellicule craquait sous les pas de nos chameaux. Sur ma gauche, des arbres de bergerie couronnaient une dune. Je revoyais un de ces éternels paysages délavés sous les ruissellements du soleil, faits de poussières ténues, impondérables, et qui n'arrivent pas à me confier une parole amie. J'étais dans une « Sebkhra », je voyais les bouches noires des puits rangées en demi-cercle... Un de ces éternels recommencements — recommencement de la matière et recommencement de nous-mêmes, où tout le tragique tient dans l'exacte répétition, l'implacable restitution des mêmes lignes et des mêmes pensées, dans des heures semblables. J'allais me laisser aller à de l'ennui, quand mon guide m'entraîna vers les puits. Tous étaient à sec, sauf un, où croupissait une eau noire, à une faible profondeur.

— Tire-moi de l'eau, dis-je à mon compagnon.

Mais, comme réponse, il m'emmena un peu à l'écart du puits et me montra un cadavre à demi enfoui dans le sable. La chair était dans un état de décomposition très avancée et, par endroits, arrachée. Des lambeaux d'étoffe — celle qui avait servi à vêtir le mort — traînaient sur le sol.

— Ce jeune inconnu, me dit le guide, a été trouvé mort, il y a quelques jours, dans le fond du puits où tu veux te désaltérer. Il venait, croit-on, du sud du Tagant, du Regueïba. Il est arrivé ici, épuisé par la soif et, pour boire plus vite, il est descendu au fond du puits. C'est ce qui l'a tué. Des gens de Ouadan qui passaient par ici ont repêché son cadavre et l'ont enfoui en hâte dans une fosse peu profonde. Aussi les chacals sont-ils venus le déterrer et le déchirer, comme tu le vois à présent.

... O la surprenante apparition! Je revoyais l'humble voyageur aux jambes nues, son invraisemblable fusil tenu par le canon sur l'épaule, et qui marchait depuis des jours et des jours, solitaire et obstiné. Il franchissait les cercles sans cesse renaissants de l'horizon — après une dune passait une autre dune — et toute sa pensée se tendait vers ce puits de Meïateg, qu'il fallait atteindre à tout prix. Enfin, dans la lutte géante avec le sable, il est le plus fort, il atteint le but, mais inutilement. C'est de son succès même qu'il va mourir...

Race infortunée, qu'écrasent son Dieu et sa terre! Race de vaincus! Peuple esclave! Pourtant aujourd'hui, n'insultons pas, puisqu'une fleur de pitié a poussé à Meïateg.

... Je suis revenu au camp par le ksar de Ouadan. Qu'il est aimable, l'accueil de la palmeraie, après tout un jour dans la dune! On s'enchante de retrouver enfin des ombres et des lumières. Ces clartés lointaines de palmeraies — lumières diffuses et masses d'ombre — ces clairs-obscurs, l'œil s'en va jouer avec, sans se lasser. On voudrait caresser tous les enfants, bambini florentins à peine bronzés. Et l'on sent l'heure qui s'étire, dans un bâillement heureux d'insouciance. Ce ne sont pas ces heures-là que j'aime le mieux, mais elles ont un parfum violent qui reste...

Le chef des Kounta m'a apporté un beau mouton que j'ai mangé en méchoui, avec mes compagnons. Au lever de la lune, je suis parti vers le camp.

Quelques jours après, le 9 septembre, je repassais une dernière fois à Ouadan; nous repartions vers l'ouest, pour reprendre, en Adrar, nos postes de surveillance du désert.

CHAPITRE VII.

DE OUADAN A NIJAN.

Le 9 septembre, à 1 heure du matin, je donnai l'éveil au camp. La lune éclairait mal un paysage que je ne comprenais pas, parce que j'étais arrivé en pleine nuit au camp du capitaine B... Encore ensommeillé, je titubais au milieu des chameaux, agenouillés de tous côtés au milieu de nos caisses, et qui faisaient leur musique habituelle. Combien n'en ai-je pas vécu, de ces heures incertaines de la nuit, où le cœur est vide et ne souhaite plus qu'un éternel repos? A ces heures-là, on se sent abandonné, lâche et courbé. On se prend à désirer quelque douceur dans la vie...

Une fois le départ donné, c'est fini. On hume l'espace endormi, on se laisse aller au doux bercement des dromadaires. Celui que je monte aujourd'hui est un superbe azouzel blanc, qui m'a été donné par un chef dans l'Azefal. Il est doux et tranquille, et dès que je fais entendre l'appel de langue qu'il faut, il part au trot, d'un grand trot mou et cadencé, cet amble bien balancé et bien glissant sur le sol, si doux et si aisé.

Nous voici dans la nuit, sur les plaines sans routes. Nous allons tout droit, tandis que, devant nous, les étoiles se lèvent lentement de l'horizon. La lune s'affaisse à l'autre bord et déjà elle n'est plus qu'un vague disque perdu dans la brume. Un vent froid s'élève, et nous voici dans la nuit noire, à cette heure mortelle où la lune est couchée et où le soleil n'est pas encore levé. Quand il paraît, à 6 heures, nous découvrons autour de nous de grandes nappes de « sfar », petite herbe blanche dont les chameaux se nourrissent volontiers. Nos peaux de bouc sont pleines d'eau. Nous passerons donc la journée dans ce pays sans nom, attendant de nouveau la fraîcheur nocturne pour repartir. Il faudra donc que le soleil monte jusqu'au zénith, que la terre échauffée tremble de lumière. A cette heure, nous sortirons de l'ombre éclatante de nos tentes et nous irons voir nos troupeaux, ruminant dans le midi calciné. Puis, de nouveau couchés sur nos nattes, nous attendrons que le soleil soit redescendu jusqu'au couchant, ayant achevé son temps...

Comme cette patiente attente de la nuit s'accorde mal avec l'ardeur qui nous dévore! Nous voudrions ne pas perdre notre temps, utiliser enfin les heures de paix qui nous sont données. Je me disais à Ouadan que peut-être nous serions ceux par qui la France reviendrait à l'ordre et à la fidélité. Mais, aujourd'hui, un immense découragement m'envahit. Nous-mêmes, sommes-nous dans l'ordre et dans la fidélité ? Que peuvent être nos pensées de solitude, sinon un affreux chaos que n'ordonne aucune règle, qu'aucune force n'aimante ? Et d'abord, que pouvons-nous espérer de nous, tant que nos cœurs seront impurs, ou même purs selon l'ordre du monde — enfin, impurs selon quelque manière — tant que nos vies ne seront pas établies sur un plan supérieur et très loin de cette vulgarité où nous sommes. Toute notre insuffisance intellectuelle vient de là. Mais il faut, pour y remédier, quelque aide qui nous dépasse et qui, peut-être, nous sera toujours refusée.

Le 14 septembre, à Douerat, nous arrivons enfin dans un pâturage convenable, trouvé après trois jours de recherches. Nous y installions le camp, le capitaine et moi, mais, dès le lendemain, il me fallait repartir pour Chingueti où m'appelaient diverses affaires de service. Je franchis en huit heures les cinquante kilomètres qui me séparaient du poste, j'y passai deux jours de travail hâtif et, le 21, j'étais de retour à Douerat, où je pouvais enfin prendre un peu de repos. — Mais qu'est-ce donc que le repos pour qui cherche à se fuir soi-même dans l'enivrement de l'espace, pour qui redoute par-dessus tout de se trouver face à face avec le bourbier de son âme, pour qui, enfin, ne s'arrêtera plus qu'il n'ait trouvé l'ordre parfait et la suave harmonie de la vérité ?

29 septembre. — Après les exercices de tir qui occupent quelques heures de la matinée pendant les jours de repos, je me suis promené longtemps dans les taillis qui encombrent la molle dépression où nous avons dressé nos tentes. Dès que l'on sort de cette petite oasis de verdure, l'on est dans le caillou noir, dans la terre dure et nue... Voici les ruines d'un ksar, des éboulis de pierres sèches à la lisière d'un bois. De sombres légendes se rattachent à cette ville, très anciennement détruite. Mais, aujourd'hui, je pense de tout mon cœur à la patrie — je pense à des vies françaises bien ordonnées, tout occupées de prières et d'honnêtes travaux, bien établies dans la pureté et dans la paix du cœur. Là-bas, il est des âmes qui ne cherchent pas la griserie du voyage, parce qu'elles ont trouvé le port et qu'elles ont jeté l'ancre dans l'incomparable béatitude.

Au lieu que nous, nous sommes lancés dans le monde, dans le péché. Inquiets, nous rôdons en cercle, à travers les champs de la terre, le regard oblique, la bouche amère. Et parfois, dans cette course affreuse, nous nous arrêtons. La peur se glisse en nous : « Il n'est pas possible, nous dit une voix obscure, que la vie soit là, dans cette rancœur, dans ce désespoir qu'est le péché. Il n'est pas possible que la vraie route soit celle-ci, qui ne mène nulle part. Il n'est pas possible que les Saints ne prévalent pas contre nous et que la pureté ne prévale pas contre l'impureté. »

« Heureux, dit-elle encore, ceux qui sont immaculés dans la voie — dans la voie qui est droite et qui a un point de départ et un point d'arrivée, dans la voie qui est la plus courte, et non dans celle-ci, qui sinue à travers les jardins du monde et qui ramène éternellement au même point. »

— Pourtant, répond le voyageur, le péché est dans l'ordre du monde. Il est le fait de l'homme. Nous ne sommes pas des anges.

— Tu peux du moins, pauvre âme errante, reprend la voix, chercher une raison de progrès. Tu peux quitter cette route qui revient éternellement sur elle-même. Tu peux t'avancer sur cette route royale que je te montre. Le terme en est lointain ? Que t'importe ? Puisque chacun des pas que tu y fais est un nouveau rejaillissement de ton âme, une nouvelle conquête sur le ciel...

— Mais je suis homme...

— Aussi, toutes les morales humaines sont-elles impuissantes à te donner la paix. Comment, étant tout péché, sortiras-tu du péché par tes propres forces ? Comment même, dans ta nature finie, trouverais-tu une raison de progrès indéfini ? Prends le plus pur des païens. Suppose le stoïcien le plus admirable. Il arrive vite au terme de sa perfection. Arrivé à ce terme, il s'arrête, il se regarde, et il écrit, s'il lui plaît, les *Pensées* de Marc-Aurèle ou l'*Encheiridion* d'Épictète. Prends maintenant le plus humble des saints. La morale naturelle est peu pour lui, parce que ce qui est facile ne lui suffit pas. Ce qu'il veut, c'est de vivre de la vie des anges. Jusqu'à sa mort, il garde l'inquiétude de la perfection, ce mécontentement de soi-même qui n'est que le sentiment de sa réelle impuissance. A mesure qu'il s'affine dans sa vie morale, il voit se creuser davantage l'abîme qui le sépare de son Dieu. Plus il s'approche de la perfection, plus il la voit fuir devant lui. Aussi sa vie est-elle un rejaillissement perpétuel, un perpétuel mouvement, une glorieuse ascension, et comme une escalade du ciel qui ne laisse nul répit.

— Que ferai-je donc pour sortir de cette mortelle langueur où je suis, pour m'élever au-dessus des monotones campagnes de la terre ?

Et la voix dit :

— Rien par toi-même. Tes pieds sont rivés au sol. Ce n'est point toi qui te donneras des ailes. Mais voici venir Celui qui t'a promis la vie et qui, pour t'élever jusqu'à Lui, te donne à chaque jour sa chair en pâture. Ecoute les paroles qui délient et qui, selon la promesse, rendront ton âme plus blanche que ne l'est la colombe. Dévore le Pain des Anges, pour n'être plus abandonné à toi-même. Prends cette main sanglante qui t'est tendue. Veille et prie...

Alors le voyageur s'arrête. Il s'assied sur les ruines des cités. Une angoisse affreuse le saisit à la gorge, et il murmure dans sa solitude :

« Mon Dieu, puisque vous m'avez mené jusqu'ici pour me faire entrevoir votre visage, ne m'abandonnez plus. Manifestez-vous enfin, puisque vous seul pouvez le faire et que je ne suis rien. Comme vous avez montré à Thomas vos plaies sanglantes, envoyez-moi, mon Dieu, le signe adorable de votre présence... »

Après dix jours de repos à Douerat, le pâturage étant épuisé, nous prenions tous ensemble la route de l'ouest. En quelques étapes, nous arrivions aux environs de Chinguetí, où le capitaine se rendait, tandis que j'installais nos gens et nos animaux dans la petite palmeraie de Tenaghel. Le soir de ce même jour — le 6 octobre — je me rendais moi-même dans l'antique cité des Maures.

Je ne l'ai jamais revue sans plaisir. Mais ce soir-là, ayant réglé toutes mes affaires de service quelques jours auparavant, je pouvais m'y abandonner sans partage aux rêveries spirituelles qu'elle verse sans compter au voyageur attentif. De la plus haute terrasse du poste, on domine l'immense « batha », le lit de sable fin où ne coule jamais d'eau. Sur la rive adverse, les murs nus du ksar, les murs sans fenêtres, font une masse sombre qu'encadre de tous côtés la blancheur de la dune aride. De toutes ces grandes lignes horizontales, il n'est que la mosquée qui pointe, toute droite, vers le ciel, simple tour carrée, aux grands espaces de pierres. Devant ces demeures des savants de l'islam, je retournais vite à mes méditations de Ouadan. Comment ne pas penser encore à l'effroyable malédiction qui pèse sur cette malheureuse race, vaincue, semble-t-il, par les magnifiques forces humaines qu'elle n'a pas su utiliser ?

Cette liberté, me disais-je, que nous tenons, au contraire des Maures, pour d'un si grand prix, cette liberté qui est à nous, et non à eux, que n'est-elle pas, pour que tant de miracles de Jésus, tant de sainteté n'aient pu l'enchaîner ? Quelle n'est pas sa grandeur, pour que Jésus soit toujours le signe de contradiction dont avait parlé le Précurseur : *Signum, cui contradicetur ?*

Car cela même a été prévu.

Ô Dieu, où donc est la lumière éclatante, où donc l'unique réalité ? *Domine, tange oculos meos et secundum fidem meam fiat mihi et aperiantur oculi mei.*

Parfois, la magnifique clarté venue de l'Orient m'aveugle. J'entends l'appel pressant du maître. Tout m'assure qu'il est de Dieu et non de l'homme, cet appel auquel vingt siècles de Rédemption ont répondu. Et puis, à d'autres moments, je me révolte. Faut-il donc que je croie que ce pain est votre chair, que ce vin est votre sang ? Voilà l'impossible exigence. Et je dis comme vos disciples mêmes, au lendemain de vos grands enseignements de Capharnaüm: *Durus est hic sermo*. — « Voilà de bien dures paroles, et qui peut les écouter ? »

Et pourtant, je vois là encore ce jeu de la liberté que vous avez voulu réserver. Il faut bien que la foi soit difficile, pour qu'elle soit mérite. Et encore : si la foi était facile, où serait son caractère surnaturel ? Et comment serait-elle la marque de l'élection ?

Il faut donc que « le monde soit divisé à son sujet », selon ce que disait saint Jean. Il faut donc que, pas même devant le tombeau de Lazare entr'ouvert, l'homme ne soit forcé de se rendre. Il faut donc que jusqu'au bout il reste libre de croire ou de ne pas croire, que jamais sa raison ne soit asservie. De sorte que dans cette institution de la liberté, dans ce système, le signe de contradiction est le signe même de vérité.

Une chose nous est demandée : le désir, l'humble désir du vrai. Il dépend de nous de l'avoir ou de ne pas l'avoir. Mais pour peu que nous l'ayons, nous sommes bien assurés d'avoir au delà même de ce que nous désirons et de recevoir l'infinie miséricorde, en échange de la plus petite bonne volonté.

« Veux-tu être guéri ? », demande Jésus à l'homme qui était malade depuis trente-huit ans. — « Oui, Seigneur, répond-il, mais je n'ai personne qui, lorsque l'eau s'agite, me jette à la piscine. » — « Que fais-tu, infortuné, près de la fontaine de Bethsaïda ? Cet humble aveu, cette faiblesse te suffisent. Déjà la parole qui sauve et qui guérit est prononcée : « Lève-toi et marche. »

Ô mon Dieu, daignez voir ma misère et ma confiance. Ayez pitié de l'homme qui est *malade* depuis trente ans !

Le 7 octobre, à 4 heures du soir, nous quittions Chingueti, le capitaine B... et moi, accompagnés de nos domestiques. Au campement de Tenaghel, tout était prêt pour le départ. Nous prîmes simplement la tête de la colonne et continuâmes la route à travers le lit sablonneux de l'oued Chingueti. A 8 heures, nous arrivions à Mraïfeg : c'est le nom de quelques trous d'eau qui ont été creusés dans le sable de l'oued. Le lendemain soir, le capitaine B... prenait la route d'Atar. Je partais moi-même pour la région de l'Amaga où de beaux pâturages nous avaient été signalés. Au départ de Mraïfeg, je marchai vers l'est, tandis que le capitaine, suivi de son escorte, obliquait franchement vers le nord. Je suivis des yeux son burnous blanc et les gandourahs bleues de ses hommes. La petite troupe s'avançait vers une ligne de rochers noirs qui barraient l'horizon. Elle était déjà très loin, quand je rejoignis au trot la queue de ma colonne qui progressait péniblement parmi les cailloux. A 10 heures du soir, je m'arrêtai au pied de la montagne de Zarga qui, sous la pleine clarté de la lune, dressait sa masse noire au milieu des dunes arides. On m'avait promis que je trouverais là de l'eau et du pâturage. Malgré la nuit je vis bien qu'il n'y avait pas l'ombre d'une herbe dans ces dunes désolées, et, de plus, nous trouvâmes tous les puits à sec. Nous partîmes de bonne heure le lendemain. Après cinq heures de marche en pleine désolation, nous parvînmes à l'oued Tifrirt, où nos yeux se reposèrent enfin sur une verdure abondante. La journée qui suivit, nous la passâmes dans cette oasis, et comme de nombreuses tentes d'Ouled Selmoun et de Torch s'y trouvaient rassemblées, j'occupai mon temps à causer avec les chefs et à prendre les nouvelles du pays. Le soir, à 5 heures, nous levions le camp. Nous rencontrâmes sur la route un convoi de dix chameaux chargés de barres de sel provenant d'Idjil. Un vieillard, deux hommes et un enfant l'accompagnaient. Il allaient vendre ce sel à Nioro, en plein Soudan, à mille kilomètres d'ici. Ils ne font guère plus de trois kilomètres par heure, mais ils marchent du lever du soleil au coucher...

Tristesse du voyageur. Ainsi s'en va le voyageur à travers le monde des apparences. Jadis, il se plaisait à suivre des yeux la lente descente des vapeurs sous le soleil, ou la fuite des cirrus roses, dans le ciel. Mais maintenant ce plaisir même l'accable. Que lui sont ces beaux prestiges du monde, alors que son cœur malade appelle avec ferveur ce qui ne peut se voir ? La confusion des campagnes de la terre, elle n'est plus que l'image de son propre désordre.

Il voit, à chaque cercle de l'horizon franchi, des configurations, tous les contours du monde sensible, avec des lignes nettes en bordure. Et puis, des teintes, douces ou violentes, sur ce visage. Mais c'est la voix immatérielle, la voix qui clame dans le désert qu'il appelle en sanglotant.

Et reprenant son bâton, il part de nouveau vers l'horizon scellé, en maudissant le jour.

A Erigi Abdaoua, quelques palmiers enserrent une belle nappe d'eau, surprise agréable à nos yeux. Ici encore, de nombreux Maures sont arrêtés par la sentinelle et conduits à ma tente. Voici deux Oulad Sassi, aux cheveux en désordre, aux yeux sauvages. Ils font paître leurs moutons non loin d'ici. Voici un Idaouali craintif. Il vient de toucher un cadeau du père de Bouna, pour les soins donnés au corps de son fils, tué récemment dans un combat...

Vers le soir, le soleil étant assez bas, nous nous remettons en route. A 6 heures, nous sommes sur une haute dune d'où nous apercevons, à quelques kilomètres, le ksar d'Oujeft. Une heure après, nous étions tout près du ksar, sur une dune blanche, où les bruits de la petite ville nous parvenaient, mystérieux et confus. Quelques vieilles femmes sont là. Un coup de fusil part : c'est un Smasside qui ne nous a pas reconnus et qui croit à l'arrivée d'un razzi.

Le chef, Ali Ould el Hoummoud, ne paraît point. Enfin le camp s'organise, après la confusion de cette arrivée nocturne. Et voici venir, le sourire à la bouche et faisant mille courbettes, le vieux bandit Ali. Mais je ne réponds pas à ses saluts empressés :

— Veux-tu me dire, Ali, pourquoi je ne t'ai pas vu dès mon arrivée ?

— Je croyais que tu t'étais arrêté au camp des Français (l'ancien camp établi en 1909 par le commandant Claudel). Et j'en viens, ayant appris là-bas ton heureuse venue.

— Eh bien, il faut, Ali, m'apporter immédiatement vingt moutons et cent mouds de dattes que je paierai bien.

Le vieux cheik lève les bras au ciel :

— Vingt moutons! Mais où les trouverai-je? Tous mes moutons sont partis dans le Rhât. Quant aux dattes, tu peux faire fouiller tout le ksar, et si tu en trouves, je veux que tu me coupes la tête.

— Je vais en effet envoyer des partisans. Prends garde à ta tête, Ali!

Le vieux, pris au mot, courbe la tête devant l'inexorable fatalité. Pourtant il se redresse. D'un geste, il écarte ses familiers et mes partisans accroupis autour de lui. Puis il me dit, penché vers moi :

— Ecoute, j'ai dans ma maison une jeune captive très belle. Personne n'y a touché encore. Je l'enverrai dans ta tente, cette nuit...

Je n'en reviens pas! Habitué à voir les fiers nomades du désert, je sais qu'un Maure ne doit jamais prononcer même le mot de femme devant l'homme à qui il doit le respect. Mais Ali, depuis trois ans, est en contact avec la « civilisation », et il a perdu les nobles habitudes de sa race. Je les lui rappelle vivement, — et je joins à mon admonestation l'annonce d'une amende de vingt moutons, — tandis que le vieux quitte ma tente, la tête basse, désespéré.

Près de Oujeft, à la mare de Toumgad, je suis monté sur la falaise à pic qui domine l'oued el Abiod. Je pensais au rocher surplombant le vide qui figure sur le tableau d'Ary Scheffer : *Le Christ tenté par le diable,* à ce rocher d'où le tentateur fit « apparaître en un instant tous les royaumes de la terre ». Le voilà bien, me disais-je, en voyant l'aride contrée à laquelle je donnais les plus belles années de ma vie, le voilà bien, le champ de bataille immémorial de l'Impur. Depuis les Thébaïdes antiques jusqu'à celles d'aujourd'hui, c'est ici que l'Ennemi afflige le Solitaire...

Nous sommes au point précis où il nous faut choisir entre la révolte et l'obéissance. Ainsi le désert est un carrefour sacré, d'où l'on sort condamné ou sauvé.

Le Diable vient ici, parce que Dieu y est. Le péché vient ici, parce que la vertu y est.

Le désert oscille constamment entre l'Ange et le Démon. Heureux ceux qui ont gardé jusque dans ces latitudes la plus petite flamme de fidélité, l'impatience à obéir. Car Dieu n'est pas loin d'ici, et il a vite fait de reconnaître cette âme de silence et de bonne volonté qui le désire.

Et juste, au contraire, la révolte s'exalte dans la solitude. L'homme d'orgueil y succombe vite. Et qui sait si, après l'épreuve terrible du désert — l'épreuve du feu — l'Ange le couvrira jamais de son aile blanche déployée ?

Après Oujeft, il ne nous restait plus qu'à remonter l'Oued el Abiod jusqu'à Nijan, où nous devions trouver les pâturages tant désirés. L'oued el Abiod n'est qu'une dépression sablonneuse, large de cent mètres environ et bordée de hautes falaises qu'escaladent jusqu'à mi-hauteur des dunes étincelantes. Ainsi, lorsqu'il se porte sur les flancs de la vallée, l'œil distingue trois plans nettement tranchés : les maigres frondaisons du bas-fond, les dunes blanches, enfin, le large bandeau noir que font, au sommet du tableau, les rochers.

A Choumat, où nous dressons nos tentes le 13, la paroi de l'est se creuse en une gorge resserrée, pleine d'ombre et de mystère. C'est là que fut massacrée, au début de la colonne de l'Adrar, la patrouille du maréchal des logis Djilali ben Iliman. L'atmosphère de ce creux d'enfer serait accablante, si le souvenir d'un beau drame humain ne venait mettre dans sa mort un peu de vie. Au reste, il faisait ce jour-là une chaleur torride. Nous étions positivement dans les flammes. Et nous étouffions, dans ce coin des Tropiques perdu en pleines montagnes d'Adrar. Les rochers nous renvoyaient fidèlement toute l'ardeur solaire, tandis que les titarik et les aouarach, qui nous entouraient de toutes parts, interceptaient les moindres courants d'air de l'atmosphère embrasée. Vers le soir, après cette longue immobilité, la terre sembla se réveiller. Je vis passer les troupeaux du vieil Ali Ould el Hoummoud : chèvres étiques, moutons à laine courte que suivaient, en courant et en gémissant, les nouveau-nés...

Le lendemain, nous arrivions enfin à Nijan. Nous étions dans cette plaine de l'Amsaga vers laquelle je marchais depuis huit jours. Je marquai l'emplacement du camp près du tombeau de Bouna, fils de Sidina. Ouali des Ouled Daïman, qui mourut, je pense, vers 1850. Nous étions à peine arrivés qu'un cousin de mon partisan Sidïa se présentait à moi. Il venait, disait-il, de percevoir l'impôt de la horma chez les Ideïchilli. Ce jeune homme m'apprit que nous étions à proximité de nombreux campements de Ouled Gheïlan, de Mechdout, de Regueïbat, de Ouled Akchar, et que même le campement de l'émir Moktar était à Bou Ghzama, à quelques kilomètres d'ici. L'endroit était donc excellent pour prendre quelques jours de repos. Tandis que les chameaux utiliseraient les pâturages de la plaine, nous pourrions profiter de nos loisirs pour prendre contact avec plusieurs de ces tribus qui ont si fort besoin d'être visitées, si nous voulons y maintenir constamment notre autorité.

Dans l'après-midi, il s'éleva une de ces tourmentes de sable si fréquentes dans ces parages. Tout de suite, nous fûmes enveloppés dans des tourbillons de sable fin et brillant. Ils pénétraient par les quatre coins de la tente, qui menaçait de tomber à chaque rafale. Les tirailleurs s'étaient enfouis dans leurs abris précaires. Il fallait fermer les yeux pour n'être pas aveuglé et le sable se collait à notre sueur, car le vent, venu de l'est, était brûlant. Tout avait cédé devant lui, il était le maître incontesté de la plaine, et l'on n'entendait plus que son gémissement sourd et grandiose. Le ciel voilé de cendre devait se vriller en gouffres impalpables, tout là-haut, jusqu'à la limite précise de l'éther immobile. Et nous, nous restions bien dans l'ombre de la terre...

Terram tenebrosam et opertam mortis caligine...

Ô Dieu, nous chavirons au milieu de vos éléments. Nous voici, la tête courbée, dans le souffle des tempêtes. Nous avons peur. Nous tremblons de ne pas répondre à votre appel, le jour où il vous plaira de venir vers nous. Faites, ô mon Dieu, qu'à cette heure-là nous vous voyions distinctement, et faites que nous ayons la force de dire à notre tour : « Seigneur, que voulez-vous que je fasse ? » — sans contester, ni tergiverser, ni discuter l'heure, cette heure que vous aurez choisie de toute éternité.

Chapitre VIII.

BOUAGA.

Cet endroit n'avait pas encore été reconnu, mais nous savions qu'il était riche en pâturages et que plusieurs tribus importantes avaient l'habitude d'y séjourner. Il fut donc décidé que je m'y porterais avec ma section et que j'y nomadiserais, jusqu'à ce que des ordres vinssent d'Atar.

Le 1er novembre 1911, je fis mes adieux au capitaine B..., et je me rendis à mon camp de Nijan où je commençai mes préparatifs de départ. Le 3, dans l'après-midi, nous nous mettions en route. Nous campions le soir à six kilomètres de là, dans les champs de pastèques de Teintana, où séjournent d'ordinaire de nombreuses tentes d'Ideïchilli. Les indigènes que je vis le lendemain me donnèrent des renseignements sur les medjbours, qui sillonnaient l'ouest de nos territoires et sur l'emplacement des tribus Regueïbat. Enfin, ils me fournirent des moutons pour ma route et un guide qui s'appelait Ioouda, fils de Tezgao.

Le lendemain, 5 novembre, au soir, je donnai le signal du départ. Nous couchâmes au pied des monts Ibi, dans une immense plaine de cailloux dépourvue de toute végétation. Le 6, je résolus de fuir au plus vite ces lieux désolés, et nous nous portâmes, en longeant les monts Ibi, jusqu'à la source d'Erigi, à neuf heures de marche de notre campement du matin. Le 7, je m'arrêtai à l'extrémité des monts Ibi et le 8, j'arrivai à Tizegui, puits peu abondant au pied des hautes dunes mouvantes de l'Amatlich. Là, malgré l'insuffisance du pâturage, j'étais forcé de reprendre haleine et de chercher quelques renseignements sur la route que j'allais avoir à suivre.

J'étais assez embarrassé, quand je vis venir à mon camp trois Regueïbat qui venaient justement de Bouaga. Ils en étaient partis le matin même. Je calculai, d'après leur récit, que ce point devait se trouver à 105 kilomètres au sud de Tizégui. Mais, pour s'y rendre, deux routes se présentaient.

La première, incurvée vers le sud-est, longeait le massif de l'Adrar et permettait d'utiliser de nombreux points d'eau déjà reconnus. L'autre, franchissant directement du nord au sud la distance qui sépare Tizégui de Bouaga, était dépourvue de puits et elle n'avait pas encore été parcourue. Les Regueïbat m'assurèrent que cette route présentait de bons pâturages, au lieu que la première était à ce moment à peu près dépourvue d'herbes.

Cette considération, jointe à l'intérêt que présentait un itinéraire nouveau, m'encouragea à délaisser la route du sud-est, et à gagner d'une seule traite Bouaga à travers le désert de l'Am Khacir.

Lorsque les deux sous-officiers qui m'accompagnaient connurent cette décision, ils vinrent me trouver et me représentèrent que le passage d'une aussi longue région sans eau n'irait pas sans difficultés, à cause du train de femmes et d'enfants qui nous suivait, et du peu de récipients d'eau dont nous disposions. Je les rassurai et fixai le départ au lendemain matin.

On commença d'abreuver les animaux et de remplir les peaux de bouc à 8 heures du matin. Mais le débit des puits était si lent que ce travail n'était pas achevé le soir. Au milieu de la nuit, les Sénégalais et les Maures tiraient encore de l'eau. Fort heureusement, le premier quartier de la lune était assez avancé et une molle clarté enveloppait la terre.

Je ne pouvais détacher mes yeux du petit groupe que faisaient nos gens. Pour gagner du temps, un Maure était descendu au fond du puits et il remplissait à la main les sacs en peau de mouton, qui servent au désert à tirer l'eau. On entendait sa voix souterraine à laquelle répondaient les appels de ses camarades restés sur le sol. Les moutons, auprès des abreuvoirs en cuir, bêlaient et ils se pressaient et se battaient avec la tête.

Tout ainsi, la même nuit et la même lune étaient jadis sur Sichem :

« Les frères de Joseph allèrent à Sichem, pour y faire paître les troupeaux de leur père. Et Israël dit à Joseph : Vos frères font paître nos brebis dans le pays de Sichem; venez, que je vous envoie vers eux. »

Et la même citerne était dans le même désert :

« Ruben les ayant entendu parler ainsi, tâchait de le tirer d'entre leurs mains, en disant : Ne lui ôtons point la vie. — Ne répandez point son sang, ajouta Ruben, mais jetez-le dans cette citerne qui est dans le désert... »

A 2 heures du matin, tout étant prêt, nous montâmes à chameau. La lune était très basse et ne donnait plus qu'une clarté incertaine. Nous franchîmes l'Amatlich par la passe facile de Tizégui. Il faisait tout à fait noir, quand nous pénétrâmes dans la plaine de l'Am Khacir. Un vent froid s'était levé qui nous glaçait les veines, et nous restions engourdis sur nos selles, ne pensant à rien et ne sentant même plus nos corps.

Enfin, une aube mortelle se leva; elle n'éveillait nul chant d'oiseau, ne secouait nul sommeil... Et puis, le soleil parut dans la solitude, solitaire lui-même, et point accompagné de ces feux et nuages et riches rayons et bruits des villages, qui renaissent à la vie dans l'*Angelus*.

Je mis pied à terre, laissant cheminer la colonne et Sidïa seul descendit, qui se taisait. J'étais le centre d'un immense cercle de désolation, et, dans l'immobilité de tout, hors du soleil qui grimpait allégrement la pente de l'Orient, je sentais en moi le sens des révolutions célestes. Il me semblait, debout au milieu du silence, que l'Ange était présent, si la cloche ne l'annonçait pas.

Angelus nuntiavit Mariae...

Les tintements sont là-bas, très loin dans le nord, et ici est l'Ange, et ici est la servante du Seigneur...

Ecce ancilla Domini...

Et les tintements eux-mêmes sont ici, voyageant et roulant à travers le monde, et aussi les cloches n'allant plus à Rome seulement, mais infiniment plus loin, jusqu'à l'autre bout de la terre...

Le cœur d'un voyageur, quand il a passé la nuit dans la ville, ne peut pas résister à l'élan d'amour et de reconnaissance que fait le jour quand il paraît. Je restai longtemps à contempler l'horizon, écoutant naître en moi ce qu'il ne pouvait pourtant pas me donner.

Quand je rattrapai la colonne, le soleil était déjà haut, et il était l'heure de prendre enfin du repos.

Le soir, nous avançâmes encore de dix kilomètres, ce qui nous porta aux premières heures de la nuit. Nous étions arrivés dans une région de fortes dunes, où je craignais que le guide Ioouda ne se perdît. Aussi, fis-je arrêter la tête de colonne et allumer de grands feux avec les maigres herbes qui se trouvaient là, pour guider l'arrière-garde de la colonne. Ces feux faisaient des figurations fantastiques dans la mer de sable où le hasard nous avait conduits.

Le lendemain 11, nous partîmes à 3 heures du matin. Les dunes cessèrent bientôt; nous étions dans une plaine noire semée de petits cailloux. A la lueur des étoiles, je voyais de petites montagnes s'égrener à notre gauche. Ioouda me dit qu'elles s'appelaient Idjibitten. Je pus monter sur l'une d'elles, lorsque le soleil se leva. Le terrain ressemblait à une écorce rugueuse légèrement soulevée à certains endroits, et quelques pics dénudés rompaient la monotonie du paysage pour en accentuer l'infertilité. Tandis que j'essayais de placer ces montagnes sur le papier, à l'aide de la boussole, j'écoutais en moi les battements de mon cœur abandonné à lui-même.

Je remerciais Dieu d'y avoir mis plus de choses qu'il n'en pouvait contenir, et d'avoir ainsi daigné m'avertir que ce qu'il cachait était plus grand que ce qu'il montrait. Et pourtant c'était cette force surnaturelle que j'avais si longtemps employée contre lui, et c'était de Dieu même dont je m'étais servi contre Dieu !

A 8 heures, nous entrâmes dans de nouvelles dunes, allant ainsi toujours des sables aux cailloux et des cailloux aux sables. Quand la chaleur commença à se faire sentir, nous reposâmes pendant quelques heures, puis reprîmes notre route. Nous marchions dans la plaine de sable, plus hâtivement peut-être, car l'on commençait à désirer le point d'eau. Je calculais que, depuis la veille, nous avions dû faire quatre-vingt-cinq kilomètres et que nous ne devions plus être très loin des puits, ce qui était à désirer, car la provision d'eau s'épuisait.

Je songeais à tout cela, quand le guide Ioouda vint près de moi et me dit que les puits n'étaient pas très loin, mais qu'il était à craindre que les hommes n'en pussent boire l'eau qui était extrêmement salée. Comme les tirailleurs marchaient tout près derrière moi, je craignis que les paroles de Ioouda ne leur fissent mauvaise impression, et je donnai l'ordre au Maure de se porter en avant. Quelques minutes après, j'allai le rejoindre. Il me confirma ses craintes.

La nuit était venue. Je contemplais la terre mauvaise, et, comma la mauvaise épouse, inféconde... *in terra deserta et invia, et inaquosa...*

Et pourtant, je n'avais nulle crainte, sentant l'Ange devant moi, et non plus la colonne de feu, mais une forme blanche, plus visible que toutes les choses visibles et qui nous protégeait dans notre voie.

Le lendemain matin, nous partîmes à 4 heures. Nous avions fait une quinzaine de kilomètres, quand nous atteignîmes une immense plaine dont la surface se craquelait d'efflorescences salines : c'était la Sebkhra de Bouaga. Ioouda me montra à l'horizon une ligne blanche qui tremblait : « Les oglats ! », me dit-il. Au bout d'une heure, nous mettions pied à terre. Nous étions à l'extrémité de la Sebkhra, et il semblait que ce fût aussi l'extrême bordure du monde, tant la déréliction de ces lieux était grande. Vingt trous de faible diamètre semaient le sol. Je fis tirer de l'eau de l'un d'eux et je la goûtai, elle était tellement salée que je faillis en avoir le cœur brouillé. Je ne marquai rien de mon inquiétude et me fis donner de l'eau d'un oglat voisin; cette eau était mauvaise, mais elle n'avait pas le même goût que celle du premier oglat. Je ne me décourageai pas et continuai mes expériences. Enfin, au sixième oglat, je m'aperçus que l'eau était excellente. J'allai aussitôt rassurer les tirailleurs qui avaient suivi mon manège avec un peu d'inquiétude et nous allâmes, pleins de joie, installer le camp à une centaine de mètres de là.

Dans cette vie qui n'est faite que de départs et d'arrivées, il n'est qu'exaltations et recueillements. Tel est le double jeu de l'Afrique, tel est le double mouvement dans l'ordre de l'action et dans l'ordre du rêve, auquel nous sommes soumis. Les jours qui suivirent mon arrivée à Bouaga, je fus très occupé par les réquisitions de vivres que j'avais à faire et par l'envoi de diverses reconnaissances importantes. Pourtant, m'aventurant dans cette immense mer de sable où croît le hâd métallique, l'herbe chère aux chameaux, je rentrais en moi-même, j'essayais de saisir le sens de mon action, je veux dire de ce perpétuel effort où j'étais, et néanmoins de ce déroulement continu que je savais bien ne pas ordonner tout seul. Sincérité que l'on a difficilement en Europe, ici toute franche et simple, et bien allante. Et quelle joie de se réveiller dans de jeunes matins et de s'endormir dans de jeunes soirs, plus jeune soi-même et plus confiant, et non pas craignant la reconnaissance en nous de l'Absolu, mais au contraire l'appelant de tout notre cœur enfin guéri ! Crépuscules de béatitude, c'est à vous que l'on doit de se sentir encore capable d'adoration et d'être comme Israël attendant l'arrivée du Seigneur : *A custodia matutina usque ad noctem, speret Israël in Domino.*

Et voici que naît du désert la connaissance d'un adorable mystère. Car cet espoir de Dieu, à peine est-il formé qu'il est déjà réalisé, et à peine cesse-t-on de le former qu'il cesse de se réaliser. Et la connaissance de Dieu n'est que l'espoir, sans cesse irréalisé, de Dieu. « Je ne te chercherais pas, si je ne t'avais trouvé », et je cesserais de te trouver si je ne te cherchais plus. A peine ce faible et vacillant désir est-il né, non pas simple et volontaire, mais obscur et spontané, que déjà l'objet du désir apparaît et que déjà le but devient volontaire et connu. Chercher Dieu n'importe plus, puisque la recherche est elle-même la trouvaille.

Au sud de Bouaga, il est d'immenses montagnes de sables meubles, dont les profondeurs stériles n'ont point encore été pénétrées. De mon camp, j'en voyais les premières ondulations et je me répétais leur nom défendu. L'Aouker ! Beau mot harmonieux et de grande tentation !

Le 18, j'allai avec quelques compagnons au puits de Sbaïa, afin de relier Bouaga à ce point connu du Trarza.

Sbaïa est un lieu de grande circulation. Quand j'y arrivai, des Ouled Cheik remplissaient d'eau leurs peaux de bouc. Je vis aussi un vieil El Hadj qui avait sa tente non loin du puits et qui faisait boire ses bœufs. Un convoi, chargé d'étoffes et de sucre et destiné au vieux commerçant Yezid, passa, se rendant à Atar. J'appris que des fractions importantes d'Ideïchilli se trouvaient au sud de Sbaïa, dans l'Aouker, et je résolus de m'y rendre, avant de rentrer à mon campement de Bouaga.

Le jeune homme qui me servait de guide me conduisit donc le lendemain au campement d'Eli Ould Alouibib, vieux chef de la famille des Ouled Silla. Ce vieux Maure en robe blanche, croyant que je ne le comprenais pas, reprocha vivement à mon guide de m'avoir conduit auprès de lui. Sur quoi, je pris la parole, et je lui dis mon étonnement de voir un musulman manquer aux lois de l'hospitalité. Eli, étonné de m'entendre parler maure, se confondit en excuses et me fit apporter sur l'heure deux tentes, du lait et deux moutons gras. Je passai la journée à causer avec les chefs des Ideïchilli, que j'avais fait venir des environs. Ces gens possèdent de beaux troupeaux de moutons, qu'ils ne mènent au puits de Sbaïa que tous les dix jours. Il est vrai que le pays où nous sommes est tapissé d'herbes de toutes sortes, et que la qualité du pâturage permet aux animaux de se passer d'eau.

Je quittai les Ideïchilli le lendemain, et marchai toute la journée à assez vive allure. Nous longions la bordure de l'Aouker, laissant à notre droite des dunes imposantes et où déjà la végétation avait cessé, et nous-mêmes nous cheminions dans des sables à peine ondulés, dont un arbre maigre venait de loin en loin couper la monotonie. La journée était charmante, semblable un peu à celle d'un automne en France, et nous nous laissions aller à l'amble égal des chameaux, voyant fuir sous nos pas le sol léger, oubliant nos affaires et nos soucis. Et l'air avait un goût si fin, un tel bouquet de naïveté qu'il semblait même capable d'effacer le péché. Les hommes de mon escorte chantaient, et, moi, je ne chantais point, mais priais, comme ainsi me l'avait appris l'Afrique.

J'arrivai à mon camp, le 22. Il n'y avait que quatre jours que je l'avais quitté, et pourtant mon cœur battit, quand je revis de loin nos tentes perdues dans l'aklé, puis les mitrailleuses qui surmontaient deux petits monticules de sable, puis les hommes, mes chers compagnons du tour d'Afrique, accourant tous vers moi, tandis que des femmes poussaient, selon l'usage, des cris stridents.

C'est à ces heures-là que l'on sent comme tout est lié dans une troupe, et quel est ce lien indicible qui noue et enchaîne, plus fort que l'amitié et plus fort que l'amour. Et ce n'est ni de l'amour paternel, ni de l'amour filial, ni de l'amour fraternel, mais c'est un autre amour qui n'a pas été dit, un autre amour qui balaie le reste, ne laisse plus rien après lui. Qui dira comment Napoléon a aimé la vieille Garde ?

Je ne devais pas rester longtemps à Bouaga. A peine avais-je terminé mes affaires que le capitaine B... me convoquait à Hassei Tob, puits peu éloigné de la barrière de l'Adrar et où le capitaine était installé depuis quelques jours. Le 26 au soir et le 27, je franchis les vingt lieues qui me séparaient d'Hassei Tob. Cette route peut être coupée en son milieu par le puits d'Aguielt en Neuz, qui veut dire en arabe le « petit puits de la moitié ». Au delà d'Aguielt en Neuz, on suit pendant de longues heures une immense plaine — un de ces « rags » noirs qui sont la plus grande figuration d'éternité qui soit. Je m'y reposai quelques heures, me laissant griser par le vent, tandis que mes partisans dormaient dans le grand incendie de midi.

Ah ! qu'il n'y faut point dormir, qu'il n'y faut point oublier les heures, dans cette terre divine qui ne nous cache rien ! Tout debout, je ne vois dans la plaine nul recreux, nul coin secret, mais au contraire cette grande franchise sans détours que hait le démon. La terre se montre toute, sans ambages, sans feintes, sans fourberie ni cafardise. Et nul coin ne s'y voit où le péché se puisse cacher.

Deux jours après, je repassais par cette même plaine, mais je ne m'y arrêtais pas. Je devais retourner dans les campements de l'Aouker pour y procéder à l'arrestation d'un chef qui venait de nous donner des preuves de son infidélité, et il me fallait franchir à toute allure les cent quatre-vingts kilomètres qui me séparaient des campements.

Le 3 décembre enfin, je rentrais à mon camp, mais c'était pour dire adieu à Bouaga; je venais de recevoir l'ordre de me rendre le plus tôt possible à Tidjikdja, pour y prendre part à la colonne de Tichitt.

Je voulus voir une dernière fois le soleil se coucher sur la Sebkhra déserte, et je m'éloignai du camp, affamé de grandeur et de solitude. Tandis que je franchissais les petites dunes où tombait l'ombre, je repassais dans ma mémoire les événements des derniers jours, voulant faire mon bilan et calculer les étapes. Mais non! Il ne le faut pas. Quand j'arrivai dans la plaine rugueuse, toute semblable à un grand lac desséché, et où le soleil crachait d'immenses gerbes de lumière sereine, dans ce grand frissonnement de la terre qui elle-même va sombrer dans l'oubli, je descendis, frissonnant aussi, au fond de mon âme, rejetant le sophisme et l'équivoque et regardant bien en face le crépuscule...

Nous en avons assez fait, nous avons assez roulé et peiné sur les routes, pour que, maintenant, nous n'ayons plus peur de nous-mêmes. Nous avons conquis nos grades dans la béatitude et il faudra bien qu'on nous laisse la paix avec les preuves et les syllogismes, et les inductions et les déductions.

Maintenant, ce n'est point à prouver Dieu que nous allons occuper nos heures, mais à tâcher de le rencontrer. Ce n'est point à le chercher que nous allons nous employer, mais à le trouver. *Amem non inveniendo invenire, potius quam inveniendo non invenire te !...* Voici un grand soleil et une terre simple, et nous devons faire notre âme à leur image, claire et simple. Voici une plaine silencieuse et nue, et comme elle notre âme sera silencieuse et nue, pour qu'elle entende ce grand bruit et cette grande présence qui y étaient...

Et maintenant, prions aussi, tout petits et sincères devant sa Face :

Ô mon Dieu, je n'aurais plus peur de Votre lumière, maintenant que j'ai vu cette lumière, et je n'aurai plus peur de moi-même, puisque je sais que Vous êtes en moi-même. Je ne Vous connaissais pas, parce que je voulais Vous prouver et maintenant je Vous connais parce que je ne peux plus Vous prouver. Et pendant que je ne Vous connaissais pas, Vous étiez en moi pourtant, et pendant cette grande déréliction où j'ai été de tous Vos Sacrements, pendant cette longue nuit, Vous prépariez pourtant l'avènement de cette lumière surnaturelle.

Je Vous connais, ô mon Dieu, parce que, simplement, il Vous a plu de Vous faire connaître. Je Vous connais par ce qui est inconnaissable en Vous. Je Vous connais par Vos mystères inconnaissables qui sont la Sainte Trinité, l'Incarnation, la Rédemption. Voilà les preuves que Vous avez daigné m'envoyer.

Ô mon Dieu ! Pardonnez-moi ce grand mensonge où j'ai vécu, puisque je sentais bien en moi cette force intérieure qui me guidait dans la vie, et que je ne voulais pas Vous la reporter. Pardonnez-moi cette ingratitude où j'ai été de ne pas vous restituer ce qui vous appartenait en moi, et que cette voile que gonflait l'idéal n'ait point appareillé vers Vous. Pardonnez-moi cette lâcheté d'avoir cru à l'amour, sans avoir cru à Votre amour, à la loi, sans avoir cru à Votre loi, à la bonté, sans avoir cru à Votre bonté. Pardonnez-moi cette félonie, d'avoir contemplé l'océan de la lumière et de ne m'y être pas aventuré, et d'avoir hésité au bord de l'éternité que Vous m'aviez donnée. Pardonnez-moi ce grand orgueil d'avoir voulu Vous étudier, avant de Vous aimer, et d'avoir voulu Vous connaître, ce qui était en quelque manière, cesser de Vous connaître.

Vespertina oratio ascendat ad te, Domine. Et descendat super nos misericordia tua. (Office des vêpres du samedi, V. et R. de l'hymne : *Jam sol recedit igneus.*)

CHAPITRE IX.

OPÉRATIONS AUTOUR DE TICHITT.

Je goûtai un véritable repos moral sur la route qui me menait à Tidjikdja. J'étais débarrassé des soucis d'un lourd commandement. Je n'avais avec moi que quelques compagnons fidèles — ceux qui ne devaient pas me quitter, jusqu'à mon retour en France. Nous passions de longues heures à causer, et ce délassement était d'un ton assez aristocratique pour qu'il pût être en même temps de quelque profit.

Les problèmes de la vie religieuse tourmentent les Maures. Sidïa les abordait souvent, soit qu'il me vantât les beautés de sa foi, soit qu'il me questionnât sur mes propres croyances.

— Je sais, me dit-il un jour, qu'Issa est un grand prophète, mais que dites-vous, vous autres les Nazaréens, à son sujet ?

Je regardai Sidïa. On sait qu'Issa est le nom de Jésus-Christ en arabe. Je n'hésitai pas une minute et je répondis à Sidïa :

— Issa, mon ami, n'est pas un prophète, mais, en toute vérité, il est le fils de Dieu. Peut-être as-tu vu dans le livre qu'il est le fils de la Vierge Meryem, qui le conçut par la grâce de l'Esprit de Dieu. Or, quand il vint au monde, des bergers vinrent l'adorer, et des rois, du fond de l'Orient, apportèrent à ses pieds des cadeaux précieux; car, en effet, il était plus grand que les rois. Et ce Roi des rois, pendant trente ans, resta caché, attendant l'heure de sa mission, et quand l'heure fut venue, il annonça la grande nouvelle que le règne de Dieu était proche et que tout ce qu'il y avait de mal sur la terre allait être délié. Mais il fallait de toute éternité que le sang de l'Homme-Dieu coulât, pour que cette promesse fût accomplie. Aussi Issa fut-il crucifié, non point victorieux, mais vaincu, non point glorieux, mais abaissé et bafoué, pour que les hommes fussent sauvés. Dès qu'il fut mort, Issa descendit aux Enfers où il délivra les âmes des justes et d'abord celles des prophètes qui l'avaient précédé et annoncé. Le troisième jour, il ressuscita d'entre les morts, et pendant quarante jours, il se montra à ses disciples dans son corps redevenu glorieux. Enfin il remonta au ciel où il est assis à la droite du Père, et d'où il reviendra juger les vivants et les morts, au jour de la Résurrection.

Je m'arrêtai, la gorge serrée. J'avais les yeux pleins de larmes. Car l'adorable histoire était-elle la mienne ? Avais-je donc le droit de m'en emparer, de constater Jésus-Christ, sans y croire ?

— Sidïa, continuai-je, tu sais maintenant quel est le maître des Nazaréens. Apprends donc que, pour le service de ce Maître, nous donnerions volontiers notre vie; que toute notre force, que tu admires, nous vient de Lui, et que nous ne cessons de recourir à Lui, comme à notre Père bien-aimé...

J'étais alors dans le plus étrange état d'esprit. Car je ne croyais pas que Jésus-Christ fût le fils de Dieu, et je ne savais pas prier. Et pourtant, je parlais du fond de ma conscience, et il ne me semble pas que j'aie manqué de franchise.

Que de larmes délicieuses je devais verser plus tard, au souvenir de ces heures troubles qui précèdent l'arrivée de la grâce !

A ce moment, je savais bien que je mentais, mais je savais aussi que j'eusse menti bien davantage, si je n'avais pas confessé la vérité de mon Dieu.

Le 25 décembre, à la Noël, après dix jours de route et dix jours d'attente au poste de Tidjikdja, je rejoignis le capitaine A., sous les ordres duquel j'avais été placé. Il était campé dans la paisible vallée d'Edderoum, et il attendait dans cette oasis de verdure l'ordre de rejoindre la colonne qui était en formation dans les environs du poste de Tidjikdja. Ce fut une courte période d'un calme délicieux, où nos esprits se recueillaient, dans l'espoir des batailles prochaines. Car nous espérions bien que la prise de Tichitt, qui était le but de la colonne, n'irait pas sans coup férir et que nous aurions l'occasion d'y montrer nos vertus.

Pour moi, je passais de longues heures à chasser la pintade et la perdrix qui abondaient dans ce coin privilégié du Tagant, et ce m'était une occasion pour ressasser les pensées qui m'étaient familières. Ma vie misérable, que je n'arrivais pas à ordonner, me faisait horreur — et d'autant plus que je pensais me battre bientôt. Il me semblait qu'une bataille mêlée de prières devait être la plus haute émotion humaine, et le point de jonction où nous pouvons atteindre l'infini. Au lieu qu'une bataille que ne domine pas le nom de Dieu ne peut être qu'une exaltation incomplète, celle d'une partie seulement de notre beauté intérieure. La passion guerrière nous enrichit, mais aussi elle réveille en nous d'autres instincts, elle nous rend insatiables, nous fait désirer de nouvelles richesses spirituelles. Dès que l'on fait un pas hors de la médiocrité, l'on est sauvé, l'on est assuré de ne plus s'arrêter dans la voie du perfectionnement intérieur, où l'on s'est imprudemment engagé. Celui qui est assoiffé d'héroïsme devient vite assoiffé de divin. Il est embarqué dans l'absolu, qu'il soit terrestre ou qu'il soit céleste, et il ne peut plus que se soumettre humblement à tout ce qui est impérissable dans le monde. Je sentais confusément la beauté d'une prière, lorsqu'elle précède une victoire, et la beauté d'une victoire, lorsqu'elle suit une prière. Mystérieuses correspondances que, seule, la logique du cœur peut expliquer. On n'empêchera pas que l'hymne ambrosien appartienne aux soldats.

Pénétré de ces pensées, je ne pouvais qu'appeler à mon aide le Dieu des armées et le supplier de se manifester à moi.

Une fois que je m'étais aventuré assez loin, je connus une de ces minutes qui restent ineffaçables dans la vie. Dans la chaleur bruissante de midi, je cherchais un peu d'ombre. J'avais erré longtemps dans les rochers qui dominent la vallée. Enfin, dans le lit à jamais desséché de l'oued, un arbre assez épais m'invita au repos. Autour de moi, tout était si mélodieux, si assoupi, qu'il me semblait être en cette terre comme en un berceau. Lorsque je fus sous l'arbre, je tombai à genoux. C'était la première fois de ma vie — mais le geste, si nouveau pour moi, m'avait été commandé de très loin et toute résistance eût été impossible. Dans mon frêle abri, je me sentais infiniment bien pour adorer la puissance qui me courbait et lui exposer avec franchise les besoins de mon cœur. En même temps, je savais de toute certitude que ces besoins seraient satisfaits, que ces désirs seraient exaucés, et au delà. J'étais bien sûr que je serais un jour catholique et je ne ressentais qu'une impatience sans nervosité, du bonheur qui m'était promis.

Je n'ai pas traversé de « crise » en Mauritanie. Nul drame intérieur. Nul déchirement. Nulle anxiété. Une attente calme, appuyée sur la certitude que les sacrements sauraient bien me donner plus tard la foi qui me faisait défaut. Parfois je maudissais les désordres de ma vie, mais je me disais aussitôt : « Cela aussi sera guéri. » Je rougissais de ma faiblesse dans la vie, mais aussitôt je me disais : « Je serai fortifié. » Je tremblais d'être si abandonné dans la vie, mais aussitôt je me disais : « Une main se tendra vers moi, un jour. » Et mon cœur battait à se rompre, quand je pensais à ce que pourrait être ce jour-là.

Nulle impatience de la vérité. « Si Dieu existe, me disais-je, il ne manquera pas de me le faire connaître, il prendra ma bonne foi en considération, et pourvoira au reste. » Et, en effet, celui qui ne s'est jamais posé la question ne peut être sauvé. Mais celui qui s'est demandé *une seule fois* où était la vérité est sûr qu'il la possédera un jour. La négation bête et brutale ne mène à rien. Mais dès que la question est posée, elle est déjà à peu près résolue.

Je ne voyais de beauté que dans le christianisme, je ne pouvais pas penser que la beauté fût ailleurs que n'est la vérité. Ce qui nous touche dans le monde antique, c'est son attente du « Dieu inconnu ». C'est Cicéron invoquant à l'heure de sa mort la cause des causes, *causa causarum*. C'est Platon décrivant le juste qui viendra : « Fouetté, torturé, mis aux fers, on lui brûlera les yeux; enfin, après lui avoir fait souffrir tous les maux, on le mettra en croix... » Et, parlant encore de la pureté de l'âme et du corps, c'est Sénèque disant : « Notre Dieu et *Notre Père.* » Et : « Que la volonté de Dieu soit faite. » C'est Virgile annonçant le siècle qui va venir : *Adspice, venturo laetantur ut omnia saeclo.* C'est Properce parlant le premier dans le monde latin de la pitié. Ce qui nous touche dans l'islam, c'est la part de vérité éternelle qu'il maintient. C'est la part qui lui est revenue du grand héritage judaïque. Et c'est qu'il est, comme le dit Nicole, une « secte chrétienne » — vue profonde dont on est bien assuré, lorsque l'on vient de lire le coran dans les terres mêmes des musulmans. Ainsi, tout nous presse, tout nous donne de l'espoir, de l'assurance. De tous côtés nous sommes fortifiés. Mille reconnaissances lointaines nous mettent en sécurité et nous permettent d'attendre, dans l'amour, la conjonction fatale de toute la beauté avec toute la vérité.

Sur la route de Tichitt, 10 janvier. — Rien ne prépare mieux à l'héroïsme que la confusion ordonnée d'une colonne. On prend vite goût à manier l'outil humain — l'on se dit vite que rien n'est interdit au soldat. — Quand on va, de l'extrême arrière-garde à la pointe de l'avant-garde, et que l'on dépasse successivement le long convoi, l'infanterie qui s'égrène en deux minces colonnes, l'état-major du commandant de la colonne, les pelotons de méharistes montés sur leurs lourds chameaux, on aperçoit ce qu'est l'unité dans la dispersion. Chacun se sent à sa place, bien adapté à l'effort qui lui est demandé, il bénéficie d'une vertu supérieure à chaque individu et que chaque individu contribue pourtant à faire naître. Le capitaine B..., les lieutenants B... et M..., avec leurs unités méharistes, sont partis ce matin pour Tichitt en reconnaissance d'avant-garde. Nous avons marché pendant onze heures dans une plaine noire, où ne poussent que quelques maigres épineux.

Le 11, nouvelle marche de onze heures. Nous continuons à suivre le rag monotone de la veille. A 4 heures du soir, nous arrivons aux puits de Oumoula Ouitgat. La colonne s'organise lentement, prenant le dispositif de bivouac; des sous-officiers courant en tous sens; sous une tente, une voix brève dictant des ordres; un groupe d'officiers causant debout... il n'en faut pas plus pour avoir une image de la guerre et se sentir véritablement « en campagne ». Aussitôt mille folies, les plus belles du monde, renaissent en nous. On voudrait jouer sa vie sur un coup de sabre, se mesurer avec la destinée et connaître ces heures où l'on vit familièrement avec la mort.

Le lendemain, à Ganeb. — Dans l'étincellement de midi, nous avons eu une vision magnifique. Le rag que nous suivions depuis deux jours se transforme en dunes, d'où l'on domine vers le sud l'immense océan rose de l'Aouker. A gauche, on voit la barrière rocheuse du Seun, orientée de l'est à l'ouest, et à ses pieds, le Baten, la plaine étroite qui sépare la muraille abrupte des dunes. Nous descendons la batha Touga, puis la pente sablonneuse entre jusque dans le Baten que nous dominions tout à l'heure. Ganeb est une petite oasis située dans une Sebkhra circulaire. Le désert la ceint étroitement, le désert des sables au sud, le désert des rocs au nord. Les puits sont légèrement salés. La journée est consacrée à l'abreuvoir des chameaux et au remplissage des peaux de bouc qui contiendront l'eau de la colonne jusqu'à Tichitt.

Le 13, nous recevons l'ordre de franchir le Seun et de flanquer sur le rebord du plateau, le gros de la colonne qui longera le Baten. Nous nous dirigeons vers le défilé de Foum Hajar, tout proche de Ganeb, qui nous permettra d'atteindre l'Adafer. Ce défilé semble taillé à coups de hache dans le sein de la montagne. On monte à pic à travers des éboulis de rocs, en suivant de sombres précipices, qui mettent une note romantique dans la terre classique des larges horizons. A 5 heures du soir, nous sommes à hauteur d'El Boyyeur. C'est là que se termine le Seun. La barrière s'affaisse insensiblement, se perd dans les sables de l'Aouker. De loin, on aperçoit le Zahar-Tichitt, et plus près, sur notre droite, la montagne isolée de Zik.

Le 15, vers 8 heures, nous sommes au nord du Zahar-Tichitt dont nous laissons les rocs sur notre droite. Le terrain est couvert de dunes fatigantes pour les chameaux. Vers 3 heures, le capitaine A... reçoit un courrier. Il en prend connaissance, arrête la petite colonne, fait mettre les hommes en cercle autour de lui, et, dans un silence solennel, il fait connaître les nouvelles qu'il vient de recevoir. Le capitaine B..., les lieutenants B... et M... sont arrivés à Tichitt le 13 janvier, à 8 heures du matin. Le drapeau vert flottait sur la mosquée. Il y eut un engagement heureux pour nos armes. L'ancien sultan de l'Adrar, Sid Ahmed Ould Aïda, a été blessé et fait prisonnier. Les principaux chefs des dissidents ont été tués. A la suite de l'engagement, nous sommes entrés dans le ksar. Le drapeau vert a été enlevé et remplacé par le drapeau français. Les dissidents se sont enfuis vers l'est, dans la direction d'Angi. B... est sur leurs traces avec son peloton méhariste.

Le capitaine A... a terminé son récit. Il remarque la mine abattue de ses tirailleurs sénégalais, navrés de n'avoir pas été au combat. Il leur dit alors que tout n'est pas terminé, qu'ils auront encore l'occasion de se battre et qu'ils ne doivent pour l'instant que se réjouir du succès de leurs camarades. Là-dessus, la colonne se reforme et reprend la route de Tichitt, que nous atteindrons vers le soir.

L'émotion d'une belle heure française a rompu la monotonie de la route. Nous courons plus joyeusement vers la ville où, depuis le matin, flottent les trois couleurs. Ce soir-là nous semble un de ces soirs d'apothéose en qui se ramasse tout le passé, qui efface par sa plénitude tant d'heures médiocres, tant d'heures dégradées. La beauté du décor nous aide encore. De longs arpèges sahariens nous bercent de gloire. L'air est profond. L'on sent toute la force jeune du soleil. Autour de soi, tout est magnifique. Ce n'est pas une terre en guenilles. C'est un jeune seigneur qui ne fait rien et qui s'ennuie. Tout l'enivrant parfum de la vie se ramasse en nous : la jeunesse, la gloire, l'amour du nom français, la fierté...

Tout à coup, j'arrête mon chameau. Me voici sur le haut d'une dune, et, à mes pieds, une plaine s'étale. Une longue traînée verte y sinue : c'est la palmeraie de Tichitt. Non loin, le ksar paraît, fièrement posé sur son assise de rocs. Derrière moi, le soleil lance ses dernières flammes dans le silence magnifique du ciel. Et j'aperçois sur l'unique tour de la ville, la tour de la mosquée, un point qui tremble, un petit point où mon regard s'accroche intensément. Le cœur brûlant d'amour, de respect, je salue cette petite chose, toute seule dans le soir, et qui a poussé là, comme une fleur céleste dans l'exil.

Deux jours plus tard, je suis envoyé en reconnaissance avec une vingtaine de partisans maures. J'emmène avec moi le maréchal des logis Zémori ben Sliman et un guide, Ideïboussat. Dès que nous avons dépassé la palmeraie de Tichitt, nous entrons dans les dunes de l'Aouker. Cette immense mer de sables s'étend sur des lieues et des lieues. Les pâturages y sont assez beaux, mais il n'y a pas de points d'eau. Aussi les Maures ne s'aventurent-ils qu'avec prudence dans ces sables de la soif, où plus d'un voyageur imprudent est tombé. Nous nous arrêtons vers le soir. Nous sommes sur les traces du campement de Chorfa que j'ai mission d'arrêter.

Le lendemain matin, départ. Je rencontre un Reïan dissident. Il est porteur d'une lettre à destination de Tichitt. Il me dit que le campement des Chorfa, d'où il vient, était depuis trois mois dans l'Habara, région de l'Aouker située au sud-est de Tichitt. Le 13, ces Maures passaient à hauteur de Tichitt, entendaient les coups de fusil, et s'enfonçaient aussitôt dans le sud-ouest. La lettre arabe que porte le Reïan est de la femme du chef, Fatma Mint Aïllal, à son beau-frère Cherifou, marabout influent de Tichitt. J'emmène avec moi le Reïan.

Le 17, départ à 6 heures du matin. A 4 heures, nous atteignons le campement des Chorfa, en fuite depuis une huitaine de jours. Il comprend trois membres de la pieuse famille des Ahel Cherref, trois Reïan dissidents, sept femmes Chorfa, quinze femmes Reïan, de nombreux enfants, deux petites captives récemment reçues par le chef, un beau troupeau de moutons et une vingtaine de chameaux.

Les Ahel Cherref donnent une impression que l'on éprouve rarement dans les pays maures : celle du vrai fanatisme. Le « naïb » ou chef, Bakhiallah, est un illuminé, indifférent à tout, plongé toute la journée dans la lecture des livres sacrés.

Je le fais venir devant ma tente, pour tâcher d'obtenir de lui les renseignements que j'ai mission de recueillir. Il arrive, fièrement drapé dans sa gandourah blanche; il fixe sur moi un regard dur, s'assied en murmurant les prières qui ne cesseront d'agiter ses lèvres pendant tout l'entretien. Au bout d'une demi-heure, il se met à égrener le chapelet qu'il tient entre ses doigts. Je me fâche. Sans mot dire, il s'arrête, levant sur moi ses grands yeux noirs qui brillent comme des charbons. Cet homme intraitable ne veut rien me dire d'intéressant. Après l'avoir congédié, je dépêche Sidïa dans le campement. Je pense que grâce à sa piété, à sa race illustre, il y recevra bon accueil. Je le charge d'aller causer avec la femme du chef, Fatma Mint Aïllal. Cette femme a une grande influence parmi les Maures. Elle passe pour avoir la « baraka », ainsi d'ailleurs que mon Bakhiallah. Tous deux sont grandement vénérés, même par nos partisans. Cette circonstance rend toute enquête fort difficile. Pourtant, grâce à Sidïa, j'ai pu obtenir des renseignements précieux. Les gens du campement m'ont apporté, sans difficulté, les jattes de lait et les tentes que je leur avais demandées. Mais on sent qu'ils subissent la force, sans l'accepter.

Le 18, à 2 heures du soir, nous partons dans la direction de Ganeb, où j'ai reçu l'ordre d'amener le campement. J'arrive en ce point le lendemain matin. J'installe le campement des Chorfa et le mien sur le haut des dernières dunes de l'Aouker, à trois kilomètres des puits, à proximité d'un petit pâturage d'arbres, où nos chameaux et les moutons de la tribu pourront subsister quelques jours.

La patrouille envoyée à l'arrivée pour reconnaître la palmeraie et ses abords ramène un Nemadi qui s'était enfui devant elle. Cet homme avait un compagnon que mes gens n'ont pu atteindre. Il venait de cacher son fusil près du puits. La patrouille signale en ce point un rassemblement de moutons. J'envoie aussitôt quelques Maures qui ramènent les moutons, avec une douzaine de chameaux et quatre guerriers Reïan, dont la tribu vient d'être razziée par le brigadier algérien Eddin, en reconnaissance dans l'Adafer. Je garde tout ce monde avec moi.

Le 20, au matin, je fais faire l'abreuvoir de nos chameaux qui n'ont pas bu depuis huit jours. Le Nemadi poursuivi hier revient de son plein gré à mon camp. Il se présente avec un attelage de six chiens magnifiques. J'avais souvent entendu parler des chiens nemadis, mais je n'en avais jamais vu. Ils constituent la seule richesse de cette étrange tribu qui ne vit que de la chasse, et ne ressemble en aucune façon aux autres Maures. Ces Nemadis ont la réputation de gens sans religion, mais qui peuvent rendre de grands services, grâce à leur connaissance du pays, à leur agilité prodigieuse à la course et à leurs qualités cynégétiques. Il faut, pour cela, les mettre en confiance et leur laisser leur liberté, à quoi ils tiennent par-dessus tout.

Les partisans, occupés à l'abreuvoir, rapportent un renseignement intéressant. Ils ont vu des Reïan qui leur ont signalé le passage, à proximité de Ganeb, d'une troupe de Ouled Gheïlan avec qui le brigadier Eddin a échangé des coups de fusil dans la matinée du 15.

Je décide aussitôt de les poursuivre. Les chameaux sont rappelés de l'abreuvoir et nous partons au déclin du soleil. Le Nemadi, Mohammed Ould M'Haïmed, me sert de guide et court devant nos chameaux, pour suivre les traces du razzi, d'ailleurs très difficiles à retrouver dans les pierres noires du rag.

Le 20 au soir, à la veille de nous battre. Nous nous sommes arrêtés à 9 heures, les traces devenant impossibles à suivre à cause de l'obscurité. Tout le monde se couche en silence. Zémori et moi, nous dînons d'une boîte de viande conservée, car j'ai, naturellement, défendu d'allumer le moindre feu. La sentinelle rôde autour des dormeurs appesantis par la fatigue. Je m'étends sous les étoiles. Cette nuit est la plus belle de toutes. Je ne ressens qu'un bien être étrange, je suis dans l'océan de la béatitude éternelle, tout près de Dieu, qui a déjà inscrit des noms sur le Livre.

Quels sont ceux qui sauront demain l'éblouissante vérité ? Lesquels, parmi ceux-ci, iront apprendre la grande nouvelle ?

Il me semble que ma joie est noble, que mes yeux, comme à la veille de mourir, voient plus clair. N'est-il pas doux d'être de ceux qui défendent la vertu et les autels ? de ceux qui attendent les miracles, aiment la mort, tout ce qui dépasse l'horizon borné de la vie ?

J'ai déjà connu des veilles de bataille. Aujourd'hui, pour la première fois, je me prends à murmurer : « Que votre volonté soit faite, Seigneur, et non la mienne... »

Le 21, à 4 heures du soir. J'accompagne à sa dernière demeure mon compagnon d'armes, Sid Ahmed Ould Dehlil. Son corps si maigre est enroulé dans une blanche gandourah qui colle, rouge de sang, à ses côtés. La tombe est creusée dans une crique pierreuse que domine la haute masse du Seun. Quelques partisans m'accompagnent. Ils sont altérés, ruisselants de sueur. Nos chameaux sont loin d'ici et, depuis le matin, nous n'avons pas une goutte d'eau. Tous se taisent, mais d'épuisement, non de douleur. Deux hommes déposent Sid Ahmed dans le trou. Puis ils jettent de la terre, le recouvrent d'un petit monticule de pierres...

Il faut partir, remonter le Seun, rejoindre nos animaux. Avant de quitter l'humble tombe, les partisans disent adieu à leur ami, chacun l'un après l'autre, et j'entends la même phrase, faiblement prononcée, mais qui sonne clair dans cette plaine de mort : « Ouaddâtek el Moulâna, Sidi... Que notre Seigneur t'accompagne, Sidi... Ouaddâtek el Moulâna, Sidi... »

Et moi, le dernier : « Ouaddâtek el Moulâna, Sidi... »

Il me semble que Joseph de Maistre nous fait faire un grand pas, quand il prouve que le paganisme ne contenait que des vérités, mais des vérités corrompues. Car, si l'on suit cette démonstration un peu loin, on reconnaîtra que l'homme n'a pas une seule idée qui ne corresponde à quelque réalité et qu'ainsi Dieu est prouvé par la seule idée que l'on a de Lui. Mais Joseph de Maistre nous touche davantage quand il reconnaît, dans le dogme païen des sacrifices, la grande idée du salut par le sang. Ce que nous admirons dans la Rédemption, c'est le couronnement infiniment surnaturel de cette idée naturelle, insérée depuis la création du monde dans les fibres mêmes de l'humanité. Or, aujourd'hui même, un champ de bataille n'est-il pas l'image temporelle de la miraculeuse grandeur du sacrifice ? Si nous croyons à la vertu du sang répandu au Calvaire, comment ne croirions-nous pas, d'une manière analogique, à la vertu du sang répandu pour la patrie ? La vertu de ce sang-là est aussi certaine, dans l'ordre naturel, que la vertu de l'autre, dans l'ordre surnaturel. Oui, nous savons que le sang des hosties offertes à la patrie nous purifie. Nous savons qu'il purifie la France, que toute vertu vient de lui, que sa vertu est infinie — que toute patrie ne vit que de sa vertu.

Sine sanguine non fit remissio. Mais il n'est pas besoin du témoignage de la Bible. Nous savons bien, nous autres, que notre mission sur la terre est de *racheter la France par le sang.*

Ganeb, 25 janvier. — J'ai passé une partie de ma journée dans la tente de Bakhiallah. Le terrible Chorfa s'est beaucoup adouci, et nous sommes devenus les meilleurs amis du monde. Lorsque je suis rentré à Ganeb, il m'a fait, à mon grand étonnement, très bon accueil et, depuis ce jour, il m'accable de ses visites. Voilà ce que peut faire l'auréole de la victoire !...

Cet après-midi, le cheik m'a montré sa « bibliothèque ». Elle est contenue dans deux grands sacs en peaux de bouc. Quelques-uns des manuscrits m'ont paru intéressants. Ce sont des commentaires tidjanites du coran, ornés de logogriphes, de « hadits » disposés en losange. Bakhiallah, en feuilletant ces pages, sourit béatement et il ne peut se retenir de me lire les mystérieuses paroles. Sa voix tremble, ses mains frôlent avec respect le vélin. Bakhiallah m'oublie — et je sais bien qu'il n'est plus ici.

27 janvier. — La colonne s'est éloignée. Elle regagne Tidjikdja. Après deux jours de brouhaha, me voici de nouveau dans le sommeil de mon désert.

Je me suis promené longuement dans la lande décharnée du Baten.

Je ne sais pourquoi, je pensais encore à Capharnaüm, le petit bourg incertain qui sommeillait jadis en Galilée, et qui, un jour, reçut Dieu...

Chapitre X.

TAGANT — ADRAR, ROUTE DE L'EST.

Avant de nous mettre en route pour aller reprendre, à l'extrémité nord de l'Adrar, nos postes avancés du désert, arrêtons-nous un moment, jetons un coup de sonde, et voyons ce que deux années déjà d'errances ininterrompues dans la misère et dans la joie ont mis en nous. Après une période d'activité intense, comme l'avait été la colonne de Tichitt, ce travail n'est pas inutile, si toutefois nous savons y mettre une entière simplicité, et si notre regard est ferme et sans faiblesse. Voici donc, en désordre, quelques-unes de nos pensées d'alors :

1° Le Père céleste : « Comme je l'aimerai, *quand je serai catholique.* » La sainte Vierge : « Comme je serai bien humblement à ses pieds, *quand je serai catholique.* » Et encore : « Comme j'aimerai *quand je croirai.* » Mais je ne doutais pas, comme je l'ai dit, que la foi ne me fût donnée un jour. Et en effet, me disais-je, la foi n'est-elle pas promise à qui vient s'agenouiller aux pieds des autels, à qui demande, dans la confiance et dans la paix, la Parole qui délie les péchés, et le Pain qui vivifie ?...

Cette assurance dans laquelle j'ai vécu si longtemps, avant de recevoir les sacrements, cette grande espérance qui m'était donnée alors que je la méritais si peu, je sais maintenant à quoi je la devais, et j'y pensais même dès alors, dans les éclairs qui venaient traverser ma nuit; elle me venait de l'eau du baptême que j'avais eu le bonheur de recevoir, étant l'enfant emmailloté de langes, étant l'enfant qui ne sait pas. Ô miracle ! Ô preuve adorable ! Ainsi donc, en ce jour inconnu et béni, j'étais entré comme malgré moi dans le monde de la grâce, j'avais été, bon gré mal gré, embarqué dans la vie surnaturelle... Ainsi donc, je pouvais avoir vécu pendant des années dans l'ignorance et dans le péché, je pouvais approcher de la trentaine sans avoir entendu une seule messe et en ignorant même le « Notre Père », sans qu'une douce Présence ne cessât pourtant de me protéger, sans que le Don qui m'avait été fait fût perdu, sans que l'Eau baptismale ne m'épargnât les angoisses et les incertitudes du Démon! Je pouvais avoir vécu toute une vie d'homme sans la grâce, je n'en étais pas moins l'enfant sur le front duquel un prêtre avait inscrit le Signe Rédempteur, l'innocent à qui les substances de l'Eau et de l'Huile et du Sel avaient à tout jamais imprimé la marque authentique de la préférence. — Et maintenant, à travers mes trente ans de déréliction, la grâce baptismale rejaillissait, et je me savais l'enfant chéri, celui à qui tout a réellement été donné.

2° « Je ne sais rien, mais je n'ai pas peur. Pourtant, c'est un grand inconnu qui m'appelle, et je ne sais pas, au fond, où me mènera cette aventure. — Peu importe, j'ai bon espoir. »

« Je regretterai peut-être, mais je regretterai encore bien plus si je m'arrête en route. »

« Je serai peut-être malheureux, courbé sous cette loi. — Mais plus encore, si je l'ignore à tout jamais. »

« Je ne peux pas n'y plus penser. — Alors, mieux vaut en avoir le cœur net. »

« Le vin est tiré — il faut le boire. »

« Il faudra changer ma vie, me faire de nouvelles habitudes ? — Dieu y pourvoira. Le Saint-Esprit m'assistera. J'ai confiance. »

« A mon âge, c'est un bien rude pas à franchir. — Mais non, je ne ferai rien, et c'est Jésus qui fera tout. C'est Lui qui sera occupé de moi et inquiet, tandis que je serai insouciant et paisible. C'est lui qui sera penché vers moi, tandis que je dormirai. »

« Ô mon Dieu! je sais que vous avez dit : Ce n'est pas vous qui m'avez élu, mais c'est moi qui vous ai élu. »

3° Le péché. « Je parle de vous, Seigneur, et je ne passe pas un jour sans vous offenser. Je sais que je suis une très sale bête, et je continue à violer, non seulement Votre loi, mais même la loi humaine, et je n'essaie même pas de remonter le courant, de reconquérir cette pureté que m'a donnée votre baptême. — C'est vrai, je n'essaie pas, parce que j'attends la grâce de vos sacrements. Je n'essaie pas, parce que, sans Vous, je ne puis rien. »

« Votre loi ne serait pas divine, si je pouvais m'en passer. »

« Je m'arrêterai, *après ma conversion.* — En aurai-je la force ? Cela, j'en ai l'assurance. »

« Plus les fautes que je commets sont grandes, plus vous êtes prouvé à mes yeux. »

« J'offenserais vos Saints Sacrements, si je croyais pouvoir me réformer sans eux. »

J'avoue avoir eu de ces pensées, et souvent. Elles étaient lâches. Mieux eût valu, certes, s'efforcer de mériter la grâce en ennoblissant ma vie. Hélas ! je remettais à plus tard, sans songer aux jours de l'échéance, où il faudrait pourtant régler les comptes. — J'avais du remords — comme tout le monde. Parce qu'au fond le péché n'est pas drôle. Parce que le vice n'amuse personne. Mais je ne pensais pas au châtiment, ni à l'expiation. J'avais du remords, un remords sourd, pinçant — mais je n'avais pas de peur. « C'est dans l'ordre, me disais-je. Tant que tu seras en dehors de l'Église, il faudra que tu roules d'abîme en abîme, jusqu'au plus bas. » Je n'avais pas de trouble. Je ne savais pas très bien ce qui se passerait. Mais je savais que le jour *où je serais catholique,* à cet instant précis, tout changerait, tout s'arrangerait selon un ordre nouveau, tout difficulté s'aplanirait.

4° Dans le monde, ceux que j'aime le mieux, au fond, ce sont les dévots. Ceux avec qui je m'entendrais le mieux, ce sont les vrais dévots, les hommes de sacristie et de confessionnal, les hommes enfin de scrupuleuse fidélité, les hommes d'exactitude et d'onction, en même temps, les hommes d'observances, les obéissants et les pacifiques. Pourquoi ne vais-je pas à mes vrais amis ? Il ne manque absolument *que* cette petite étincelle de la grâce...

L'Adafer est une plaine de cailloux noirs qui prolonge le Tagant vers le nord-est. Il faut le traverser rapidement, car on n'y trouve pas d'eau.

Le caractère de ce pays est d'être écrasé sous le ciel. Même une chaîne entrevue le cinquième jour — la petite chaîne de Kahmeit, qu'escaladent des vagues de sable blanc — donne mieux l'impression de la planitude. Vers le nord le plateau se découpe en estuaires, en promontoires où vient déferler le sable du Khât. Arrivé à cette lisière, le voyageur doit s'arrêter à l'humble palmeraie de Talmeust. Doux nom, douces syllabes — et tragiques pourtant, puisque c'est à Talmeust que se livra, le 14 juin 1908, un des combats les plus meurtriers de la conquête.

Tandis que le capitaine Mangin se faisait massacrer avec tout son détachement à quelques lieues d'ici, le vétérinaire Amiet recevait, en ce jour mémorable, le choc d'une deuxième harka de dissidents, quatre fois plus nombreuse que son détachement. Sa situation était désespérée, lorsque surgit à l'horizon le sergent sénégalais Ouelo Coulibaly. Ouelo a quatre hommes, mais il fonce sur la masse compacte des Maures, et il fait si grand tapage que les assaillants croient avoir affaire à forte partie. Impressionnés par les cris sauvages de ces furieux, ils se déconcertent, lâchent pied, et finalement abandonnent le terrain. Je lis dans un rapport de l'époque que les quelques hommes du détachement Amiet tirèrent en cette journée près de dix mille cartouches. Aujourd'hui, ce que nous voyons à Talmeust, ce sont quelques palmiers resserrés entre des rocailles en désordre, et aussi une vieille maison en ruines, où gitent quelques Kounta de la famille des Sidi el Ouafi.

Tandis qu'à l'heure de midi, j'errais dans le camp, je pensais au brave Ouelo, aux bons Sénégalais de Mangin. Et d'un même mouvement, j'abaissais mon regard vers mes Sénégalais à moi, vers mes compagnons de route de tant de mois... Les voilà tous. Ils dorment. Ils sont las, ils sont saouls de fatigue, ils sont sales, ils sont affreux. A l'arrivée, ils ont dressé leurs misérables abris, carrés d'étoffes que fixent au sol les baïonnettes, minces toiles de tente que transperce facilement l'implacable soleil. La plupart ont la tête enfouie sous ces pauvres loques multicolores, tandis que les jambes et la moitié du tronc restent en dehors. Ils dorment, les bras en croix, le ventre sur le sable, crucifiés par ces interminables routes du désert — ou bien encore sur le dos, les genoux levés, la bouche ouverte, ou bien tassés en boule, tout pelotonnés dans leur misère. Ils dorment de ce formidable sommeil de soldat, de ce sommeil inoubliable pour ceux qui l'ont contemplé une seule fois, et qui donne une si forte impression de tragique — sommeil non détendu, ni facile, mais contracté, sombré net dans le néant, semblable à une mort subite.

Pauvres gens! Eux aussi sont des malheureux. Eux aussi sont des exilés. Ils ont laissé leurs cases au Soudan, leurs femmes, la vie paisible, facile des villages au bord des fleuves. Et les voici dans la grande fournaise, suant et peinant pour leur nouvelle patrie, qu'ils ne verront jamais... Ah! vraiment, c'est une étrange existence que la nôtre! Voici des années que nos demeures sont ces toiles incertaines, des années que nous avons perdu le goût des joies les plus humbles de la vie : le foyer, les livres, l'abri moelleux d'une chambre — oui, des années déjà que nous sommes dans la fièvre, dans le désordre, dans l'incertain.

Et je pense que peut-être, pour tant de tourments, beaucoup de choses nous seront pardonnées. Oui, beaucoup de choses seront pardonnées aux soldats. Le plus misérable d'entre nous n'est-il pas l'ouvrier magnifique d'une œuvre de douleur, l'obscur artisan d'une œuvre qui ennoblirait le cœur le plus souillé? — Et, s'il nous faut payer un jour toutes ces années peineuses ne nous compteront-elles point?

... Toujours le même ciel, la même voûte de bleu opaque. Un petit fou de nuage égaré vient lécher la paroi étincelante, et puis s'en va, on ne sait où. Et puis, tout revient comme avant : c'est le ciel de Ptolémée, une grande sphère solide, avec la terre, au point O. Mais, pour moi, c'est le ciel de mes premières prières, le ciel où se sont allumées mes premières prières, étoiles tremblantes, les premières nées de la nuit. Voici le ciel vers qui, jetant mon bâton sur le sol, j'ai levé mes regards étonnés, et celui vers qui j'ai dit : « Mon Dieu, je Vous en supplie, si Vous existez, manifestez Vous à moi et m'envoyez le Signe qui me ploiera à deux genoux. »

Qu'il est béni, le ciel des premières prières! Qu'il est riche, ce ciel-là, où nos premières prières se sont piquées, si humbles, si pareilles, si simples et monotones!

... Nous étions en plein milieu du Khât. Toujours plus avide de solitude, je voulais m'enfoncer dans ces étoilements de dunes, imbriquées l'une dans l'autre, chevauchant l'une sur l'autre, s'échafaudant en architectures incertaines que chaque jour fait et défait. Mais un Maure est venu au camp, un Maure sordide, à peine vêtu, sa longue chevelure en désordre. Je reconnais son air de violence, sa face tragique, ses yeux ardents et mobiles. C'est le chef des Ahel Hajour, Mohammed Salem Ould Sidi Lekhal. Les jambes croisées sur une natte, il nous conte ses inquiétudes. La situation de son frère, Mohammed Mahmoud, qui n'a jamais voulu faire sa soumission, et que traquent nos troupes de la région de Tichitt, lui donne les plus graves soucis. Le 13 janvier, le courrier s'était hâté vers le repaire d'Angi où Mahmoud se croyait en sûreté : « Les Français sont à Tichitt! » — Mahmoud rit : « Allons donc! Jamais ils n'y viendront! » Pourtant, un fuyard arrive, puis un autre, puis un autre. Ils confirment la nouvelle. Stupeur. Fuite en désordre vers le nord. Cependant, Mohammed Salem, plus sage que son frère, voit le péril. Il va demander au colonel un laissez-passer pour se rendre auprès de Mahmoud, et le supplier de faire sa soumission. Le colonel l'autorise à tenter cette démarche, mais, très sagement, ne veut pas avoir l'air de s'y associer en lui donnant un papier. Mohammed Salem renonce à son voyage. Or, la bande de son frère — une quarantaine de fusils — est en majeure partie composée de très jeunes gens, incapables de supporter les épreuves d'une longue campagne. Elle ne peut même songer à gagner le Maroc, de sorte qu'elle risque à tout instant d'être prise dans les filets, que ne manquent pas de lui tendre nos partisans. — Mohammed Salem nous conte ses histoires d'une voix animée, en faisant de grands gestes, et en ramenant, à chaque instant, le bord de son « aouli » par-dessus l'épaule. Il nous dit encore qu'il n'y a pas d'eau à Charanya, comme nous le supposions. Le premier puits dans le nord est Amijeujer, à quinze heures de marche d'ici. Il faut donc partir sans tarder, car nous n'avons presque plus d'eau dans nos outres...

Ah! ces histoires du désert, quel parfum elles ont pour moi! Je leur trouve un goût sauvage et guerrier. Toujours elles viennent évoquer des fuites de gandourah dans le bleu du ciel, des campements errants sous le soleil, de grands mouvements mystérieux, de grandes allées et venues dans cette chose informe, en apparence immobile, qu'est le désert, si pleine de vie en réalité, si balayée de remous humains. Et il me semble, quand je les écoute, qu'elles me fixent à tout jamais dans cette misère. Elles rejoignent de propres impressions de fatigue, d'accablement dans l'universelle aridité, quand les fronts en sueur maudissent le casque et appellent la nuit.

Elles laissent sans peine retomber autour de nous tout le silence...

Le 15, nous nous mettons joyeusement en selle; c'est aujourd'hui que nous arrivons à l'eau, que nous touchons enfin à un puits. Pendant deux heures, nous marchons dans l'« aklé », on nomme ainsi des régions de dunes très basses, figurant comme relief le clapotis d'une mer agitée. Puis, pendant cinq nouvelles heures, c'est le rag, l'immense plaine noire qui fait sur l'horizon la ligne la plus nette...

Voici quelques dunes isolées, arrondies en croissant, toutes orientées dans le même sens. D'après nos guides, elles marquent l'approche d'Amijeujer. En effet, au bout de quelques instants, nous descendons une faible pente rocailleuse, et nous nous trouvons jetés dans des taillis d'arbres maigres, au milieu desquels s'inscrivent les bouches tant désirées des puits. Nous étions à peine arrêtés qu'un courrier s'est présenté. Cette fois-ci, ce sont des nouvelles du Nord qui nous arrivent. Nous apprenons que les gens de B. ont rejeté à la mer, à hauteur des Canaries environ, des Ouled Délim venus en rezzou vers le sud. Ces dissidents, privés de leurs chameaux, ont dû sauter dans des barques, pour tâcher de regagner leur pays. Les Regueïbat ont été culbutés, à trois jours au nord de Smara, par les

Ouled Bou Sba. Plusieurs de ceux-ci seraient restés sur le carreau dans cette affaire. Le commandant de l'Adrar assigne comme zone de nomadisation à ma section la région Zoug-Matalla-Aghillan — à cent kilomètres environ au nord d'Atar. Et c'est tout. Nous retombons dans le silence, dans le grand engloutissement, dans la solitude recourbée sur soi-même. L'après-midi, suivi de ma chienne fidèle, Selysette, je suis allé faire une ronde au pâturage. Les chameaux sont près du camp. La sentinelle est là-haut, sur ce haut éperon rocheux qui domine l'étroite vallée où nous sommes campés. J'en fais péniblement l'ascension et je me retrouve sur l'immense plateau sur lequel nous avons marché, pendant toute la matinée. Voici les dunes isolées, la plaine noire, l'austère courbure de la plaine. Comme nous sommes loin, ici ! Je m'approche de la sentinelle, elle s'immobilise, présente l'arme qui fait un bruit sec. Je ne sais pourquoi ce geste m'émeut. Si loin de ma patrie, c'est encore le salut des soldats de chez moi qui m'accueille.

Et ainsi me voilà assuré d'être dans une Règle, dans une certaine Règle dont l'observance étroite prévaut pourtant contre le temps et l'espace. Ce brave tirailleur, sous les quarante degrés qui nous assomment, rend les honneurs tout juste de la même façon, et aussi correctement, que fait la sentinelle du quartier Rochambeau, en la place de Cherbourg.

Après un repos de quelques jours à Amijeujer, nous avons fait un nouveau bond vers le nord et nous avons gagné en deux petites journées les puits de Toudouchin. Ils se trouvent dans un fond d'oued très vert et nous décidons d'y laisser pâturer à l'aise nos chameaux, puisque l'ordre qui nous rappelle dans les régions du nord de l'Adrar ne comporte pas d'urgence.

Nous sommes donc restés cinq jours à l'ombre de nos tentes. Et puis, nous sommes repartis, et, après deux jours de marche, nous avons atteint une large zone de verdure que nous ne nous attendions pas à trouver et qui, de nouveau, nous a invités au repos. Comme l'eau faisait défaut, notre brigadier algérien, Eddin ben Sliman, a fait creuser un puits et il a été assez heureux pour trouver de l'eau à quatre mètres de profondeur. C'est de ce point, dont j'ignore le nom, que je suis parti, le 4 mars, pour me rendre à Chinguetti, achevant ainsi ma troisième traversée de l'Adrar, du nord au sud.

Douze lieues me séparaient de la vieille ville maure, mais, comme je n'avais avec moi que quelques partisans bien montés, je pouvais espérer franchir cette distance en sept heures. Nous nous mîmes en selle, comme le soleil commençait à paraître. Une journée de silence s'ouvrait à ma méditation. « Sept heures, me disais-je en montant sur ma « rakla », sept heures à rester sur cette bosse, sept heures à me laisser aller, sans nul souci, au trot berceur de ce chameau, à plonger dans l'espace, à rêver, à me taire, à fumer. Je veux occuper tout ce temps à méditer. »

Vaine résolution! J'avais allumé ma pipe, et le trot de nos méhara rasait l'éternelle plaine noire. Je n'avais que des sensations douces, mais il me semblait que ma tête était vide. Pourtant, mille pensées étranges et rapides passaient et repassaient au dedans de moi, mais je ne pouvais fixer mon attention sur aucune : « Je ferai un livre sur la psychologie des champs de bataille. Si j'essayais de mettre en ordre mes idées sur ce sujet?... Chevrillon, du haut de la falaise de Perros, me décrivait la mer qui était à nos pieds : « Voyez comme elle est ceci... et cela... » Je voudrais savoir, moi aussi, regarder le monde... Quand je serai rentré en France, je ferai des mathématiques... Quelle bêtise de donner des mitrailleuses aux sections méharistes! Il faudra que j'en parle au capitaine V... » Et tout cela défilait avec une rapidité prodigieuse.

Nous marchions depuis longtemps déjà, tantôt au petit trot, tantôt au pas, pour reposer nos montures. Le pays ne changeait pas. Pourtant quelques arbres grêles et complètement dépourvus de feuilles apparaissaient sur la plaine. Un moment, j'eus l'impression que nous avions tourné vers l'est; le soleil était déjà haut, et nous ne pouvions plus nous guider d'après lui. « Il me semble, Eddin, que nous ne sommes pas dans la bonne route. — Pardon, mon lieutenant! Vois-tu ces arbres? Ils marquent juste la moitié de la route. » Et le silence retombe, plus lourd encore, plus définitif.

Or, à un certain moment, sur le point de m'assoupir, je sentis en moi comme une douce lumière qui m'envahissait, et se divisait dans mon cerveau, et envahissait de là tous les recoins de mon être. Je me rappelle très bien : Soudainement, je fus comme arraché à moi-même, une vague de pensées affluait qui ne m'étaient pas habituelles, et pourtant je n'avais pas alors l'idée qu'elles me fussent *envoyées*. Depuis le départ de Tichitt, je n'avais pas pensé à ces choses, j'étais surpris, je demandais simplement que le doux miracle se continuât.

Comment cela vint-il ? Je ne sais plus. Il me semble que je me rappelai avec une grande précision une action abominable que j'avais commise la veille. Alors je me dis : « Ce serait si bon pourtant, d'aimer le bon Dieu ! » Pendant un long temps, je me répétai cette phrase machinalement.

Et puis, j'eus l'idée d'un but qui était difficile à atteindre. « Quelle que soit la vérité, pensais-je, c'est une grande joie, c'est une grande noblesse que d'avoir un tel but en la vie. La *difficulté*, c'est l'unique noblesse » et, de nouveau, je me répétai cette phrase, comme si j'avais de la peine à la comprendre et à la graver dans ma tête. Alors je vis une existence entière déroulée dans un progrès indéfini, non point tournant, comme la mienne, dans un cercle étroit d'habitudes, mais progressant au contraire, et se renouvelant constamment, et allant même au delà de ses propres forces, pour étancher sa soif inextinguible du divin ; je vis enfin ce lieu de jonction de toute la vérité et de toute la Béatitude, auquel tendrait une telle âme, et cette conjonction, ce lieu commun, je le nommai Dieu. Je ressentais un appétit extraordinaire de savoir. Mon incertitude m'accablait, et pourtant, il me semblait doux, en un certain sens, d'y rester.

Que se passait-il donc là-haut, auprès du Père ? J'essayais d'imaginer cette lumière du Paradis, dont rien ne peut donner l'idée. La lumière est encore quelque chose de matériel. — « Suppose donc, me disais-je, une lumière qui n'a rien de commun avec la lumière que tu connais, suppose une lumière *insupposable*, imagine n'importe quoi, et dis-toi encore que ce n'est pas cela. Et puis, dans cette chose sans nom, place les Trois Personnes, contemple le Père dans le Fils, le Fils dans le Père, et puis ce mutuel Amour qui est entre Eux, le Saint-Esprit. Ô vertige! Abîme impossible! Chasse ton image, toute idée même, si elle n'est ordonnée que selon la logique humaine, installe-toi dans ces régions sans bords où les contraires s'accordent, où la divion même est vue dans l'unité, et l'unité dans la division. Et dis-toi que plus tu t'efforceras vers cette impossible possession, plus elle t'échappera, et plus tu te nourriras de cette vérité et de cette béatitude qui sont Dieu, plus tu resteras affamé. »

Je retombai, épuisé. Je sentais toute l'impuissance humaine, toute la misère qui est la nôtre. Le soleil était aux deux tiers de sa course. Un vent léger s'éleva. Nous entrions dans les grandes dunes de Mraleg, qui précèdent l'arrivée à Chingueti. « Allons! me disais-je, courage! Dieu aura pitié de nous. Il me permettra de recevoir Ses Sacrements, et alors tout s'éclairera, je saurai... Mon Dieu! Que je suis heureux! Que je suis heureux!... »

Nous passâmes auprès d'un troupeau de moutons que gardait un jeune homme. C'était la première figure humaine que nous croisions depuis notre départ. Il ne daigna même pas nous regarder. La dune s'abaissait, nous descendîmes dans un étroit couloir de sable et nous nous trouvâmes dans le « batha » de Chingueti. A notre droite, le ksar dressait sa masse sombre, étalée sur la pente sablonneuse; devant nous, nous apercevions le poste, la palmeraie. J'étais tout à la joie d'arriver, de voir des camarades. Rien ne restait en moi des pensées qui m'étaient venues durant la route. C'était exactement comme si rien ne s'était passé.

Le capitaine B... vint, le 6, me rejoindre à Chingueti. Nous avions reçu de nouvelles instructions. Les derniers événements du Maroc avaient fait mauvaise impression sur nos tribus. Dans l'Oued Noun, le fils de Ma el Aïnin, El Heyba, essayait, avec l'aide du caïd de Talzeroit, de susciter un mouvement antifrançais. Les fractions teekna s'étaient dans ce but momentanément réconciliées. D'autre part, de nombreux Regueïbas étaient, en ces derniers temps, partis en dissidence, et avaient rejoint, au nord de Smara, les Ouled Délim. Enfin, l'on craignait que la cession probable à l'Espagne de la côte, au nord du Rio de Oro, n'eût une répercussion fâcheuse sur les agissements des tribus de cette région sans cesse troublée. Les Maures paraissent, en effet, persuadés que les Espagnols n'auront pas les mêmes exigences que nous pour l'impôt. Le but est donc de répartir des forces méharistes assez importantes, dans la partie du désert qui s'étend au nord-ouest d'Atar. C'est là où nous devons nous rendre sans délai.

Sur la route d'Atar.

Marche, vieux voyageur, emplis tes poumons de l'air immaculé de la plaine, repose-toi dans la paix des soirs, et repars, dans les beaux matins, avec un cœur tout neuf, un cœur facile. Ne te fais point de soucis, ô voyageur! Tandis que tu emplis tes yeux des beautés de la terre, et que tu chantes, au pas docile des méhara, et que tu continues ta bonne besogne humaine — le Seigneur, ton Dieu, marche auprès de toi. Il marche si doucement que tu ne l'entends même pas — et pourtant Il est là, et Il te protège, et Il te regarde de tout son amour, plus grand que le monde.

Non det in commotionem pedem tuum : neque dormitet qui custodit te.

« Il ne fera point chanceler ton pied, et Il ne dormira point, Celui qui te garde. »

Dominus custodit te, Dominus protectio tua, super manum dexteram tuam.

« Le Seigneur est Celui qui te garde, le Seigneur est ta protection, Il est à ta droite. »

Per diem sol non uret te, neque luna per noctem.

« Pendant le jour, le soleil ne te brûlera pas, ni la lune pendant la nuit. »

Dominus custodiat introitum tuum et exitum tuum : ex hoc nunc et usque in saeculum.

« Le Seigneur te gardera à ton entrée et à ta sortie, et pendant toute ta route, toute la longue, l'interminable route — depuis maintenant, jusque dans les siècles des siècles. »

CHAPITRE XI.

CHAR ET MABROUK

« L'encre des savants est plus agréable à Dieu que le sang des martyrs. » Malheureuse race qui n'a pas compris ce que valait la goutte de sang d'un martyr, et combien elle pesait plus que tous les livres du monde, et que l'encre s'effacera, mais que la goutte de sang ne s'effacera pas !

Tous les parfums de l'Arabie n'effaceront pas une goutte de sang d'un martyr, mais la moindre pluie effacera toute l'encre de tous les livres.

Malheureuse race qui n'a pas reconnu le prix du Sacrifice, celui d'un frère pour ses frères, celui d'un homme pour les hommes, celui d'un Dieu pour les hommes ! Voilà ce qu'il en coûte de n'avoir point un Dieu qui ait connu la souffrance et qui soit mort sur une croix de bois. Lui, leur prophète, il n'est pas mort sur la Croix, mais ils savent ce que ça leur coûte maintenant, les malheureux ! Il est monté au ciel sur un beau cheval blanc qui s'appelait Bourak, et les Maures m'assurent que c'est sa route qu'on voit là-haut, cette voie lactée... Il est monté au ciel dans un grand piaffement, dans un envolement d'étoffes claires, comme un chevalier casqué qui s'apprête au tournoi. Mais la moindre goutte de sang aurait mieux valu. Toute cette envolée de rêve ne valait pas une vraie goutte de sang qui aurait coulé. Les malheureux, ils savent ce qu'il leur en coûte de n'avoir pas appris la valeur du Sacrifice, et de quel prix ils l'ont payée, cette encre des savants. Abandonnés de leur Dieu dans toute l'Afrique, bientôt, demain peut-être, dans toute l'Asie et dans l'Europe, ils pourront mesurer l'intérêt que produit sur le marché du monde la palme d'un martyr.

Nous valons mieux que ce que veulent faire de nous nos savants. Seulement, il faut aller un peu loin pour savoir ce que nous valons. Nos savants aussi voudraient que nous les préférions aux martyrs et aux héros. Mais nous ne marchons pas, nous flairons la mauvaise aventure, nous devinons la piperie. Pour moi, je préfère la goutte de sang de Violet à toute leur encre — à tout ce malhonnête usage qu'ils en font...

Ksar Teurchane, 15 mars 1912... Il y a donc deux ans et huit mois, le 15 juillet 1909. Les partisans du capitaine Dupertuis sont massés près d'une dune, au sud du ksar. On attend les renforts qui doivent venir d'Atar. Mais les gens d'El Oueli occupent la palmeraie, deviennent menaçants. Le sous-lieutenant Violet reçoit l'ordre de balayer cette racaille. Vêtu, comme à son ordinaire, de boubous blancs finement brodés, le monocle à l'œil, le sabre levé, il s'élance. Mugnier-Pollet, qui l'a vu de loin, ne peut s'empêcher de murmurer : « C'est chic, ça ! » Pourtant, les partisans hésitent. Ils se cabrent devant la mort certaine, inévitable. Violet crie : « En avant ! Partisans ! » Il arrive à la lisière de la palmeraie. Quatre hommes seulement l'y ont suivi. Un coup de fusil part de derrière un palmier. Violet tombe mort. La balle lui a tranché la carotide. Toute la scène a duré une dizaine de minutes. Drame violent, ramassé en profondeur, pur comme un profil de médaille antique.

Nous pensons à ces jeunes héros de la Grèce, beaux comme des dieux, qui entraient dans la mort, couronnés d'asphodèles, et souriants.

Mourir, me dites-vous, mes amis, ce n'est pas malin. Nous sommes des milliers qui en ferions autant. Nous sommes des milliers qui consentons à tout, aux pires ennuis, aux pires médiocrités, dans l'espérance d'une heure qui soit belle, dût-elle être la dernière. Nous n'avons pas dit notre dernier mot. Que l'on nous fasse crédit.

Voilà ce qu'ils disent, ces Français, mes camarades, dans leur soif du sacrifice, vieille comme Jésus. Et ils ont raison.

Peut-être mourront-ils dans une bataille. Beaucoup d'autres y sont morts. Beaucoup qui étaient mes camarades, et d'autres qui étaient mes grands aînés. Mais tous n'ont pas eu — et qui sait ceux qui l'auront ? — ce geste de Violet, quand, en messager, il s'élançait vers la mort, armé de sa latte étincelante, et, comme l'ange Azraël, vêtu de blanc. On croyait qu'il allait retrouver sa fiancée, et la joie, déjà, le transfigurait. Alors, ajustant le turban qu'il avait coutume de porter, le corps légèrement penché en avant, il se mit à courir, dans l'exultation bondissante, et rebondissante, de ses vingt-huit ans. — J'ai entendu des Maures me conter tout cela. Quand ils parlaient de Violet, leurs yeux étaient humides et brillants d'admiration... Tous n'ont pas laissé après eux un tel sillage...

Ce jour-là, le 15 juillet 1909, il y eut aussi une envolée d'étoffes, un envolement de rêve. Mais il y avait, au bout, une goutte de sang. Minute parfaite ! Plénitude admirable de cet instant ! Minute française entre toutes, qui contient tout, qui dit tout. C'est le ramassement d'une belle vie, tout entière tendue vers l'action et ivre de s'immoler, d'une belle vie droite, sans déviations, sans ornements, où il n'y a rien à retrancher ni à ajouter.

Il s'était battu au Tchad. Il avait sabré des Maures la nuit de Rasseremt. Mais, là, il sentait qu'il fallait faire mieux, et, tout naturellement, il trouva le geste qu'il fallait, il trouva à faire exactement ce qu'il y avait à faire — le geste élégant, plein de décence et de grâce, et de sérieux, le geste à la Steinkerque, un peu aristocrate — Violet était ainsi — sans rien de vulgaire, ni qui sente le soudard, sans déclamation non plus, sans rien enfin qui excède la mesure, ou qui reste en deçà...

Tous, à chacun de nos jours, nous remercions Dieu qui nous a faits Français. C'est la reconnaissance qui nous vient aux lèvres naturellement, à chacun de nos matins et à chacun de nos soirs. Mais il est des fois où la reconnaissance devient une frénésie d'amour, un mouvement précipité du cœur qui va se rompre. J'ai connu une de ces fois-là, à Ksar Teurchane.

... A cent vingt kilomètres au nord d'Atar, Char, et sa casbah démantelée. Un cloître, après un champ de bataille.

J'ai vécu là de longues et solitaires heures. Comme nous nous accrochons à ces rares témoins de pierres : Oujeft, Atar, Chingueti, Ouadan, Tinigui, Ksar Teurchane, Char! Je les ai tous nommés. Mais Char, c'est vers le nord le dernier retranchement, au delà duquel il n'est plus que du sable rose et du caillou noir!

J'ai vu la case de Char pour la première fois, dans les feux du soleil levant. Au flanc des rochers que patinait l'aurore, elle se tenait accrochée, fortement liée au sol, tassée dans sa royale solitude. Ses murs bas, quadrangulaires, sa forte masse parallélipipédique, flanquée de bastions militaires, ses pierres qui avaient la teinte même des rocs environnants, ses murs unis percés de meurtrières, c'était assez pour prolonger les imaginations guerrières qui m'avaient assiégé l'avant-veille, à Teurchane. Mais, une fois que j'eus pénétré dans l'enceinte, je dus m'orienter d'un autre côté. J'étais entré par un large et bas portique, formant vestibule. Les murs, à droite et à gauche, étaient par endroits effondrés. Tout était baigné de silence. Je me trouvais dans une grande cour, au sol inégal, sur laquelle s'ouvraient des portes basses. Je franchis une brèche, j'aperçus un dédale de cases longues et étroites, enténébrées, avec des clartés subites que faisaient les jours de la toiture en ruine. Au bout d'un instant, j'étais dans une autre cour, beaucoup plus petite que la première; je pensais que c'était celle où devaient se tenir les femmes et les esclaves. Je retournai sur mes pas, je m'engageai dans un couloir. Il me conduisit à un large patio, où la lumière se jouait entre de grands piliers massifs. Au centre, une cour carrée, à ciel ouvert. Autour, une large promenade... Je pensais à ces petits cloîtres d'Italie, baignés de paix, de lumière douce, et bien enclos. — C'était d'ailleurs une mosquée, mais si simple, si pauvre, si nue, si paisiblement dormante, qu'il me sembla qu'elle pouvait sans peine accueillir d'autres rêves que ceux de l'islam, tous les rêves...

C'est encore un plaisir moral que je goûte dans cette sorte d'Escurial saharien. J'y retrouve le double idéal, religieux et militaire, de la race maure, mais c'est la mosquée qui donne une âme à l'édifice, plus que ces pauvres bastions, aujourd'hui effondrés.

Voici que nous avons remis de la vie dans toute cette mort. Nos gens, dans le vestibule, causent et boivent le thé. Le sous-officier qui m'accompagne s'est installé dans la case la moins ruinée, et j'aperçois, près du seuil de la porte, une marmite, posée sur trois pierres, au-dessus d'un feu. Pour moi, j'ai choisi la mosquée, où j'ai également placé les tirailleurs. Couché près d'eux pendant la sieste, j'entends les bruits égaux de leurs souffles, parfois la plainte rauque d'un dormeur. Et tout ce sommeil, auprès de moi, aggrave encore la solitude et le silence.

La nuit, tout le monde déménage, et nous allons coucher sous les étoiles, dans la dune qui commence non loin des murs, vers l'est. Des raisons militaires l'ordonnent ainsi, mais, je l'avoue, ces pierres m'oppressent. Quand, tout un jour, ma rêverie s'est égarée parmi elles, solitaire, ressassée et tournoyante, comme le vol des corneilles au-dessus d'un puits, quelle délivrance que de sentir l'air léger qu'ont filtré les sables du large, de s'étendre sur le dos, dessous Orion, et le Scorpion, et Cassiopée, les belles constellations!... Je dénombre les étoiles, l'une après l'autre, et voilà que je m'embrouille dans les sentiers célestes. Le sommeil vient. Les astres se rapprochent, ils sont là, tout près, tout près... Il me semble qu'en étendant les bras, je pourrais les attraper et souffler dessus, comme sur des bougies.

Un beau matin, Sidïa m'a raconté l'histoire de Char.

Il y a une trentaine d'années, l'Adrar était commandé par l'émir Ahmed Ould Sid Ahmed Ould Aïda, le père de l'émir dissident, Sid Ahmed, que nous fîmes prisonnier à Tichitt. Cet Ahmed était en son temps l'homme le plus fort de l'Adrar, et l'on dit de lui qu'il était capable d'assommer un bœuf d'un coup de poing. Ce colosse avait fait de nombreux voyages au Maroc, d'où il rapporta certains principes d'architecture, naturellement inconnus aux Maures. Comme les environs d'Atar, sa résidence ordinaire, n'offraient pas de pâturages pour ses chameaux, il lui prit l'idée de construire cette case de Char, située dans un bon pays et auprès d'un puits dont l'eau claire était inépuisable. Il l'éleva sur le modèle des casbahs fortifiées qu'il avait vues au Maroc, et il prit l'habitude d'y passer l'hiver, car l'été le rappelait à Atar pour la récolte des dattes et les soins de son administration. Près du puits, il fit planter quelques palmiers, et sans doute il avait l'idée de créer là une grande palmeraie. Mais, pendant l'été de 1899, comme il se trouvait dans sa maison d'Atar, un violent orage survint. Le toit s'effondra, et Ahmed, encore dans la force de l'âge, tomba mort, frappé à la tête par une poutre de la toiture. Après sa mort, la case de Char ne fut plus occupée et elle commença, malgré ses solides assises, à subir les injures du temps.

Il faisait beau et je partis. C'était une belle matinée de printemps, de celles où l'on se lève léger, avec des membres détendus, et où l'on chante. Et je marchais, et je chantais, et je sautais de roc en roc, dans l'insouciance heureuse de ma jeunesse. Ces matins d'Afrique, où l'on sent toute sa force, ces purs matins après nos chastes nuits, ce sont comme ces belles mares que laisse entre les rocs la mer descendante et où frissonnent des algues blondes en des clartés de vasque. Ces matins-là, nous nous baignons dans la beauté du monde qui nous protège. Si loin de toute vulgarité, nous sentons nos cœurs inattingibles. Piétinant le sol comme de jeunes chevaux, nous réapprenons la lumière dans la jeunesse de tout. Ah! je les connais bien ces matins-là, où l'on est ivre de ses muscles; il semble qu'on partirait à la conquête.

Je montais une pente douce, bien marchante, d'une belle courbe large. Je venais de perdre de vue la maison de Char, quand, du côté opposé, j'aperçus l'immense déroulement pâle d'une plaine. La montagne sur laquelle j'étais descendait à pic : grande coupure brusque, taillée à coups de hache, falaise abrupte sur la mer pétrifiée qui s'appelle, d'un nom de rêve, le Tiris. Un promontoire me cachait une partie de l'immense horizon. Je m'avançai et je vis bientôt dans son entier l'immense arc de cercle qui rejoignait, au nord et au sud, la falaise. Pendant longtemps, je restai sur cette admirable terrasse. Mes yeux se perdaient dans le lointain; ils cherchaient avidement quelque signe humain, et j'écoutais, penché sur le bord de l'abîme, si quelque bruit ne viendrait pas jusqu'à moi de l'horizon scellé. Mais non; la plaine sèche, décolorée par la lumière, semblait cristallisée dans un sommeil millénaire. Je voyais émerger des centaines de petits îlots rocheux, et je pensais à la baie d'Along, aux langueurs de l'Asie. Tout le reste était d'une matière impondérable, irréelle, faite de lune et de matière stellaire — de la *lunite*.

Je pensais avec ivresse que dans quelques jours, lorsque le capitaine B. serait arrivé, je reprendrais par là ma course vagabonde. Et, à peine arrivé, je rêvais du départ... Impatience de vivre, de brûler des étapes, d'errer au fil des heures, dans l'immense figuration du monde.

Le lendemain matin, j'allai m'égarer dans une forêt de tarefas, qui fait devant le puits un large éventail de verdure. Ces tarefas sont une sorte de thuyas très odoriférants, dont les fins rameaux découpés semblent chargés de soleil et d'été. Je marchais, écartant les branches devant moi, dans des bourdonnements d'insectes et j'aspirais l'aigre odeur de conifère que répandait l'ombre chaude et bleue. Sous mes pieds, je sentais le sol glissant d'une *pineta*. Ma pensée se perdit vers de sauvages jardins de Provence, où croissent d'âcres plantes, des fenouils, des térébinthes...

En plein milieu de ce buisson épais, je trouvai à ma grande surprise une case en paille, où dormaient, en des caisses, d'innombrables manuscrits arabes, feuillets épars, rongés de vers, exhalant une rude odeur de poussière et d'encens. C'étaient les dernières traces de la fuite des télamides de Ma el Aïnin vers le nord. Une grande pensée mystérieuse, et qui dormait déjà sous la cendre du temps.

Dans la mosquée de Char, une invincible mélancolie m'assiège. Je la fuis, je vais m'ébattre dans le soleil. Mais elle m'attire, il faut que j'y revienne. Les grands secteurs de lumière tournent, avec les heures du jour, autour des piliers carrés. L'ombre gagne, et bientôt elle enveloppe toutes les pierres de la fraîcheur. Les tirailleurs sont partis vers le camp. J'attends dans le silence quelque grand vampire qui ne vient pas. Seul, un scarabée gratte la pierre et s'obstine contre une muraille. Un souffle tombe du ciel et se perd...

Alors on voudrait écrire des choses tristes et dures. On enrage de ne pas avoir de génie. C'est une heure où rien ne peut plus nous contenter.

On est mécontent de soi. Et puis un vague remords se glisse. On pense à sa jeunesse perdue, à tant d'heures lâches, des heures qui ne fondent rien. Ce ne sont pas des idées précises — mais un pincement au cœur qui fait très mal...

Demain, c'est la délivrance. Le capitaine B... doit arriver, et nous allons fuir.

... Sur la route de Mabrouk, vers le nord-ouest. La nuit est claire, baignée de lune. Le capitaine B... et moi, nous nous taisons. Près de nous défilent de grandes masses sombres, et parfois nous croyons marcher dans une avenue royale, bordée de lions... Mais il faut attendre l'aube.

Quand nous repartons dans la douce clarté matinale, nous sommes parmi les dômes arides, en plein milieu de l'archipel où mon rêve, sur la falaise de Char, allait se perdre. Des pitons, des dômes, rien que des formes simples, mais tout cela sans raccords, sans jointures. Ah! ce pays-ci ne connaît guère l'art de ménager les transitions! Le sol est d'ocre brûlée, sablé de cailloux, et parfois il y a de grandes bandes de sable, où croît le hâd métallique, poussiéreux, qui a la couleur du chardon. Aux excroissances de rocs, nul revêtement. On chercherait en vain des mousses, des lichens, ou quelque autre adoucissement.

Vers 10 heures, nous nous arrêtons pour attendre le soir, et je monte sur le piton au pied duquel nos domestiques ont dressé les tentes.

— Dis-moi, mon ami, comment se nomment ces montagnes ?

Mais, où cela peut-il me mener ? Pendant que, docile, il égrène les noms barbares et doux, ma pensée roule, comme une bille folle, sur le tapis râpé de la plaine.

Un peintre tout occupé d'images, de couleurs, enfin de pittoresque, trouverait peut-être son compte ici. Ainsi Fromentin au Sahel. Mais nous, qui sommes altérés d'histoire et de pensée humaine, comme nous sommes abandonnés ici! Rien ne nous soutient. Rien ne vient aider nos démarches. Abandonnés à nous-mêmes, nous crions : « Où sont les légendes, ô Terre ? Où sont les héros, et quelles sont les couronnes ? Montre-nous quelque sentier qui nous mène quelque part, nous assure d'un but. » Mais les plaines des Maures n'ont pas de sentiers, et nulle fleur d'histoire n'y a poussé.

Alors, tout nous rejette dans le spirituel, et c'est le ciel qui nous donne le soutien que nous ne pouvons trouver sur la terre.

Le lendemain, 5 avril, nous jetons l'ancre à Mabrouk. Il me fallait attendre des nouvelles de S... et l'endroit était favorable. Nous étions à une heure du puits, là où le sable finit, et avec lui la pauvre végétation de ce pays. Autour de nous, les montagnes s'étaient resserrées. Vers l'est et vers l'ouest, elles fermaient complètement notre horizon qu'elles dominaient de leurs hautes masses noires, puissantes, rugueuses. Vers le nord, un espace libre, mais plus gris ; nous voyions encore d'autres pitons semblables à d'innombrables termitières géantes.

Je restai dix jours dans ce site austère et magnifique.

Souvent, j'allais dans la montagne. J'y trouvais des gorges resserrées où croissaient de maigres arbustes, des pentes vierges, pelées par le vent, que, seuls, visitaient de loin en loin les mouflons et les oryx.

Dans ce royaume du silence, je pensais, je ne sais pourquoi, à ce grand silencieux que fut Livingstone. Stanley cite un des préceptes que le solitaire avait coutume de répéter : « N'oublie pas, disait-il, que tu devras rendre compte de toutes tes paroles inutiles. »

Voilà bien le conseil de toute l'Afrique. Ici les bavardages, dont on a coutume en Europe, seraient intolérables. A leur fatigue se joindrait le sentiment pénible d'une indécence.

C'est tout naturellement que nous appelons une pensée catholique dans un pays qui n'a pas de pensée propre. Quelle autre matière pourrions-nous jeter dans cette forme vide ? La pauvreté de nos premières écoles nous accable. Ici, il nous faut quelque amour excessif, quelque grand cri dans le désert : *Vox clamantis in deserto...*

Ce que l'on m'a appris pendant vingt ans me laisse impuissant vis-à-vis de moi-même. Or, ici, je suis seul avec moi-même.

J'aime à me persuader que ce sol divin appelle la grâce. N'en ai-je pas fait l'expérience et oublierai-je tant d'heures d'onction, qui ont jalonné ma pauvre route solitaire ? — Deux siècles durant, au troisième et au quatrième, la grâce donne ses plus belles fleurs dans un désert semblable, la Thébaïde. Et aujourd'hui, c'est elle encore que nous invoquons.

Si belle est la Face de Dieu sur ces Horebs ! Ici, je sens que la grâce peut jouer à plein, qu'elle est chez elle, sur sa terre d'élection.

Certes, nous voici bien allégés de tout le poids oppressant de la fausse science, de la fausse raison. Vus de loin, nos savants, nos philosophes, ceux qui mènent la cité et dirigent la jeunesse, nous ont paru de pauvres ombres, vides de tout contenu. Ces hommes-là ne sont pas vrais.

Nous, nous voulons une plénitude de vérité, une pensée, non de fiction, mais de réalité. Nous voulons la *Vérité* — c'est-à-dire, retrouver le mystère du monde, que leur vain orgueil a voulu nier. Nous voulons être plus riches qu'ils n'ont été.

Ils ont peur de l'Absolu. Mais, en Afrique, il n'est point d'âmes tièdes. « Nous accepterons la Vérité, quelle qu'elle soit, vînt-elle même de Dieu », voilà ce que disent ceux qui sont devenus des hommes en Afrique. Et ils ajoutent : « Qui donc nous donnera la Vérité, qui nous mènera du contour apparent des choses à leur essentielle réalité, si ce n'est Dieu ? » En vérité, ils sont des aveugles — mais qui demandent du moins la lumière.

Miserere mei, Domine, fili David ! — Quid tibi vis faciam ? At, ille dixit : Domine, ut videam !

Et, perdus dans l'ombre, ils attendent la Main qui touchera leurs paupières.

Pendant des jours et des années, nous nous sommes baignés dans l'unité du monde, et nous avons dormi sous les étoiles. La solitude, la divine solitude nous a rendus à nous-mêmes, et que de richesses nous y avons retrouvées :

rêves de l'Église, promesses d'Israël, mouvements obscurs, palpitations, bruits d'ailes!...

Le grand silence de nos Thébaïdes préparait les voix de la grâce. Nous voyions une grande avenue bien droite qu'une lumière jeune baignait. Et nous marchions pleins de confiance, ayant oublié nos cités. Mais, moins heureux que les pèlerins d'Emmaüs, nous attendons toujours « la fraction du pain ».

Deum quem in divinae scripturae expositione non cognoverant, in panis fractione cognoscunt. « Ils *savaient,* dit saint Grégoire le Grand — et c'est Jésus qui leur avait fait la leçon! — et pourtant ils restaient dans les ténèbres. Et il a fallu la fraction du pain pour qu'ils reconnussent Jésus, c'est-à-dire toute la Vérité. »

Il me semble que nous *savons.* Ne nous manque-t-il donc plus que le vrai signe de la reconnaissance, le gage de la certitude : la FRACTION DU PAIN?

CHAPITRE XII.

DANS LE TIRIS.

15-25 avril 1912.

Le 15 avril, je faisais mes adieux au capitaine B..., que je ne devais plus revoir jusqu'à mon retour en France. Je partais avec une petite escorte pour le campement de S..., où je devais prendre le commandement d'une nouvelle unité méhariste. Je n'emmenais avec moi que mes domestiques et quelques partisans, qui tenaient à suivre ma fortune jusqu'au bout. Parmi ceux-ci se trouvaient Sidïa Ould Aleïa, son cousin Lazam, El Kounti Ould Daoula, le chef goumier Amoïd Ould Marabot, Brahim Ould Ahmed Chengor — braves gens qui ont pour moi un touchant dévouement, et à qui toutes les routes franchies ensemble m'ont singulièrement attaché.

A Mabrouk, à l'extrémité de l'Azefal, nous nous trouvons au seuil d'une immense région, que je vais être forcé de traverser de l'est à l'ouest. C'est le pays de Tiris, vaste « pénéplaine, dit M. Chudeau, où les seuls reliefs sont des dômes granitiques dans la partie orientale, des crêtes de quartzite dans la partie occidentale ». Il s'étend au nord des dunes de l'Azefal jusqu'à hauteur du massif d'El Akrab au nord et du massif d'Idjil, jusqu'à la région montagneuse de l'Adrar Souttouff, à l'ouest, soit sur deux cents kilomètres carrés environ. Cette immense étendue de graviers, coupée de très faibles dépressions et semée d'un véritable archipel de témoins rocheux, souvent fort élevés, se couvre, dans les années où il a plus, de bons pâturages d'herbes.

C'est ainsi qu'à la première reconnaissance du Tiris en 1910, les rapports signalaient la région comme un terrain de parcours excellent pour les animaux. Aujourd'hui, après deux ans de sécheresse, on a peine à trouver de loin en loin quelque emplacement favorable aux troupeaux. Les puits sont assez nombreux, mais souvent éloignés de deux à trois jours de marche. Ils ont une profondeur qui varie entre six et quatorze mètres, et donnent une eau souvent salée.

On devine, par cette sèche description, que le Tiris présente l'aspect général d'une nature extrêmement épurée. C'est ainsi que le désert, à mesure que l'on marche vers le nord, se simplifie. La terre se dénude encore, les horizons s'élargissent, s'abaissent pour laisser plus de place au ciel. L'œil n'est plus gêné par rien. Il est tout à la grande lumière du soleil. La terre peu à peu fait place au ciel.

Le 17, nous partîmes de bonne heure. Les cartes portaient soixante-quinze kilomètres entre Arouénit et Bouir el Rzel et, la veille, nous avions fait quarante-cinq kilomètres environ. Je comptais donc qu'il nous restait environ six heures de route pour atteindre le puits. La marche était facile. Nous traversions la plaine du Tiris et, sur le rag dénudé, les chameaux allaient à bonne allure. Mais, vers 11 heures, la chaleur devint très forte et la marche se ralentit. J'interrogeai le guide. Il me dit que nous étions encore loin du puits. Mais je n'avais pas assez d'eau pour pouvoir camper dans ce désert. Nous continuâmes notre route. Quand je me retournais, je voyais les têtes des hommes qui s'inclinaient, et, courbées sous le soleil, vacillaient... Elles sont de telle maigreur, et si pâles, qu'elles semblent transpercées par la lumière de midi. Images de la force et de la faiblesse. Soumission devant l'astre des jours, image de toute soumission.

A 3 heures, nous longeons un petit massif de rochers abrupts. Le puits est proche. La colonne s'arrête en silence, sinon les plaintes rauques des chameaux. Mais encore est-ce un silence lourd de sommeil qu'elles viennent percer, et la noire plaine ne peut pas s'en émouvoir.

Bouiz el Rzel... Le puits est proche le camp. Des hommes, le vêtement serré à la ceinture, halent sur la corde. L'eau est salée. La plaine elle-même a un goût amer. Et seul, notre cœur est de douceur et de reconnaissance.

Ô terre, ô Dieu, que je voudrais vous remercier !... Il faut prier. Mon être se fond devant l'espace. Le Père du Ciel est là, du fond du ciel. A chaque étape nouvelle, l'on voudrais crier vers lui, et que ce cri aille aussi loin en descendant en nous, et aussi loin en montant vers lui.

Toutes nos épreuves sont bénies. Tous nos instants sont lourds, sont gonflés de bénédiction, et ils s'écoulent dans le silence de Dieu.

Prier, ce serait jeter l'ancre dans cet océan de béatitude. Mais il faut des livres qui sachent prier, et non plus seulement un cœur qui sache prier. Car le cœur est impuissant devant Dieu.

Quoi ? ce gonflement d'amour ne suffit-il point ? Cet abandonnement d'amour, ce pur épanchement ?... Faut-il donc des mots précis, des formes sensibles, quelques modes d'oraison apprise ?

Après un jour de repos, je repars vers l'ouest. Devant nous se dressent des crêtes de quartzite ; c'est le massif d'Aoussirt, sur lequel nos yeux restent fixés toute la matinée du 19. A droite et à gauche, d'autres îlots rocheux dominent la plaine, et le regard se perd dans ce noir archipel ceint du flot noir des pierres.

Nous recoupons les traces d'une centaine de chameaux qui se dirigent vers le nord. Ce sont sans doute des Regueïbat récemment partis en dissidence. Je lance quelques hommes sur cette piste... Aoussirt, qui semblait proche ce matin, s'éloigne à mesure que nous marchons vers lui. Vers dix heures, la montagne danse dans le soleil, et son pied ne se voit plus dans le tremblement de l'air. L'horizon se peuple de formes étranges, stalactites solaires, colonnes de lumière, prismes changeants. Le mirage charge d'illusions la terre de toutes les réalités.

Je comprends comment la nature nous éloigne de la nature. Ici, dans la terre enfant, dont les artifices mêmes sont de toute naïveté, je devrais ne suivre que cette lumière naturelle qui est en moi — et, par la force naturelle de mon cœur, m'unir à Dieu. Mais non ! Car ceci même est une contradiction. Moi, être fini, je ne puis atteindre l'infini par mes propres forces, et je le sais bien, quand je reste, frappé d'impuissance, devant mon cœur qui va trop loin, franchit trop de vierge espace.

Donc, il m'est absolument impossible, dans ma faiblesse, d'atteindre ce qui dépasse toute force humaine; dans ma nature, d'atteindre le surnaturel. Absolument impossible — en dehors des signes que Dieu lui-même m'a envoyés pour le connaître. Car, si, hors de ces signes, je pouvais connaître Dieu, ce serait que je serais Dieu moi-même.

En effet, je rentre en moi aujourd'hui. J'y vois la parfaite ignorance de Dieu, et pourtant le désir de lui. Preuve admirable! Car si je le connaissais en dehors de sa révélation, ce serait donc qu'il serait humain — et non plus Dieu.

J'arrive à une clarté insoutenable. Le mirage se dissipe — et c'est pour que je sois aveuglé de lumière. Si je la découvre, c'est pour ne pouvoir plus la supporter.

Il faut pourtant aller jusqu'au bout, puisque j'ai fait vœu d'être sincère. Donc — et mon sentiment est ici conforme à ma raison — sans des signes, je ne puis pas connaître cet être inouï, que rien d'humain ne peut me représenter, unique en trois personnes, invisible et partout présent, maître du temps et pourtant hors du temps, infigurable et pourtant réel. Mais, au contraire, avec des signes — pourvu qu'ils soient révélés — nous pouvons joindre cet ordre surnaturel, et même, pour les sacrements, être intimement liés à ce surnaturel, et, en tant que nous les recevons, participer de Dieu lui-même. Il faut que l'infini descende jusqu'à nous, se fasse fini pour nous, et ce n'est pas à nous de le limiter, mais lui seul doit venir à nous, pour que nous soyons exaltés jusqu'à lui.

Donc Dieu n'est connu que s'il nous envoie les moyens de le connaître. C'est l'erreur des musulmans de vouloir l'atteindre par des moyens naturels, et le tort de Mahomet est d'être Envoyé, non point Dieu.

Les actes symboliques sont révélés, ou ils ne sont rien. Mais s'ils ne sont rien, Dieu m'échappe. Il faut que les déistes de toutes les sortes y viennent : ou Dieu n'est pas, ou il n'est connu que par la révélation, et il n'est de révélation que dans l'Église catholique. Les musulmans s'arrêtent au désir naturel de Dieu, et je les vois très justement dans l'état où je suis, désirant Dieu par la simple lumière de la raison et ne la possédant pas. Le point où j'en suis me rend compte très exactement du point où ils en sont.

Quelle que soit ma bonne intention, si droit que soit mon désir, j'arrive à une impasse. Ici, abandonné de tout, je sens l'insuffisance du moyen humain, l'insuffisance de mon propre cœur. J'en suis sûr, un épanchement de l'âme, si pur soit-il, ne peut atteindre que mon âme. Une pensée humaine, si élevée soit-elle, ne peut connaître ce qui, par définition, est hors de la pensée humaine.

Et, par le même travail, l'ordre divin ne peut être saisi par un ordre divin, si quelque forme sensible ne s'y mêle. Il faut donc, pour saisir l'ordre divin, un ordre humain qui procède de l'ordre divin, un symbole. C'est la prière, jusqu'à sa forme la plus parfaite, la Sainte Messe.

Le 20, en route sur Areïlass. Je vois la France pleine de prières. Les portiques des temples sont ouverts, et au fond, dans un soleil d'or, brille le Saint-Sacrement. La foule noire, immobile, est prosternée, et un pontife, alourdi par les châles divins, entre dans la nuée... Chère France, celle qui prie et non celle qui blasphème, celle qui est soumise et non celle qui se révolte, chère France, meilleure que moi, chère France prosternée, c'est maintenant que je t'aime. C'est maintenant que je t'attends. C'est maintenant que j'attends et que je me soumets, non plus seulement soldat soumis, mais chrétien soumis et tel désormais dans le divin que dans l'humain.

L'attente est longue. Elle fait frissonner de regret. Elle est ardente et pourtant calme. Elle est avide de Jésus-Christ et pourtant patiente. Je sens bien que mon élan est beau, mais je sens aussi qu'il n'étreint que le vide. Mes bras se tendent et n'embrassent rien. Il faut une médiation.

Par une nuit claire, au puits d'Areïlass. La lune éclaire des groupes de chameaux qui dressent le col et l'abaissent. Toute la petite troupe est là, une dizaine d'hommes qui tirent de l'eau du puits, et moi, assis sur un rocher, j'écoute si quelque bruit ne viendrait pas du large, de la lune peut-être... Je pense au silence, et que c'est en lui que s'entend le verbe de Dieu. Voici donc une nouvelle preuve. Car le peu que je connais de Dieu, c'est encore par quelques moyens humains, par quelques vertus spéciales qu'il a plu à Dieu d'établir sur cette terre. La charité parfaite ne peut se concevoir sans l'aide de la prière, des sacrements. Mais le désir lui-même de la charité, il faut encore quelque moyen naturel pour l'obtenir. Là encore, il faut une médiation. Il faut certaines vertus divines, et pourtant accessibles, pour posséder le désir.

Et d'abord, le silence. Point de désir de Dieu sans le silence. Ainsi déjà, le peu de bien que j'ai en moi, je suis forcé de le reporter hors de moi. J'imagine bien qu'un chrétien, lorsqu'à la communion, son Dieu s'avance vers lui, lui reporte tout l'amour qu'il en reçoit. Mais en moi-même, ce faible désir vacillant que je ressens, déjà il a pour cause une grâce spéciale, qu'il a plu à Dieu de répandre sur cette terre. Moyen imparfait, puisqu'il ne donne que le désir, si quelqu'une des formes qu'il a instituées par son Eglise vient à manquer. Ainsi commencent de s'établir l'ordre, l'harmonie chrétienne.

La paix intérieure, l'attente, l'attention, la parfaite réserve, sont les dons de cette terre discrète, et ils sont les annonciateurs du Verbe divin. Grâce à ce silence auquel nous sommes contraints, la moindre bonne volonté, le moindre bon mouvement de notre part sont tournés à notre profit. Si loin que nous soyons de la parfaite connaissance, abandonnons-nous un instant à ce silence, profitons-en, l'éclair d'un instant, pour descendre en nous-mêmes, et déjà nous sentons que nous devenons plus attentifs à Dieu. Plus même, c'est déjà presque un avant-goût de Dieu que nous avons dans le silence. Et qui sait même si ce silence de l'Afrique n'est pas une intention spéciale, une institution particulière destinée à remplacer les moyens dont le Père céleste a coutume de se servir à notre endroit ?

Et ensuite, la pauvreté. Car nous sommes des pauvres, et cette pauvreté nous a été envoyée. Or, rien ne nous avance dans la vie spirituelle comme de vivre d'une poignée de riz par jour et d'un peu d'eau salée. Un homme raisonnable peut très bien penser que les mortifications de certains religieux sont excès de zèle. Mais ici, il faut se rendre, reconnaître que rien ne prépare une âme à recevoir son Dieu que de la vider de tout plaisir sensible. Tout naturellement, la pensée de l'éternel naît d'un cœur d'où tout l'éphémère de la vie a été chassé, qui n'a plus de désir que de la croix de son Dieu.

Voici donc un nouveau don de Dieu par l'Afrique. Là encore, il faut savoir utiliser. Mais comme la tâche est aisée ! Je sens que le moindre bon mouvement m'est compté.

Esurientes implevit bonis. C'est la devise du Sahara. Il n'est pas douteux que les Maures eux-mêmes ne soient aidés, dans leur désir de Dieu, par leur extrême dénuement, et l'ascétisme est encore aujourd'hui l'une des plus belles fleurs spirituelles du désert. Dieu nous donne la pauvreté. A nous de savoir la prendre, et que nos heures de jeûne ne nous soient point à perte.

Mais déjà, par la seule misère, comme tout à l'heure par le seul silence, nous nous sentons portés très loin, aussi loin que peuvent mener les moyens naturels. Nous sommes vraiment au seuil de Dieu.

J'ai franchi rapidement les treize heures de marche qui séparent Areïlass de Matalla. Notre route s'est faite dans une vraie tourmente de sable. Le 21 au soir, je me suis arrêté dans un rag dénudé où le vent hurlait. Nous n'avons pu que nous rouler dans nos couvertures et nous étendre sur le sol, balayé des souffles du nord. Nous étions près de quelques arbres égarés dans la plaine, mais si maigres que la rafale ne trouvait même pas de prise sur eux. Et nous-mêmes n'étions rien, prostrés par terre et attendant la fin.

C'était le lendemain que je devais retrouver S... Et je pensais qu'il fallait bien que ma route solitaire s'achevât sur cette belle heure romantique.

Ce soir-là, j'ai vraiment senti ma solitude. Qui sait mes rêves, mes désirs d'amour ? Qui connaît ma force et ma faiblesse ? Déjà je suis bien loin de ces pauvres enfants égarés qui se pressent près de moi, dans l'ombre de la nuit mauvaise...

Ô mon Dieu ! La terre même des Infidèles devient un instrument de votre miséricorde. Les vertus que vous y avez mises deviennent une raison d'espérer. Ô terre auxiliatrice ! Ô Dieu ! l'une dans la main de l'autre, comme le globe dans la main de l'empereur, donnez-moi d'être un enfant devant vous, et de pouvoir manger le pain de votre force...

A Matalla, dans un petit carré d'herbes vertes enclos de rocs, j'ai trouvé la section de S... Elle est commandée pour l'instant par un sous-officier, car S... est parti pour Port-Étienne. J'apprends que le 16, vers 5 heures du soir, un medjbour s'est approché du camp et a volé une trentaine de chameaux. Un sous-officier est parti le jour même à sa poursuite. Il me faut attendre le retour de nos patrouilles, avant de prendre une décision.

Le 24, le sous-officier rentre au camp, sans avoir pu atteindre les pillards. Il a poussé jusqu'à 70 kilomètres au nord de Ténouaka. Le lendemain, la patrouille de Maures que j'avais envoyée sur les traces des campements en fuite rentre également après avoir poussé fort loin dans le nord. Elle confirme le départ en dissidence d'un grand nombre de tentes Regueïbat.

Le retour des patrouilles me rend plus libre de mes mouvements. Je vais en profiter pour aller au-devant de S...

Il faut donc que je continue encore ma route solitaire. N'est-ce point une grâce spéciale que je reçois, que cette solitude obstinée, qui me laisse face à face avec l'éternité ? Oh ! profitons jalousement des heures de recueillement qui nous sont comptées. Utilisons en avares ces purs instants de liberté, puisque c'est dans la seule liberté que l'on sait devenir esclaves...

Chapitre XIII

VOYAGE A PORT-ÉTIENNE.

25 avril 1912-16 mai 1912.

Le 25 avril, je quittai le puits de Matalla, avec une dizaine de Maures, fidèles compagnons de mes routes. Mon intention était de marcher dans le sud-ouest, jusqu'à ma rencontre avec S..., sous les ordres duquel j'avais été placé.

Le même jour, je traversai de l'est à l'ouest l'Adrar Souttouff. Il faut se représenter cette région comme un plateau peu élevé, très découpé et dominé par des chaînes de quartzite à arêtes vives, généralement orientées du sud-ouest au nord-est. La végétation est naturellement très peu abondante. Pourtant, dans les bas-fonds, on trouve des herbes et des arbres maigres, qui sont pourtant une rareté dans ces régions déshéritées.

Après une journée de marche parmi les pierres noires de ces paysages rugueux, j'arrivai au puits de Bou Gouffa et me couchai, les membres engourdis de fatigue, sous les étoiles amies.

Le lendemain, le réveil fut charmant. Je me trouvais dans une sorte de lande bretonne, où poussaient à l'envi des touffes de plantes dont le vert pâle rappelait les bruyères de mon pays. Une rosée abondante couvrait le sol. Devant moi, j'apercevais les sombres dentelures de l'Adrar Souttouff, couronnées de brumes légères. L'air était allégé, décanté dans les laboratoires du matin et il nous apportait, en brises tièdes, des parfums de terre mouillée. Quelques gouttes de pluie tombèrent dans le silence. Nous assistions à une scène de la naissance du monde.

Comme je contemplais ce spectacle, Sidïa s'approcha de moi, et, faisant un grand geste vers l'horizon, ému, transfiguré, il me dit :

— Dieu est grand!

... Oh! comme ce mot me fit du bien ! Je connaissais enfin que ma joie n'était pas la création d'un touriste en quête de sensations, ou l'illusion d'un civilisé. Lui aussi, le petit barbare, il frémissait devant la beauté des choses et, devant le soleil qui se levait, nous étions, lui et moi, le même homme.

Jéloua. — Je me suis arrêté longtemps dans le cimetière, et avec Sidïa, j'ai déchiffré les inscriptions écrites en belles lettres arabes.

« Ci-gît Maryam, fille de Beyhé, fils d'Ali, fils d'Haybé, fils de Saké, fils d'Ali Nabi Ré, fils d'El Mahtav, fils d'Haybou. »

« Ci-gît Mohammed el Bokhary, fils d'El Filali, fils d'Ahed Moskel, fils de Bari Kallah, fils de Bazeïd le Yakhoui, fils de Jaffria le Machoumihé. Que la bénédiction de Dieu soit sur lui! »

Ce Jaffria le Machoumihé nous transporterait à peu près dans la première moitié du XVIIIe siècle. Mais il doit être en réalité beaucoup plus ancien, car les Maures, dans leurs généalogies, sautent volontiers des échelons et ne citent que les ancêtres dont le nom est illustre.

Ces cimetières maures sont toujours placés dans les endroits les plus arides et les plus désolés. Celui de Jéloua, dans son immense horizon de pierrailles, nous rappelle qu'il y a pourtant des hommes dans ces régions sinistres de l'Adrar Souttouff. Toutes ces tombes appartiennent aux Bari Kallah, tribu de marabouts qui furent autrefois de riches propriétaires d'animaux, et à qui l'on doit l'ouverture de la plupart des puits du Tiris et du Zemoul.

J'ai remarqué, parmi les pierres qui entourent les tumuli, des piquets de tente, des pilons, objets confiés à la garde des morts, car jamais un musulman ne volera un objet laissé dans un cimetière.

Le 25, j'entrai avec mes compagnons dans l'Aguerguer, plat pays de cailloux blancs, de sables blancs, parsemé de dômes de sable étincelants. Nos chameaux y trouvaient à grand'peine un peu de nsid, un peu d'askaf sec. « Ô pays de clarté, pensais-je, pays faits à la gloire du soleil, pays faits à l'intention du soleil, solitudes troublées de loin en loin par le passage de quelques méhara ou la fuite d'un campement, quelle figure faisons-nous parmi toi ? Ce n'est pas sans raison que l'islam a horreur de la représentation humaine. La terre aussi... »

J'arrivai le 29, après quelques recherches, au puits de Bir Gueudouze. Il est très difficile à trouver. Les Français qui y sont passés avant moi, c'est-à-dire Dufour en 1910 et Schmitt en 1911, s'y sont perdus. Il est certain qu'il faut un guide habile pour trouver, dans une telle uniformité de landes, une bouche de puits d'un mètre de diamètre !

Au puits, je vis les traces de S..., qui dataient de l'avant-veille. Je ne pouvais pas songer à le rattraper, et comme mes hommes n'avaient plus de vivres, je résolus de pousser jusqu'à Port-Étienne — une bonne étape de cent vingt kilomètres.

Je franchis cette distance en un jour et demi. A mesure que j'approchais de la mer, je sentais croître mon excitation. Je chantais, je riais, je plaisantais avec mes partisans. Je traversais un pays qui ressemblait à ces terrains de démolitions, que l'on voit aux faubourgs des villes, terrains vagues, chargés de gravats blancs, hachés de fossés et d'excavations. Les Maures l'appellent le Korban. Dans les rags de sable qui bordent les soulèvements calcaires de cette région, j'apercevais parfois des fuites de gazelles au galop élastique, et qui détournaient la tête vers nous, comme dans les tableaux des primitifs.

Je trouvai quelques arbres pour la halte méridienne. Mais je m'arrêtai sans plaisir et repartis, dès que nous eûmes mangé notre riz. Je marchai alors dans de grands couloirs de dunes mouvantes, sans végétation, qui me conduisirent au bord d'une immense Sebkhra. Elle étalait vers le sud, jusqu'au bout de l'horizon, son tapis noir et uni. Mais, vers l'ouest, elle était bordée de hauteurs mamelonnées qui prenaient, dans la nuit claire et froide, d'étranges formes. Je reconnus alors que mon guide s'était trompé et avait trop appuyé vers le nord. Je lui donnai l'ordre de longer les escarpements de la Sebkhra, mais, à 8 heures, la marche était devenue si incertaine et difficile que nous dûmes nous arrêter.

Le lendemain, peu de temps après le départ, j'apercevais à l'horizon de la Sebkhra une ligne sombre. C'était la mer! Je pris le trot, exalté par les odeurs qui déjà nous arrivaient du fond du golfe. Une heure après, les contours vagues d'une grève immense se dessinaient. Tout au fond, la mer scintillait. Elle semblait s'étaler en des formes qu'on ne comprenait pas. La côte elle-même, mais dessinée, achevait de donner à ce spectacle un aspect de confusion grandiose. Mais, à la baie de l'Étoile où nous arrivâmes à 9 heures, nous trouvâmes le repos. Nous étions tous charmés, les Maures et moi, par la précision extrême des lignes, par l'harmonie parfaite de cette anse qui, succédant aux tristesses molles de la lagune, nous emplissait l'âme de paix et de bonheur. De petites vagues venaient mourir sur le sable fin et, à peu de distance du rivage, on voyait des marsouins bondir au-dessus de la mer bleue, ou d'immenses cormorans se poser délicatement sur les vagues. Je ressentais en moi l'enthousiasme de Chateaubriand, quand il dit du Lido :

« Les vagues que je retrouvais ont été partout mes fidèles compagnes; ainsi que des jeunes filles se tenant par la main dans une ronde, elles m'avaient entouré à ma naissance; je saluai ces berceuses de ma couche. Je me promenai au limbe des flots, écoutant leur bruit dolent, familier et doux à mon oreille. Souvent je m'arrêtai pour contempler l'immensité pélagienne; un mât, un nuage, c'était assez pour éveiller mes souvenirs. »

Port-Étienne, son désordre et son abandon m'ont fait la plus triste impression. La terre, d'un ton sale, incertain, ondule sans grâce. Sa rudesse est sans majesté. Pourtant, il reste la mer qui fait une belle couronne d'azur profond à cette poussière. J... m'a emmené voir les anciennes pêcheries Villemorin. Nous avons traversé des terrains vagues, longé des rails de wagonnets. Sur le sol, des détritus, des tessons de bouteilles témoignaient que j'avais retrouvé le civilisation.

En route, nous nous sommes arrêtés un instant à l'appareil distillatoire. Je reconnus que le bruit de la machine à vapeur faisait une musique assez singulière dans ce paysage africain. Mais ce ne sont pas des sensations aussi heurtées que je suis venu chercher. J'ai préféré la longue station que nous fîmes sur la plage étroite où nous arrivâmes après une demi-heure de marche. Devant nous, des barques se balançaient mollement, et plus loin on voyait une grande carène abandonnée.

Nous avons rencontré, sur cette grève, des pêcheurs espagnols qui halaient sur le sable de lourds filets chargés de poissons. J'entends encore leurs cris gutturaux : « Ala! Ala! A la riva! » De larges mouvements ordonnés, dans un soleil tiède qu'adoucissait encore la brise du large.

Aux pêcheries, nous avons trouvé un aimable Breton, M. Lemée, seul occupant des vastes locaux qui n'ont connu qu'une activité éphémère. Les pêcheries, luxueusement établies, ont fait faillite et le gouvernement a racheté, il y a deux ans, les installations faites à grands frais sur cette terre inhospitalière. Rien de plus morne que ces grands hangars, ces séchoirs, ces vastes communs, ces maisons démontables qui ne connaîtront même jamais la beauté des ruines. Mais M. Lemée y mettait de la vie, en nous contant ses grands voyages faits, en compagnie du savant M. Gruvel, sur les côtes de l'Angola et du Sud-Afrique...

Pendant le retour au poste, nous voyions ce qu'il y a de plus beau à Port-Étienne : les quatre grands pylones de la télégraphie sans fil, beauté moderne, scientifique, beauté métallique, grêle et forte tout ensemble, beauté faite de précision, et qui sait aussi nous faire rêver.

Tandis que le capitaine M... « causait » avec un paquebot passant au large, je montrais à Sidïa les immenses étincelles dont les détonations se mêlaient au ronflement régulier du moteur.

— Tu vois, lui disais-je, les Maures sont fous de vouloir résister à des gens aussi riches et aussi puissants que les Français.

Sidïa reste un moment silencieux, puis il me dit cette phrase inouïe :

— Oui, vous autres, Français, vous avez le royaume de la terre, mais nous, les Maures, nous avons le royaume du ciel!

Il me semble que de telles phrases projettent une vive lumière sur toute une façon de sentir, de voir la vie. J'ai rencontré dans les cailloux du Tagant d'admirables ascètes qui m'évoquaient exactement le moine Paphnuce. Mais jamais le fond de rêverie mystique de la race ne m'est apparu de façon plus claire qu'aujourd'hui.

J'ai fait un assez triste retour sur moi-même. Voilà donc l'idée que ces Maures ont de nous, après cinq ans d'occupation! Je voulais dire à Sidïa : « Tu te trompes : tu as ton Dieu, et j'ai le mien. Tu as ton prophète, et j'ai le mien qui est fils de Dieu, qui a été crucifié, et qui est assis aujourd'hui à la droite de son Père. » Mais j'ai le sentiment que je l'étonnerais sans profit.

Quelques jours après, pensant à Sidïa, j'écrivais au vénérable évêque de Sénégambie, Mgr Jalabert : « Depuis six ans que j'ai fait connaissance avec les musulmans d'Afrique, je me suis rendu compte de la folie de certains modernes, qui veulent séparer la race française de la religion qui l'a faite ce qu'elle est et d'où vient toute sa grandeur. Auprès de gens aussi portés à la méditation métaphysique que les musulmans du Sahara, cette erreur peut avoir de funestes conséquences. J'en ai acquis la conviction : nous ne paraîtrons grands auprès d'eux qu'autant qu'ils connaîtront la grandeur de notre religion. Nous ne nous imposerons à eux qu'autant que la puissance de notre foi s'imposera à leur regard. Certes, nous n'avons plus les âmes des Croisés, et ce n'est pas à la pensée d'aller combattre l'Infidèle qu'un officier, désigné pour le Tchad ou l'Adrar, va se réjouir. Pourtant, j'ai vu des camarades qui, dans leurs conversations avec les Maures, souriaient des choses divines et faisaient profession d'athéisme. Ils ne se rendaient pas compte de combien ils faisaient reculer notre cause et de combien, en abaissant leur religion, ils abaissaient leur race même. Car, pour le Maure, France et chrétienté ne font qu'un. Ne nous appellent-ils pas « Nazaréens » plus volontiers que « Français »? Et c'est une chose étrange que ce soient eux qui viennent sur ce point nous éclairer sur nous-mêmes et nous donner une leçon. — J'ignore le nombre de musulmans qu'a convertis le vénérable et illustre Père de Foucauld dans le Sahara septentrional. Mais je suis assuré qu'il a plus fait pour asseoir notre domination dans ce pays que tous nos administrateurs civils et militaires. Ce serait un beau rêve que de souhaiter des âmes de missionnaires à tous les officiers sahariens. Mais nous ferons de la politique française, le jour où, respectueux des croyances de nos Berbères, nous resterons fervents dans les nôtres, le jour enfin où ces musulmans verront à Saint-Louis et à Dakar, quand ils s'y rendront, la beauté de nos temples et le nombre des fidèles qui s'y rendent. »

J'écrivais à Mgr Jalabert dans un véritable sentiment d'exaltation. Mais, la fièvre tombée, je suis forcé de le reconnaître : nous sommes tellement enlizés dans la plus abjecte des civilisations, que le mot cruel de Sidïa a bien quelque apparence de vérité. Suis-je capable de ces longues méditations qui nous tirent violemment hors du monde sensible, et auprès desquelles la réalité devient une poussière fade et incolore ?

Le sentiment de la patrie nous mène fatalement à chérir l'idée religieuse. Comment séparer l'un de l'autre, quand ils furent les deux mobiles qui se mêlèrent intimement dans les âmes de nos pères ?

La fille aînée de l'Église. Il y a peut-être aussi la fille aînée de l'islam. Nous, nous sommes la fille aînée de l'Église. Ainsi le veut l'ordre français. *Gesta Dei per Francos.* On peut le regretter, mais on ne peut changer l'ordonnance française.

Ce n'est pas en vain que la maison de France découle d'un saint, que la filiation directe remonte à un saint. Nous n'y pouvons rien, nous sommes engagés, enroutés. La France fait son salut malgré elle. Au pied de l'arbre français, nous avons un Saint, qui intercède pour toute la maison de France. Et comment séparerons-nous la maison de France de la France elle-même, la France elle-même de ceux qui l'ont faite ?

Mais après cette reconnaissance, nous sommes forcés de nous arrêter. Moi-même qui ai ressenti si profondément l'offense de Sidïa, que suis-je dans le domaine du spirituel? Où est ma foi? Où sont mes œuvres pour la mériter? Et même, dans ce particulier domaine du spirituel, quelle figure fais-je à côté de Sidïa?

J'ai eu beaucoup de peine à retrouver Bir Gueudouze au retour. Après avoir marché tout le jour, mon guide se déclara perdu et je m'arrêtai dans une sorte de large dépression où quelques arbres maigres tordaient, à une faible hauteur du sol, leurs bras décharnés. Ces pauvres branchages nous mirent pourtant un peu à l'abri du vent d'est, qui balayait sans pitié cette misérable terre. Le lendemain matin, j'envoyai deux de mes hommes à la recherche du puits où j'avais laissé, à l'aller, une partie du détachement et mes bagages. Nous n'avions plus une goutte d'eau, et la journée nous parut longue. Heureusement, vers le soir, mes deux hommes parurent. Après avoir erré toute la journée, ils avaient fini par découvrir le puits : il ne se trouvait qu'à une heure de l'endroit où nous étions! Nous y arrivâmes une heure avant minuit et je retrouvai mes hommes avec plaisir. L'un d'eux me raconta l'arrivée du guide, après sa longue recherche. « Il était si fatigué, si altéré, me disait-il, que j'ai dû le descendre moi-même de son chameau. » Mais je crois que sa fatigue venait surtout de la peur qu'il avait eue de ne pouvoir trouver l'eau.

Au départ de Bir Gueudouze, je décidai de brûler Jéloua et de me diriger directement sur Bou Gouffa. Le premier jour, la chaleur devint étrangement lourde. L'air s'immobilisait totalement. L'éther se chargea d'une fine poussière jaune, emplie d'éclatante lumière solaire. Le lendemain, la chaleur devint si torride que je craignis fort de laisser en route quelques-uns de mes animaux. Nous avions la sensation exacte d'un couvercle de plomb qui se serait abattu sur nous. J'essayai de ne marcher que la nuit. Malheureusement, la lune et les étoiles étaient cachées par la brume, ce qui rendait la direction très difficile.

Le 8 mai, dans le petit jour, j'arrêtai mes hommes pour leur laisser faire la prière du « fedjer ». Nous marchions déjà depuis deux heures. L'immense plaine se taisait, comme si la vie du monde eût été suspendue. Jamais je n'avais vu la terre des Maures aussi empreinte de solennité. Bientôt le gros disque fuligineux du soleil sortit des brumes de l'horizon, et déjà, au bas de sa course, il répandait d'immenses nappes de lumière cuivreuse qui fatiguait le regard. Nous nous remîmes en marche, et, peu de temps après, nous voyions les premières hauteurs de l'Adrar Souttouff, qui se dessinaient toutes proches de nous. Nous traversions de larges ondulations pierreuses, tandis que nous apercevions encore, à notre droite, les dômes sablonneux de l'Aguerguer. Enfin, à 10 heures, nous nous arrêtions au puits de Bou Gouffa où, quelques jours auparavant, j'avais eu un si joli réveil.

Il serait dit que, pendant tout ce voyage, la Providence me serait rigoureuse. J'étais reparti le soir même pour Matalla où je comptais retrouver S... Mais, à 10 heures, nous nous trouvâmes pris entre deux hautes parois de rochers. Dans la nuit noire, nos chameaux n'avançaient qu'avec peine. De tous côtés, des éboulis de rocs, dont nous étions les prisonniers. Parfois, nous déchirions nos burnous aux épines d'un arbre accroché au flanc des rocs, comme en un tableau de Ruysdaël. Nous étions perdus dans les gorges de l'Adrar Souttouff, là où sans doute aucun être humain n'avait encore passé, parmi les solitudes sauvages que trouble seul de loin en loin le passage d'un mouflon solitaire. Cette pensée qui me vint à ce moment me grisait légèrement et, sans songer à ma situation, je m'abandonnais à l'influence de ce lieu tragique. Pourtant, il fallait aviser, c'est-à-dire trouver un endroit où nos chameaux pussent « baraquer ». Je pris la tête de la petite colonne et je descendis une pente très raide, mais heureusement sablonneuse. Au bas se trouvait un fond d'« oued » étroitement resserré entre des rochers abrupts. C'est là que je m'arrêtai en attendant l'aurore. Comme je m'étendais sur le sable, je vis apparaître, derrière les brumes du ciel, les quatre étoiles de la tête du Scorpion qui me permettaient de m'orienter. J'appelai Sidïa et lui montrai ma découverte.

— Oui, me dit-il, avec un calme imperturbable, nous avons marché trop au sud et je crois que nous sommes dans la Koudia el Ghenem...

Ce détour ne me fit arriver qu'à 2 heures après-midi, le lendemain, à Matalla. J'y trouvai un mot laissé par S..., à la bouche du puits. Le mot, daté de l'avant-veille, disait que le groupe partait pour Zoug, à cent dix kilomètres dans le sud.

A Matalla, je passai quelques jours dans un extrême dénuement. Je n'avais plus rien à manger, et la provision de riz de mes hommes commençait elle-même à s'épuiser. Comme abri, je n'avais que l'arbre unique, qui dresse près du puits sa maigre frondaison. Nos seuls compagnons étaient des compagnies de corbeaux qui venaient se poser en cercle sur le rebord du puits. Assis gravement comme un conseil d'anciens, ils ne s'effrayaient même pas de notre approche... Parfois aussi, nous voyions un chacal fuir sournoisement de son trot effilé, les oreilles droites.

Malgré cette grande pauvreté, je n'ai pas conservé un mauvais souvenir des heures que je passai à Matalla, en attendant l'arrivée de mes bagages laissés en arrière. Ce furent des heures de douce rêverie, de vie ralentie, où défilaient avec paresse les mille beautés que j'avais entrevues dans mes voyages. Je ressentais bien qu'il m'en restait une sorte de malaise, et je souffrais de ne pouvoir mettre un peu d'unité dans cette dispersion. Mais je me disais :

« Il sera temps de me désoler, lorsque j'aurai trouvé la froide Europe. Maintenant, laissons agir le silence. C'est un grand maître de vérité. »

Ces grands espaces de silence qui traversent ma vie, je leur dois bien tout ce que je puis avoir de bon en moi. Malheur à ceux qui n'ont pas connu le silence ! Le silence qui fait du mal et qui fait du bien, qui fait du bien avec le même mal ! Le silence qui coule comme un grand fleuve sans écueils, comme une belle rivière, pleine jusqu'au bord, égale !... Bien souvent, il est venu vers moi, comme un maître bien-aimé, et il semblait un peu de ciel qui descendait vers l'homme pour le rendre meilleur. Par nappes immenses, il venait du ciel, des grands espaces interstellaires, des parages sans remous de la lune froide. Il venait de derrière les espaces, de par delà les temps — d'avant que fussent les mondes et de là où les mondes ne sont plus... Alors, je m'arrêtais, plein d'amour et de respect. Car le silence est aussi le maître de l'amour.

L'absence de bruits est un grand repos. Mais le silence est plus. C'est une grande plaine d'Afrique où l'aigre vent tournoie, c'est l'océan Indien, la nuit, sous les étoiles... C'était le silence qu'écoutait Pascal dans les nuits de Port-Royal, et c'est lui que parfois nous avons retrouvé dans les solitudes de l'Afrique. Nous connaissions, à ces moments-là, que c'était, hélas ! la seule chose qui nous vînt de Dieu.

CHAPITRE XIV.

ZOUG.

16 mai 1912-18 juillet 1912

Le camp de S... est pittoresque et de bon accueil. Ce qui m'a frappé en arrivant, c'est un désordre de petits abris en paille, de tentes basses bariolées et rapiécées où semblait grouiller une vie confuse. Lorsque je suis descendu de chameau, une petite fille, presque blanche et à moitié nue, m'a salué d'un joli sourire. Elle m'a montré la tente de S..., qui n'est guère plus haute ni plus luxueuse que celles de ses soldats. J'ai circulé entre ces pauvres abris, évitant les cordes qui s'entre-croisaient presque au ras du sol. Cela ressemblait au grouillement d'une banlieue. En me penchant, j'apercevais, sous la laine grossière des tentes, toute une vie domestique et paisible : des femmes, de petits enfants jouant sur les nattes de paille grossière, des écuelles de bois, d'humbles objets familiers. — Beaucoup de tirailleurs et de partisans sont mariés. Et au troupeau des femmes et des enfants, il faut joindre tous les petits « boys » qu'attire ici l'espoir de quelques grains de riz à manger.

Le camp est resserré sur le faîte d'une petite colline de sable, qui surplombe à peine l'immense mer des dunes basses, faiblement ondulées, noyées de lumière blanche. Je reconnais tous les points de repère de l'horizon : au sud, le dôme granitique de Ben Ameïra et celui, tout petit, d'Aïcha; au sud-ouest, le piton d'Adekmar et le Gelb Azfar; au nord, Khneïfissa; enfin, à l'ouest, la longue et mince chaîne de Zoug, finement dentelée et qui semble un dessin à la sépia fait à même sur le ciel. Au milieu d'une large cassure de la chaîne, se dresse tout seul un cône noir, dont la base plonge dans le sable blanc. Il semble un de ces volcans éteints qui figurent sur les estampes du Japon.

C'est tout. A part ces quelques cailloux isolés, rien qui attire le regard ou le puisse amuser. Ni formes, ni couleurs. Du blanc, du gris sale. De la lumière sans couleur. Mais il y a le ciel, qui est ici le motif principal. Il est immense — hémisphère d'azur où l'on guette la course folle des nuages, qui n'amènent jamais de pluie. — « Sous la calotte des cieux », « sous la voûte du ciel » — ces expressions courantes prennent ici toute leur valeur.

Il faut vraiment que l'ascétisme réponde à certaines nécessités spirituelles, pour que nous arrivions à ne point trop nous déplaire dans un paysage apparemment si laid.

Mes domestiques ont monté ma tente près du « magasin », un amoncellement de caisses de riz, de biscuits, de tonnelets destinés à l'approvisionnement des deux cents hommes du groupe. Plus loin, sont les tentes des Maures...

Pendant la sieste, dans le grand silence méridien, j'entends tout à coup le vagissement d'un enfant et la voix de la mère qui le calme. Ce bruit semble en éveiller quelques autres. Deux tirailleurs échangent quelques mots rauques. On entend un appel : « Ali! Ali! » Puis tout retombe dans le silence, plus lourd encore qu'auparavant. Mais ces quelques bruits humains m'ont remué le cœur. Après vingt jours de marche, dans les solitudes du Tiris et du Zemmoul, avec trois ou quatre compagnons, c'est un peu de vie qui m'accueille en cet îlot perdu. Sur ces quelques mètres carrés, il y a de l'amour, de la tendresse, du désir, de la haine. Il y a des pleurs et des baisers, et des rires. Et moi qui avais oublié tout cela, c'est presque une découverte que je fais.

Le nouveau résident de l'Adrar, commandant D..., est arrivé avec M..., qui vient prendre le commandement du peloton. Il est si gros qu'il ne peut monter à chameau, sans l'aide d'un tabouret et de plusieurs tirailleurs.

— Eh quoi! Pas un arbre! dit-il, en mettant pied à terre et en jetant un regard circulaire sur l'horizon.

S... est tellement habitué à ce paysage inclément, qu'il semble tout surpris de l'exclamation du commandant.

Zoug, malgré son aridité, est cependant un point important. Sur les cartes par renseignements, qu'a dressées il y a bien longtemps M. Coppolani, Zoug figurait déjà en grosses lettres. Ce dut être de tout temps un lieu de rassemblement des tribus. Quand le capitaine B... et S... y vinrent pour la première fois, au début de 1911, ils y trouvèrent réunies de nombreuses tentes Regueïbat et Yaggout. Il y a des fractions qui restent ici toute l'année, et l'on peut évaluer à plusieurs dizaines de mille le nombre des chameaux qui broutent en permanence les herbes de Zoug.

Le puits, dont nous sommes à une dizaine de kilomètres, a un débit extrêmement abondant. J'en trouve l'eau très agréable au goût, mais le docteur M..., qui est venu ici peu de temps après le départ du commandant, pour soigner une épidémie de béribéri, trouve l'eau très légèrement salée. J'ai été bien souvent me promener à ce puits. A quelque heure que ce fût, j'y ai toujours trouvé des troupeaux en train de boire, ce qui atteste le grand nombre des chameaux qui vivent dans la région, en même temps que le fort débit du puits.

Dans la plaine, on ne trouve guère que cette petite plante piquante dont les chameaux sont si friands, le hâd. Les méhara la mangent toute l'année. C'est une herbe qui n'a pas de saison. J'ai vu des petites pousses de hâd vert sortir du sable après deux jours de vent d'est brûlant — et il est de fait que le vent d'est, si fréquent dans ces régions, favorise la venue du hâd.

Un puits de débit sûr et du hâd, il n'en faut pas davantage ici pour faire du plus pauvre endroit une sorte d'oasis où les campements se réfugient.

Les journées sont monotones, inemployées. Pourtant, elles passent vite et il est des fois où l'on regrette leur brièveté. Le temps est devenu très chaud. Il ne faut plus guère songer à aller chasser. Alors, on reste sous la tente, presque tout le jour. Des Maures viennent, et l'on cause. Ou bien l'on s'épuise en rêveries, qui s'énervent de ne pas aboutir. Mais ne valent-elles pas mieux que les leçons plus précises que je recevais jadis ?

Il ne s'agit pas ici, dans cette vie si simple, au milieu de cette nature si simple, d'un « retour à la simplicité ». Ce n'est pas l'enseignement que comportent ces paysages. On voit souvent ces expressions : « Le retour à la simplicité », « la naïveté des premiers âges ».

Quelle bonne histoire! Ne sont-ce pas nos écrivains d'aujourd'hui, avec leurs trois ou quatre pauvres idées, nos faux savants qui, par la négation, ont éludé les grands problèmes, nos maîtres d'école, nos artistes, ne sont-ce pas tous ces barbares qui sont les vrais naïfs et les vrais simples? Il faudrait s'entendre et savoir lequel est le simple et le naïf, de M. Durckheim ou de saint Thomas.

Les Maures sont aussi des barbares, de naïfs barbares. Pourtant, lorsque l'on considère le point de vie intérieure où ils sont parvenus, on trouve qu'ils ont su mieux que nous se garder de l'inculture et de la grossièreté.

Pour moi, je n'estime pas que le pays de Zoug ramène à la simplicité. L'âme n'y reçoit de la nature aucun soutien. Au contraire, mille souffles religieux viennent s'y battre et, comme l'armature de la civilisation ne nous soutient plus, il ne faut pas songer à éluder le combat. Nous sommes seuls, abandonnés à nous-mêmes, à notre misère, désemparés dans le vent de la plaine, dans les vents qui soufflent des vingt pétales de la rose... la rose des vents. C'est un aigre breuvage que la solitude, et il soûle.

Nous sommes bien avertis qu'il faut retourner à quelque chose, nous ramasser au fond de nous-mêmes. Mais ce n'est pas de simplicité qu'il s'agit. Saint Paul, saint Augustin n'étaient pas des simples; et rien n'est plus contraire à la tradition française que la foi du charbonnier. Une tentative de rénovation chrétienne, comme celle de Tolstoï, est éminemment contraire au génie français. Ce qui fait le fond de la tradition française, c'est une foi solide — celle de la religion catholique, apostolique et romaine — appuyée sur une large culture, ou parallèle à une large culture intellectuelle. Foi et humanisme. Il était naturel que les ennemis de l'une devinssent les ennemis de l'autre — les mêmes hommes — et nous avons vu cela.

Quant on considère cette haute mission de la race française, cette apparence d'élection qui domine toute son histoire, cette marque divine, et à quel point la France est réellement la fille aînée de l'Église, il semble que l'on n'ait plus le droit de parler de simplicité. C'est rapetisser, c'est ramener à de trop humaines proportions le génie de la France.

Que les Maures tiennent leurs seules vertus d'une fidélité extraordinaire au génie propre de leur race, cela ne paraît pas douteux — ni que leur unique beauté vienne d'un attachement inébranlable à leur Dieu, dans la défaite, dans l'abaissement, jusque dans l'abandon évident que ce Dieu d'islam a fait de sa race. Il y a, dans la ténacité des Maures à croire au triomphe final de leur prophète et de leurs livres, quelque chose de comparable, une beauté analogue à l'espérance, à l'admirable confiance des anciens prophètes d'Israël. Pourtant, ce n'est pas de la simplicité qu'il faut chercher parmi eux, j'entends de la simplicité d'esprit — mais la simplicité des mœurs n'est-elle pas en raison inverse de la simplicité de l'esprit ? Nous en sommes la preuve.

La rose des vents. Pendant tout le jour, nous sommes restés écrasés de chaleur. On aurait entendu voler une mouche. On était comme dans nos pays, lorsqu'on attend l'orage. Une brume claire, pénétrée de clarté diffuse, voilait le ciel. L'horizon était noyé de vapeurs. Nous nous épongions, le docteur M... et moi, épiant la moindre brise. Parfois, un léger souffle, semblant venir de très loin, faisait un petit tourbillon et s'en allait, comme un visiteur pressé... La nuit fut encore calme, mais le lendemain matin, d'assez bonne heure, le vent d'est attendu commença sa chevauchée furieuse.

Toute la journée, il s'est rué à l'assaut de nos tentes, nous emplissant les yeux de sable, brûlant comme l'air qui sort du four des boulangers.

On essaie bien de se calfeutrer, mais c'est en vain. Le sable filtre de tous les côtés, fuse en jets rapides par tous les interstices. Le camp baigne lui-même dans un nuage de sable. A dix pas, on ne voit rien. Résignés, nous laissons couler les heures lentes. Parfois une trombe de sable vient se coller plus furieusement sur la toile de la tente. Cela fait un peu le bruit des paquets de mer qui se plaquent sur les flancs d'un navire, les jours de tempête.

— Mon cher ami, ce n'est guère le temps de philosopher. Laisse là tes chimères, me dit le vent.

Mais ceux que j'admire, ce sont nos Maures. Ils sont là, la gandourah relevée par-dessus la tête, et dormant du sommeil des justes...

Ainsi, quand je dis que je préfère Zoug aux leçons des intellectuels, ce n'est pas un retour à la nature que je dis, à la naïveté, mais plutôt à l'intelligence, qui est, en un sens, si l'on veut, la plus grande des simplicités.

Depuis que je suis à Zoug, j'ai fait plus ample connaissance avec les Yaggout. Ce sont de curieuses gens que ces Yaggout. Les autres Maures les considèrent volontiers comme des « Koufars », et les retrancheraient assez facilement du monde musulman. Il entre beaucoup de jalousie dans ce sentiment, parce que les Yaggout, comme les Regueïbat, sont grands propriétaires de chameaux. Mais il est vrai que les Yaggout font figure à part dans la société maure. Ils sont en général d'un type très fin. Quelques-uns ont l'air de vrais sémites. Les femmes sont presque blanches, jolies et peu farouches. J'en ai rencontré une au puits de Zoug qui tirait l'eau du puits, au milieu des hommes de la tribu. Elle portait un pantalon et un boubou d'homme. Ce n'était pas une captive, et d'ailleurs elle avait le type le plus fin et le plus aristocratique. Pendant un instant, j'ai vraiment pris plaisir à suivre des yeux le jeu de ses muscles souples et la suite harmonieuse de ses mouvements.

Les femmes maures sont généralement très indolentes, ne sortent pas de la tente, s'empâtent à ne pas bouger et à boire du lait.

Voici, chez les Yaggout, une autre conception de la féminité, plus voisine de la nôtre.

Les Yaggout sont venus à nous très vite, et, semble-t-il, avec plus de sincérité que les Regueïbat. Bien que nous ne les connaissions guère que depuis un an, plusieurs sont déjà engagés au peloton où ils servent en qualité de bergers. Il y a parmi eux le propre neveu du chef, M'barek el Arbi.

Ce M'barek el Arbi est un vieillard intelligent et avisé. Il est certainement l'un des chefs de la région sur lequel on puisse le plus compter. Il est le fils aîné d'Ahmed Billal qui vint assez jeune dans le Tiris et y mourut en 1911, et le petit-fils d'El Billal qui, lui, passa toute sa vie dans les régions du Sud marocain et mourut à El Ksabi, vers 1850. Le frère d'El Billal, El Haïmer, mourut dans le Tafilalet. C'est tout ce que j'ai pu recueillir sur l'histoire des Yaggout. Que sont-ils ? D'où viennent-ils ? Il semble difficile de le dire. Pour moi, je verrais assez volontiers dans ce peuple de purs Berbères. Le *t* final de leur nom, leurs mœurs, leur caractère peu religieux, leur type fin et blanc sembleraient l'attester.

Les Yaggout prétendent remonter à un ancêtre, Yaggouti, qui aurait eu trois fils : Ghahamna, Yassin et Hammad, pères des trois grandes fractions de ce peuple. Les Ghahamna vivent dans le Gharb, et je crois que nos troupes du Maroc ont déjà eu à s'occuper d'eux. Hammad aurait eu pour fils Seïd, ancêtre des Aït Seïd, fraction du chef actuel M'barek el Arbi — Taleb el Amzaoui, ancêtres des Aït Taleb et des Amzaoui ; Yassin aurait eu pour fils Labcidi, ancêtre des Leboïdat, Iborck, ancêtre des Aït Iborck, et Hammou, père des Aït Hammou. Ce sont là les grandes divisions actuelles des Yaggout. Si les Ghahamna sont cantonnés dans le Gharb, les Aït Yassin et les Aït Hammad sont partagés entre le sud du Maroc (Seguiel el Hamra Oued Noun) et le Tiris, mais ces différents pays ne forment pour eux qu'un seul et immense terrain de parcours.

J'avoue éprouver moins de sympathie pour les Regueïbat. Ce sont les plus grands propriétaires de chameaux des pays maures et, en même temps, les plus habiles éleveurs. En 1909, au moment de la conquête, ils reçurent d'assez sévères leçons à Tourine et à El Beïeddh. Malheureusement, on prit par la suite l'habitude de les considérer comme des gens redoutables, et, après les avoir vaincus, on parut les craindre. Nous allâmes même jusqu'à leur faire l'imprudente promesse, que jamais un Français n'entrerait dans leur campement. En 1910, mon camarade D..., méhariste fervent, ayant voulu voir en amateur les troupeaux des Regueïbat, reçut des chefs de campement une fin de non-recevoir absolue. Ce qui n'empêcha pas qu'en 1911, on ébauchât le recensement de leurs chameaux, opération nécessaire, car ces chameaux forment la base de la remonte des méharistes. Nous mîmes à la tête des innombrables fractions Regueïbat de l'Adrar un vieillard intelligent, bien qu'illettré, Mohammed Ould Khalil, qui jouit incontestablement d'une grosse autorité. Mohammed Ould Khalil nous a rendu des services. Il n'a pu pourtant empêcher les nombreux départs de tentes vers l'oued Noun et la Seguiel, qui se produisirent en 1911 et 1912.

Les Regueïbat sont, comme les Yaggout, un peu méprisés des autres Maures. Mais ils n'ont ni la finesse, ni la « race » des Yaggout. Je les estime peu comme guerriers. Pourtant, dans leurs luttes incessantes contre les Ouled Bou Sba, ils ont eu de beaux succès. En 1910 notamment, Mohammed Ould Khalil, avec ses seules forces, a infligé une grosse défaite à un medjbour d'Ouled Bou Sba, descendu du nord pour se refaire en chameaux.

Ce qu'il faut admirer dans leur façon de faire la guerre, c'est leur service d'exploration à grande distance. On peut dire que les chefs Regueïbat ont en permanence des patrouilles nombreuses, qui battent l'estrade fort loin des campements, aux environs des points de passage forcé sur les routes venant du nord. Ce sont ces « choufs » qui ont sauvé Mohammed Ould Khalil, en 1910.

Mais je pense à une phrase du colonel Gouraud, écrite en novembre 1909 : « Il faudrait les amener à reprendre leur ancien métier de caravaniers et les utiliser alors pour les convois libres. »

Oui, ils ont plus l'air de caravaniers que de guerriers.

Mes partisans m'apportent souvent de petits silex taillés en forme de flèches, de haches de granit ou de quartzite. Je trouve que rien ne fait plus rêver que ces témoins de l'âge de pierre. On rencontre beaucoup de ces silex travaillés dans les environs des puits du Tiris et du Zemmoul, notamment à Bir Gueudouze. Il attestent que le pays a été habité depuis une très haute antiquité et, sans doute aussi, que l'on y trouvait plus d'eau dans ce temps-là qu'aujourd'hui.

LES VOIX QUI CRIENT DANS LE DÉSERT

Le *Greco* de Maurice Barrès me ramène vers cette lointaine Espagne qui fut ma première station vers l'islam. Et ne sommes-nous pas ici dans le pays des anciens maîtres de Tolède ? Bien déchus de leur splendeur d'autrefois, sans doute. Et pourtant, quand on voit les grands mystiques qui vivent encore sur cette terre si rude, aussi nue que la Castille, on ne peut s'empêcher de penser à la figure que faisait le Greco dans Tolède. Il me semble que, si les Maures avaient tant soit peu le goût de la figuration humaine, ce serait là le peintre qu'ils aimeraient et comprendraient. J'ai rencontré, dans les gorges du Tagant, de vrais ascètes, qui auraient fait le bonheur du Greco, et qui avaient même les formes allongées et squelettiques chères au Tolédan. Et de fait, le Greco voyait, sinon ces ascètes-là, du moins leurs parents ou des gens qui les avaient touchés de près.

Ici, plus que partout ailleurs, grâce à la rudesse du pays, à la pauvreté inouïe des habitants, à l'absence de toute civilisation et aussi, sans doute, au primitif sang berbère, le caractère mystique, spirituel de la race s'est conservé avec une pureté étonnante. Contrairement à ce qu'on voit en Algérie, le plus grand chef maure est vêtu comme le dernier de ses captifs. Dans son pays sans grâce, aux grandes lignes nues, le Maure est incapable de toute manifestation artistique. Et pourtant, ses Almoravides, conquérants du Moghreb et de l'Espagne, étaient, je crois bien, de véritables Maures. Mais Grenade a été faite par les princes régnants, les Ommeyades d'Égypte, et non par eux.

Tout ce que l'on dit du Greco peut s'appliquer, à peu de chose près, à l'âme des Maures ou, à l'espagnole, des « Mores ».

Chapitre XV.

RECONNAISSANCE SUR TAGNEDEST.

La reconnaissance que j'entrepris en juillet avait pour but de surveiller la région de Tagnedest, toute proche de l'Océan, d'assurer ainsi la protection d'un lourd convoi de vivres, que le résident de l'Adrar avait envoyé sur Port-Étienne, et, par ailleurs, de faire plus ample connaissance avec une région qui n'avait encore été explorée, je pense, que par le lieutenant S... J'avais avec moi un sous-officier français, quarante tirailleurs, une vingtaine de partisans maures et quelques bergers. Point ou peu de bagages. Les hommes portaient leurs vivres sur eux, à côté de leurs selles. Ces vivres étaient réduits au strict minimum. Pour mon usage personnel, je n'avais que du riz, et un peu de café, sans sucre. Mais, comme un convoi de vivres était annoncé d'Atar, il fut convenu que le partisan El Kounti nous apporterait à Bou Gouffa le complément de notre ration pour un mois. C'était le temps qui avait été prévu pour la reconnaissance.

Quand je quittai Zoug, la chaleur était accablante. Pourtant, je n'y pensais guère et je m'abandonnais à ce sentiment de pleine liberté que l'on éprouve, lorsque — portant toutes ses richesses avec soi et ne dépendant plus que de Dieu seul — l'on se lance dans le désert, comme en un pacifique océan... Oui, vraiment, j'étais comme le capitaine à son bord, ne comptant plus sur les hommes et s'en remettant à son étoile...

Il nous fallut d'abord traverser le Tiris. C'était la deuxième fois que je franchissais cette aride région, où plusieurs années de sécheresse avaient brûlé les moindres herbes — ce vrai monde de la pénitence, sur lequel semblait s'appesantir un châtiment. Bientôt nous aperçûmes les hauteurs de l'Adrar Souttouff, où j'avais passé de si belles heures lors de mon voyage à Port-Étienne. Nous entrâmes dans le massif de plain-pied, au sortir de la plaine nue qui en marque la limite vers l'Orient. Ce massif n'est, à vrai dire, qu'une faible boursouflure d'origine métamorphique, mais il est parsemé de chaînes de quartzite qui l'encombrent de leur désordre, et lui donnent l'aspect le plus sauvage du monde. De l'est à l'ouest, la traversée de cette région pierreuse ne prend qu'une forte étape. De l'autre côté, l'on arrive tout de suite au puits de Bou Gouffa, que ceint une étroite couronne d'herbes grises et médiocres.

En y arrivant, le 23 juillet, mon premier soin fut d'envoyer une patrouille dans les campements Bari Kalla de Tajanit. J'appris, au retour de cette patrouille, qu'un razzi d'une trentaine d'Ouled Délim était passé, il y avait sept jours, à Tajanit, se dirigeant vers le sud, dans le but sans doute de piller les campements de l'Agneïtir. D'après mes calculs, ce razzi devait passer le 26 au puits de Togba, à quatre-vingt kilomètres au nord de l'endroit où nous étions. Je pensais qu'il ferait de l'eau soit à ce puits de Togba, soit à Bou Gouffa même, et je décidai d'envoyer à Togba mon sous-officier, avec la moitié du détachement. Je lui donnai rendez-vous, l'affaire terminée, à Tagnedest.

J'étais étonné de ne pas voir apparaître Kounti avec les vivres annoncés, mais je pensais que le convoi d'Atar avait dû subir un retard. Le 27, n'ayant pas entendu parler du razzi, je me mis en route sur Tagnedest, où je comptais bien recevoir le courrier.

Nous entrions dans une région nouvelle, le Zemoul. C'est une plaine de sable recouverte de petits cailloux ronds et polis, extrêmement agréables de couleur. De larges ondulations, orientées du nord au sud, coupent cette plaine. Elles sont parfois surmontées de petits pitons caillouteux peu élevés. Déjà nous commencions à ressentir l'influence de la mer, et, parfois, des souffles vivifiants nous en apportaient l'odeur saline et sauvage. Le matin, une rosée abondante, due à la proximité de l'Océan, tombait sur le sol et rendait la vie aux plantes et aux herbes de cette région relativement favorisée.

Nous avions à peine quitté Bou Gouffa que nous recoupions sur le sable de nombreuses traces de medjbours, attestant que nous étions bien sur la route ordinaire des pillards du Nord. Un moment, je remarquai sur le sol les empreintes d'une forte troupe de chameaux, et mes partisans m'affirmèrent que c'étaient les traces du razzi dont j'avais eu nouvelle à Bou Gouffa, et sur lequel j'avais lancé mon sous-officier. Malheureusement, les traces ne se dirigeaient pas sur Togba, comme je l'avais espéré, mais sur un point qui ne figurait pas sur mes cartes et qui s'appelle les oglats Oudeï Sfi. On me dit que les Ouled Délim passaient souvent par ces puits qu'ils savaient ignorés des Français. Je me promis aussitôt d'en faire la reconnaissance, lorsque nous quitterions Tagnedest.

A mon arrivée en ce point, je trouvai mon maréchal des logis qui, naturellement, n'avait rien vu à Togba. Nous nous trouvions dans un bas-fond herbeux, et nous avions pour nous abreuver quelques puits peu profonds, dont le débit était extrêmement lent. D'autres puits furent creusés, ce jour-là et les jours suivants.

Je vis à Tagnedest deux Ouled Délim qui me donnèrent sur le razzi des renseignements intéressants. Ce razzi, composé de dix-huit hommes, avait pris soixante chameaux aux Ouled Délim soumis. Ceux-ci étaient partis à leur poursuite, les avaient atteints à Tikhermet, leur avaient tué deux hommes, et avaient repris tous leurs chameaux. Les dissidents désemparés s'étaient séparés en deux : neuf étaient allés chercher asile auprès des Espagnols, à Villa-Cisneros, les autres étaient remontés vers l'oued Noun. Les deux hommes qui étaient venus à mon camp ramenaient précisément chez eux les chameaux volés.

Ce qui m'ennuyait le plus, c'est que j'étais toujours sans nouvelles du partisan El Kounti. Je commençais à avoir un pressant besoin des vivres qu'il devait m'apporter, et je me demandais s'il n'avait pas été rencontré par quelques dissidents. Nous étions alors dans la plus extrême misère. Je n'avais pas trouvé de moutons à acheter sur ma route, de sorte que j'étais forcé d'envoyer tous les matins des hommes à la chasse, mais souvent les chasseurs revenaient les mains vides. La farine commençait à s'épuiser, la graisse faisait complètement défaut. Nous en étions réduits au riz cuit à l'eau, et encore nous fallait-il prévoir que le riz viendrait un jour à manquer.

Pourtant, les Ouled Délim que j'avais vus à mon camp, m'ayant confirmé le passage du medjbour aux oglats Oudeï Sfi, je résolus de faire la reconnaissance de ce point, d'autant plus que nous étions déjà au 5 août et que nous devions penser au retour. Je laissai le gros du détachement sous les ordres du maréchal des logis, et, accompagné de quinze hommes bien armés, je me mis en route dans la direction du nord-est. J'avais comme guide un vieux Bari Kallah que j'avais emmené avec moi depuis Bou Gouffa, mais il ne connaissait pas l'emplacement exact des oglats. Il me mena fort bien jusqu'à l'oued boisé où ils reposent et, là, je n'eus pas de peine, avec l'aide de nos Maures, à les découvrir. Il m'avait fallu quinze heures de marche de Tagnedest pour atteindre l'oued Sfi, et j'avais couvert la distance en un jour et demi.

De l'Oued Sfi à Bou Gouffa — où je devais retrouver mon détachement — la direction est constamment nord-sud. On traverse de nouveau le Zemoul, mais les ondulations de cette plaine s'accentuent, et on longe des chapelets de Sebkhras que bordent des hauteurs arides. Toute cette région, sauf l'oued Sfi, ne présente aucune verdure.

A Bou Gouffa, je retrouvais le reste de mon monde et j'apprenais que le détachement avait, pendant mon absence pris contact avec quelques Ouled Délim qui partaient en dissidence. Au cours de l'affaire, trois d'entre eux avaient été faits prisonniers et ramenés par le sous-officier à Bou Gouffa, avec un jeune garçon qui avait été enlevé par les misérables, et plusieurs chameaux volés par eux. Cet engagement faisait le plus grand honneur au maréchal des logis, le brave P..., qui devait d'ailleurs se faire tuer plus tard, deux mois après mon départ de l'Adrar.

Un avantage inattendu de ce coup de main fut d'améliorer quelque peu notre ordinaire, car les chamelles des Ouled Délim avaient du lait, et, dans l'état de dénuement où nous étions, ce lait était extrêmement appréciable. Je commençais à désespérer de revoir jamais El Kounti. J'avais désormais la conviction que ce malheureux s'était fait attaquer dans sa route vers nous, et qu'il reposait en ce moment pour l'éternité, dans quelque coin inconnu du désert.

Pourtant, il me fallait prendre une décision pour le retour. Je considérai que j'assurerais plus efficacement la protection du convoi de Port-Étienne en me rapprochant de lui, que, d'autre part, je pouvais, dans ce cas, espérer le rencontrer et me ravitailler en cas de famine, et enfin que la traversée nord-sud de l'Adrar Souttouff, déjà accomplie par S..., méritait d'être refaite.

Donc, le 11, je quittai Bou Gouffa, piquant vers le sud, droit sur les montagnes, dont nous voyions de notre camp les ondulations violettes. Peu après le départ, un Algérien de mon escorte recoupait les traces d'une trentaine d'Ouled Délim qui se dirigeaient vers le sud. Cette découverte était assez alamante, parce qu'il était à craindre que ce nouveau medjbour ne vînt inquiéter notre convoi de Port-Étienne.

Il semblait marcher tout juste dans sa direction. A Jéloua, on nous confirma l'existence de ce medjbour et l'on nous dit qu'il était passé le 6 à Erchâmar — à notre sud. Il était à croire qu'il repasserait à hauteur de Tichelé vers le 14, et, comme le convoi devait lui-même passer en ce point, je résolus de le rejoindre au plus vite ou tout au moins de me rapprocher de sa route probable, puis de battre le pays, afin d'assurer le passage. Pourtant, je calculai encore que le convoi de Port-Étienne pourrait bien passer vers le 13 à Erchâmar, à la limite sud de l'Adrar Souttouff, et c'est ce point que je me fixai comme but.

Sur ma route, je rencontrai encore un Bari Kalla qui revenait de Zoug où il avait vu M... Il me dit que le lieutenant lui avait confié un gros courrier pour moi, mais qu'en route il avait rencontré le fameux medjbour, lequel l'avait emmené fort loin dans le sud, après avoir brûlé toutes mes lettres! Cette nouvelle me porta un coup. Je me sentais absolument isolé du monde, et comme perdu dans une planète qui ne serait pas la Terre.

Notre traversée de l'Adrar Souttouff fut extrêmement dure. Mes hommes, autant que moi, commençaient à ressentir les effets de la faim, car même le riz était arrivé à épuisement, et nous n'avions plus pour nous nourrir que les biches que je faisais tuer par les partisans.

Or, ce fut à cette époque de dénuement, la plus rude assurément que j'aie vécue en Mauritanie, qu'il me vint pourtant les plus douces pensées touchant les consolations qui, je le savais, m'étaient réservées. Je le vois aujourd'hui, les pensées qui me vinrent alors n'étaient pas de moi, mais d'une force bien plus haute à laquelle j'étais soumis.

Malgré ma misère, je me mis à vivre dans une exaltation extraordinaire — et peut-être même à cause de cette misère, car la situation exceptionnelle où j'étais me semblait un état privilégié, auquel certainement de grandes faveurs devaient être attachées. Je me persuadai vite que, si Dieu me réduisait — contre mon gré — à vivre comme les ascètes de la Haute-Égypte, de leur plein gré, avaient vécu, c'est qu'Il comptait aussi m'accorder les récompenses qu'Il leur avait accordées, à eux.

La grâce procède par touches. Elle agit à l'heure qu'elle veut, et, si elle le veut, n'agit pas, et nous sommes naturellement soumis à ses fluctuations. Depuis longtemps, je vivais dans une parfaite sécheresse et sans nul amour pour Celui qui, plusieurs fois déjà, m'avait pourtant tendu Ses mains sanglantes. C'est là, entre Bou Gouffa et Erchâmar, en plein Adrar Souttouff, qu'ayant eu faim, j'ai vraiment désiré d'être rassasié.

La grâce agit par touches. Un éclair surgit dans la nuit. La colombe plane dans le ciel sans tache. Et puis, elle remonte, à tire-d'aile, auprès du Père, et laisse le voyageur dans le désir et dans le regret. C'est fini. On pleure de tristesse et de dépit. Mais bientôt la vie — c'est-à-dire ce qui en est l'affreuse dérision — remet sa griffe sur notre âme et l'on oublie. C'est que la chair est lourde — c'est que le corps est pesant, et si pesant, que l'on désespère de jamais s'élever au-dessus de la boue originelle. Loin de la vie surnaturelle, les pensées, si sublimes soient-elles, sont du corps ou, si l'on veut, d'une partie de notre intelligence si basse qu'elle est, en quelque manière, corporelle. Fût-il Épictète ou Marc-Aurèle, celui qui ignore l'onction de Jésus-Christ est, on peut le dire, du monde de la chair. Mais, fût-il le plus vil pécheur, celui qui vit de l'onction de Jésus-Christ est très réellement du monde de l'esprit. Or, il est bien certain que le détachement des biens de la terre, même s'il n'est pas volontaire, peut aider à entrer dans ce monde de l'esprit. S'il n'est pas volontaire, il est donc une épreuve que Dieu envoie à ceux qu'Il a choisis:

« Oui, me disais-je, je vaux mieux que ceux qui mangent et qui boivent, je vaux mieux que ceux qui sont riches, je vaux mieux que ceux qui sont heureux et comblés. »

Dans ma déréliction, certaines vertus auxquelles je n'avais guère encore pensé m'apparaissaient comme les plus hautes qui pussent enrichir une âme. Mais, toutes, elles étaient des vertus proprement chrétiennes : le renoncement, l'humilité, le détachement du monde, l'esprit de pénitence, l'ascétisme, la chasteté — non celle du corps, qui est vulgaire — mais celle même de l'esprit. J'éprouvais un bonheur infini à sentir pour la première fois la bonne odeur des vertus chrétiennes.

Sans doute, me disais-je encore, il y a, parmi les incroyants, de grandes âmes. Bien que rarement. Il y a du désintéressement, du courage, de la bonté chez ceux même qui vivent le plus loin de l'Église, cela peut se voir. Mais combien, dans l'état d'épuration où me conduit le Seigneur, ces vertus m'apparaissent, en définitive, comme grossières ! Combien elles me semblent insuffisantes, pour une âme vraiment fine ! Je pensais aux plus beaux exemples de vertu que m'avait proposés le monde sans Dieu où j'avais vécu. Ils me semblaient misérables auprès de ce que je savais des saints, et de leur modèle, Jésus-Christ. En vérité, être un bon père de famille, être une vertueuse épouse, une bonne mère de famille, remplir en toute honnêteté son devoir humain, c'est quelque chose. Mais c'est peu, me semblait-il, aux regards de Celui qui a imposé aux âmes vraiment choisies des exigences autrement lourdes que celles de la morale humaine.

Si quis venit ad me, et non odit patrem suum, et matrem, et uxorem, et filios, et fratres, et sorores, adhuc autem et animam suam, non potest meus esse discipulus. (Luc, XIV, 26.)

Qui enim voluerit animam suam salvam facere, perdet eam; qui autem perdiderit animam suam propter me, inveniet eam. (MATTH., XVI, 25.)

Nisi granum frumenti cadens in terram mortuum fuerit, Ipsum solum manet; si autem mortuum fuerit, multum fructum affert. (Jo., XII, 24-25.)

Vos autem contristabimini, sed tristitia vestra vertetur in gaudium. (Jo., XVI, 20.)

Beati eritis cum vos oderint homines. (LUC, VI, 22.)

Sint lumbi vestri praecincti, et lucernae ardentes in manibus vestris. (LUC, XII, 35.) — *Perfecti estote.* (1 COR., XIV, 20.)

Ces ordres terribles me revenaient à la mémoire, et je me disais que c'était Jésus — et Lui seul — qui avait donné de tels ordres. « Mourez à vous-mêmes, soyez humbles, perdez-vous dans mon amour... » Que sont les pauvres commandements « laïques » auprès de cette abondance spirituelle, de cette force souveraine, de cette plénitude qui s'exhale des moindres paroles de Jésus ? Et puis, je pensais à ceux qui avaient fidèlement exécuté ces ordres, je me tournais vers les saints et les bienheureux, et je ne pouvais pas nier qu'ils ne fussent les plus hauts exemplaires d'humanité qui aient paru dans le monde. Alors, après les regards d'amour vers le paradis, je ne pouvais pas penser que le désir des plus suaves vertus me fût à jamais interdit.

La religion qui proclame une telle morale, est-elle donc fausse ? Telle était la question que je devais me poser, telle était la deuxième démarche que je devais faire. Car, il y avait, à mon sens, tant d'intérêt à ce que Jésus et son Église eussent raison, qu'il était nécessaire d'y regarder à deux fois avant de proclamer leur fausseté. Non, la religion catholique n'était pas fausse. Sans doute, il y avait en elle des difficultés, mais aucune n'était insurmontable, et au contraire, si on les surmontait, tout apparaissait comme parfaitement beau et harmonieux, dans notre cœur comme dans notre esprit.

Supposons le problème résolu, me disais-je. Alors, nous avons un système du monde cohérent et magnifiquement ordonné, nous avons une morale que rien n'égale. Aussitôt, une lumière miraculeuse se distribue dans les coins et recoins les plus obscurs de notre âme. C'est donc que la solution est bonne.

Arrivé en ce point, que pouvais-je faire, sinon bénir de toutes les forces de mon être Celui qui avait daigné m'envoyer de tels avertissements ? Non seulement je Le bénissais, mais je bénissais aussi ma misère, puisque c'est au milieu d'elle que j'avais découvert les trésors infinis que recèlent les Évangiles.

« Vous êtes heureux, vous qui avez faim, parce que vous serez rassasiés. » Oui, Seigneur, je suis heureux, parce que j'ai faim, parce que je suis triste, parce que je suis solitaire et démuni. Mais lorsque j'aurai faim et que je serai triste, et que je serai solitaire *pour l'amour de Vous*, alors mon bonheur sera grand à en mourir. Toute cette faim-là et cette tristesse ne sont qu'une image de cette autre faim, de cette mortelle tristesse que Vous m'enverrez, Seigneur, puisque Vous me le promettez en ce moment même.

« Venez à moi, vous tous, qui peinez et êtes chargés d'un grand poids, car moi je vous soutiendrai. »

Mon Dieu, me voici donc : je suis nu, je suis sur un fumier horrible et déjà, comme Lazare avant que Vous ne le touchiez, j'exhale une odeur fétide. Ô Dieu de miséricorde, voici pourtant mon âme, que je Vous donne, afin que je n'aie vraiment plus rien, pas même elle.

Or, le 13, à Erchâmar, nous rencontrâmes le convoi de vivres qui revenait de Port-Étienne. Il contenait des provisions de toutes sortes, aussi ne fût-ce pas sans joie que nous aperçûmes nos braves Regueïbat, au moment même où ils quittaient le puits. Je prélevai bon nombre de victuailles, je mangeai à ma faim — et, naturellement, j'oubliai les grandes leçons que m'avaient données les épreuves subies dans l'Adrar Souttouff. Car telle est notre âme misérable, que, lorsqu'elle n'est pas secourue par Jésus-Christ lui-même, elle s'essaie à voler, mais retombe, impuissante, et repart, et retombe encore, ses faibles ailes repliées. J'étais tout à la joie de ma rencontre, et d'autant plus que, si j'avais souffert de mon jeûne, je n'avais pas moins souffert de voir la pénurie où mes tirailleurs étaient restés pendant si longtemps, sans pourtant s'en plaindre une seule fois.

Pourtant, nous devions continuer notre route. J'avais perdu tout espoir d'attraper le medjbour qui avait menacé un moment notre convoi, mais l'essentiel pour moi était que ce convoi passât sans encombre — et de cela j'étais assuré. Je n'étais plus tourmenté que par l'énigme de mon pauvre Kounti, énigme dont je devinais l'effroyable solution.

Le 15, nous arrivions à Tichelé, notre dernière étape avant Zoug. Nous étions à 500 mètres de la bouche du puits, lorsqu'une forte odeur de cadavre me prit au nez. Je jetai les yeux autour de moi et je découvris, à quelques mètres de l'endroit où j'étais, une forme noire qui me sembla être un homme. Je descendis de chameau et je m'approchai. C'était bien un cadavre que j'avais devant moi, mais dans quel état! La chair avait été déchiquetée par les chacals, la peau noire et desséchée était boursouflée à certains endroits, un pied réduit à l'état de momie traînait à quelques pas de là, et le tout exhalait une odeur insoutenable. Je pensai aussitôt à Kounti. La reconnaissance du corps n'était pas difficile à faire, car Kounti avait eu jadis l'œil gauche emporté par une balle. Pourtant, la tête était si méconnaissable, que j'hésitai une minute. Enfin, je dus me rendre: c'était bien lui qui était devant moi. Après un examen attentif, nous reconnûmes qu'il avait reçu deux blessures, l'une à la tête, l'autre au côté droit. Tout près de la place où il reposait, je trouvai huit étuis de cartouches. Kounti était le meilleur tireur que j'aie connu chez les Maures; certainement il avait dû défendre chèrement sa vie. Tandis que je contemplais cette affreuse dépouille humaine, mes partisans découvraient dans un creux des rochers deux autres cadavres: c'étaient ceux de deux Ouled Délim tués par Kounti. Connaissant de longue date la valeur de ce Maure et ses qualités de tireur, je ne doutais pas qu'il n'eût blessé d'autres Ouled Délim, et je ne doutais pas surtout qu'il n'eût fait, par son sang-froid et son courage, la plus grande impression sur ses assaillants. « Les dissidents sauront ainsi, me disais-je, que ce ne sont pas les plus mauvais des Maures qui viennent à nous. » Et cette pensée me consolait, dans la peine très vive que j'éprouvais.

Plus tard, je pus recueillir sur cette belle mort quelques renseignements plus précis : Kounti avait tiré neuf cartouches. Sur ces neuf cartouches, deux seulement furent perdues. Deux des assaillants furent tués, deux furent blessés, enfin trois chameaux tombèrent. D'autre part, l'examen des traces m'avait montré que Kounti, au moment où il reçut les premiers coups de feu, venait du nord. Je supposai donc qu'il quitta le puits de Tichelé, puis qu'ils se perdit et que, ne pouvant retrouver sa route, il résolut de revenir au puits. C'est là que l'attendaient les misérables, en nombre probablement considérable.

C'est une belle race assurément que celle-ci, et capable de hautes vertus. Certes, ils ne seront pas condamnés par la justice de Dieu, ceux-là — fussent-ils hérétiques — qui meurent bravement en un combat.

Mais, si le salut peut être assuré à si peu de frais, s'il est possible même dans l'hérésie, pourquoi nous tourmenter ? Restons loin de l'Église et Dieu nous reconnaîtra néanmoins. Voilà ce que dit le paresseux.

Pourtant, nous n'avons pas le droit d'être paresseux. Nous sommes d'une race élue entre toutes, et certainement il nous sera beaucoup plus demandé qu'au pauvre Kounti.

Il me semble que nous sommes comparables au serviteur qui a reçu cinq talents. Les Maures représentent le serviteur qui a reçu un talent. Le serviteur qui n'a reçu qu'un talent l'enfouit en terre. Il est bien excusable. Mais le serviteur qui a reçu cinq talents, *secundum propriam virtutem*, les fait fructifier et en gagne cinq autres. En vérité, il serait impardonnable de ne pas le faire. Serons-nous donc toujours des « serviteurs inutiles » ?

CHAPITRE XVI.

LE RETOUR.

18 août-16 novembre 1912.

Au retour de cette reconnaissance mouvementée, je trouvai à mon camp de Zoug le lieutenant M..., qui venait prendre le commandement du peloton méhariste. Pendant deux mois, ce fut avec ce charmant compagnon que je continuai mes errances mélancoliques de pâturage en pâturage. Zoug, Adekmar, Amoïkick, Tintouadan, Agoatim, sont les noms sans gloire de nos stations. Mais alors j'avais hâte de rejoindre la France, afin d'y commencer une vie nouvelle et de m'y laver de toutes les misères que vingt-huit années d'impiété avaient amassées en moi. Quand nous étions en route, je regardais avec ennui notre smalah, dont la confusion m'amusait autrefois. Il y avait des files et des files de chameaux, puis de petites masses de méharistes groupés en damiers sur la plaine, des femmes de tous côtés, des bergers, des boys, des bourricots, des partisans... Que n'avions-nous pas ? Et la marche vermiculaire allait par tassements et relâchements alternatifs, tous les groupes s'étalant ou se resserrant en largeur autant qu'en profondeur. Comme cette cohue était bien l'image de mon âme !

Il avait plu — de sorte que, dans le fond des dunes, quelques flaques d'eau subsistaient, et rien n'était plus inattendu, plus ravissant que ces « dayas », lorsque le déclin du soleil les teintait de rose. Elles marquaient nos étapes. Pendant longtemps, nous eûmes devant les yeux la haute montagne de Zoug. Puis, nos courses nous rapprochèrent de la montagne d'Adekmar, et ce fut elle que nous contemplâmes désormais, sous les multiples incidences d'une marche apparemment désordonnée. Puis, enfin, le piton d'Agoatim nous guida, et nous errâmes sur les bords de son affreuse Sebkhra.

Parfois, un vif tableau de Sahara nous plongeait dans le ravissement. C'est ainsi que nous vîmes, un jour, un immense troupeau de chamelles que suivait un jeune enfant solitaire. Ces bergers suivent les bêtes, au hasard de leurs fantaisies et sans les guider aucunement. Ils passent ainsi des mois et des mois en pleine brousse, se nourrissant du lait des chamelles et se bornant à obéir à leurs caprices errants. Ils sont vêtus de quelques lambeaux d'étoffe et n'ont pas le moindre abri. Aussi sont-ils cuits et recuits par le soleil et presque aussi noirs que des nègres. Vie terrible et magnifique !

Mais enfin, toutes ces austères beautés du désert ne me suffisaient plus. Je sentais que le bon Dieu m'appelait ailleurs.

Le jour vint où je dus quitter M... et mes braves compagnons d'armes, pour rejoindre Atar, puis de là, à travers quatre cents kilomètres de désert, la blanche Podor, d'où j'étais parti, il y avait juste trois ans. Nos adieux furent plus tristes que je ne l'aurais cru. Au moment de quitter ceux qui avaient partagé les périls de mon existence, vécu les mêmes heures d'exil, éprouvé les mêmes fatigues, je sentis combien je leur étais attaché, et de quelle vraie, de quelle profonde affection ! Nul lien peut-être ne vaut celui que créent les mêmes épreuves et les mêmes travaux. M..., lui, ne me voyait pas non plus partir sans tristesse. Le pays était extrêmement troublé. La mort de Kounti, celle de Soueïd, l'enlèvement de nos patrouilles, le départ en dissidence des Regueïbat et des Yaggout, prouvaient que des heures difficiles étaient réservées au malheureux lieutenant, qui, seul en plein désert, a la lourde responsabilité de près de deux cents vies humaines. Et c'était au moment critique où nous étions, qu'il me fallait abandonner M... à son sort hasardeux. M... avait de sombres pressentiments. Ils devaient se réaliser cruellement, puisque, deux mois après mon départ, ce brave soldat se faisait massacrer avec toute sa troupe au puits de Liboïrat, à peu de distance de l'endroit où je l'avais quitté.

Le 15 octobre 1912, quand je quittai le campement d'Agoatim, je sentis en moi un grand déchirement. Toute une période de ma vie tombait brusquement dans le passé. Un grand trou sombre se creusait derrière moi. Un lourd crépuscule s'appesantissait sur mes années de misère.

Mais aussi une aube se levait, une aube de jeunesse et de pureté — et une clarté céleste embrasait l'horizon devant moi. Cette fois-ci, je savais où j'allais. — J'allais vers la Sainte Église, catholique, apostolique et romaine. J'allais vers la demeure de paix et de bénédiction, j'allais vers la joie, vers la santé, j'allais, hélas! vers ma guérison. Et alors, pensant à cette véritable mère qui, depuis des années, m'attendait là-bas, à travers deux continents, et qui de loin me tendait ses bras qui pardonnent tout, je pleurais de bonheur, d'amour et de reconnaissance.

Oui, c'était une magnifique vérité qui m'appelait là-bas, dans la douce patrie. Tout l'ordre chrétien m'apparaissait dans un ciel rajeuni; un temple immense et majestueux, fondé sur des pierres solides, un temple de raison et de divine sagesse se levait devant moi, et toutes les lignes de ce temple étaient si droites, si pures, si unies que, devant lui, l'on ne pouvait plus désirer autre chose que de vivre éternellement à son ombre, loin des prestiges et des vanités du monde.

I. Au fond du ciel, je vois la très tranquille Trinité : le Père, la première Personne, qui n'est engendré d'aucune autre; le Fils, la deuxième Personne, qui est engendré du Père avant tous les siècles; le Saint-Esprit, la troisième Personne qui procède du Père et du Fils Trois Personnes et pourtant une seule substance. Trois Personnes que l'on ne peut distinguer que par leurs propriétés respectives, mais dont la substance est unique, égale en gloire, éternelle et toute-puissante. Je vois l'adorable fécondité du Père, qui, se considérant et se connaissant Lui-même, engendre le Fils, par une génération incompréhensible, par une génération *en dehors du temps*. Je vois le Fils, le Verbe incréé, égal au Père, coéternel et consubstantiel. Je vois leur mutuel amour, le Saint-Esprit qui unit à tout jamais Celui qui engendre et Celui qui est engendré, égal à l'un et à l'autre, procédant de l'un et de l'autre.

En mon âme je vois trois qualités : l'être, la volonté, la connaissance. Je suis, je veux, je connais, trois qualités distinctes dans une seule et même âme — faite à l'image de Dieu. L'Être produit la connaissance et la volonté. La volonté procède de l'Être et de la connaissance. La connaissance ne procède pas de la volonté, mais elle est engendrée par l'Être. Si j'étais une nature en qui tout fût substantiel, sans qu'aucun accident ne pût survenir à la substance, je serais trois personnes subsistantes dans une seule substance, c'est-à-dire que je serais Dieu. D'où il suit que le mystère redoutable est en mon âme d'abord, avant d'être en Dieu. (Voir Bossuet, *Élévations,* IIe sem., VIe Élév., éd. Guillaume, II, 184.)

Je suis forcé de confesser la très Sainte-Trinité, sous peine de reconnaître l'imposture des Évangiles et de toute l'Écriture sainte — imposture si grossière qu'il serait impossible d'admettre que dix personnes seulement aient pu y croire. Dans tout l'Ancien Testament, le Fils de Dieu est annoncé, le Saint-Esprit est mentionné. Dès les premières lignes de la Genèse, ne dit-on pas : « L'Esprit de Dieu était porté sur les eaux ? » Dans les Évangiles, Jésus-Christ se dit le Fils de Dieu.

Patrem suum dicebat Deum, aequalem se faciens Deo. (Jo., V, 18.)

Princeps sacerdotum ait illi : Adjuro te per Deum vivum, ut dicas nobis si tu es Christus, Filius Dei. — Dicit illi Jesus : Tu dixisti. (Matth., XXVI, 63-64.)

D'autre part, Jésus-Christ dit aux Apôtres :

Euntes ergo docete omnes gentes, baptizantes eos in nomine Patris et Filii et Spiritus sancti. (Matth., XXVIII, 19.)

II. Au fond du ciel, je vois encore Jésus-Christ, le doux Seigneur des chrétiens, mon Rédempteur. C'est là qu'Il trône, en son corps glorifié, que rien d'humain ne peut nous représenter, puisque ce corps a d'abord été formé du Saint-Esprit et du sang très pur de la sainte Vierge, puis enfin glorifié, c'est-à-dire rendu parfaitement lumineux, incorruptible, doué d'ubiquité, de transparence et de légèreté absolue et d'immortalité. Or, si une foi refuse d'adhérer à ce mystère, je sais du moins — par le témoignage de Luc, notamment — que les onze apôtres ont entr'aperçu ce corps glorieux dans sa royale ascension.

Et, cum haec dixisset, videntibus illis, elevatus est, et nubes suscepit eum ab oculis eorum. (ACT. AP., I, 9.)

Je conçois aussi la raison de ce mystère, qui nous est donnée par saint Paul :

Non enim in manufacta sancta Jesus introivit, exemplaria verorum, sed in ipsum coelum, ut appareat nunc vultui Dei pro nobis. (HEBR., IX, 24.)

La grande affaire de Jésus c'est notre rédemption. C'est son amour pour nous. Dès lors, c'est en avocat qu'Il va se présenter pour nous devant Son Père. « En entrant dans le Ciel, Il nous en a ouvert les portes, que le péché d'Adam avait fermées. » (Catéch. du S. Conc. de Trente, éd. Desclée, p. 91.) Et en entrant dans le ciel, comme homme, il a fait asseoir la nature humaine à la droite de Dieu, donnant ainsi l'assurance à tous les chrétiens qui sont *ses membres* de le retrouver un jour et de se joindre à Lui dans la Gloire céleste. Assurance qui n'est pas indigne de ce que nous sentons d'infiniment grand au dedans de nous-mêmes.

III. Or, ce corps glorieux qui est *réellement* dans le Ciel, Jésus le tenait de la Vierge Marie en qui il Lui plut de s'incarner — ce qui justifie le culte d'hyperdulie dû à la sainte Vierge dans la religion catholique. Il est très admissible que la sainte Vierge ait elle-même été conçue selon l'ordre absolument naturel, mais aussi sans la tache originelle, afin que, dit la prière de l'Église, un digne habitacle fût ainsi préparé à Jésus-Christ :

Deus, qui per immaculatam Virginis Conceptionem dignum Filio tuo habitaculum praeparasti. (Oraison de la messe pour la Fête du 8 décembre.)

Et c'est ce qui a proclamé le dogme de l'Immaculée Conception, auquel tous les chrétiens croyaient, avant même qu'il ne fût officiellement proclamé par Pie IX.

Nous concevons bien la naissance du Sauveur à l'aide de la comparaison que propose le concile de Trente :

« De même... que les rayons du soleil traversent le verre sans le briser ni l'endommager, ainsi, mais d'une manière beaucoup plus merveilleuse, Jésus-Christ naquit de sa Mère qui conserve le privilège de la Virginité. » (Cat. du S. Conc. de Trente, p. 53.)

Marie est à un des pôles de la Rédemption, comme Ève est à l'autre pôle:

Sumens illud Ave
Gabrielis ore,
Funda nos in pace,
Mutans Hevae nomen.

Car, par Ève, nous sommes enfants de la colère, et par Marie, nous sommes enfants de la grâce. Et nous sommes infiniment bas par notre descendance d'Ève, et infiniment haut par la transcendance de Jésus-Christ, qui nous a été donnée par la sainte Vierge. Nous rejoignons ici toutes les observations psychologiques que fait Pascal au sujet de la grandeur et de la bassesse de notre nature.

Le jour même de la chute d'Ève, Dieu faisait entrevoir le salut et annonçait l'Immaculée:

Ipsa conteret caput tuum (GEN., III, 15), dit Dieu au serpent : « Elle-même écrasera ta tête. »

Ce privilège inouï de la virginité, Marie le tenait du Saint-Esprit, c'est-à-dire tout simplement de Dieu. Car c'est un usage des livres saints d'attribuer l'amour au Saint-Esprit, et l'incarnation de Notre-Seigneur est la preuve immense de son amour pour nous. Mais il reste entendu que les trois Personnes n'agissent pas l'une sans l'autre, et que l'Incarnation est une décision des trois Personnes de la Sainte-Trinité. (Catéch. du S. Conc. de Trente, p. 49.)

« Une Vierge concevra et enfantera un fils », avait dit Isaïe. (Is., VII, 14.)

Et avant même toute parole de Marie, sainte Élisabeth avait dit: *Et unde hoc mihi, ut veniat mater Domini mei ad me ?* (LUC, I, 43.)

Il va de soi que ce mystère de l'incarnation est, comme les autres, incompréhensible et dépasse absolument notre intelligence. Mais on peut, par les lumières de la raison, s'en approcher et voir qu'il n'y a pas d'obstacle à y croire.

Nous ne pouvons savoir non plus ce qu'était le corps de Jésus, ainsi formé du Saint-Esprit et du sang infiniment pur de la Vierge Marie. Mais on peut supposer qu'il avait une délicatesse infinie, afin que les souffrances de la Passion y fussent infiniment grandes et que s'accomplît ainsi notre Rédemption. L'Eglise enseigne que Jésus réunit en Lui la perfection de la nature divine et la perfection de la nature humaine. Il est Dieu parfait et homme parfait. Il a toutes les propriétés de la nature divine et toutes celles de la nature humaine — les premières, parce qu'il est Dieu, les secondes, parce qu'elles sont les conditions mêmes de la Rédemption. Il fallait que Dieu souffrît *comme homme,* pour que nous fussions rachetés. Aussi prend-il soin de nous avertir qu'il souffre réellement et physiquement de tous nos besoins. *Sitio,* dit-il sur la Croix; il souffre même moralement, afin que la plénitude de la souffrance soit à lui : *Anima mea tristis usque ad mortem.* Et cette souffrance est, au juste, inimaginable, d'abord à cause de la nature extrêmement délicate du corps de Jésus-Christ, puis parce que Dieu lui refusa certainement les consolations ineffables qu'il prodigua à ses saints et à ses martyrs, et que Jésus, assumant toute la plénitude de la misère humaine, ne pouvait recevoir. Nul rachat, nulle rédemption n'eût été possible sans cela. Or, d'où vient la nécessité de la Rédemption ?

IV. Je crois à la chute, parce que je suis forcé de reconnaître l'existence du mal et celle du péché, parce que je connais ma misère, misère si grande qu'il n'a pas fallu moins que l'Incarnation de Dieu lui-même pour y remédier. Tout dans la nature humaine montre un Dieu perdu. « Car enfin, si l'homme n'avait jamais été corrompu, il jouirait dans son innocence, et de la vérité et de la félicité avec assurance. Et, si l'homme n'avait jamais été que corrompu, il n'aurait aucune idée ni de la vérité ni de la béatitude... Nous avons une idée de bonheur et ne pouvons y arriver, nous sentons une image de la vérité et ne possédons que le mensonge. » (PASCAL, éd. E. Havet, VIII, t. I, p. 115.)

Je crois que l'homme avant la chute était saint, parce que je reconnais en moi les traces de cette ancienne sainteté, parce que je connais ma grandeur, grandeur si grande que le Sauveur n'a pas refusé de prendre ma propre nature, se faisant, au dire de saint Paul, le premier né d'un grand nombre de frères. (Rom., VIII, 29.)

Comment Dieu a-t-il permis la chute ? Parce qu'il a créé l'homme à son image, et donc *libre*. Parce que la liberté est le plus beau des dons qu'Il lui ait fait. Si l'homme n'eût pas été libre de choisir entre le bien et le mal, il eût été bête, et non homme.

D'ailleurs, en permettant la chute, Dieu permettait la Rédemption. D'où la *felix culpa* de l'Église. Donc, l'homme peut user de sa liberté contre Dieu. Mais Dieu — être infiniment bon — tourne tout à sa gloire et à notre utilité. Ainsi, la faute existe, mais Dieu la tourne à son profit, se servant du mal lui-même pour créer le bien.

La transmission du mal ne fait pas difficulté. En enfantant, Ève devait produire un corps à son image et une âme à son image, comme cela se voit dans toute génération. Nous sommes devant une loi instituée par Dieu de toute éternité et nous en voyons les effets partout. D'ailleurs, si nous refusons cette transmission, nous sommes incompréhensibles à nous-mêmes. « L'homme est plus inconcevable sans ce mystère que ce mystère n'est inconcevable à l'homme. » (Pascal, VIII, 1, t. I, p. 115.)

Dépourvu des lumières de la foi, comment nous approcherions-nous de ce mystère ? — Pourtant, on peut admettre que la ruine de l'homme fut si grande après la chute que nul être, sinon le Fils de Dieu lui-même, ne pouvait y porter remède. « Seul Il pouvait, en se revêtant de l'infirmité de notre chair, détruire la malice infinie du péché, et *nous réconcilier avec Dieu dans son sang.* » (Catéch. du S. Conc. de Trente, éd. Desclée, p. 36.)

On conçoit assez bien que les deux natures — humaine et divine — dussent être mêlées en un seul être pour que la nature humaine fût réconciliée avec la divine.

Comment s'accomplit, dans le temps, cette Rédemption ? Elle a été annoncée par Dieu, dès après la faute d'Ève. Elle a été dévoilée à Abraham. Elle a été prédite par David, par Isaïe, par Daniel, par maints prophètes de l'ancienne Loi. Jésus arrive, il prouve sa divinité par des miracles indubitables, puis il se livre à la mort, à *l'heure qu'il a choisie.*

Nemo tollit [*animam meam*] *a me ; sed ego pono eam a me ipso, et potestatem habeo ponendi eam, et potestatem habeo iterum sumendi eam : hoc mandatum accepi a Patre meo.* (Jo., X, 18.)

Il fait dire à Hérode : *Ecce ejicio daemonia, et sanitates perficio hodie et cras, et tertia die consummor.* (Luc, XIII, 32.)

Enfin, au jour qu'il a marqué, il s'avance vers ses ennemis en disant : « Me voici. » — *Ego sum.* (Jo., XVIII, 5.)

Or, il convenait, dit saint Paul, que le Fils de Dieu mourût : *ut per mortem destrueret eum qui habebat mortis imperium, id est, diabolum.* (Hebr., II, 14.)

Jésus lui-même avait dit : « Le prince de ce monde va en être chassé. » (Jo., XII, 30.)

La Passion de Notre-Seigneur nous a réconciliés avec Dieu, parce qu'elle fut un véritable *Sacrifice.*

Saint Paul : *Et ambulate in dilectione, sicut et Christus dilexit nos, et tradidit semetipsum pro nobis oblationem et hostiam Deo in odorem suavitatis.* (Eph., V, 2.)

Assurément, le conseil de la divine Providence en cette affaire de la Rédemption est bien étonnant. Mais qui sait si cette Providence n'a pas obéi à la grande Loi qu'elle-même avait instituée, la loi du rachat et de la réversibilité ? Dieu Lui-même n'a pu déroger à cette loi d'équilibre où certainement Il se complaît. De sorte qu'Il ne pouvait pas, dans sa bonté parfaite, ne pas désirer notre salut et Il ne pouvait pas, désirant notre salut, l'assurer autrement qu'en s'offrant à lui-même son propre Fils. Car quelle autre oblation eût été suffisante pour compenser la puissance du mal ? Et qui eût été offert à Dieu sinon Dieu lui-même ? Car l'homme était déchu et sa liberté ne s'exerçait que vers le mal. Et les Anges, avec toutes les puissances célestes, ne suffisaient pas à racheter leur frère déchu, n'étant, comme lui, que des créatures. De sorte que, de ce point de vue, la Rédemption n'est pas l'œuvre d'une volonté particulière de Dieu, en d'autres termes, un miracle, mais, au contraire, le parfait accomplissement d'une Loi divine instituée de toute éternité.

Un roi a un serviteur fidèle qu'il aime tendrement. Le fils de ce serviteur commet un crime abominable. Mais le père intercède auprès du roi et ses mérites servent au coupable. Le roi, considérant les vertus de son serviteur, pardonne la faute du fils. Voilà un exemple de cette grande loi humaine et divine de la Réversibilité de l'Innocence sur la Faute — loi à laquelle Dieu n'a pu, en aucune façon, se soustraire, puisque c'est Lui-même qui, dans sa parfaite sagesse, l'a instituée. (J. DE MAISTRE.)

Cette grande idée du rachat rend compte, en vérité, de la possibilité du mal dans l'économie du plan divin. Il ne s'agit plus de maudire, parce que le mal existe, mais de bénir, parce qu'il se trouve toujours assez de bien pour racheter le mal. Ce qui importe, c'est la balance finale et que tout mal est payé — et bien au delà — non seulement par les mérites infinis de Jésus-Christ, mais encore par toutes les bonnes œuvres que nous pouvons accomplir. Dieu ne peut pas vouloir le mal, mais il ne peut non plus supprimer la possibilité du mal dans l'homme, sans ruiner notre liberté. Un seul remède : la Rédemption. L'innocence paie pour le crime, c'est comme si le crime n'était plus.

D'autre part, la Rédemption, telle qu'elle s'accomplit sur la Croix, sauvegarde ce bien qui nous a été donné par Dieu : la liberté. Car si Jésus est mort pour tous — *Jesu, redemptor omnium*, dit l'Église — il n'en reste pas moins que la grâce de Jésus-Christ est réservée aux âmes de bonne volonté qui méritent de la recevoir. (*Hymne des Vêpres de Noël.*) Il ne fallait pas que la Passion de Jésus assurât notre Salut, sans nulle intervention de notre part, car Dieu tient à réserver notre liberté. Mais il fallait que ce salut fût possible pour tous, et de fait, nous ne pouvons, en aucune façon, connaître ceux à qui la gloire céleste est réservée. Au dernier jour, Jésus-Christ convertira tout le monde, mais, dit magnifiquement Pascal : « Ce n'est pas en cette sorte qu'il a voulu paraître dans son *avènement de douceur*. (Éd. E. Havet, Art. XX, 1, t. II, p. 47.)

Il n'a pas voulu paraître d'une façon trop manifeste, pour sauvegarder la liberté et pour qu'il y ait mérite à le suivre; ni d'une façon trop cachée, pour qu'il fût possible aux âmes de bonne volonté de le trouver.

Comment s'en tire une religion qui ne reconnait pas la Rédemption ? Car elle se heurte à cette contradiction : Dieu est infiniment bon et le mal existe — au lieu que les chrétiens disent avec Pascal : « Nos péchés ne seront jamais l'objet de la miséricorde, mais de la justice de Dieu, *s'ils ne sont de Jésus-Christ.* Il a adopté nos péchés et nous a admis à son alliance; car les vertus lui sont propres, et les péchés étrangers; et les vertus nous sont étrangères, et nos péchés nous sont propres. » (PASCAL, XXV, 105, t. II, p. 173.)

Dans l'ordre humain, je crois, par exemple, que les crimes politiques de la France sont rachetés, et amplement, par le sang que nous répandons dans les colonies. C'est une figure de la Rédemption.

V. Or ce dogme, étant le plus beau de la doctrine chrétienne, rend compte, si on l'admet, de plusieurs autres points qui sont : la communion des saints, la théorie des indulgences, l'utilité de l'ascétisme.

Les plus grands excès de l'ascétisme sont justifiés par le désir, le crime par la douleur.

La théorie des indulgences montre que « non seulement l'homme jouit de ses propres mérites, mais que les satisfactions étrangères lui sont imputées par la justice éternelle », si, toutefois, il s'est rendu digne de cette faveur. (J. DE MAISTRE, *Soirées,* II, p. 198.)

La Rédemption, dit encore J. de Maistre, n'est « qu'une grande indulgence accordée au genre humain par les mérites infinis de l'innocence par excellence, volontairement immolée pour lui ».

Plus encore : ces satisfactions qui nous sont imputées sont réversibles, à leur tour, sur la tête des coupables. Ainsi donc, d'une part, l'Église nous applique les mérites surabondants de Jésus-Christ, de la sainte Vierge et des Saints, et, d'autre part, nos mérites eux-mêmes peuvent être encore reversés sur d'autres, selon l'équitable et mystérieuse distribution que Dieu en fait.

Tel est le fondement mystique de l'Église. Elle est, disent les théologiens, un corps dont Jésus-Christ est la tête invisible, le Pape la tête visible, et dont tous les fidèles sont les membres. Toutes les grâces reçues par les fidèles, toutes les bonnes œuvres par eux accomplies, sont mises en commun et réparties par la divine providence de sorte telle que, d'une façon absolument mystérieuse, le salut soit en fin de compte le plus fort. Mais les pécheurs — les hérétiques mêmes — peuvent être aidés par les chrétiens vraiment fidèles et recevoir certains fruits de salut, si Dieu le veut, c'est-à-dire si cela importe à sa gloire finale et à l'établissement de son règne. Il faut et il suffit que la balance penche vers le bien. Mais nous en sommes assurés — rien que par les seuls mérites de Notre-Seigneur Jésus-Christ.

VI. Voici donc la Sainte-Église, catholique, apostolique et romaine. Elle est temporelle et spirituelle, et, par là, elle permet à l'homme qui n'a pas reçu la grâce, mais qui la désire humblement, de s'approcher de la vérité. Et de fait, quelle splendeur ne se dégage pas de cette Église ? A celui même qui est en dehors d'elle, elle apparaît comme un principe d'ordre, comme un grand édifice de raison et d'intelligence, et en même temps comme un édifice d'amour et de tendresse. En Elle, tout est belle ordonnance, tout est santé, tout est sagesse. En Elle aussi, tout apparaît comme divin, tout porte témoignage de la divinité. — Et d'abord, son établissement. Les douze apôtres. Pierre. La primauté de Pierre. Dès que Pierre apparaît, le Seigneur change son nom de Simon contre celui de Céphas, c'est-à-dire Pierre. Pierre, le premier, confesse la divinité de Jésus-Christ : *Tu es Christus, filius Dei vivi;* et Jésus lui répond : *Ego dico tibi quia tu es Petrus et super hanc petram aedificabo Ecclesiam meam.* Pierre reçoit de Jésus le pouvoir des clefs : *Dixit Dominus Simoni Petro : Quodcumque ligaveris super terram erit ligatum et in coelis : et quodcumque solveris super terram erit solutum et in coelis.* Après la Résurrection, Pierre le premier voit Jésus en son Corps de Gloire et c'est alors qu'il reçoit la mission précise à laquelle il ne faillira pas : *Petre, amas me ? Pasce oves meas.* Pierre, premier Pontife de l'Église, établit son siège à Rome et ce seront ses successeurs, ce seront les évêques de Rome qui recueilleront, après sa mort, l'héritage magnifique que lui avait laissé le Seigneur Jésus.

Et ensuite, l'histoire de l'Église. La promesse de Jésus à Pierre n'a cessé de se réaliser. C'est bien sur cette pierre romaine que l'Église a été édifiée. Battue de tous les orages, déchirée de luttes, accablée de tristesses, jamais elle n'a cessé de maintenir l'intégrité de la doctrine; jamais elle n'a failli à son rôle de gardienne de la foi; et jamais, en fin de compte, elle ne s'est trouvée vaincue, malgré les assauts furieux qu'elle a subis. « Mille fois elle a été à la veille d'une destruction universelle; et toutes les fois qu'elle a été en cet état, Dieu l'a relevée par des coups extraordinaires de sa puissance. C'est ce qui est étonnant, et qu'elle s'est maintenue sans fléchir et plier sous la volonté des tyrans. » (PASCAL, éd. E. Havet, XI, 5 *bis*, t. I, p. 72.)

L'histoire de notre temps confirme de façon merveilleuse cette vue de Pascal.

Jamais, même au moment où ses chefs étaient indignes, l'Église n'a perdu l'exercice de ses droits et de ses devoirs. Et jamais la papauté, même aux temps les plus funestes de son histoire, n'a manqué d'assurer l'intégrité et l'unité de l'Église dont elle avait la garde.

La papauté a connaissance — elle a toujours eu connaissance — de sa mission surnaturelle. Elle a connaissance de son éternité, de sa primauté, qui n'est autre que celle de Pierre, transmise à travers vingt siècles d'histoire.

« Que de fois la résistance de l'*Église* s'est manifestée au monde étonné, au moment même où l'on pensait que le Saint-Siège ne pouvait conserver son existence qu'en se montrant conciliant! Alors précisément il ne s'est pas montré conciliant, mais, plein de confiance dans le secours de Dieu, il a risqué son existence... » (A. VON RUVILLE, *Retour à la Sainte Église,* Paris, 1911, p. 63.)

Durus est hic sermo, disaient les juifs, lorsque Notre-Seigneur leur proposait à croire que Son Corps était vraiment une nourriture et Son Sang vraiment un breuvage. Et de fait, si ce n'eût été vrai, pourquoi eût-il joué la difficulté? Ne lui était-il pas plus facile de ne pas avoir cette exigence, cette intolérable exigence? Si ce n'eût pas été vrai, Jésus-Christ éloignait donc de lui, de gaîté de cœur, une grande multitude d'hommes. Mais *c'était vrai,* et Jésus savait que par Sa Grâce, les hommes croiraient eux aussi. Il ne pouvait avoir aucune inquiétude, étant lui-même la Toute-Puissance.

La papauté a suivi la tradition de Jésus. Bien souvent, devant ses décisions, le monde a été tenté de dire : *Durus est hic sermo.* Et pourtant, le monde s'est toujours rendu à elle. C'est donc qu'elle est la vérité même. Du point de vue humain, la conduite de la papauté est inexplicable — par exemple, en ce qui concerne l'établissement des dogmes de l'Immaculée Conception et de l'Infaillibilité pontificale. L'établissement de ces dogmes n'était-il pas absolument inopportun ? Mais la papauté n'a jamais hésité à heurter le monde de front. C'est donc qu'elle est vraiment d'institution divine.

« Les États périraient, dit encore Pascal, si on ne faisait ployer souvent les lois à la nécessité. Mais jamais la religion n'a souffert cela, et n'en a usé... Que cette religion se soit toujours maintenue, et inflexible, cela est divin. » (Éd. E. Havet, XI, 6, t. I, p. 174.)

La papauté est vraiment infaillible, par son institution même, par sa mission, et par l'accomplissement séculaire de cette mission. Il faut que la pierre soit infiniment solide, sur laquelle repose une telle Église. Que deviendrait la mission de l'Église, si le Saint-Esprit n'envoyait à son pasteur des lumières spéciales, lorsqu'il s'agit de remplir cette mission, c'est-à-dire de sauver l'intégrité de la foi ? L'infaillibilité est le gage de l'ordre, et le fondement de la discipline.

Ubi sunt duo vel tres congregati in nomine meo, ibi sum in medio eorum. (MATTH., XVIII, 20.)

VII. Nous avons vu le premier avènement de Jésus-Christ, celui que Pascal appelle « de douceur ». Que sera donc le second avènement ? Ce sera le jour de l'indignation du Seigneur et de la consommation de toute justice. Alors, le Fils de l'Homme viendra sur les nuées du ciel, au milieu du bruit et des clameurs de toute la terre — et non plus humble et caché, comme à l'étable de Bethléem — mais il viendra en juge véritable et il dira aux uns : « Venez, les bénis de mon Père, *Venite, benedicti Patris mei* », et aux autres : « Retirez-vous de moi, maudits, *Discedite a me, maledicti.* » (MATTH., XXV, 34, 41.)

Car Dieu a donné à Son Fils la puissance de faire le jugement : « Comme le Père a la vie en lui-même, ainsi Il a donné au Fils d'avoir aussi la vie en lui-même, et Il lui a donné la puissance de faire le jugement, parce qu'il est le Fils de l'Homme. » (Jo., V, 26.)

Quelle est la raison de cette dernière mission que tous les Évangélistes reconnaissent à Jésus-Christ? On peut répondre qu'elle ne nous sera révélée qu'au dernier jour. Adoptons pourtant la belle explication du concile de Trente : « Nos actions ont une répercussion infinie; même après notre mort, elles continuent d'exercer une influence bonne ou mauvaise, et elles continuent de l'exercer, cette influence, jusqu'au dernier jour du monde. Ce n'est donc qu'à ce moment-là, que nos actions pourront être jugées véritablement; car, leurs lointaines répercussions peuvent augmenter le châtiment ou la récompense qui leur sont dus. » (Catéch. du Conc. de Trente, p. 96-97.)

Les récompenses et les châtiments seront décernés aux âmes comme aux corps, parce que, dit le catéchisme de Trente (p. 97), « chez les bons comme chez les méchants, les corps ne sont jamais étrangers aux actes de cette vie. Le bien et le mal appartiennent donc à nos corps d'une certaine manière, puisque nos corps ont été l'instrument de l'un et de l'autre. »

Les Evangiles nous apprennent que le Jugement sera précédé de la conversion de toute la terre : *Et praedicabitur hoc Evangelium regni in universo orbe, in testimonium omnibus gentibus; et tunc veniet consummatio.* (MATTH., XXIV, 14.)

Ici, nous sommes pris d'un véritable saisissement. Que voyons-nous dans la prédication de Jésus : des paroles de victoires et des paroles de défaites : « Vous êtes le sel de la terre. » (MATTH., V, 13.) « Ayez confiance, j'ai vaincu le monde. » Il donne mission aux Apôtres de répandre l'Évangile par toute la terre : *Praedicate Evangelium omni creaturae.* (MARC, XVI, 15.) Et cette mission s'accomplit. Mais en même temps il est, comme l'avait annoncé Jean-Baptiste, « le signe de contradiction ». Il sait qu'il vient pour « diviser le monde » et il proclame enfin que l'union ne se fera qu'au dernier jour. — Sur tous ces points, la suite de l'histoire a montré la vérité de la doctrine évangélique.

Mais, en réalité, ce retard est bien cruel. Dieu pourrait éclairer toute la terre, et, au lieu de cela, il prive plus de la moitié des hommes de sa Grâce et de son Salut. Le feu éternel réservé aux trois quarts de l'espèce humaine, voilà ce que l'Église nous propose à croire.

— Non, car nous entrons ici de plain-pied dans un grand mystère, qui est la distinction du corps et de l'âme de l'Église. Or, « toute âme qui, *de bonne foi,* ignore l'obligation d'adhérer au catholicisme peut encore faire partie de l'âme de l'Église. » (HUGUENY, *Critique et catholique,* p. 208.) Mais, dans ce cas même, la foi catholique est nécessaire. — Oui, mais, si la foi est une, son développement peut varier avec les conditions, les facultés, la vocation de chaque croyant. Elle peut même se réduire à la « notion très simple d'une autorité souveraine ». (HUGUENY, *op. cit.*, p. 209.) « Cette foi élémentaire... suffit, après comme avant la promulgation de l'Évangile, à tous ceux que cette promulgation n'a point atteints... » (*Ibid.*, p. 211.) Or, tous les peuples ont la croyance à un monde invisible et à un être suprême.

Tout revient à cette parole de Notre-Seigneur : *Omne peccatum et blasphemia remittetur hominibus ; Spiritus autem blasphemia non remittetur.* (MATTH., XII, 31.)

Ainsi, tous les péchés du Maure Sidïa pourront lui être remis. Mais, si, connaissant l'excellence de la religion catholique comme je la connais, je refuse pourtant d'y adhérer, ce péché-là ne me sera pas remis. Si je ne reçois pas le don de Dieu, tout peut m'être pardonné. Mais si, le recevant, je le méprise, alors je tombe sous la malédiction de Jésus-Christ.

Mettons à part ces blasphèmes contre l'Esprit. Que voyons-nous ? Une infinité de degrés dans la vie spirituelle, une ascension merveilleuse qui va des ténèbres à peine traversées d'un faible rayon divin, où dort le sauvage de l'Afrique centrale, jusqu'à la lumière éblouissante, où se complaisent et se réjouissent les Saints les plus hauts de l'humanité. « La civilisation, dit le Père Hugueny, a ses foyers d'où les peuples reçoivent plus ou moins de lumière, selon qu'ils subissent plus ou moins leur rayonnement... La même économie règle le développement de la vie surnaturelle et, en particulier, le rôle de l'Église catholique dans le monde. » (*Op. cit.*, p. 218.)

Les musulmans n'ont pas cette idée. Ainsi, Sidïa me croit très fermement condamné au feu éternel. Il condamne au feu éternel tous les êtres humains — sauf la petite élite des musulmans. Croyance absurde. Mais moi, je ne professe pas que Sidïa est forcément condamné, parce qu'il n'est pas catholique. Au contraire, je crois qu'il obtiendra plus aisément son salut qu'un catholique qui aura failli à la grâce. Croyance certaine. Et enfin, Sidïa lui-même connaîtra la vérité au jour du jugement, afin que la Toute-Puissance de Dieu soit conservée et que sa manifestation soit éclatante.

VIII. Reste l'eucharistie. Ici nous touchons le mystère réservé entre tous, celui qui est vraiment le privilège des âmes de foi. Comment y croirais-je sans la grâce des sacrements ? Pourtant, la parole de Jésus me presse. Elle est précise. Elle est impérieuse. Elle interdit le doute. Impossible d'échapper à sa rigueur. « Prenez et mangez, ceci est mon corps. » (*Mysterium fidei,* disent, à la messe, les mots mêmes de la consécration.) « Ceci est mon corps », à Moi qui suis là présent et vivant au milieu de vous. — « Faites ceci en mémoire de Moi... » Matthieu, Marc, Luc portent le même témoignage, et Jean le bien-aimé, celui-là même qui, à cette heure unique, appuyait sa tête sur la poitrine du Maître, précise la divine promesse :

Nisi manducaveritis carnem Filii hominis et biberitis ejus sanguinem, non habebitis vitam in vobis. (Jo., VI, 54.)

Qui manducat meam carnem et bibit meum sanguinem, habet vitam aeternam. (Jo., VI, 55.)

Caro enim mea vere est cibus, et sanguis meus vere est potus. (Jo., VI, 56.)

Ainsi, nulle hésitation n'est permise, nul biais, nulle échappatoire, nulle subtilité. Il semble qu'il faille se rendre. Il faut en tout cas choisir. Nous sommes arrivés au point redoutable où il nous faut porter sur Jésus un jugement extrême. Si l'institution eucharistique est mensonge, les paroles de Jésus sont une affreuse extravagance. Si elle est vérité, à quel degré d'amour ne serons-nous pas portés ? Si la promesse est fausse, Jésus n'est plus l'homme de génie que l'on nous propose, mais, au contraire, il est l'homme le plus digne de notre mépris. Si elle est vraie, Il est, en toute vérité, un Dieu. L'eucharistie est une preuve décisive, pour ou contre. Choisirons-nous l'amour ou le mépris ?

« Un tel miracle est impossible ! » voilà le seul argument des ennemis de Jésus. Et l'argument est faible, parce qu'il est de sens commun.

Impossible ? Et pourtant les Apôtres qui sont là assis à la table pascale ne doutent pas. Le legs que le Maître leur transmet, ils l'acceptent, et aussitôt après sa royale ascension, ils accomplissent fidèlement ce qui leur a été ordonné. Les premiers chrétiens, qui devaient connaître la pensée de Jésus, ne doutent pas que l'eucharistie ne soit un véritable Sacrement, transmissible par la voie du sacerdoce, jusqu'à la consommation des temps. Pendant vingt siècles, la chair de Jésus est dévorée par tous ceux qui cherchent dans le monde un secours à leur faiblesse. Pendant vingt siècles, elle est la force du voyageur, la consolation de l'affligé, et la vraie nourriture du pauvre.

« Impossible que l'eucharistie soit vraie », disent-ils. Alors c'est dommage. Nous avons tant besoin d'un secours qui vienne de Dieu, pour que nous puissions aller jusqu'à Lui ! Voyons pourtant si cette impossibilité même n'est pas un gage de certitude.

Si elle n'eût été vraie, pourquoi Jésus nous aurait-il demandé de croire une chose impossible ? J'admets qu'elle soit impossible. Mais alors son impossibilité devait retrancher des milliers d'êtres de la communion de Jésus, et Jésus manquait d'habileté en l'imposant gratuitement. Mais, au contraire, il s'est trouvé que cette folie était habile. N'est-ce donc pas qu'elle est vraie ?

Si le sacrement eucharistique est vrai, les plus riches bénédictions seront sur nous, nous aurons vraiment la plénitude de la vie surnaturelle. S'il est faux, nous serons privés de cette bénédiction et de cette plénitude. Il faut donc y regarder à deux fois.

L'eucharistie est la pierre de touche. Assurément, on ne peut rien imaginer de plus difficile à accepter pour la faible raison humaine. Jésus nous a déjà beaucoup demandé. Mais ici, il dépasse les bornes. « Encore un effort, dit-il. Cela aussi, *il faut* le croire. Je n'attends pas moins de vous. N'êtes-vous pas mes bien-aimés ? » On hésite, on tremble, et puis on baisse la tête : « Allons, il le faut bien. Si dures que soient vos exigences, nous Vous suivrons, Seigneur, parce que nous savons que Vous avez les paroles de la vie éternelle. » Et, comme Pierre, l'on se range du côté de Jésus, le Maître unique.

Mais si l'on se retourne, l'on voit que ce mystère, le plus haut de tous, le plus transcendant, est pourtant à la portée des plus humbles. La chair de Jésus-Christ est la nourriture des pauvres d'esprit, celle des malheureux et des déshérités, celle des orphelins et des voyageurs. Mystère plus haut encore que le reste ! Et le plus misérable pécheur, dès qu'il entre dans l'église qu'illumine la présence réelle, se sent vraiment consolé par ce Jésus qui repose, là-bas, en toute réalité, au fond du tabernacle.

Mais c'est ici que la folie de Jésus apparaît sagesse. Nous voulons, au contraire, qu'Il soit corporellement dans le Saint Sacrement, parce que nous sommes corps et esprit et que nous voulons du divin une manifestation corporelle. La communion spirituelle, la possession directe de l'esprit de Dieu est réservée à la vision béatifique. Mais tant que nous serons sur cette terre, cette communion est incompatible avec nos moyens humains.

C'est du corps de Notre-Seigneur que doivent se nourrir nos âmes, tant qu'elles seront unies à nos corps.

Rien de tout cela ne prouve, en définitive, l'eucharistie. Mais l'Église — comme la raison — la proclame. « Rien, sinon la grâce de Dieu, ne peut donner une telle croyance. » Toute la question est de savoir si l'on doit le désirer. Mais si on le désire, le devoir le plus net est d'aller au sacrement de l'autel — car, un semblable désir ne peut être que du Saint-Esprit.

Dans ce tableau, où manquent les plus beaux traits, il me semble qu'une âme éprise de vérité peut se complaire. Et pourtant, que sont toutes les raisons, en regard de la seule « raison », qui est la grâce de Dieu ? Que sont ces faibles lueurs, au regard de la splendeur de la grâce ? Par les saints, par les confesseurs et les martyrs, par les vierges et les veuves, nous savons ce que peut être la foi, ce qu'elle peut faire. Vient-elle donc de l'homme, cette foi, ou de Dieu ? Et si elle vient de Dieu, ne ferons-nous pas tous nos efforts pour la mériter ?

LES VOIX QUI CRIENT DANS LE DÉSERT

Le jour où l'âme se sent avide d'éternité, le jour où elle désire vraiment *une* vérité, ce jour-là, elle a accompli la démarche la plus importante, la seule qui lui soit demandée. Le reste appartient à Dieu seul.

Quae tandem, dit saint Augustin, *quae tandem mens avida aeternitatis, vitaeque praesentis brevitate permota, contra hujus divinae auctoritatis lumen culmenque contendat* ?

Quelle argutie nous est donc possible, aujourd'hui que le désir de Dieu est en nous ?

Ah! Non! Sur les routes du Trarza, je ne discutais plus avec Dieu, mais, confiant en Lui et me reposant en Lui, après tant de voyages et de démarches, j'attendais, au contraire, en paix et joie, de connaître jusqu'à sa magnifique plénitude la douceur du nom chrétien.

FIN

LE VOYAGE DU CENTURION

Première partie

I

« *Inter mundanas varietates* »

II

LA CAPTIVITÉ CHEZ LES SARRAZINS

III

« *Per speculum in ænigmate* »

IV

L'ESPRIT DES TEMPÊTES

LES VOIX QUI CRIENT DANS LE DÉSERT

«LES INTROUVABLES»

La collection «Les Introuvables» se propose de rééditer des ouvrages épuisés, voire inédits, d'auteurs connus ou oubliés, sur différents sujets touchant les arts, l'histoire, les sciences humaines et l'ésotérisme. Son seul souci est d'offrir aux amateurs des livres curieux ou originaux que les aléas de l'édition ont rendus indisponibles.

DERNIERES PARUTIONS

L'ART DU THÉÂTRE - Sarah BERHNARDT
227p., 115F, ISBN : 2-7384-1846-5

SOUVENIRS D'UN PARISIEN - François COPPÉE
281p., 140F, ISBN : 2-7384-1847-3

HISTOIRE DU ROMANTISME - Théophile GAUTIER
356p., 160F, ISBN : 2-7384-191-0

RACINE ET SHAKSPEARE. Études sur le romantisme -STENDHAL
321p., 160F, ISBN : 2-7384-192-9

JOURNAL D'UN POÈTE. Présentation et notes originales de Louis Rastibonne - Alfred DE VIGNY
323p., 160F, ISBN : 2-7384-195-3

PAGES INÉDITES DE CRITIQUE DRAMATIQUE 1874-1880 -Alphonse DAUDET
356p., 160F, ISBN : 2-7384-1890-2

LA FRANC-MAÇONNERIE. Mémoire au Duc de Brunswick - Joseph DE MAISTRE
125p., 90F, ISBN : 2-7384-1897-X

TRAITÉ D'ASTROLOGIE GÉNÉRALE - Robert FLUDD
293p., 150F, ISBN : 2-7384-1896-1

SOUVENIRS LITTÉRAIRES - Maxime DU CAMP
Tome 1 : 1822-1850, 406p., 190F, ISBN : 2-7384-2011-7
Tome 2 : 1850-1880, 406p., 190F, ISBN : 2-7384-2012-5

LE LIVRE D'OR DE LA COMTESSE DIANE
336p., 150F, ISBN : 2-7384-2013-3

LES INTROUVABLES

HISTOIRE DU ROMANTISME
Théophile GAUTIER

Théophile Gautier nous raconte ici sa jeunesse et nous décrit l'ambiance qui régnait alors dans les milieux artistiques de Paris. Il s'agit d'un témoignage de première main sur cette extraordinaire remise en cause de l'académisme et du classicisme et sur l'ouverture de nouveaux chemins de la création. Le romantisme secoue toutes les certitudes, questionne toutes les convictions, concerne tous les arts. Célèbres ou non, tous les partisans du romantisme sont présents dans ces souvenirs engagés.

(Coll. *Les Introuvables*, 356 p., 160 F) ISBN : 2-7384-191-0

RACINE ET SHAKSPEARE. Études sur le romantisme
STENDHAL

Henry Beyle, dit Stendhal, est un des premiers auteurs français à prendre position contre la sacro-sainte règle théâtrale des trois unités. A Racine, il oppose Shakespeare. Dans ces textes rédigés en 1823 et 1825, il introduit la notion de "romanticisme" désignant par là "l'art de présenter au peuple des œuvres littéraires qui, dans l'état actuel de leurs habitudes et de leurs croyances, sont susceptibles de leur donner le plus de plaisir possible".

(Coll. *Les Introuvables*, 321 p., 160 F) ISBN : 2-7384-192-9

JOURNAL D'UN POETE. Présentation et notes originales de Louis Ratisbonne
Alfred DE VIGNY

"Alfred de Vigny me montrait quelquefois dans sa bibliothèque de nombreux petits papiers cartonnés, où il avait depuis longtemps jeté au jour le jour ses notes familières, ses mémentos, ses impressions soudaines sur les hommes, sur les choses surtout, ses pensées sur la vie et sur l'art, la première pensée de ses œuvres faites ou à faire. Et quelques jours avant sa mort, il me dit : "Vous trouverez peut-être quelque chose là". J'y ai trouvé l'homme tout entier."

Extrait de la présentation de *Louis Ratisbonne* pour l'édition originale (1885)

(Coll. *Les Introuvables*, 323 p., 160 F) ISBN : 2-7384-195-3

PAGES INÉDITES DE CRITIQUE DRAMATIQUE 1874-1880
Alphonse DAUDET

"Littérairement, l'influence d'Hugo est immense. Il a inventé une langue et l'a imposée à son temps. Langue violente, audacieuse, toute de sonorité et de couleur ; la langue du XIXe siècle, en somme, la seule qui puisse exprimer la passion et rendre les aspects de notre société bouleversée, de notre civilisation complexe". Voici ce qu'écrit Daudet sur Victor Hugo dans ces pages inédites. Son ouvrage se compose de quatre parties : dans la première, il nous parle des grandes premières théâtrales et reprises, dans la seconde, il traite les portraits des comédiens de l'époque, la troisième est consacrée au théâtre plus largement, enfin la dernière partie est une série de portraits critiques des auteurs dramatiques..

(Coll. *Les Introuvables*, 356 p., 160 F) ISBN : 2-7384-1890-2

LA FRANC-MAÇONNERIE. Mémoire au Duc de Brunswick
Joseph DE MAISTRE

"C'est au cours d'un travail de recherche sur l'influence de l'ésotérisme sur la pensée maistrienne que j'eus l'autorisation de copier des textes inédits dans les archives familiales de l'écrivain. La principale pièce du dossier *'illuminé'* est le *'Mémoire au duc de Brunswick-Lunebourg'*... Il s'agit d'un véritable traité dépassant de beaucoup la portée d'une simple réponse à l'enquête qui l'avait provoqué. Le style même de cet ouvrage est digne des meilleures pages de l'auteur ; moins austère que celui des quelques œuvres de jeunesse, il s'élève parfois jusqu'au pathétique et jusqu'à la beauté. Émile Dermenghem."

(Coll. *Les Introuvables*, 125 p., 90 F) ISBN : 2-7384-1897-X

700915 - Février 2017
Achevé d'imprimer par